BASEL TANZT TANGO

Michèle Sandrin, Jahrgang 1954, ist in Basel aufgewachsen. Nach der Matura wurde sie Lehrerin, später studierte sie Psychologie und arbeitete in der Krisenintervention der Schulen Basel-Stadt. Nachdem sie jahrelang leidenschaftlich viele Kriminalromane gelesen hat, treten nun ihre beiden Ermittler Matteo Santoro und Zina Goldberg in die Fussstapfen ihrer literarischen Vorbilder.

MICHÈLE SANDRIN

BASEL TANZT TANGO

Kriminalroman

emons:

Bibliografische Information der Deutschen Nationalbibliothek
Die Deutsche Nationalbibliothek verzeichnet diese Publikation in der Deutschen Nationalbibliografie; detaillierte bibliografische Daten sind im Internet über http://dnb.d-nb.de abrufbar.

MIX
Papier aus verantwortungsvollen Quellen
FSC® C083411
FSC
www.fsc.org

Umschlagmotiv: mauritius images/United Archives
Umschlaggestaltung: Nina Schäfer, nach einem Konzept von Leonardo Magrelli und Nina Schäfer
Umsetzung: Tobias Doetsch
Gestaltung Innenteil: César Satz & Grafik GmbH, Köln
Lektorat: Irène Kost, Biel/Bienne (CH)
Druck und Bindung: CPI – Clausen & Bosse, Leck
Printed in Germany 2018
ISBN 978-3-7408-0458-9
Originalausgabe

Wenn der Bart brennt,
darf das Gesicht nicht lächeln.
Arabisches Sprichwort

EINS

«Der Mann organisiert und schützt den Raum der Frau.»

Darum wollen wohl so viele Frauen unbedingt Tango tanzen, dachte Zina Goldberg. Die Anweisung ihres Tangolehrers begleitete sie, während sie sich durch den Raum – in dem sich mittlerweile an die zweihundert Tänzer und Tänzerinnen tummelten – schweben liess.

Ganz schön angenehm, nicht darauf achten zu müssen, wohin es ging, wer im Wege stand, welche Schritte anstanden. Dass sie bei dieser Gelegenheit geführt wurde, war nur Schein. Denn eigentlich wurde sie nirgendwohin geführt. Und wer nirgends hingeht, kann auch nicht geführt werden. Na ja, spitzfindig, aber wahr, lächelte Zina in sich hinein. Tatsächlich drehten sie sich wie alle anderen Paare im Kreis herum, in einem engeren oder weiteren, aber immer in einem festen Rahmen, ohne Ziel.

So hatte sie immer wieder einen Rundumblick in den Saal: die Theke rechts, die Tische am oberen und am unteren Rand des Saals, die beiden Türen, eine, die direkt nach aussen, die andere, die in den Bahnhof hineinführte. Und schliesslich die Wand gegenüber der Theke mit den wartenden Frauen, die so gut wie möglich, angestrengt entspannt und vermeintlich locker, genau dies zu verheimlichen versuchten, dass sie nichts anderes taten als *warten*.

Konnte dies die Ursache ihres Auftrags sein, dass so viele Frauen nur dastanden und oft vergebens darauf hofften, zum Tanz aufgefordert zu werden? Unseres blöden, lächerlichen Zum-Mäuse-Melken-Auftrags, schimpfte Zina in sich hinein. Und deshalb ermahnte sie sich, ihren Blick wieder auf ihre Umgebung zu lenken, denn dafür war sie da – zum Beobachten.

Sie hatte den Auftrag, Ungewöhnliches, Unerwartetes, Ungereimtes oder gar Verstohlenes aufzuspüren, um weitere Attacken verhindern zu können. Sie, denn ihr Chef, Matteo Santoro, war vollauf damit beschäftigt, sie in den Armen zu halten, sie durch die Tanzenden zu lotsen und seine neu erlernten Tangoschritte aufs Parkett zu zaubern.

Als ob er ihre Überlegungen Lügen strafen wollte, hörte sie ihren Chef flüstern: «Na, Goldberg, haben Sie unseren Giftmischer schon erspäht?»

«Mischerin!», erwiderte Zina spontan.

«Nur weil so viele Frauen um uns herumtanzen?»

«Weil so viele Frauen *nicht* tanzen!»

«Da bin ich doch froh, Sie zu einem Tango aufgefordert zu haben.» Santoro seufzte erleichtert auf und führte Zina daraufhin mit Schwung in kleinen Schlenkern um sich herum. «Zudem setze ich weiterhin auf die frechen Viren und die gewissenlosen Bakterien als Tatverdächtige. Viel lieber konzentriere ich mich voll darauf, sie zwischen unseren Mittänzern hindurchzulotsen.»

Zina lenkte ihren Blick über Santoros Schulter in den Saal auf die Tänzerinnen und Tänzer, die an diesem Abend zur Milonga im «Gare du Nord» erschienen waren. Der Saal war voller Leute, die sich zu allem hin auch noch im Kreis drehten.

Oder war es genau umgekehrt?

Auf jeden Fall entsprach, was sie sah, eher einem impressionistischen Gemälde, voller Farben, erahnter Figuren, für kurze Augenblicke festgehaltene Szenen. Paare schwebten und wirbelten um sie herum. Die einen, eng umschlungen, schienen eine selbstverständliche Einheit aus zwei sich umkreisenden und umgarnenden Körpern zu bilden, während andere eher an sich zu reissen und zu zerren pflegten. Dann gab es die Paare, die steif und distanziert ihre Schritte absolvierten, gekonnt oder leicht bemüht, doch immer ausstrahlend, dass sie lieber in den Armen einer anderen Person wären. Nicht zu vergessen die verzückten Frauen in den Armen deutlich gelangweilter Männer, die anscheinend zur Rettung der Beziehung in einen Tangokurs geschleppt worden waren. Dazu passend erzählte der Sänger von einem *corazón*. Mehr verstand sie nicht, doch so viel war klar: Diesem Herzen ging es hörbar schlecht.

Und ihrem?

Das schlug sich im Augenblick recht gut, fand sie. Eingebettet zwischen einer Hand und einer Brust plapperte es mit einem Gegenüber in einem leichten Galopp.

Für solche Überlegungen war jetzt nicht der richtige Augenblick, ermahnte sie sich gleich, schliesslich war sie im Dienst. Auch wenn dieser seine angenehmen Seiten hatte, das konnte sie sich knapp eingestehen und liess sich selbstvergessen um ihren Tänzer schlängeln.

Die Szene, die sich um sie drehte, war erstaunlich farbenfroh für diesen grauen Herbsttag. Die Frauen trugen bunte, gar glitzernde Kleider oder hatten ihre Hosen mit gewagten Tops aufgepeppt. Sogar die Männer hatten sich, zwar unauffälliger, ins Zeug gelegt. Neben vielen weissen blitzten hier und da farbigere, über den Hosen getragene Hemden auf. Auch ihr Chef hatte sich für diesen Stil entschieden. Sie musste nur den Blick ganz leicht senken, um die Muster auf seiner Schulter zu erkennen. Sie sah lauter kleine Kreise, die sich aneinanderreihten, jeder in einer anderen Farbe, jeder mit seinen eigenen Farbabstufungen. Das erinnerte sie an das Gemälde eines modernen Malers. Nur welchen?

Das war das Gefährliche am Tango.

Nicht nur die Körper tanzten, schwebten, liessen sich treiben. Die Gedanken zogen mit, verloren jegliche Richtung, die Disziplin ging den Bach runter. Was mit den Gefühlen geschah, daran wollte sie gar nicht denken. War das nicht ein leises Glücksgefühl, das sich perlend, gar prickelnd in ihr ausdehnte? Sie war ja nicht da, um über die Gefahren des Tangos zu philosophieren, ermahnte sie sich streng. Sie sollte ihre Umgebung beobachten. Sie liess ihren Blick weiter schweifen.

Da trug tatsächlich einer sogar eines dieser hellblauen Hemden mit den kleinen Blümchen, Edelweisse. Das war doch die Tracht für Schwinger, diese riesigen, kurzhaarigen, breitnackigen Kerle, erinnerte sich Zina, die sonst mit Schweizer Folklore wenig am Hut hatte. Doch dieser Blümchenträger gehörte eindeutig nicht dieser bäuerlichen Kampfzunft an. Nicht nur, dass er zu klein war, er bewegte sich auch zu geschmeidig. Und dann diese Frisur? Als sei ein, nicht besonders inspiriertes, Mami mit Topf und Gartenschere ans Werk gegangen. An wen erinnerte er sie nur? Erinnerungen an Bilder, im Urwald aufgenommen, stiegen vor ihrem inneren Auge auf. Ein spärlich bekleideter Mann mit Pfeil und Bogen streifte alleine durch den Wald. Mit einer Nickelbrille auf der Nase. Bruno Manser! Das war der berühmte Basler, der nach Indonesien geflogen war, um ein Volk zu retten, und verschwunden war, der seinen Einsatz mit dem Leben bezahlt hatte. Nur seine Brille wurde gefunden. Ein Volk, das durch die Abholzung seines Lebensraumes ausgerottet worden war. Milliarden, die zusammengerafft worden waren. Ein Mord, der nie aufgeklärt wurde. Und niemand sprach mehr darüber.

Um einen Mord ging es bei diesem Auftrag zwar nicht, trotzdem war sie zu lange abgeschweift. Tango war der Konzentration wirklich nicht förderlich.

Zu allem hin lief das Lied «El Sueño». Der Traum. Trotzdem musste sie wach bleiben. Zurück ins Gewühl, zurück zu ihrem Beobachtungsposten.

Auf der Tanzfläche wurde es immer enger, und auch um die Tische sassen oder standen immer mehr Besucher, die eine kurze Pause einlegten, angeregt miteinander schwatzten oder vor sich hin träumten. Die Tische waren voller Gläser und Flaschen, denn die Sitzplätze wurden reihum von den Besuchern genutzt, die ihre Getränke dort deponiert hatten.

Ganz hinten an der Wand, gegenüber der Theke, erblickte Zina auch ihre Freundin Violetta Bloch und ihren Mann Peter. Sie winkte ihr grinsend zu, er zwinkerte verschwörerisch. Ob das eine gute Idee gewesen war, die zwei in ihre Mission einzubeziehen? Wenigstens schienen sie ihre helle Freude an diesem blödsinnigen Unternehmen zu haben.

Sie musste sich wieder auf ihre Aufgabe konzentrieren. Du meine Güte, sagte sich Zina, wie soll ich bei diesem Herumwirbeln etwas Ungewöhnliches bemerken, zudem werden es immer mehr Besucher und noch viel mehr Besucherinnen.

In diesem Augenblick nahm sie doch etwas wahr, das nicht in ihr impressionistisches Bild passte. Da hatte wohl ein kubistischer Maler bei den Impressionisten mitgemischt. Dunkle quadratische Formen hatten sich in das bunte Gemälde verirrt.

Bei der nächsten Umdrehung versuchte sie festzuhalten, was ihre Wahrnehmung angekratzt hatte. Sie standen bei der Türe, die in die Bahnhofshalle führte. Männer. Eine ganze Gruppe Männer, die sichtlich perplex in die Runde blickten. Das war aussergewöhnlich in dieser frauenlastigen Halle. Beim nächsten Schlenker in ihre Richtung nahm sie noch mehr Ungewöhnliches wahr. Anzüge. Die Herren trugen dunkle Anzüge. Schwarze Anzüge, mit diesen gleichen, fast zu kurzen Hosen, die nach unten schmaler wurden, mit diesen schmalen, dezenten Krawatten. Oder nannte man diese vestimentäre Düsternis Anthrazit? Das kann nur eines bedeuten, das sind …

«Bestatter?», tönte es an ihrem rechten Ohr.

«Nicht ganz falsch, denn diese Spezies wird es schaffen, unser Wirtschaftssystem in den Tod zu manövrieren.»

«Auftragskiller der ehrenwerten Familie?»

«Dafür sind die Aufschläge ihrer Kittel zu schmal, ihr Blick zu kalt und ihre Köfferchen zu klein. Sie hätten dann eher Instrumentenkoffer dabei. Aber Sie kommen der Sache schon näher.»

«Bankiers?», fragte Santoro.

«Banker! Nicht die seriösen Verwalter unseres Geldes, sondern die Horde verantwortungsscheuer Trader, die von einer Krise zur anderen rasen, die von uns gerettet werden wollen, wenn sie sich wieder mal verzockt haben.»

«Sie haben natürlich recht, Goldberg. Ihre Lieblinge, wie ich höre. Nur sind das in unserem Falle nicht unsere Lieblingsverdächtigen. Halten Sie weiter Ausschau nach verstohlenen

Gestalten, die mit Phiolen hantieren oder ihre Siegelringe in Weingläser leeren.»

Zina hörte das Grinsen aus der Stimme ihres Chefs heraus. Im Gegensatz zu ihr konnte er diesem lächerlichen Auftrag anscheinend mit Gleichmut begegnen.

Auch ihr oberster Chef hatte sich kaum über diesen Auftrag geärgert. Es war ihm sichtlich peinlich, seine zwei Ermittler für heikle Angelegenheiten für diese Bagatelle an die Tangofront zu schicken, doch der Auftrag kam von ganz oben, und da konnte er sich nicht ungestraft querstellen. Zudem waren in den letzten Wochen einige Artikel erschienen über diese merkwürdigen Vorfälle, die über die Polizei nicht viel Schmeichelhaftes zu berichten hatten.

Zina konnte sich lebhaft an die Erklärungen und Anweisungen des Generals, wie der oberste Chef unter seinen Untergebenen genannt wurde, erinnern. Hinter seinem Schreibtisch verschanzt, hatte er ihnen, von Seufzern, Räuspern, Blicken an die Decke und Ähs unterbrochen, die unmögliche Mission dargelegt: «Also, äh, eine unangenehme Sache, diese Geschichte, und niemand hat eine Erklärung dafür. Warum gerade an diesen Tanzveranstaltungen immer wieder Frauen jeden Alters aufs Klo rennen müssen, um sich zu übergeben oder zu, ähm, also Sie wissen schon, ähm … bleibt in beiden Fällen ein Rätsel. Zudem geht's schön abwechslungsweise einmal oben, einmal unten raus, nicht wahr.» Worauf sich der General räusperte, an die Decke schaute, sich dann wieder auf seinem Sessel zurechtrückte, um an die Decke gerichtet nach einem tiefen Seufzer mit seiner Erklärung fortzufahren: «Unangenehm für uns ist nur, dass es sich kaum um eine hygienische Problematik handeln kann, denn nicht alle werden von dieser Epidemie betroffen. Wen es trifft, sind die Damen. Männer werden verschont. Alle.»

«Die Frauen finden es zum Kotzen, die Männer wissen von nichts», hatte sie gemurmelt.

«Und wie kommt es, dass wir in diese Magen-Darm-Grippe

hineingezogen werden?», hatte Santoro gefragt, der sich bereits zu diesem frühen Zeitpunkt an der Virentheorie festgekrallt hatte.

«Hier wird es eben heikel, Santoro. Eine dieser Damen hat sich an einen unserer Regierungsräte gewandt, ausserordentlich empört und aufgebracht. Sie fühle sich in ihrer Bewegungsfreiheit, in ihrer körperlichen und seelischen Immunität und ganz allgemein und überhaupt bedroht. Und sie wurde vom Angesprochenen – Angeschrienen wäre wohl treffender – ernst genommen. Denn sie ist seine Ex-Frau. Also eigentlich handelt es sich um seine vorletzte Ex-Frau. Ich weiss nicht, wie der offizielle Titel für so was lautet.»

«Ex-Ex-Frau vielleicht?», hatte sie vorgeschlagen.

«Auf jeden Fall haben Sie beide nun einen Auftrag», war der General forsch weitergefahren. «Denn genau für solche Fälle sind Sie beide zuständig. Für heikle eben.» Worauf er wieder tief einatmete und zur Abwechslung nicht die Decke, sondern Santoro und Zina angestarrt hatte.

Nach links schielend hatte Zina bei Santoro ein Zucken um den linken Mundwinkel erblickt, bevor dieser sich öffnete. Der Mund, nicht der Winkel und auch nicht der Chef.

«Und woraus soll er bestehen, dieser Auftrag? Sollen wir beim Würgen Händchen halten oder für genügend Klopapier sorgen?», hatte Santoro gefragt.

«Ganz und gar nicht. Hier wird Ihr berühmter Spürsinn und Ihr ganzes Taktgefühl verlangt, Santoro. Sie werden inkognito, als Tangotänzer verkleidet, an diesen Veranstaltungen teilnehmen und allem Verdächtigen nachgehen, um diesen Giftattacken ein Ende zu bereiten. Dann nehmen Sie noch ein paar Proben der, äh, also Sie wissen schon. Dann wissen wir endlich, womit die armen Frauen vergiftet wurden, und der Herr Regierungsrat hat wieder seine Ruhe. Und wir auch.»

«Da werde ich passen müssen. Es wäre nicht sehr dezent, als Mann eine Damentoilette zu betreten. Goldberg, Sie werden an die Klofront geschickt», hatte Santoro erklärt, sichtlich erheitert.

«Es wird ja wohl Ihre Kompetenzen nicht überbeanspruchen, einen beinschwingenden Irren auf frischer Tat zu erwischen», hatte sich der General, wieder um Ernsthaftigkeit bemüht, eingemischt. «Dann haben wir diese leidige Geschichte vom Halse, und Sie können wieder Mörder jagen, was ja Ihre angestammte Aufgabe ist. Wenn sich endlich wieder mal einer aufrafft, Ihnen Arbeit zu …» Hier hatte sich der General unterbrochen, wohl in der Einsicht, dass er sich auf glitschiges Parkett manövriert hatte. Er hatte es mit einem neuen Argument versucht: «Zudem sind einige Artikel über die Chose in den Tageszeitungen erschienen. In den einen wird geheult, dass Frauen nirgends mehr sicher sein können, in den andern, dass so was früher nicht möglich gewesen wäre, im Klartext, als noch nicht so viele Ausländer die Schweiz überfluteten. Es könnte der Anfang einer regelrechten Pressekampagne sein. Sie verstehen, es könnte für die Polizei im Allgemeinen und für Ihre Abteilung im Besonderen peinlich werden, wenn die Geschichte breitgetreten wird.»

«Ein kleines Problem gibt es da noch», hatte Santoro eingewandt, «ich kann zwar tanzen, aber den argentinischen Tango beherrsche ich wirklich nicht, im Gegensatz zu meiner Assistentin.»

«Dann lernen Sie das eben, Santoro. Der Staat verordnet Ihnen einen Schnellkurs. Hoch das Bein! Hopsassa! Ab aufs Parkett mit Ihnen und keine Widerrede.»

Und so war es gekommen, dass sie nach einem ganzen Tag Privatunterricht an dieser Tangoveranstaltung über das Parkett schritten und wirbelten. Wäre der Auftrag nicht so abstrus gewesen, sie hätte die Begleitumstände geniessen können. Ihr Partner beherrschte zwar erst wenige Schritte, doch er hatte den Sinn seiner Aufgabe eindeutig verstanden.

Der Mann organisiert und schützt den Raum der Frau.

Die Frau lässt sich ja doch ganz leicht führen, freute sich Santoro. Zumindest beim Tanzen, räumte er widerwillig ein. Seine rechte Hand hielt er unter den Schulterblättern seiner Assistentin, ihre rechte Hand lag in seiner linken, und anscheinend ohne Anstrengung folgte ihr Körper seinen Schritten und Umdrehungen. Zudem konnte er seine Nase ungestraft an ihre Haare halten, was seine Stimmung weiter hob. Ein leichter Duft, Zitrone, Bergamotte und vielleicht auch ein kaum wahrnehmbarer Hauch Mimose, vermutete er und lächelte. Wenn er den Blick nur ein wenig senkte, konnte er ihre leicht mandelförmigen Augen mit den schwarzen Wimpern, ihre hohen Wangenknochen, den kleinen Mund mit den schön geschwungenen Lippen erahnen. Doch sein Auftrag bestand nicht darin, sie mit zärtlichem Blick zu betrachten.

Er liess seinen Blick im grossen Saal mit der hohen Decke herumschweifen, der heute für die verschiedensten Veranstaltungen genutzt wurde. Er kannte ihn von Fussballübertragungen, die er mit seinem Sohn besuchte. Ursprünglich war dies das ehemalige Bahnhofbuffet des Badischen Bahnhofs.

Ein deutscher Bahnhof auf Schweizer Boden, ein Unikat in Europa.

Dieser war zwar 1913 erbaut worden, Santoro fühlte sich jedoch in einen Film aus den dreissiger Jahren versetzt. Das lag wohl daran, dass das Deutsche Reich damals seine Macht gegenuber der stolzen und reichen Stadt demonstrieren wollte. Darauf deuteten die Dimension des Baus, die herbe Strenge des Baustils, wie auch die Ausgestaltung mit Säulengang und dem markanten quadratischen Turm hin. Dieser Saal, wie auch der ganze Bau, schien in dieser politisch bewegten Zeit festgefroren zu sein. Und diese war geprägt von den Erzählungen seines Vaters. Nicht dass sein Vater sie selbst erlebt hätte – er war erst in den sechziger Jahren als Gastarbeiter in die Schweiz gekommen. Aber er konnte darüber berichten, als sei er bei den damaligen Ereignissen selbst an vorderster Front dabei gewesen. In der Geschichte der Arbeiterbewegung war sein Vater versiert. Dafür hatten seine Partei und seine Gewerkschaft gesorgt. Auch eine Art von Integration, sinnierte Santoro. Einer gelungenen Integration.

Die Lieblingsgeschichte seines Vaters handelte vom Hitlerfetzen.

Im März 1933 hatten die Nazis die Hakenkreuzfahne am Uhrenturm aufgehängt, was von vielen Baslern als Provokation aufgefasst wurde. Gleich darauf kam es zu Strassenschlachten im Kleinbasel, weil Antifaschisten versuchten, die Fahne herunterzureissen, der Hitlerfetzen aber von der Polizei geschützt wurde. Damals war die Basler Polizei eine wüste Schlägerbande, die bevorzugt auf demonstrierende Arbeiter, Sozialisten und Kommunisten einschlug. Erst die Regierung des Roten Basel, wie sein Vater ihm noch heute bei jeder Gelegenheit unter die Nase rieb, hatte die Basler Polizei zu einer volksnahen, professionellen Polizei umgestaltet.

Und prompt knallte Santoro fast mit einem tanzenden Paar zusammen.

Er sollte sich auf das Tanzen konzentrieren, sagte sich Santoro, denn auf der Tanzfläche wurde es immer enger, immer mehr Menschen drängten in den Saal. Und nicht nur Tänzer, stellte er fest. Sowohl aus der Bahnhofshalle wie auch durch die Türe, die direkt nach draussen führte, strömten immer mehr sichtlich durchfrorene Besucher herein. War diese Gruppe dort nicht erst kürzlich rausgegangen?

Und was machten diese zwei Knaben hier um diese Zeit, die um die Tische herumwuselten? Sie schienen in ein Spiel vertieft, dessen Sinn und Regeln nur ihnen bekannt waren.

Santoro war wieder in die Vergangenheit abgeschwenkt.

Während der Nazizeit tummelten sich hier Agenten, Devisenschieber, Schmuggler, aber auch Widerständler, Fluchthelfer und Flüchtlinge. Widerstandsgruppen legten hier nachts Flugblätter in die Waggons, die ins Reich fuhren. Dank der Bahngewerkschafter hingen Züge für Truppentransporte auf Abstellgleisen fest, deren Weichen nicht mehr funktionierten, und vor allem konnten dank ihnen Schlupflöcher für Flüchtlinge organisiert werden. Das Rote Basel war zu jener Zeit ein Fluchtpunkt für Antifaschisten und Juden, denn hier konnten sie auf ein organisiertes und geduldetes Auffangnetz hoffen. Auch Arbeiter aus der ganzen Schweiz pilgerten nach Basel, um Arbeit zu suchen. Das Rote Basel hatte den Arbeitsrappen eingeführt, um grosse Bauprojekte zu verwirklichen und vor allem, um die schwerwiegende Arbeitslosigkeit einzudämmen. Wie sein Vater, der nichts von seinem rot glühenden Eifer verloren hatte, immer wieder betonte, hatte Basel damals tatsächlich eine Regierung, welche die Interessen der Arbeiter vertrat.

Auch heute hatte Basel offiziell eine rote Regierung, mit ein wenig Grün versetzt natürlich.

Vertrat sie auch, wie früher, die Arbeiter? Santoro bezweifelte dies immer mehr.

Eher war sie die Regierung der Schicht, die sich hier im Kreis drehte. Hier waren die Mitglieder des sogenannten sozialen Kuchens in grosser Zahl vertreten: Lehrer, Sozialarbeiter und -pädagogen, vermischt mit einigen Studenten, Juristen und Ärzten. Und da die Männer diese anstrengenden und wenig Profilierungsmöglichkeiten bietenden Berufe desertiert hatten, waren hier die Frauen deutlich in der Überzahl. Er redete ja schon wie seine Assistentin, rügte sich Santoro. Als er den Blick prüfend durch den prallvollen Raum schweifen liess, stellte er fest, dass sie in diesem Falle leider recht hatte.

Schon wieder.

Doch auch diese Menschen konnten nicht wirklich daran interessiert sein, nur ein paar neue Velowege zu bekommen, um im Gegenzug den Abbau in den Schulen, in den Spitälern und bei der Polizei schweigend hinzunehmen. Und das alles nur, weil die grossen Unternehmen einmal mehr steuerlich erleichtert werden sollten. Wenn es so weiterging, würde er noch die Ansichten seines Vaters übernehmen.

Heute war er nicht bereit, sich die Laune verderben zu lassen. Er schnupperte an Zinas Haaren und konzentrierte sich auf die Gegenwart.

Der Anblick der Banker konnte seine Laune auch nicht verderben. Sie hatten sich wie selbstverständlich Sitzplätze am ersten Tisch neben der Türe, die in den Bahnhof führte, ergattert und waren nicht bereit, diese bald wieder zu verlassen, wie die sonstigen Besucher es so selbstverständlich taten. Der Kerl mit dem breiten Nacken war eindeutig als Leitfigur auszumachen, er führte das Wort und auch das Grüppchen. Die anderen drei Männer hörten ihm angestrengt zu. Da war ein schlanker Jüngling, der seine Unruhe zu unterdrücken suchte, ein älterer Mann, der ein Gähnen zurückhielt, und ein dicklicher Mittvierziger, der seine Langeweile zu verheimlichen suchte. Und da sass ein vierter Mann, der auch zur Gruppe gehörte. Der schaute die Gruppe an, als ob er sie bewache.

Der Leithammel versuchte nun auch die anderen Tischnachbarn in seinen Bann zu ziehen. Dabei schien er nur bei einem schmächtigen Mann mit Fliege und einem Jüngling mit blonden Locken Erfolg zu haben. Der Fliegenmann drehte sich zum Redner und ignorierte seine Partnerin, die ihn zur Tanzfläche lotsen wollte. Er gehörte wohl zu diesen Ehemännern, die zu einem Tangokurs verdonnert worden waren, um «die Beziehung» aus dem Totenreich auferstehen zu lassen.

Hinter dem adretten Herrn mit der Fliege stand ein Mann, den Santoro sofort als einen Lehrer nach alter Schule klassifizierte, mit ein bisschen zu langen und deutlich angegrauten Haaren. Er schaute mit leicht verwundertem und amüsiertem Blick auf den so dominant auftretenden Banker hinunter.

Auch das junge Paar, das weiter hinten am Tisch sass, war in den Bann des Redners gezogen worden. Doch nur widerwillig. Ihre Blicke drückten Verachtung, wenn nicht gar Abscheu aus. Sein Vater hätte seine helle Freude an diesen zwei kritischen jungen Menschen gehabt. Bei der nächsten Umdrehung erblickte Santoro ein neues Gesicht. Eine attraktive Frau stand in der Nähe des Tisches, gross, schlank, wohlgeformt, blond wie Weizen im Hochsommer. Nur dass die Frau die Lippen zusammenpresste und starr geradeaus starrte, geriet ihr nicht zum Vorteil.

Die Banker haben keinen positiven Einfluss auf die Sozialkompetenzen des Sozialkuchens, grinste Santoro in sich hinein. Wie sind die Kerle nur in diesem Tanzsaal gelandet, fragte er sich.

Wer hier eindeutig nicht vertreten ist, das ist die Arbeiterklasse, stellte er fest, um sich gleich wieder zu korrigieren. In den Kulissen waren sie sehr wohl anzutreffen. Er erblickte einen kleinen, stämmigen und verschwitzten Mann am Eingang zur Küche, die sich hinter dem Tresen befand.

Er reichte einer jungen Frau mit dunklen schulterlangen Haaren ein Glas Wasser. Diese erwiderte die Geste nicht mit der gebührenden Dankbarkeit. Im Gegenteil. Mit durchgedrücktem Rücken sprach sie sichtlich anklagend auf ihn ein. Dieser erwiderte den verbalen Angriff mit schuldbewusster, doch auch trotziger Miene. Dann schüttelte er den Kopf und erhob die Hände abwehrend vor sich – ein bisschen höher, und er hält die Hände hoch wie vor einer Waffe, sinnierte Santoro. Die einzige Waffe der Frau schien ihr Kinn zu sein. Dieses reckte sie angriffslustig nach vorne.

Santoro vollführte einige Schritte, um sich dieser Szene zu nähern. Er wollte hören, was sich die beiden zu sagen hatten. Die beiden Kontrahenten steigerten sich sichtlich in einen ausgewachsenen Streit hinein. Was machte diese Studentin – danach sah sie aus – hinter dem Tresen? Was hatte sie diesem sichtlich hart arbeitenden kleinen Mann vorzuwerfen? Dieser packte jetzt das Gitter voller Gläser für die Geschirrspülmaschine.

«Ich müsse arbeite! Keine Zeit diskutiere!», hörte ihn Santoro über die Schulter rufen, bevor er in die Küche verschwand.

Die Studentin blieb einen Augenblick wie festgefroren stehen, bevor sie hocherhobenen Hauptes wieder hinter dem Tresen hervortrat, um im Gewühl der tanzenden Paare zu verschwinden.

«Chef, da stimmt was nicht. Schauen Sie mal die Menschenmenge dort bei der Tür, die nach draussen führt. Sie wird immer grösser.»

«Na gut», seufzte Santoro widerwillig und blieb stehen, «dann gehen wir mal schauen, was die Leute daran hindert, nach Hause zu gehen.»

Sie schlängelten sich durch die Tänzer, zwängten sich dann durch die wartende Menge vor dem Eingang, öffneten die Tür und traten auf die kleine Terrasse, die auf den kleinen Hof führte.

Wie im Märchen, dachte Zina und starrte staunend auf den Baum, der mitten im Hof aufragte. Er glitzerte in der klirrenden Kälte, schien aus Kristall geschliffen zu sein. Das Licht der Strassenlampen spiegelte sich in jedem Ast, in jedem Zweig und liess den ganzen Baum erstrahlen. Als habe eine Fee ihren Zauberstab erhoben, um die Welt in ein stilles Funkeln und Schimmern zu verwandeln.

«Eisregen!», entzauberte Santoro das Eismärchen.

Nicht genug. Auch ein Paar, das lachend und aufschreiend über die Pflastersteine des Hofs rutschend und sich gegenseitig festhaltend zum Tor, das zur Strasse führte, gelangen wollte, trug dazu bei, den Bann zu brechen.

Welche Kuh will hier wohl die andere vom Eis holen, fragte Zina sich ernüchtert.

«Das erklärt natürlich einiges», sagte Santoro. «Und hören Sie das? Diese Stille in der Stadt? Der Verkehr ist zusammengebrochen. Kein Wunder, wagt sich da keiner mehr nach draussen. Ausser den beiden Verrückten da vorne natürlich. Die werden es nicht mal mehr auf die Strasse schaffen. Oder sollen wir eine Wette abschliessen? Ich wette auf einen Armbruch noch vor dem Tor dort hinten.»

«Sollten wir sie nicht eher vor ihrer Torheit retten? Sie wissen schon, die Polizei, dein Freund und Helfer und so weiter?»

«Ich soll auf diese holprige Eisbahn treten? Mit meinen Tanzschuhen? Um ein sichtlich geeintes Pärchen mit meinen Rettungsversuchen zu stören? Schauen Sie doch, wie sie aneinanderhängen und einem gemeinsamen Ziel entgegen…»

«Torkeln wäre der passende Ausdruck», beendete Zina den Satz. Auch sie konnte ein Kichern nicht unterdrücken.

Ihre gemeinsame Heiterkeit wurde jäh von einem heftigen Stoss von hinten beendet.

«Es hat begonnen!», stiess Violetta Bloch hervor, während sie mit den beiden zusammenstiess.

«Du meine Güte, ist das glitschig hier!», rief sie aus, um mit offenem Mund staunend und verstummt auf den Baum zu starren.

«Was hat begonnen?», fragte Zina beunruhigt.

Violetta hörte sie nicht. «Die reinste Kunstinstallation. Das sollten wir festhalten», fuhr sie fort und zückte ihr Handy.

Während Zina Violettas Arm festhielt, um sie besser schütteln zu können, sah sie im Augenwinkel, wie eine zierliche Frau mit wackligen Schritten die Treppe hinunterstolperte, um bald darauf durch das Tor zu verschwinden. Eine Elfe auf der Flucht, konnte sie gerade noch denken, als Violetta, eindeutig entzaubert, sich an die Stirn fasste und lossprudelte: «Eine junge Frau ist Richtung Klo gerannt, die Hand vor den Mund haltend. Ich glaube, es geht los.»

«Dann greifen Sie mal zu Ihrem Glasröhrchen und holen Ihre kleine Probe, Goldberg. Unterdessen hole ich mir ein Glas und halte drinnen die Stellung.» Dabei nahm Santoro Zina bei den Schultern und dirigierte sie zur Tür.

«Ich komme mit», verkündete Violetta. «Freundinnen sollten solidarisch sein», fügte sie mit der Betonung auf solidarisch an und hastete Zina nach.

Zina war schon durch den ganzen Saal gerast und erreichte die Tür neben dem zweiten Ausgang, die runter zum WC führte. Da wurde sie von einer üppigen Dame überholt, die es anscheinend noch eiliger hatte. Sie stürzte sich, nach vorne gebeugt, die Treppe hinunter. Mit einer Hand hielt sie sich am Geländer fest, mit der anderen sichtbar verzweifelt ihren Mund zu.

Noch eine, seufzte Zina und hetzte ihr nach.

Unten angekommen, hörte sie nicht wie erwartet ein unmusikalisches Duo, sondern ein Trio laut würgen, ächzen und stöhnen, oder lautete die richtige Bezeichnung eher Terzett, fragte sie sich, während sie die Plastikhandschuhe anzog und ein Glasröhrchen aus ihrer Gesässtasche holte. Wie sollte sie an ihre Proben kommen?

Da brauste Violetta laut schnaufend in den Raum, hielt kurz inne, lauschte, lief gleich darauf zielstrebig auf eine der Kabinen zu und klopfte energisch gegen die Tür.

Santoro hatte sich an die Seite von Violettas Ehemann gestellt. Entspannt an die Wand gelehnt, überblickten sie den gesamten Raum. Ihnen gegenüber befand sich die lange Theke, die von Trauben wartender Gäste belagert wurde. Auch um die Tische, die in der Nähe der beiden Ausgänge aufgestellt worden waren, drängten sich zahlreiche stehende Tänzer und Tänzerinnen, die über die Köpfe derjenigen, die einen Stuhl ergattert hatten, nach ihren Gläsern langten.

Am Tisch der Banker ging es hoch her. Besonders einer der Schwarzgekleideten war in Hochstimmung. Der Mann mit viereckigem Kopf und breitem Nacken spielte sich hier eindeutig als Alphamännchen auf. Er hielt mit weit ausladenden Gesten seinen Zuhörern eine erregte Rede.

Zu den üblichen Besuchern der Milonga hatten sich nun aufgehaltene Zugreisende gesellt, denn vereinzelt standen auch Koffer herum. Und dazwischen wuselten die beiden Knaben, die ihm schon vorher aufgefallen waren.

Die Tanzfläche war deutlich überbevölkert, die Paare konnten nur noch kleine Schritte in eng gezogenen Kreisen ausführen. Nein, eine Übersicht konnte hier niemand mehr haben.

«Schauen Sie dort! Da rennt wieder eine», flüsterte ihm Peter Bloch zu und deutete mit dem Kinn in Richtung einer jungen, schlanken Tangotänzerin, die ihren Partner stehen liess und auf ihren hohen Absätzen durch die Tänzer hastete.

«Es sieht ganz so aus, als ob sich das Essen dieser armen Frau in ihrem Magen nicht mehr wohlfühlt und nun mit Macht nach draussen drängt», sagte Santoro wenig mitfühlend. War das nicht die energische Studentin mit dem angriffslustigen Kinn?

«Und dort, schauen Sie, diese Bohnenstange! Die marschiert durch den Saal wie ein Oberfeldwebel, der wenig disziplinierten Soldaten auf den Pelz rücken will.»

«Sie stakst auch Richtung Untergeschoss. Ihr Blick lässt für ihr strategisches Ziel nichts Gutes erwarten», antwortete Santoro.

«Das sind wohl Ihre Assistentin und ... du meine Güte, meine Frau! Sie wird vor Wut platzen, wenn ich sie in dieser Sache alleine lasse.»

«Und diese wutentbrannte gestrenge Dame, die sich daranmacht, die Party dort unten zu bereichern, wird die Stimmung auch nicht heben.»

Die beiden Männer sahen sich an, nickten beide und stiessen sich gleichzeitig von der Wand ab.

Zina und Violetta hatten alle Hände voll zu tun. Zum Glück trage ich Handschuhe, nur schade, dass ich meine Nase nicht einpacken kann, beschwerte Zina sich bei sich verdrossen. Violetta tätschelte, unzusammenhangende Trostworte wiederholend, den Rücken der üppigen Dame, die über der Schüssel hing. Diese Probe hatte Zina bereits ergattert. Die Frau, die schon vor ihrer Ankunft eine Kabine reserviert hatte, konnte sie auch abhaken. Sie hatte sie auf dem Fussboden sitzend vorgefunden, wie sie ihre langen schwarzen Haare zurückstrich. Ein klassisches Profil, dachte Zina, bevor dieses wieder in der Schüssel verschwunden war. Nun versuchte Zina, die junge Studentin in der anderen Kabine davon zu überzeugen, ihr die Türe zu öffnen. Das war aussichtslos. Zwischen zwei Würgern schrie diese ausser sich, man solle sie gefälligst in Ruhe lassen.

Da stürmte eine vierte Kandidatin für eine aufnahmebereite Schüssel in den Vorraum und verschwand, Zina zur Seite schubsend, in die nächste freie Kabine. Auch diese Türe war ihr nun verwehrt. Sie liess die erste Frau alleine in ihrem Elend und wollte versuchen, bei der neuen Besucherin durchzukommen, als die Eingangstüre mit grosser Energie aufgestossen wurde. Die Veranstaltung ist ausverkauft, wollte Zina anführen, als sie erkannte, dass dies keine potenzielle Würgerin war. Was die Frau loswerden wollte, war nicht ihr letztes Essen, sondern eine gehörige Portion Wut.

«Sind wir denn nirgends mehr in Sicherheit?», stiess sie ausser Atem aus, um gleich auf Zina loszustürmen.

«Was machen Sie hier? Warum suchen Sie nicht die Täter? Wer sind Sie überhaupt? Sind Sie nicht diese Polizistin, die für unsere Sicherheit garantieren sollte? Sie sind nur eine lächerliche kleine –»

«Halten Sie mal den Latz!», schrie Violetta, die sich zwischen die Bohnenstange und Zina geschoben hatte. «Helfen Sie lieber mit. Gehen Sie da rein und unterstützen Sie die arme Frau, die sich die Seele aus dem Leib würgt.»

Dabei schob Violetta die erzürnte Dame, die vor Erstaunen über diese wenig respektvolle Behandlung erstarrt war, in die Kabine mit der üppigen Dame rein.

«Tätscheln Sie ihr den Rücken und sagen Sie ihr, dass alles gut kommt. Und lassen Sie uns unsere Arbeit machen.»

Als die Dame sich aus ihrer Erstarrung löste und den Mund öffnete, blickte Violetta streng und befahl: «Jetzt!»

Einmal Lehrerin, immer Lehrerin, sagte sich Zina, die dieser Auseinandersetzung mit einem Lächeln gefolgt war. Sie konnte sich, da sie ihre Freundin in Aktion gesehen hatte, sehr wohl vorstellen, wie sie mit ihren baumlangen Schülern fertigwurde. Mit ihnen etwas anfangen konnte, korrigierte sie sich, als sie an Violettas Lieblingsmotto dachte.

Violetta klopfte an die Türe der kleinen schlanken Frau, die als Letzte gekommen war, und wurde bald eingelassen. Nur meine Kandidatin lässt mich immer noch nicht ein, dachte Zina. Ob es an meinem Mangel an natürlicher Autorität liegt?

Lange konnte sie nicht in ihren Selbstzweifeln verweilen,

denn wieder wurde die Türe aufgestossen. Diesmal stürzte eine mittelalterliche Frau mit blonden Locken herein, schaffte es nicht mehr bis zur letzten freien Kabine und stürzte sich auf das erste Lavabo. An der Tür erschien wieder jemand. Ein Mann.

Das ist doch der Verschnitt von Bruno Manser und schmalem Schwinger, dachte Zina, als der Neuankömmling zu seiner Partnerin eilte, um sie zu stützen. Diese hatte sich zum Ziel gesetzt, die Schüssel so schnell wie möglich zu füllen.

Wenigstens komme ich da mit Leichtigkeit an meine Probe ran, seufzte Zina und holte ein neues Glasröhrchen aus der Reserve.

Santoro und Peter Bloch schlängelten sich zielstrebig durch die Tanzpaare, darauf bedacht, auf keine Füsse zu treten und den unerwarteten Schlenkern der Tanzenden auszuweichen. Santoro dachte, dass er seine Hoffnung, ein Virus als Täter entlarven zu können, fallen lassen musste, als auf seiner linken Seite Schreie ertönten. Darauf war lautes Klirren zu hören, das eine Massenbewegung auslöste. Die Menschen drängten in seine Richtung, die Tänzer blieben stehen und wurden in Richtung Haupteingang gescheucht.

Ein säuerlicher Duft verteilte sich im Raum. Da hat es eine Frau nicht geschafft, dachte Santoro und versuchte gegen den Strom zu schwimmen. Er konnte sich nur langsam einen Weg durch die nun sichtlich beunruhigten Menschen bahnen. Im Augenwinkel erblickte er Peter Bloch, der es ihm gleichtat. Hoffentlich artet die Aufregung nicht in eine Massenpanik aus, betete er und hetzte weiter seinem Ziel entgegen.

Und plötzlich stand er alleine in einem Kreis von erschreckten Menschen, die vor etwas zurückgewichen waren. Er hatte freie Sicht auf den Bankertisch.

Diesmal hat es keine Frau erwischt, war sein erster Gedanke.

Das Alphamännchen war daran, den Tisch vollzukotzen. Die Tischnachbarn waren alle aufgesprungen, hatten dabei eine

Menge Gläser und Flaschen umgeworfen und schauten erschrocken, die meisten auch angewidert, auf die Szene, die sich ihnen bot.

Aber hatte Santoro nicht auf einem der Gesichter ein Lächeln erblickt, bevor sich die Person abgewandt hatte?

ZWEI

Und wo, verdammt noch mal, war ihr Chef geblieben?

Schwang er dort oben weiterhin das Tanzbein, eine vollbusige Blondine im Arm, die ihn mit ihren Augenaufschlägen traktierte, anschmachtete, jede seiner Aussagen mit einem begeisterten Lächeln oder gar mit einem offenherzigen, hellen Lachen begrüsste, während sich hier unten Frauen die Seele aus dem Leib würgten?

Oder zumindest ihr letztes Essen.

Der blonden, vollbusigen Hyäne könnte ich Gift geben!

Santoro stieg über die Scherben, die seinen Weg säumten, und versuchte, zum sich weiter erbrechenden Banker durchzukommen. Dabei holte er seine Handschuhe und ein Glasröhrchen aus seinen Hosentaschen.

«Und ich hatte so darauf gehofft, dass dieses Röhrchen an mir vorbeiziehen möge», stöhnte er.

Als er endlich am Ziel angelangt war, bekam er als Erstes einen Schlag in die Magengrube, denn der Banker fuchtelte jetzt, ausser sich, mit den Armen in der Luft herum.

«Sie sind hier! Ich weiss es! Da! Da! Ich sehe Sie», schrie er mit weit aufgerissenen Augen.

Der Mann ist in Panik, dachte Santoro, und als der Banker wild um sich schaute, ergänzte er: Der fühlt sich verfolgt. Eine allgemeine Panik verhindern, das hat jetzt oberste Priorität, sonst wird es in diesem überfüllten Raum gefährlich. Er suchte mit den Augen Peter Bloch, den er bald im Gewühl erblickte, und winkte ihn zu sich. Auch dieser war sichtlich beunruhigt.

Da kam eine Frau, auf ihren hochhackigen Schuhen schwankend, die Hand vor den Mund haltend, an ihm vorbei und stürzte, die Menschen, die ihr im Wege standen, mit der freien Hand zur Seite schubsend, Richtung Untergeschoss. War das nicht die hübsche Frau mit den weizenblonden Haaren, die seinem Vater gefallen hätte?

Zina wurde zur Seite gestossen und schlug gegen die Wand. Eine blonde, sehr schlanke und sehr hübsche Frau mit üppigem Busen schaute sich gehetzt um und erblickte die letzte offene Tür.

«Noch eine», stöhnte Zina.

Und so genau hatte sie das doch nicht gemeint, mit der Hyäne und dem Gift, dachte sie leicht zerknirscht.

Doch bevor sie sich erholen und sich sagen konnte, dass nicht sie das Elend der jungen Frau bewirkt hatte, war diese in der letzten freien Kabine verschwunden, und bald waren nur noch die bekannten Geräusche zu hören.

Santoro versuchte Blickkontakt mit dem Banker herzustellen, sprach ihn an, doch der Banker rollte wild mit den Augen, machte einige unsichere Schritte, schwankte und stolperte, riss die letzten stehenden Gläser und Flaschen um, stiess auf seinem Weg Richtung Ausgang Stühle um und prallte mit andern Besuchern zusammen, die er jedoch nicht wahrzunehmen schien. Dabei schrie er weiter und hielt die Hände vor sich, als wolle er sich vor einem Angriff schützen. Er hatte Angst, das war offensichtlich, Santoro konnte es in seinen weit aufgerissenen Augen erkennen, doch der oder die Angreifer waren eindeutig nur für den Banker sichtbar.

Oder?

Aus dem Augenwinkel sah Santoro, dass Peter Bloch versuchte, die Umstehenden zu beruhigen und den Strom der Besucher aufzuhalten, der ebenfalls Richtung Ausgang drängte, doch er hatte im aufkommenden Lärm nur mässig Erfolg. Zudem liefen verunsicherte Tänzer und Tänzerinnen in alle Richtungen.

Die Kollegen des Bankers waren auch keine Hilfe, denn die standen, sichtbar schockiert, stocksteif herum und starrten auf ihren Anführer. In ihren Augen las Santoro verschiedene Gefühlsausdrücke. Der kleine Dicke war deutlich angewidert, der

Breitschultrige schaute in die Runde und suchte anscheinend einen echten Angreifer. Und der junge Schlanke? Hatte er da nicht Angst in dessen Augen aufblitzen sehen?

Der junge Mann löste sich aus seiner Starre und eilte in Richtung seines Vorgesetzten. Als er ihn erreicht hatte, versuchte er ihn zu beruhigen.

Schlimmer kann es nicht werden, dachte Santoro, als er einen Schrei hörte. Er drehte den Kopf in Richtung des Geschehens und sah einen Mann, der gekrümmt beim Bankertisch stand und sich die linke Seite hielt.

Der kleine Mann mit der Fliege.

Der knallt noch ungebremst auf den Boden, dachte Santoro. Doch bevor der Mann den Boden erreichte, fassten ihn Peter Bloch und der ältere Lehrer, der hinter ihm gestanden hatte, unter die Arme und liessen ihn langsam sinken, sodass der bewusstlose Mann sanft auf dem Boden landete.

«Wir brauchen einen Arzt!», rief Santoro in den Saal hinein, «einen Arzt, sofort!»

Da kniete sich eine stämmige Frau neben den zusammengebrochenen Mann, hielt seine Hände in ihren fest und sprach ihn ruhig an. Die Partnerin des Fliegenmannes löste sich nun auch aus ihrer Starre, eilte zu ihm und verscheuchte energisch Peter Bloch und den Lehrer. Bald lag der Mann in ihren Armen.

Santoro war dabei, den Notruf zu wählen. Am anderen Ende der Leitung konnten sie ihn im ganzen Lärm nicht verstehen. Er drängte nach draussen, fand sich im Gang wieder, der zur Bahnhofshalle führte. Dort hatten sich einige Besucher versammelt, die aufgeregt miteinander redeten oder verunsichert herumstanden.

Er wiederholte sein Anliegen und musste sich anhören, dass die Ambulanz mit Verzögerung kommen werde, da der Eisregen den ganzen Verkehr lahmgelegt hatte.

«Ich höre nichts mehr aus der Kabine, die blonde Frau mit den hochhackigen Schuhen antwortet nicht mehr», sagte Zina.

«Du musst reingehen», antwortete Violetta.

«Reinklettern», sagte Zina nüchtern. «Mach mir mal die Leiter.»

Hinter Santoro war nun auch der Banker im Gang aufgetaucht, der jetzt sichtlich Mühe mit dem Atmen hatte. Er wurde von zwei Frauen gestützt, die verzweifelt nach einem geeigneten Ort suchten, um ihn hinzulegen. Sie dirigierten ihn mit fester Hand zu den Sitzen an der Wand. Santoro folgte ihnen, um sie zu unterstützen. Vielleicht konnten sie ihn dort hinlegen, bis er sich beruhigt hatte.

Doch das war nicht möglich. Jeder Sitz war durch eine Lehne vom andern getrennt. Um Obdachlose daran zu hindern, sich hinzulegen, schimpfte Santoro in sich hinein.

Es blieb ihnen nur noch übrig, den Mann auf den Boden zu legen. Da die beiden jungen Frauen wussten, was sie taten, hastete Santoro zurück in den Saal. Das Unternehmen erwies sich als schwierig. Gleich hinter der Tür waren Frauen und Männer damit beschäftigt, ihre Mäntel bei der Garderobe zu suchen. Santoro kämpfte sich durch das Gewühl und sah, dass einige Besucher einen Ring um den zusammengebrochenen Mann mit der Fliege gebildet hatten, um für ihn Raum zu schaffen. Santoro erkannte den Lehrer, der versuchte, den schützenden Kreis zu erweitern, unterstützt durch das junge Pärchen, das ebenfalls am Bankertisch gesessen war. Da kam ihm Peter Bloch, sichtlich ergriffen, entgegen.

«Es geht dem Mann mit der Fliege schlecht, sehr schlecht, sagt die Ärztin. Wo bleibt die Ambulanz?»

«Auf Eis gelegt. Hier stimmt was nicht. Zwei Männer, die gleichzeitig zusammenbrechen, das kann kein Zufall sein. Ich fordere mal Verstärkung an. Und dann hol ich Goldberg aus den Tiefen herauf.»

«Ich gehe zurück zum Patienten. Die Ärztin hat, soweit das überhaupt möglich ist, alles im Griff, aber ich will sie informieren, dass Hilfe angefordert wurde.»

«Gehen Sie schon mal vor, ich schau noch schnell im Gang nach. Dem Banker scheint es ebenfalls gar nicht gut zu gehen», erklärte Santoro.

Als er durch die Tür kam, erkannte er, dass er sich getäuscht hatte. Blauäugig war er davon ausgegangen, dass sich die Lage nicht verschlimmern könnte. Doch sie hatte es getan. Die beiden jungen Frauen waren eindeutig daran, eine Herzmassage am liegenden Mann durchzuführen.

Er zog einmal mehr sein Handy hervor.

Zina, nach ihrer Kletterpartie endlich in der Kabine angekommen, hatte die vollkommen erschöpfte Frau vorgefunden, die mit geschlossenen Augen über der Schüssel zusammengebrochen war. Sie war nicht sicher, ob die Frau noch bei Bewusstsein war. Sie tätschelte zuerst ihre Hand, und als keine Reaktion kam, schlug sie leicht mit der Hand auf ihre Wange und sprach sie an. Auch damit hatte Zina wenig Erfolg, die Frau stöhnte, hielt die Augen weiterhin geschlossen. Zina nahm sie in die Arme, setzte sie an eine Wand und versicherte sich, dass sie ruhig und regelmässig atmete.

Zina setzte sich auch hin, denn sie wollte einen Augenblick ausruhen und nachdenken. Was machten sie hier? Worum ging es hier eigentlich? Um einen Anschlag gegen Frauen im Allgemeinen?

Und wo blieb ihr Chef? Tanzte er einfach weiter über ihrem Kopf hinweg?

Dachte er gar nicht an seine Assistentin, die hier unten … nicht mehr wusste, an welcher Front sie kämpfen sollte?

Na ja, es hatte wohl wieder einmal keinen Sinn, auf Hilfe von oben zu hoffen.

Sie rappelte sich auf, öffnete die Tür und trat in den Vorraum.

Auch dort hatte sich die Situation nicht gebessert. Der Mann mit dem Blümchenhemd sass, seine Partnerin in den Armen, am Boden und redete beruhigend auf sie ein. Er schaute auf, als Zina auf ihn zuging. Sein Blick drückte Besorgnis aus.

«Wir brauchen Hilfe», sagte Zina und holte ihr Handy heraus.

Santoro ärgerte sich. Auch die Verstärkung werde auf sich warten lassen, hatte er sich anhören müssen. Der Eisregen hatte die ganze Stadt in eine Eisbahn verwandelt. Die Rettungswagen krochen wie alle anderen Fahrzeuge herum, wenn sie nicht irgendwo am Strassenrand gestrandet waren. Die Räumungsfahrzeuge waren zwar unterwegs, doch die Temperaturen waren zu niedrig. Das Salzen wirkte nicht.

Die beiden jungen Frauen wechselten sich ab. Die eine führte die Herzmassage aus, die andere beatmete den bewusstlosen Mann.

Da stürzte ein Mann aus der Tür, der daran war, einen Defibrillator aus seiner Hülle zu holen.

Santoro machte sich auf den Weg nach unten. Es war höchste Zeit, dass er mit Zina die nächsten und wichtigsten Massnahmen besprach.

«Wie meinen Sie das, der Wagen ist unterwegs?», fragte Zina verzweifelt. Und nachdem sie realisiert hatte, was die Person am anderen Ende sagte, versuchte sie zu erklären, dass noch eine Ambulanz kommen musste.

Obwohl sie selbst nun vollends verwirrt war.

Was sollte sie als Nächstes tun? Die üppige Dame stöhnte fast ununterbrochen, war jedoch in der Obhut der älteren Bohnenstange. Auch die kleine Schlanke war in besten Händen – Violetta kümmerte sich um sie. Die Blonde hatte ihren Ehemann. Auch gut. Der Frau mit dem klassischen Profil ging es besser, sie sass inzwischen an die Wand gelehnt neben dem Ehepaar. Blieb die kleine, energische Studentin, die sich weiterhin in ihrer Kabine verschanzt hatte. Wenn sie keine Hilfe wollte, sollte sie bekommen, was sie sich wünschte, nämlich gar nichts. Zina zielte wieder in Richtung der Kabine mit der Frau, die zuletzt gekommen war, da wurde sie am ehesten gebraucht. Doch sie kam nicht weit. Aus einer Kabine stürmte die Studentin mit wutverzerrtem Gesicht, schubste Zina zur Seite und brauste nach oben.

«Der kommt mir nicht davon! Der wird was erleben», stiess sie hervor.

Zina fegte ihr nach.

Da braut sich was zusammen, dachte sie.

Sie war kaum einige Stufen hochgerannt, als sie mit Santoro zusammenprallte.

«Was ist mit dieser Furie, die an mir vorbeigestürmt ist?», fragte er. «Rennt sie vor Ihnen davon?»

«Die Frage ist eher, zu wem sie hinrennt. Sie will jemandem an den Kragen, und sie sieht gefährlich aus.»

«Madonna! Noch mehr Probleme», rief Santoro aus.

«Dann kommen Sie mit, statt eine alternde Sängerin herbeizurufen», antwortete Zina und zog ihn mit. Wobei sie sich fragte, ob sie an ihm zerrte oder sich an ihn klammerte. Dieser Frage wollte sie jetzt nicht nachgehen.

«Die Jungfrau, Goldberg, ich meinte die heilige Muttergottes, um Gottes willen.»

«Wenn Sie auf die Hilfe einer Frau warten, die behauptet, Jungfrau zu sein, gleich nachdem sie ein Kind geboren hat, das, kaum angekommen, auch noch behauptet, ein Sohn Gottes zu sein, dann können wir nur noch auf ein Wunder hoffen, sag ich Ihnen. Die hat genug eigene Probleme zu lösen. Und dessen Vater können Sie auch gleich vergessen, der interveniert nie in den unteren Gefilden.»

«Goldberg, Sie quasseln.»

«Ich entkomme gerade der Hölle, Chef! Das macht mich redselig.»

«Ich will Sie ja nicht betrüben, aber da oben ist auch der Teufel los.» Santoro keuchte und hielt ihr die Türe zum Saal auf.

Und nun konnte auch Zina sehen, dass hier einiges los war. Die Besucher der Milonga strömten aus dem Saal, Flaschen, Gläser und ein Teppich aus Scherben übersäten den Boden, Stühle waren umgestossen worden, und dort, hinter dem Tisch, lag ein Mann am Boden. Darum konnten sie sich jetzt nicht kümmern. Sie suchten die energische kleine Studentin, doch die war im Getümmel untergetaucht. Wo konnte sie nur sein?

«Ich habe eine Idee, wo sie sich befinden könnte», beantwortete Santoro in diesem Augenblick ihre stumme Frage. «Wir schauen mal in der Küche nach.»

Und tatsächlich. Kaum waren sie hinter die Theke gerannt, hörten sie die Stimmen. Die sehr lauten Stimmen.

«Geben Sie es zu, Sie waren das! Was haben Sie in mein Glas geschüttet. Los, sagen Sie es!»

«Was Sie mir sage? Ich nicht verstehe, ich nichts mache. Warum Sie mit mir so schimpfe?»

Als Zina und Santoro in die Küche eintraten, bot sich ihnen ein merkwürdiges Spektakel. Zina konnte nicht erkennen, ob es sich dabei um einen Tanz oder um einen Slapstick handelte. Die Studentin hatte sich in Rage geschrien und bedrängte, den Zeigefinger erhoben, einen kleinen verschwitzten Mann, der immer weiter vor ihr zurückwich. Dabei hielt er die Hände schützend vor sich und wiederholte verzweifelt die gleichen Sätze: «Ich nichts mache. Ich nicht verstehe.»

«Sie haben sich nie an die Abmachungen gehalten, und nun wollen Sie mich ausschalten. Los, geben Sie es zu!»

Weiter kam sie nicht. Mittlerweile hatten sich Zina und Santoro zwischen die Streithähne geworfen. Zina stellte sich vor die Angreiferin und versuchte sie sanft zurückzudrängen. In der Zwischenzeit holte Santoro den Angegriffenen aus der Schusslinie und brachte ihn nach hinten, wo er ihn auf einen Schemel setzte. Dabei erblickte er zwei Knaben, die sich in einer Ecke gemütlich eingerichtet hatten. Vor ihnen auf dem Tisch lagen eine Chipstüte und zwei Fläschchen mit Sprudelwasser. Der eine hielt ein Smartphone in der Hand, auf welchem ein Film lief. Doch die beiden hatten keinen Blick für den Bildschirm übrig. Sie blickten in Richtung Auseinandersetzung, die sich in der Realität abspielte, und die schien ihnen nicht zu gefallen. In ihren aufgerissenen Augen konnte Santoro Angst erkennen.

In der Zwischenzeit hatte die junge Frau, ihres Angriffsziels beraubt, auch ihre Aggressivität und ihre Kraft verloren, stellte Santoro fest. Sie lehnte sich nun, den Blick zu Boden gerichtet, an die Arbeitsfläche.

«Frau Hüdihühi immer schimpfe mit mir. Ich erkläre, sie nicht verstehe. Ich ihr sage, meine Frau Spital, Herz nicht gut. Ich müsse schaffe, sonst keine Geld. Ich meine Sohn mitnehme, sonst er alleine zu Hause, und dann er immer spielt Video oder geht Strasse. Das nicht gut, er erst zwölf Jahre alt. Ich sage, keine Problem, morge keine Schule, er schlafe. Sie sage, ich muss unterschreibe, immer Sohn neun Uhr in Bett. Aber das nicht möglich, wenn ich muss schaffe. Und heute Mutter von Freund kommt und holt meine Sohn und Freund ab. Aber nicht möglich. Sie anrufe und sagt, nicht fahre mit Auto. Keine Taxi, keine Tram. Also Kinder hierbleibe, warte, bis Strasse besser. Aber Frau Hüdihühi nicht zufriede, sie nie zufriede mit mir, sie immer schimpfe.»

«Sie sind Therapeutin?», fragte Zina die junge Frau.

Zina konnte nicht verhindern, ihr Erstaunen so offenherzig zu zeigen. Das war sicherlich ein Fehler, denn die Miene ihres Gegenübers verfinsterte sich noch mehr. Sie musste die Stimmung der jungen Frau unbedingt ein bisschen aufhellen, um so schnell und so schmerzlos wie möglich die notwendigen Informationen zu erhalten, um sich wieder Wichtigerem widmen zu können.

«Entschuldigen Sie meine unangebrachte Frage, aber Sie wirken so jung. Erklären Sie mir, was Sie tun, bitte.»

«Ich habe einen Master in Psychologie und bin QQT-Therapeutin.»

Kuh-Kuh?, staunte Zina.

«Quick Quality Therapy, eine Methode, die in den USA entwickelt wurde. Wir gehen mehrmals pro Woche zu unseren Klienten und begleiten sie in ihren Anstrengungen, die gemeinsamen Abmachungen konkret umzusetzen. Die Stadt Basel hat dieses Programm gekauft. Wir werden dann eingesetzt, wenn

Eltern ein Coaching in Erziehungsfragen benötigen. Dies zeigt sich meist an unangebrachtem Verhalten der Kinder in der Schule.»

«Ich müsse unterschreibe, sonst meine Sohn Liridon, er komme in Heim. Weg! Ich immer rede mit ihm, aber er immer mache Dummheite in Schule. Lehrerin sage, meine Sohn schwatze, mache Clown, nicht arbeite, er störe und mache keine Aufgabe. Frau Üdishühi sage, ich muss helfe bei Aufgabe, aber ich nicht verstehe. Diese Woche er muss Taschenlampe machen. Warum? Wenn meine Sohn brauche Taschenlampe, ich kaufe. Keine Problem.»

Die beiden Knaben kamen hinzu. Der eine holte ein zusammengefaltetes Blatt aus dem Hosensack, das schon ziemlich in Mitleidenschaft gezogen worden war.

Die beiden schauten Santoro an, als seien sie brav wie Anton, die reinsten Musterschüler. Er unterdrückte ein Grinsen.

«Und wie kommen Sie auf die Idee, dass dieser Mann Sie vergiftet hat, Frau Rüdishüsli?», fragte Zina.

«Rüdisühli ist mein Name. Er hat mir ein Glas Wasser geholt. Ich dachte, ich komme so informell mit ihm in Kontakt. Er wollte nicht, dass ich in die Küche komme. Jetzt weiss ich natürlich, warum. Dort hat er seinen Sohn versteckt.» Frau Rüdisühli reckte wieder einmal ihr Kinn und nickte dann bedeutungsvoll.

«Und wie erklären Sie sich die anderen Frauen dort unten, die wie Sie krank geworden sind?», fragte Zina.

Frau Rüdisühli schaute sie erstaunt an. War es möglich, dass sie gar nicht mitbekommen hatte, was um sie herum alles geschehen war?

Santoro starrte auf die Blätter, die er von Liridon erhalten hatte. Da waren mehrere Tabellen aufgelistet, gespickt mit Abkürzungen wie SoF3, N2, Stu1, AEP, Par und viele Ph. Und eine Ermahnung, das Kleingedruckte nicht zu übersehen. Es handelte sich bei diesen Blättern um einen Wochenplan für die laufenden zwei Wochen einer Stammgruppe. Was war eine Stammgruppe, fragte er sich. Gab es keine Klassen mehr? In der ersten Tabelle standen die Aufgaben, in der zweiten die Bemerkungen. Da war zum Beispiel zu lesen: «Kurzfilm Ph1.1 04. ‹Was ist Strom?› Ph 1/01 ‹Taschenlampe› (Input)»; darunter: «Taschenlampe nach Regeln nachbauen.» Das hatte den Vater davon überzeugt, seinem Sohn die Taschenlampe lieber zu kaufen. Er löste seinen Blick von den Blättern, denn ihm war ganz sturm im Kopf, zu viele elektrische Impulse auf einmal.

Er hatte jetzt wirklich keine Zeit, sich um die Irrungen und Wirrungen der Schulen zu kümmern. Und Lust schon gar nicht. Er gab das Blatt den beiden Jungen zurück, schaute den Vater mitfühlend an, legte eine Hand auf dessen Schulter und liess sie dort einen Augenblick liegen.

Als er den Blick Richtung Ausgang richtete, sah er, dass Zina Frau Rüdisühli beruhigt hatte, und beschloss, das Ganze auf sich beruhen zu lassen. Der Mann vor ihm hatte schon genügend Probleme. Nachdem er für weitere Fragen seinen Namen und eine Telefonnummer erbeten hatte und sich verabschieden wollte, trat eine der beiden Frauen, die sich um den Banker gekümmert hatten, in die Küche. Er nahm den Ausdruck in ihren Augen wahr. Gleichzeitig hörte er die Sirenen in der Ferne aufheulen. Die Rettungswagen waren endlich angekommen.

Doch für einen der Betroffenen kamen sie offensichtlich zu spät.

DREI

«Tanzende Frauen kommen in die Hölle ...», begann Violetta, «... nicht tanzende Männer in den Himmel», beendete Zina.

«Die Weisheit des Tages?», fragte Santoro.

«Das Geblödel übermüdeter Frauen», schloss Peter Bloch den Reigen und erntete für seine Frechheit prompt von Violetta einen Zuckerwürfel, der auf seiner Nase landete.

Die vier sassen – aufrecht auf Hockern, die beiden Männer – oder lagen schier, hingefläzt auf dem Sofa, die beiden Frauen. Das Bahnhofrestaurant «Les Gareçons» war eigens für sie geöffnet worden.

Es war sechs Uhr morgens, und die Lage hatte sich so weit beruhigt, dass die vier, die während der ganzen Nacht im Einsatz gewesen waren, nun endlich den lang ersehnten Kaffee trinken konnten. Zudem wollten sie alle Informationen austauschen und ordnen. Das Ehepaar Bloch hatte, in Ermangelung genügender Polizeikräfte, geholfen, einige Personalien aufzunehmen. Der entsandte Polizeiwagen war von einer Ampel aufgehalten worden, was ihm eine Beule zwischen den Scheinwerfern eingebracht hatte, und musste selbst gerettet werden.

Inzwischen war in der Stadt die Normalität wieder eingekehrt. Die Züge fuhren wieder, die Wartenden hatten ihre Reise fortgesetzt, das Eis schmolz dahin, die Tänzer waren nach Hause gegangen, der Verkehr dröhnte am Bahnhof vorbei. Alles ging wieder seinen gewohnten Weg. Nur für einen von ihnen hatte die Reise im Tanzsaal ein Ende gefunden. Sein Ende.

«Rolf H. Stutz ist noch vor dem Eintreffen des Krankenwagens gestorben», begann Santoro die Bestandesaufnahme. «Er war tatsächlich Banker, Sie hatten recht mit Ihrer Annahme, Goldberg.»

«War ja auch nicht schwierig. Die Kerle sind ja alle gleich. Sie sind so einfach zu erkennen wie die Waggis, die alten Tanten oder die Harlekine. Im Gegensatz zu diesen Gestalten der Basler Fasnacht tragen sie nur keine Larven. Zumindest nicht offiziell. Konnten Sie herausfinden, wie sie im Tanzsaal gelandet sind?»

Santoro antwortete: «Ja, sie kamen aus Zürich und waren unterwegs nach Frankfurt, zu einem Symposium, wie mir einer aus der Gruppe erklärt hat, der am wenigsten schockiert war. Ich habe seinen Namen notiert. Ach ja, hier habe ich ihn: Angelo Rizzo heisst der Kerl, und er hat etwas mit Sicherheit zu tun. Ihr Zug hätte um einundzwanzig Uhr zweiundzwanzig weiterfahren sollen, doch er blieb hier stehen. Aus Sicherheitsgründen, sei durchgesagt worden. Der Eisregen hat auch den ganzen Schienenverkehr lahmgelegt. Wie lange die Züge aufgehalten werden sollten, das war am Anfang nicht klar. Also beschlossen sie zu warten und haben sich zuerst hier im ‹Les Gareçons› aufgehalten, bis das Restaurant um dreiundzwanzig Uhr geschlossen wurde. Dann sind sie der Musik gefolgt und beim Tango gelandet.»

Die vier schauten sich an, und langsam formte sich auf jedem Gesicht ein verschmitztes Lächeln.

«Nein, Goldberg, sagen Sie es nicht», begann Santoro.

«Der letzte …», begann diese trotzdem, «Tango …», fuhr Violetta fort, «… in Basel.»

Die Männer schauten sich an und erkannten beide den gleichen Gedanken in den Augen des andern: Frauen!

«Ich gebe mal meine Informationen weiter, damit wir nach Hause kommen», begann Peter Bloch, um Ernsthaftigkeit bemüht, und holte eine vollgekritzelte Serviette aus seinem Hosensack hervor.

«Rudolf A. Oberhänsli, das ist der Name des Mannes mit der Fliege. Er war immer noch bewusstlos, als die Sanitäter ihn zur Ambulanz getragen haben. Ruedi, wie ihn seine Frau nennt, ist Staatsangestellter, hoher Beamter im Erziehungsdepartement. Das A steht für Albert, aber das ist vollkommen wurscht. Das hat mir auch seine Frau erklärt.»

«Dass es wurscht ist, dass er im Spital ist oder dass er ein hoher Staatsbeamter ist?», fragte Zina und schaute angestrengt nicht in Richtung ihrer Freundin.

«Das A. Und sie heisst Sabine Oberhänsli-Schlipf, falls das jemanden interessiert.»

«Hat sie auch einen Beruf, oder ist sie nur als die Frau des hohen Beamten registriert?», hakte Zina mit harmlosem Blick nach.

«Sie leitet auch. Eine kleine Gruppe mit Schulschwierigkeiten. Grossen Schwierigkeiten. Sie unterrichtet in einer Villa, die in einem grossen Park liegt. Warum sie das erzählt hat, weiss ich auch nicht.»

«Ob da ein Zusammenhang besteht? Villa und hoher Beamter?» Violetta hatte nachgefragt.

«Danach fragt in Basel niemand. Das solltest du doch langsam wissen, Weib», sagte Peter Bloch.

«Wer war der Jüngling mit den blonden Locken neben Oberhänsli?», fragte Violetta.

«Der Kerl heisst Robin Hützli», antwortete Peter Bloch.

«Und lebt im Wald?», fragte Zina, um Harmlosigkeit bemüht.

«Eher im sozialen Dschungel. Auch er ist Lehrer und unterrichtet an einer Primarschule, wo er in der Schulleitung sitzt, wie er mir sichtlich stolz berichtete. Und jung ist er nicht mehr. Ich schätze ihn auf knapp über vierzig. Das erkennt man aber nur von Nahem. Er äusserte seine Bestürzung und seine grosse Anteilnahme. Er kennt Oberhänsli, der übrigens Stabsleiter ist. Hützli hat ihn im Zusammenhang eines Schulentwicklungsprojektes an seiner Schule kennen- und schätzen gelernt, wie er sich ausgedrückt hat. Was ihn aber nicht dazu bewegt hat, dem Herrn zu helfen, als er zusammenbrach. Um was es genau ging bei diesem Projekt, das muss ich mal nachschauen.» Peter Bloch schaute auf seiner Serviette nach und stöhnte. «Da habe ich es ja wieder. Irgendwas mit heterogenen Lerngruppen, Beurteilungen der Kompetenzen, abverlangten Synergien, individualisierenden und gemeinschaftsbildenden Unterrichtsformen. Den Rest erspare ich Ihnen. Ist wohl auch nicht wichtig.»

«Immerhin wissen wir nun, dass sich die beiden kannten. Wie steht es mit den zwei jungen Leuten mit dem kritischen Blick?», fragte Santoro.

«Das sind die letzten zwei auf meiner Liste», sagte Peter Bloch. «Beide sind Studenten. Carmen Alvarez studiert Ethnologie und Gender Studies. Florian Tschudi studiert Soziologie und befasst sich insbesondere mit der Verteilung des Reichtums in der Schweiz. Ihr Augenmerk war nicht auf Oberhänsli gerichtet, sondern auf die Finanzgruppe. Sie sind übrigens beide politisch engagiert, grün für sie, rot für ihn, was sie beide mit Stolz mitgeteilt haben. Es war ihnen wichtig, sich von den anderen Anwesenden an diesem Tisch zu distanzieren. So auch der ältere Herr, der hinter Oberhänsli stand. Er heisst Hans Kraft und ist natürlich auch Lehrer. Den hätte ich fast vergessen. Da war auch noch eine sehr hübsche blonde Frau, aber die ist nach unten verschwunden, als das Theater losging.»

«Und? Hat irgendeiner deiner Befragten irgendetwas Ungewöhnliches wahrgenommen?», fragte Zina.

«Die Antwort heisst zusammenfassend gesagt: Nein, sie haben nichts gesehen. Oberhänslis Ehefrau war darauf konzentriert, ihren Mann zuerst auf die Tanzfläche zu locken, dann zu zerren. Hützli fand die Diskussion über die Anforderungen in der Wirtschaftswelt und die mangelnde Vorbereitung der Jugendlichen darauf, die von Stutz losgetreten wurde, sehr anregend und spannend, und die beiden Studenten haben sich schrecklich aufgeregt, sowohl über den Inhalt als auch über die protzige Art des Auftritts von Stutz. Die unterwürfige und verständnisheischende Art von Oberhänsli fanden sie erbärmlich. Trotzdem haben sie versucht, dem Banker zu helfen, als er zusammenbrach. Dasselbe gilt für den älteren Lehrer, Herrn Kraft: Aufregung, dann Hilfe. Und falls jemand erfahren möchte, ob *ich* etwas Ungewöhnliches gesehen habe, kann ich nur sagen, dass diese Bankergruppe im hohen Masse dysfunktional ist. Als geübtem Supervisor von Gruppen fällt mir so was auf, ob ich es will oder nicht.»

«Sie meinen, es herrschte unter den Kerlen eine explosive Stimmung, das habe sogar ich von der Tanzfläche aus gesehen», sagte Santoro.

«Und die hat sich im ganzen Raum ausgedehnt. Wie ein Duft aus ganz besonderen Kräutern. Bitteren, giftigen Pflänzchen», ergänzte Peter Bloch.

«Wir werden später der Frage nachgehen müssen, wie es zu dieser Spannung zwischen den fünf Bankern gekommen ist. Goldberg, was gibt es von der Klofront zu berichten?»

Gerade als Zina mit ihrem Bericht beginnen wollte, gesellte sich ein grosser, junger Mann zu ihnen, der in einem dieser Astronautengewänder steckte. Aha, Sepp Stump, neuer Leiter der Spurensicherung, kommt zum Rapport, dachte Santoro. Während dieser seine Kapuze herunterzog und ihnen erklärte, dass der Tatort, der ja vielleicht gar keiner war, wie er schulterzuckend eingestand, ein riesiges Durcheinander darstellte, sodass er und seine Kollegen noch Stunden Arbeit vor sich hatten, starrte Santoro gebannt auf seinen Kopf. Wann hatte er einen solchen Haarknoten, die Haare streng nach oben gestrafft, gesehen? War das nicht auf dem Kopf seiner Französischlehrerin gewesen? Oder hatte diese ältere Dame Religionsunterricht erteilt? Wie nannte man damals diese Frisur? Pfürzi? Und galt sie nicht bereits in seiner Jugend als altbacken?

Wie kam denn dieser junge, muskulöse und ziemlich hübsche Kerl dazu, sich ein Pfürzi auf den Kopf festzustecken, fragte sich Santoro ungläubig. Doch für haarsträubende Überlegungen über die Irrungen und Wirrungen junger Männer war jetzt keine Zeit. Er löste seinen Blick von Sepp Stump, der sich mit hängenden Schultern Richtung Tatort davonmachte.

Santoro nahm den Faden ihres Gesprächs wieder auf. «Wo waren wir stecken geblieben? War das nicht im Klo?»

«Genau. Dann gehen wir also zum Reigen der würgenden Frauen über. Damit unsere beiden Hilfssheriffs endlich nach Hause entlassen werden können, schlage ich vor, dass du zuerst loslegst, Violetta», sagte Zina.

Violetta nahm eine kleine Rolle Papier hervor, die mit krakeliger Schrift überzogen war. Das ist doch nicht …, dachte Zina. Doch, ist es.

«Ich habe eben genommen, was in dieser Umgebung zu finden war», sagte Violetta mit einem Schulterzucken und starrte angestrengt auf die Aufzeichnungen.

«Gehen wir der Reihe nach», begann Violetta. «Zuerst habe ich da die Ex-Ex eines einflussreichen Mannes, Rebekka Kalbermatten. Sie hat ihren ursprünglichen Namen wieder angenommen. War ihr wichtig, das zu betonen. Sie war vor einigen Wochen selbst betroffen und brauchte Tage, um sich zu erholen. Damals waren sie ebenfalls eine kleine Schar dort unten. Die Namen hat sie leider nicht. Dann hat sie noch weitere zwei Mal den gleichen Ablauf mitbekommen. Den Rest kennt ihr ja. Und bevor du wieder nachfragst, ja, sie hat einen Beruf. Sie ist Juristin, auf einer Sozialbehörde. Sie arbeitet halbtags. Das kann sie sich leisten. Die Alimente des Ex-Ex sind anscheinend grosszügig ausgefallen. Warum sie mir das erzählt hat, ist mir ehrlich gesagt schleierhaft.»

Daraufhin blickte Violetta wieder mit zu Schlitzen verengten Augen auf ihre Papierrolle.

«Was ist eigentlich mit der kleinen Schlanken geschehen? Hat sie sich erholt?», fragte Zina.

«Sie hat es am schlimmsten erwischt. Die Sanitäter haben sie mitgenommen. Aber vorher konnte sie mir noch berichten, dass es sie schon zum zweiten Mal erwischt hat. Das erste Mal vor zwei Wochen. Da hing sie, ebenfalls mit mehreren andern Frauen, über der Schüssel. Diesmal sei es aber viel schlimmer gewesen. Sie ist übrigens Lehrerin in der Krisenstelle der Schulen Basel-Stadt. Sieht gar nicht danach aus, diese zierliche Person, aber sie betreut Schülerinnen und vor allem Schüler, die in keiner Schule mehr zu halten sind. Sie heisst Caroline Dupuis.»

«Die junge Studentin, die gar keine ist, kannst du auslassen, Violetta. Erzähl mir lieber etwas über die grosse Blonde», sagte Zina.

«Stand die nicht auch am Bankertisch?», warf Santoro ein.

«Die grosse Blonde mit den hochhackigen Schuhen? Das weiss ich nicht. Schliesslich wurde ich in die Unterwelt geschickt», antwortete Zina.

«Ihr Name ist Selina Winkler», nahm Violetta den Faden wieder auf. «Sie ist zum ersten Mal drangekommen. Aber sie tanzt auch nicht so oft, keine Zeit. Sie arbeitet nämlich als Schulpsychologin und kümmert sich um gefährdete Kinder. Und die sind bekanntermassen alle heillos überlastet.»

«Die Schulpsychologen oder die Kinder?», fragte Zina.

«Beide», antwortete Violetta.

«Du meine Güte, noch eine, die sich um schwierige Kinder kümmert, die armen Kleinen werden ja vollkommen überschwemmt von so viel Fürsorglichkeit», kommentierte Santoro.

«Und es ist auch nicht zu Ende, denn die üppige Dame ist eine erfahrene Heilpädagogin. Sie arbeitet in einer Sekundarschule und betreut dort, ratet mal? Ja, genau, schwierige Kinder. Und sie heisst Monika Matter. Die Frau mit den langen Haaren und dem schönen Profil, die als Erste hinuntergerannt ist, heisst Kristina Stojic, ist Primarlehrerin in einem sensiblen Quartier, wie es heute heisst. Also auch sehr schwierig. Und bevor ihr weiterfragt: Ja, die Letzte ist ebenfalls in diesem Kuchen beheimatet. Sie arbeitet als Sozialpädagogin in einem Kinderheim für Blablabla, den Rest erspare ich euch. Und ihr Mann kümmert sich in einer Spezialklasse um traumatisierte Flüchtlingskinder. Und sie ist auch zum ersten Mal betroffen.»

«Wie heisst denn dieses aussergewöhnliche Ehepaar?», fragte Peter Bloch.

«Herr und Frau Bänziger, und du hast recht. Aussergewöhnlich, denn *er* hat seine Ehefrau *nicht* ganz alleine in dieser stinkenden Hölle zurückgelassen.»

Santoro blickte in Richtung Peter Bloch, der nun sichtlich bereute, diese Frage gestellt zu haben. Bevor dieser zu einer Rechtfertigungsrede ansetzen konnte, nahm er den verlorenen Faden wieder auf. Es war höchste Zeit, diese Runde zu beenden, die beiden zu entlassen und zu ernsthafter Polizeiarbeit überzugehen.

«Haben diese Frauen etwas gemeinsam, ich meine, ausser den schwierigen Kindern, oder sind es Kinder in Schwierigkeiten oder mit Schwierigkeiten?», fragte Santoro.

«Diese Diskussion wollen Sie gar nicht beginnen, Chef, schon gar nicht mit unseren zwei Gehilfen hier. Sonst sitzen wir noch in einer Woche hier und verpassen unsere Ermittlung.»

«Die Frage ist ja eher, ob wir überhaupt eine Ermittlung haben. Oder haben wir zwei? Oder sogar gar keine», sagte Santoro.

«Sie glauben doch nicht an so viele Zufälle?», fragte Violetta.

«Nein, leider nicht. Dabei hatte ich so viel Hoffnung in die Viren und Bakterien gesetzt. Es könnte doch der Beginn einer neuen Epidemie sein, den wir heute Nacht erlebt haben. Was meinen Sie, Goldberg?»

«Das hätte sicher auch unsere Pharmaindustrie gefreut. Dann hätten sie wieder mal eine Impfung entwickeln können, die alle Staaten hätten kaufen müssen und die ihnen ein paar Milliarden eingebracht hätte.»

«Also keine Milliarden für die Pharmaindustrie, keine Impfungen für die Staaten, dafür …»

«… eine bis zwei Ermittlungen für uns», sagte Santoro.

«Kommt auch billiger», fügte Zina an.

«Schliesslich muss die Stadt ja sparen», sagte Violetta.

«Wir sind also …», begann Santoro.

«Genau, Chef, ein Sparprogramm.»

***

Das Ehepaar Bloch war nach Hause entlassen worden, die Spurensicherung sammelte weiter Gläser, Scherben und verschüttete Getränke ein. Die Röhrchen, die Zina fleissig gefüllt hatte, waren bereits im Labor, der tote Banker in der Gerichtsmedizin. Er wartete dort auf seine Öffnung. Erste Erkenntnisse konnten frühestens am Nachmittag erwartet werden. Die Uniformierten hatten eine lange Liste von Namen erstellt, doch viele Besucher der Milonga waren nach Hause gegangen, ohne erfasst worden zu sein. Den jungen, schlanken Banker hatten sie nach Hause entlassen, weil er als Einziger der Gruppe Basler war. Die restlichen Banker hatten sie ebenfalls ziehen lassen, sie waren in einem Hotel bei der Mustermesse untergekommen. Deren Namen waren wenigstens notiert worden. Und diese Liste gingen Zina und Santoro nun durch.

«Wie gesagt, bei dem Verstorbenen handelt es sich um Rolf H. Stutz. Er ist in der Abteilung Corporate Finance der Leiter der Unterabteilung Investment Management and Research.»

«Und wonach sucht er?», fragte Zina.

«In seinem jetzigen Zustand?»

«Lassen wir das. In Ihrem Zustand, Chef, werden wir nicht mal die richtigen Fragen finden, geschweige denn Antworten erhalten.»

«Lassen Sie uns kurz den Rest der Gruppe durchgehen, und dann verordne ich uns eine Mütze Schlaf. Wir können frühestens heute Nachmittag mit Sicherheit wissen, ob wir überhaupt zum Einsatz kommen.»

«Gut, den Sicherheitsheini haben wir auch identifiziert, Angelo Rizzo. Nur welche Sicherheit er garantieren sollte, ist nicht klar.»

«Klar ist nur, dass er versagt hat.»

«Wenn es denn darum ging, Menschen zu beschützen. Aber das ist ja nicht wirklich die Aufgabe einer Bank, wenn ich das richtig mitbekommen habe.»

«Also werden wir ihn fragen. Später. Jetzt schauen wir uns die Begleiter an. Die Untergebenen des Ermordeten, das sind sie alle. So viel konnte ich erfahren.» Darauf holte Santoro einige vollgeschriebene Kassenzettel hervor und versuchte sie zu entziffern.

«Wir waren nicht sehr gut ausgerüstet für unsere Mission», stellte Zina nüchtern fest.

«Wir glaubten ja auch nicht daran, an eine Mission, meine ich. Die Informationen sind auch auf Fötzeli gültig. Also, Goldberg, es geht los. Der junge Schlanke heisst Stefan Bleibtreu und ist Basler, er pendelt jeden Tag nach Zürich, dem Hauptsitz der Bank. Er ist Informatiker. Dann haben wir noch Ernst Vogt, den älteren Herrn, der seine Langeweile so schlecht verhehlt hat.»

«Er war deutlich älter als sein Vorgesetzter.»

«Wird vielleicht eine Rolle spielen. Aber lassen wir das alles vorerst. Der Letzte dieser Gruppe ist Alois Rentsch, das ist der kleine Dicke.»

«Der mit der aufblitzenden Verachtung im Augenwinkel.»

«Nur dass wir nicht wissen, wogegen sich seine Verachtung richtet. Gegen seinen Chef, gegen seine Bank, gegen die Menschheit, die sich von seiner Bank ausnehmen lässt? Ob er uns jemals sein Herz öffnet, das wage ich zu bezweifeln.»

«Und? Haben Sie wenigstens erfahren, um welche Bank es sich handelt?», fragte Zina.

«Da musste ich doch sehr darauf bestehen, ihnen die Würmer aus der Nase ziehen, sozusagen.»

«Wie unappetitlich, und welches Gewürm haben Sie erbeutet?»

«Na, raten Sie mal. Eine Bank, die vor einigen Jahren Schrott produkte gekauft hat, sie dann natürlich nicht mehr loswurde und von unserer Nationalbank, das heisst von uns, gerettet werden musste. Um sie dafür zu belohnen, durften sie sich dann gegenseitig dicke Boni auszahlen. Dann haben sie auch noch ein paar Milliarden verscherbelt, diesmal in Prozessen, die sie verloren haben, mit Recht natürlich. Verloren haben sie auch ein paar Mitarbeiter, Bauernopfer, die als Kanonenfutter an die Finanzfront geschickt wurden und sich vor der Justiz in den USA wiederfanden.»

«Hören Sie auf, ich krieg die Krätze!»

«Und ich habe fast meinen Vater an der Empörungsfront verloren. Seitdem leidet er an Herzrhythmusstörungen, schläft schlecht, und jedes Mal wenn er anruft, muss ich mir Tiraden gegen das Finanzsystem und Aufrufe zur Weltrevolution anhören.»

«Hört sich doch sehr sympathisch an, Ihr alter Herr.»

«Sicher, von Weitem. Direkt am Ohr eher anstrengend.»

«Hört ihm denn sonst niemand zu?», fragte Zina.

«Meine Mutter flüchtet meist in irgendwelche Kurse oder Kuren, seine Töchter wollen ihn überreden, seinen Ruhestand endlich zu geniessen, seine Partei gibt es nicht mehr, seine Gewerkschaft ist hier in der Schweiz und führt Rückzugsgefechte, wie er mir immer wieder eintrichtert. Ich habe ihm das Internet empfohlen, aber das findet er frustrierend, es redet nicht mit ihm. Bleibt nur sein Sohn. Und das bin nun mal ich.»

«Also sind Sie seine einzige Volksmasse, die er zu mobilisieren versucht? Muss hart sein, so ganz alleine so viele darzustellen.»

«Seine Volksmasse fühlt sich eher erschlagen, meine Liebe.»

«Und wie heisst nun diese Bank?»

«Die berühmte und mittlerweile berüchtigte Bank Schwaitz natürlich.»

«Dann werden wir mal versuchen, den Panzerschrank zu knacken.»

«Oder eine kleine Türe zu finden, die offen steht. Einfacher.»

«Aber schade. Ich wollte schon immer mal eine Bank überfallen.»

«Sie träumen, Goldberg.»

«Zumindest geh ich jetzt schlafen.»

***

Matteo Santoro rannte übers Wasser. Er wusste nicht, woher das Wasser gekommen war. Er wusste auch nicht, ob er über einen See rannte oder ob es eine Überschwemmung gegeben hatte. Er wusste nur, dass er nicht stehen bleiben durfte. Denn dann würde er untergehen, ertrinken. Also hastete er weiter. Wohin? Auch das wusste er nicht. Kein Land in Sicht. Wo er sich auch umschaute, er sah nur weite, unendliche Wassermassen. Glatt, dunkel und undurchdringlich breiteten sie sich in alle Richtungen aus. Wie war er nur hierhergelangt? Wohin führte ihn dieses Gerenne? Er wusste es nicht. Nur eines war sicher. Er durfte nicht stehen bleiben. In Bewegung bleiben, vorwärtsgehen, ermahnte er sich, als er bemerkte, wie schwer seine Beine wurden, als habe er Blei in ihnen, als hielte ihn eine unsichtbare Kraft zurück. Er verlangsamte seine Schritte. Verzweifelt versuchte er, seine letzten Kräfte zu mobilisieren, seine Beine zu heben. Er wollte nicht untergehen, er wollte nicht überschwemmt werden, sich nicht in diese unendliche Dunkelheit sinken lassen.

Er wollte aufgeben, sich hinlegen, sich von diesen undurchdringlichen Tiefen aufnehmen lassen, verschwinden, da sah er drei Köpfe aus dem Wasser ragen. Drei Menschen plauderten, plantschten, genossen ihr gemeinsames Bad.

Schon stand er bei ihnen. Wie war er so schnell hier angelangt? Er konnte es sich nicht erklären. Jetzt erkannte er die Badenden. Er stand immer noch auf dem Wasser und schaute hinunter. Da stand Zina Goldberg, sie hatte Boden unter den Füssen, stand aufrecht und ruhig in diesem Wasser, das für ihn so unendlich tief war. Und daneben erkannte er ihre Freundin, Violetta Bloch, und ihren Mann, Peter.

«Kommen Sie rein», rief ihm Peter Bloch zu.

«Was machen Sie denn dort oben?», fragte Zina.

Er konnte nicht antworten. Er durfte nicht antworten. Warum? Das wusste er nicht.

Meine Assistentin, dachte Matteo Santoro, mein Goldchen. Er wollte nun doch rein. Er schaute nach unten. Das Wasser war hier klar, tatsächlich nicht tief, denn er erblickte den sandigen Boden. Aber er konnte nicht.

Scheisstraum, dachte er und wachte auf.

Er war zu Hause in seinem Bett. Und im Bett neben seinem war niemand. Seit Monaten nun war es leer. Er sollte es entsorgen, ermahnte er sich. Aber nicht jetzt.

VIER

Zina Goldberg sass im «Fumare – non fumare», einem Café mitten in der Stadt. Eine SMS ihres Chefs hatte ihr geraten, erst in einer Stunde zu erscheinen, da er noch keine Informationen erhalten habe. Sie wussten also nicht, ob sie überhaupt einen Fall hatten.

An diesem Samstagnachmittag war das «Fumare – non fumare» gut besucht. Wie immer eigentlich. Hier trafen sich die Menschen vor einem Einkaufsbummel, trafen Freunde, lasen die Zeitung und tranken einen Kaffee, wie sie es gerade tat.

Hoffentlich ist der Kerl an einem Herzinfarkt gestorben, dachte sie. Wenn sein Tod etwas mit der Finanzwelt zu tun hat, werden wir nur Bahnhof verstehen. Sie schaute wieder auf den Artikel. Sie tat, was sie bis anhin immer vermieden hatte – sie las im Wirtschaftsteil einer Tageszeitung.

Und genau, sie verstand gar nichts.

Was war um Himmels willen ein Einkaufsmanager-Index? Aha, ein wichtiger Konjunkturindikator. Ging es nun darum, was Manager einkauften? Arbeitskräfte, so billig wie möglich, oder Pelzmäntel für ihre Geliebten, so protzig wie nötig? Oder ging es darum, wie viele Manager gekauft wurden? Für welche Gegenleistung?

Und warum sorgte sich einer über den Anstieg der Negativzinsen auf Überschussreserven der Geschäftsbanken. Wer bekam da eigentlich von wem Geld und wofür? Und warum gaben die einem Geld, wenn sie dann auch noch draufzahlen mussten?

Diesen Artikel wollte sie nicht zu Ende lesen. Sie blätterte weiter, liess ihren Blick über einen Artikel schweifen, in dem es darum ging, dass in mehreren Schweizer Städten immer mehr Drogen konsumiert wurden, entschied, dass sie nicht mehr über diese triste Angelegenheit erfahren wollte, las die nächste Schlagzeile: «Gleicher Lohn für Frauen: Der Ständerat ziert sich», die sie noch mehr deprimierte. Diese Männerbastion war also nicht bereit, die Diskriminierung von Frauen effizient zu bekämpfen. Nein, auch diesen Artikel wollte sie nicht lesen. Die nächste Schlagzeile zauberte ein Lächeln auf ihre Lippen. «Hashtag MeToo» war zum Schweizer Wort des Jahres gewählt worden. Nach anfänglichem Zögern hatten sich auch in der Schweiz immer mehr Frauen, zur Hauptsache aus dem Medienbereich, der Unterhaltungsindustrie und der Politik, zu Wort gemeldet. Besonders beeindruckt hatten sie die Berichte von Parlamentarierinnen, die es vermieden, alleine mit bestimmten Kollegen im gleichen Lift zu landen. Da zierten sich die Ständeräte anscheinend nicht.

Zina fragte sich, was wohl ihr toter Banker zu dieser Kampagne gedacht hatte. Er hatte sich garantiert nicht gefreut. Hatten sich auch Frauen aus dem Bankenwesen zu Wort gemeldet? Eine so seltene Spezies, dass sie wohl den Mund hielt, befand sie und seufzte. Sie blätterte wieder zurück zum Wirtschaftsteil.

Sie liess ihren Blick über die folgenden Seiten schweifen und erkannte endlich ein Wort, mit dem sie etwas anfangen konnte: Supermario. So hiess der Chef der Europäischen Zentralbank.

Dieser kleine Held aus einer virtuellen Welt hatte tausendfünfhundert Milliarden eingeschleust – wohin denn? – und damit nichts erreicht. Wie war das möglich? Sie versuchte sich vorzustellen, wie viele Spitäler, Schulen und Sozialwohnungen damit gebaut werden könnten – sie schaffte es nicht. Und was wäre mit Sonnenkollektoren, Windkraftwerken und den dazugehörenden Arbeitsplätzen, um sie zu erschaffen?

Wie viele Nullen hat eigentlich diese Zahl: tausendfünfhundert Milliarden? Im Kopf würde sie das nicht schaffen. Sie nahm ihren Kugelschreiber und begann eine Null nach der anderen auf den Rand der Zeitung zu schreiben. Sie kam auf elf. Der Kerl, der mit so viel Geld gar nichts hatte bewirken können, war auf jeden Fall eine einzige – eine einzige Null.

Trotzdem war er weiterhin am Werk und wollte nun pro Monat sechzig bis achtzig Milliarden Wertschriftenpapiere einkaufen. Um sie wem zu geben? Und gab es auch Papiere zu kaufen, die keinen Wert hatten? Wie wurden die genannt? Aha, da hatte sie die Antwort, im Artikel darunter. Die hiessen Ramschpapiere oder, kurz ausgedrückt, Schrott.

Und die lagen in den Schweizer Banken!

Dort hiessen sie dann High Yield, tönt interessanter. Sie las weiter und staunte immer mehr. Diese Papiere konnten sehr hohe Zinsen einbringen, nur war das Risiko ebenfalls sehr hoch, denn es ging dabei um Unternehmen, denen es sehr schlecht ging. Wie den Firmen, die auf Schieferöl gesetzt hatten. Denen würde bald der Schnauf ausgehen, stand da. Aha. Geschieht ihnen recht, freute Zina sich. Dann könnten sie die Zinsen natürlich nicht mehr bezahlen. Wenn sie das richtig verstand, konnte man also auf ein krankes Pferd wetten, in der Hoffnung, dass es dann doch das Derby gewann. Dann knackte man den Jackpot und schwamm im Geld. Doch das Pferd hatte, wie zu erwarten gewesen war, verloren. Und nun hockten diese Banken auf ihrem Schrott. Das heisst, auf einem Loch. Ein Analyst redete sogar von Abgrund, ein anderer von tickender Bombe und der Letzte von einem Spielcasino. Die Manager blieben dabei, denn sie sahen es als eine Herausforderung an. Sie wollten genau so weitermachen wie bisher, denn sie zählten auf die Liquidität solcher Papiere. Liquid heisst flüssig, überlegte Zina. Banknoten und Wasser? Das konnte ja nicht gut gehen. Die werden unser Geld versenken, da war sie sich sicher, denn wer würde wohl die grössenwahnsinnigen Deppen wieder mal retten müssen, wenn sie Milliarden in den Rhein warfen?

Sie brauchte dringend eine Pause, eiste ihren Blick von der Zeitung los und schaute nach draussen, erblickte die Hauptpost, ein Sandsteingebäude, einer Trutzburg ähnlich, die seit über fünfhundert Jahren dastand. Und die sollte geschlossen werden, was der Basler Bevölkerung gar nicht gefiel. Demonstrationen hatten stattgefunden, die jedoch nur erreicht hatten, dass die Galgenfrist verlängert worden war. Die Hauptpost durfte nur weiterbestehen, wenn sie mehr einbrachte. Warum sollte eine Post mehr einbringen und für wen?

Sie sollte wirklich mehr vom herrschenden Finanzwesen verstehen, sagte sie sich und richtete ihren Blick, der immer grimmiger wurde, wieder auf die Zeitung.

Sie las weiter. Die Grossbanken hatten in den letzten Jahren hundertfünfundsechzig Milliarden vernichtet. Das entsprach dem Wert von sechs der grössten Unternehmen der Schweiz. Es ging dabei um Aktionärswerte. Wie sie das Desaster organisiert hatten, das verstand sie dann gar nicht mehr, denn jetzt wimmelte der Text wieder von Begriffen wie Shareholder-Value-Ansatz, Bonität oder Kapitalbasis. Nur so viel verstand sie: Die Manager waren mit hohen Boni dazu motiviert worden. Wozu?

Ihr Unternehmen in den Ruin zu reiten?

Seit über zehn Jahren hatten Universitätsprofessoren vor den Risiken gewarnt, las sie weiter. Sie waren ignoriert worden.

Zina hatte genug.

Welchen Zweck hatten Artikel, die unverständlich waren, die verwirrten statt informierten?

Sie fragte sich, was geschehen könnte, wenn die Artikel verständlich wären? Wenn die Menschen, alle Menschen, verstehen könnten, was die Banken wirklich mit dem Geld, ihrem Geld, veranstalteten?

Ach Göttin, mach bitte, dass dieser Stutz an einem harmlosen Herzinfarkt gestorben ist. Sie wollte nicht in die Welt dieser Banker, mit ihren Boni im Investmentbanking, mit drohender Volatilität in schwankenden Märkten, eintauchen müssen. Volatilität? Hatte das nicht was mit fliegen zu tun? Sie sah herumflatternde aufgescheuchte Hühner vor sich, unter denen sie nach Indizien suchen mussten.

Nein, auf diese Jagd freute sie sich gewiss nicht.

Da hörte sie das Pling ihres Handys.

Santoro rief sie zur Arbeit.

Anscheinend hatte die Göttin Wichtigeres zu tun.

***

«Kokain.»

«Wo?»

«Im Banker.»

Santoro legte das Handy auf seinen Schreibtisch und blickte zu Zina hoch, die vor ihm stand und ihn mit grossen Augen anstarrte.

«Setzen, Goldberg, sonst verursachen Sie mir noch eine Genickstarre.»

Santoro wartete, bis sich Zina hingesetzt hatte, und staunte, dass sie sich aufrichtete, als hoffte sie, dass ihr Kopf, wie die Blüte einer aparten Blume, bis zur Decke wachsen könne. Was war denn das für eine neue Mode? Ansonsten hatte sie doch die Fähigkeit, jede Sitzgelegenheit vollkommen entspannt in Besitz zu nehmen, als wolle sie sich auf ein Sofa hinfläzen. Er kam nicht dazu, eine Erklärung einzuholen, denn nachdem sie ihre Schultern an die Ohren gehoben und mit einem wohligen Seufzer wieder hatte sinken lassen, legte Zina los. «Wollen Sie mir weismachen, dass der Kerl sich inmitten all dieser Menschen eine Linie reingezogen hat?»

«Ich will gar nichts. Die Obduktion hat ergeben, dass unser Toter, Rolf H. Stutz, seines Zeichens Leiter Corporate Finance der Bank Schwaitz, an einer Überdosis Kokain gestorben ist. Und wir haben einen Fall.»

«Weil er zu viel Schnee in der Nase hatte?»

«In der Nase ein bisschen, über längere Zeit eingenommen. Im Magen hingegen haben sie eine nicht alltägliche und tödliche Dosis gefunden, Goldberg.»

«Autsch! Das sieht nicht gut aus. Und wie ist es dort reingekommen?»

«Auf diese Information müssen wir noch warten. Unsere Techniker haben Stunden damit verbracht, Scherben zu sammeln und zu sortieren. Sie werden Tage brauchen, um daraus Ergebnisse herauszufiltern.»

Sie hatten sich in Santoros Büro wiedergefunden, um die neuesten Entwicklungen zu besprechen. Die ersten Erkenntnisse aus der Pathologie waren Santoro über Telefon mitgeteilt worden. Sie hatten also einen Fall. Mindestens einen. Ob es mehrere waren, das würde sich zeigen. Die gesammelten Proben von Zina hatten warten müssen. Die Techniker waren überlastet.

Mittlerweile war der Nachmittag fortgeschritten, mehr Licht hatte er nicht mit sich gebracht. Der Tag blieb grau, als sei die Dämmerung schon hereingebrochen. Santoro schaute aus dem Fenster. Nebelschwaden, Nieselregen, Kälte. Er betätigte den Schalter. Wenigstens hier drinnen sollte ein wenig mehr Helligkeit einkehren. Er ertrug diese Düsternis nicht.

Unterdessen streckte sich Zina, liess die Hände über ihrem Kopf kreisen, um sie dann in einer grossen kreisenden Bewegung wieder in ihren Schoss sinken zu lassen. Auch diesmal kam er nicht dazu, seine Frage zu stellen.

«Auf jeden Fall wird er es im Saal eingenommen haben. Kokain wirkt schnell, wenn ich das richtig verstanden habe.»

«Sehr schnell. Es geht hier um Sekunden bis wenige Minuten. Ich hätte ganz alleine darauf kommen können. Die Symptome waren ziemlich eindeutig.»

«Sie meinen den Herzanfall?», fragte Zina.

«Was vorher passiert ist. Sie waren ja nicht dabei.»

«Ich war schon dabei, aber anderswo, weiter unten eben.»

«Und unser Stutz war oben, zu weit oben eben. Zuerst war da dieses Angetriebensein, diese Erregung. Und gleich darauf zeigte er sich ängstlich, hatte Koordinationsschwierigkeiten und hat gezittert. Er warf den halben Tisch um. Und dann stand er da und sah unsichtbare Feinde.»

«Paranoia, Halluzinationen.»

«Genau. Und das passt alles zu einer Überdosis Kokain.»

«Hat er nicht auch den Tisch vollgekotzt?»

«Genau. Das hatte ich glatt vergessen. Übelkeit passt auch ins Bild. Und ich erinnere mich auch, dass eine der beiden Pflegerinnen ihm mit einer kleinen Taschenlampe in die Augen geleuchtet hat.»

«Erweiterte Pupillen?»

«Sie muss einen Verdacht gehabt haben.»

«Glauben Sie nicht, dass er aus Versehen eine Überdosis eingenommen haben könnte?»

«Er hatte mindestens eins Komma drei Gramm intus. Das wären ja glatt sechs bis gar zehn Lines. Und das aus Versehen?»

«Und zusätzlich oral eingenommen? Das wäre eindeutig zu viel des Guten.»

«Ja. Ausser dass es ihm nicht wirklich viel Gutes eingebracht hat.»

«Stimmt. Bei einer Überdosis fehlt ja die positive Wirkung.»

«Und am Schluss hat ihn sein Herz im Stich gelassen. Er hatte tatsächlich einen Herzanfall.»

«Und zu guter Letzt haben wir einen Mord», sagte Zina und liess zur Abwechslung ihren Kopf kreisen.

«Mindestens einen Mord. Dem anderen Opfer, dem kleinen Herrn Oberhänsli, geht es nicht gut. Er liegt im Koma. Was mit ihm los ist, das weiss ich leider noch nicht. Hier ist das Kantonsspital zuständig. Ich habe mit seiner Frau telefonieren können. Sie sagt, er hatte schon einmal einen Herzinfarkt, vor zwei Jahren. Überarbeitung. Also können wir in seinem Fall auf eine natürliche Ursache des Übels hoffen.»

Zina stand auf, holte einen kleinen Glasvogel aus ihrer Tasche, den sie eigens dafür gekauft hatte, um ihn dann auf Egon, der Zimmerpflanze in der dunklen Ecke, zu befestigen.

«Aufrecht sitzen, strecken, herumspazieren?», fragte er, während Zina einige gelbe Blätter wegzupfte.

«Wir werden in diesen verwickelten Geschichten alle unsere Neuronen aktivieren müssen, Chef.»

«Im Augenblick sehe ich vor allem *Sie* herumwuseln, meine Liebe.»

«In einem Experiment haben Psychologen ihre Versuchskaninchen entweder in gebückter oder eben in aufrechter Haltung sitzen lassen. Dann bekamen beide Gruppen unlösbare geometrische Puzzles. Und raten Sie mal, wer mehr bearbeitet hat?»

Während Santoro innerlich den Kopf über diesen neuen Vogel schüttelte, setzte er sich unwillkürlich aufrechter hin. «Das werden ja dann die Aufrechten sein. Wobei ich mich frage, ob das auch die Gescheitesten waren. Schliesslich waren die Aufgaben eh nicht zu lösen, also warum nicht gleich aufgeben. Spart Zeit und Nerven.»

«Zudem blieben die Aufrechten auch länger motiviert», hielt Zina dagegen.

«Und das, obwohl sie keine Chance hatten, ihre Aufgabe zu lösen? Lohnt sich dann die ganze Anstrengung?» Santoro liess sich wieder in seinen Sessel sinken.

«Deshalb kommt ja das Strecken und Recken dazu, damit können wir, bis zu einem bestimmten Grad, unsere Intelligenz und Kreativität steigern. Haben die gleichen Psychologen herausgefunden.»

«Und der Paradiesvogel führt dazu, dass Egon-Gummibaum mitdenkt?»

«Egon ist zu einem kontemplativen Dasein verurteilt, auch mit Vogel, wir nicht, Chef. Wenn man bei einer Aufgabe nicht weiterkommt, reicht oftmals aufstehen und herumspazieren. Strecken führt auch dazu, dass man eher Wetten eingeht», sagte Zina.

«Und gewinnt man dann auch eher?»

«Bilder im Kopf können auch schon reichen, um eine positive Haltung zu unterstützen», sagte Zina seufzend.

«Im Augenblick befürchte ich, dass wir in diesem Fall am Schluss in die Röhre schauen.»

Es war eindeutig an der Zeit, sich dem Fall zuzuwenden, entschied er und blickte Zina durchdringend an.

«Und was haben meine gesammelten Röhrchen ergeben?», fragte Zina.

«Die stehen hintenan. Aber nicht mehr lange. Die erzürnte Ex-Ex hat sich schon wieder bei ihrem geschiedenen Regierungsrat beschwert, der den Druck gleich weitergegeben hat. Er kam kurz bei mir vorbei, also habe ich ihn zur Spurensicherung weiterleiten lassen. Sie haben versprochen, noch vor heute Abend reinzuschauen.»

«Hier bei uns oder in die Röhrchen?»

«Zuerst in die Röhrchen, dann bei uns.»

«Also kümmern wir uns um die Kokainfront.»

«Ja, Goldberg. Ich schlage vor, wir befragen Stutz' Begleiter. Und wir sollten uns aufteilen. Ich weiss nicht, warum, aber ich habe das Gefühl, dass wir uns beeilen müssen. Es geht hier um eine systemrelevante Bank, wie die genannt werden.»

«Heisst das nicht, wenn sie untergehen, nehmen sie uns alle gleich mit?»

«Doch, und ich befürchte, dass nicht von allen Seiten geschätzt werden könnte, dass wir in ihren internen Angelegenheiten herumstochern.»

«Dann nehme ich das einsame Jüngelchen, und Sie gehen zur Mustermesse, wenn Sie einverstanden sind.»

«Ja, nutzen Sie aus, dass er alleine ist und von seinen Kollegen nicht gehört werden kann. Und setzen Sie Ihren weiblichen Charme ein, um ihn in Sicherheit zu wiegen.»

«Oder um ihn das Fürchten zu lehren.»

«Versuchen Sie zumindest, einen kleinen Teil seines Skalps zu erobern.»

***

So viel zum Einsatz ihres weiblichen Charmes, dachte Zina.

Stefan Bleibtreu war auch nicht alleine und einsam. An seiner Seite sass ein Mann. Gross, schlank und betörend schön. Das Gesicht war kantig, doch gleichmässig, die Augen blickten sie durch ausgesprochen lange Wimpern mit klarem Blick an. Er war sicherlich einige Jahre älter als der Informatiker, der nun noch jünger wirkte. Der Mann an seiner Seite hatte sich als Miguel Vales vorgestellt, kaufmännischer Angestellter in einem Logistikunternehmen, Lebenspartner und im Augenblick eindeutig Beschützer seines Liebsten. Er hatte seinen Arm um

Bleibtreus Schultern gelegt und schaute sie herausfordernd an. Wenn sie zu forsch vorging, würde er seine Krallen ausfahren, dachte Zina beklommen. Sie sollte wohl vorsichtig beginnen, unverfänglich.

Sie griff nach ihrer Tasse, trank einen Schluck Kaffee. Er war tiefschwarz, stark und heiss. Sie fühlte sich gestärkt und legte los. «Sie haben eine sehr schöne Wohnung.»

«Das ist meine Wohnung», antwortete Vales. «Stefan ist vor drei Monaten hier eingezogen.»

Das erklärte vielleicht ihr Erstaunen, als sie hier eingetreten war. Die Wohnung sah ganz und gar nicht nach hippem Informatiker aus. Kein Chrom, kein weisses Leder, kein gebogener Grossbildschirm, kein kalter, schweineteurer Minimalismus. Hier herrschten warme Farben vor und Bücher, viele Bücher. Eine ganze Wand diente als Bibliothek und reichte bis zur Decke. Und darin waren sogar Schallplatten aufgereiht. Sie suchte den dazugehörigen Plattenspieler, und tatsächlich, da, unter den Schallplatten, stand er.

Vor dem Fenster befanden sich mehrere Zimmerpflanzen, auf dem niedrigen Tisch zwischen ihnen stand eine Vase mit einem Blumenstrauss, Astern in verschiedenen Rottönen. Das Sofa, auf dem die beiden Männer sassen, hatte sicher schon bessere Tage erlebt. Es war verlebt, und gerade deshalb strahlte es auch Gemütlichkeit aus. An den Wänden hingen Tücher aus fremden Ländern. Wohl Erinnerungen an Reisen in ferne Länder. Gemütlich, warm und beruhigend. Ein Liebesnest. Hatte der Beschützer seinem jungen Geliebten ein gemütliches Nest eingerichtet? Oder einen Zufluchtsort?

«Seit wann arbeiten Sie für die Bank Schwaitz, Herr Bleibtreu?»

Sie musste erreichen, dass Bleibtreu ihr antwortete. Sie schaute ihm also direkt in die Augen und versuchte den schönen Mann an seiner Seite auszublenden.

«Seit knapp zwei Jahren.»

Kein Wort zu viel, dachte Zina. Das wird nicht einfach.

«Und wie kam es dazu?»
«Sie haben mich angeworben.»

Matteo Santoro sass in der Lobby des Hotels. Sie hatten den Raum fast für sich alleine. Nur einige Geschäftsleute sassen um einen niedrigen Tisch versammelt im vorderen Bereich. Die drei Banker hatten ihn im hinteren Bereich erwartet. Hier war das Licht minimal. Keine gute Voraussetzung, dachte Santoro, viel Schatten und kein Licht auf die Gesichter. Absicht?

Während der Kellner die Getränke verteilte, beobachtete er die Männer, die ihm gegenübersassen, und versuchte, ihre Haltung zu entschlüsseln. Angelo Rizzo, der Sicherheitsverantwortliche, lehnte scheinbar entspannt im Sofa. Doch sein Blick drückte Wachsamkeit aus. In der Hand hielt er sein Handy, auf das er jetzt schielte. Der jüngere, dafür umso feistere Banker, Alois Rentsch, hatte sich vorgebeugt und stützte sich auf die Ellbogen auf, die auf seinen Knien lagen. Was drückte der Mann aus? Herausforderung oder gar Kampfbereitschaft? Und dann der Älteste im Bund, Ernst Vogt. Er hatte die Arme vor der Brust verschränkt und sass aufrecht in seinem Sessel. Wie sollte er diese Haltung werten? Ging es um Abwehr, gar Schutz? Oder versuchte er nur, seine Bewegungen zu kontrollieren? Auf jeden Fall waren sie alle aufmerksam, ja, die Kerle hatten sich innerlich gewappnet. Sie waren auf Zack und gleichzeitig verschlossen wie die Austern. Was brachte eine Auster dazu, sich zu öffnen? Die Aussicht auf eine Perle vielleicht?

«An gesellschaftlichen Anlässen, also in der Öffentlichkeit, konnte er schon mal locker und lustig sein. Das galt aber nicht für das Business. Da liess er niemanden hinter die Fassade blicken, er war knallhart. Gespräche mit ihm waren eingleisig, da war er sozusagen immer auf Sendung, nie auf Empfang. Kaum war man in seinem Office, also seinem Büro, redete er einfach drauflos und hörte nie zu.»

Zina hatte es geschafft. Bleibtreu redete bereitwillig über

seinen Chef. Entscheidend war ein Nicken seines Partners gewesen, des betörend schönen Miguel Vales. Sie hatte es vorsichtig angehen lassen. Hatte nachgefragt, wie er dazu gekommen war, das Angebot der Bank anzunehmen. Sie hatten ihn direkt von der ETH weg angeworben. Mit einem kleinen ironischen Lächeln hatte er zugegeben, dass der finanzielle Anreiz zu verführerisch gewesen war. Niemand bezahlte so viel. Und dann auch die Möglichkeit, mit Computern zu arbeiten, die auf dem neuesten Stand waren. Neue Programme austüfteln, unerwartete Strategien ausprobieren, verzwickte Probleme lösen, seiner Kreativität freien Lauf lassen, viel Zeit zur Verfügung haben, wenig Einschränkungen, damit hatten sie ihn geködert. Und er hatte angebissen. Doch die Versprechen hatten sich bald als Narrengold entpuppt. Bleibtreu konnte sich bald nicht mehr mit den Finanzpraktiken der Bank identifizieren.

«Haben Sie versucht, Herrn Stutz zu beeinflussen?»

«Ich nicht. Ich bin ja nur der Computerfuzzi. Aber Herr Vogt hat es immer wieder versucht.»

«Und, hatte er damit Erfolg?»

«Nein. Stutz nannte ihn den Dinosaurier oder ‹unser liebstes Urgestein›.»

«Was wollte Herr Vogt verändern?»

«Er wollte stärker in der Vermögensverwaltung ausbauen, weil dort eher Erträge sprudeln oder zumindest weniger riskante, konstantere, stabilere eben.»

«Kam es zu offenen Auseinandersetzungen zwischen den beiden Männern?»

«Nicht direkt, dazu war Herr Vogt zu höflich und Herr Stutz zu selbstsicher. Zudem war er ja der Chef, hatte also das Sagen. Er hat seinen Gegner eher belächelt.»

«Hat das Herrn Vogt nicht wütend gemacht?»

«Er war eher bedrückt. Zudem hat er sich auch für die Bank geschämt, glaube ich. Er hat mir einmal erzählt, wie stolz er darauf gewesen war, in dieser Bank zu arbeiten, als er jung gewesen war. Vor allem die Steuerverfahren in den USA haben ihm zugesetzt. Dass es überhaupt so weit gekommen ist, dann auch noch, dass auf so verlogene Art kooperiert wurde. Ein paar untergeordnete Mitarbeiter wurden geopfert, und die wirklichen Verantwortlichen in der Leitung wurden geschützt. Ich denke, er hat sich mit den Opfern identifiziert.»

Bis jetzt hatte er nicht viel erfahren. Die Herren vor ihm waren Officer. Das waren aber keine Offiziere. Kam eher von Office, Büro. Waren sie am Ende nichts anderes als Bürogummis, wie die kaufmännischen Angestellten früher genannt wurden? Credit Risk Officer war die Bezeichnung für Rentsch, Herr Vogt hingegen war Compliance Officer.

«Welche Stellung hatte Herr Stutz?»

«Managing Director», antwortete Herr Rentsch.

«Und was heisst das konkret?»

«Er war für den Bereich Investment Management and Research verantwortlich.»

«Und wonach suchen Sie?», fragte Santoro.

«Nach neuen Möglichkeiten», antwortete Rentsch.

Na, jetzt wusste er doch schon viel mehr. Die versammelten Herren hatten anscheinend beschlossen, ihn auflaufen zu lassen. Rentsch und Vogt verharrten in ihren Posen, nur Rizzo schaute schnell auf sein Handy. Santoro sollte sich eine andere Strategie ausdenken, um diesen konzertierten Widerstand überwinden zu können. Er musste an seinen Traum denken. Hier hatte er es auch mit einer unsichtbaren Barriere zu tun. Aber diese hielt ihn nicht davon ab, in die Tiefe zu gehen. Nein, hier wurde er daran gehindert, die höheren Gefilde zu erreichen. Die Bereiche der Macht blieben ihm verschlossen.

«Er hat darauf bestanden, uns eine Flasche Prosecco zu spendieren, hat uns angehalten zu trinken. Dann hat er die anderen am Tisch mit einbezogen. Er war aufgeräumt, hat sich über mich lustig gemacht, weil ich nur an meinem Glas genippt habe. Wir hatten ja schon im ‹Les Gareçons› Wein getrunken, ich hatte längst genug. Aber sie hatten geschlossen, also hat er uns gedrängt, dorthin zu gehen, wo die Musik herkam. Wir sollten uns doch mal unters Volk mischen, meinte er. Diese Vorstellung hat ihn richtig erheitert.»

Stefan Bleibtreu schüttelte den Kopf und schaute Vales an. Nun sah er ganz und gar nicht mehr aus wie ein Informatiker. Mit seinen verstrubbelten Haaren, seinen verwaschenen Jeans und seinem Sweatshirt wirkte er wie ein verlorener Schulbub.

«Warum stellen Sie eigentlich alle diese Fragen? Ist der Mann nicht an einem Herzinfarkt gestorben?» Miguel Vales schaute zuerst Bleibtreu und dann Zina auffordernd an.

Und auch leicht beunruhigt, dachte Zina. «Herr Stutz ist an einer Überdosis Kokain gestorben.» Hatte sie da gerade ein Flackern in den Augen der beiden Männer gesehen?

Die Information, dass das Kokain im Magen gefunden wurde, löste bei den jungen Männern Erstaunen aus. Oder war das eher ein Erstarren. Die Frage, ob der Tote regelmässig diese Droge konsumiert hatte, konnten sie nicht beantworten.

«Ich hatte ja keinen persönlichen Kontakt», beteuerte Beibtreu. «Ich suchte ihn auch nicht, um ehrlich zu sein.»

Sie dachte, dass sie unbedingt an ihren Skalp kommen musste. Sie mussten in Erfahrung bringen, ob die anderen Mitglieder der Gruppe regelmässig Kokain einnahmen. Schliesslich musste der Mörder eine Dosis auf sich getragen haben. Wer selbst konsumierte, konnte problemlos an den Stoff kommen und kam am ehesten auf die Idee, diese Droge als Mordwaffe einzusetzen. Sie entschied sich, nicht frontal anzugreifen, denn sie konnte nicht darauf hoffen, dass sie eine freiwillige DNA-Probe bekam. Erstens fehlte ihr dafür die notwendige Verfügung, und zweitens würde Vales auf den Hinterbeinen stehen. Später war immer noch Zeit, offiziell vorzugehen, sagte sie sich. Doch die Probe brauchte sie jetzt. Sie wählte den Umweg.

«Dürfte ich Ihre Toilette benutzen?»

«Vergiftet?», fragte Herr Vogt sichtlich erschüttert.

Herr Rentsch schaute unbeteiligt. Herr Rizzo hingegen blickte leicht beunruhigt auf Santoro. Dann räusperte er sich und richtete sich an die Runde.

«Das ist eine betrübliche Nachricht. Kann er die Substanz nicht unwillkürlich eingenommen haben, aus Versehen sozusagen?»

«Wir gehen von einem Mord aus, meine Herren.»

Er wartete auf die Reaktionen. Die kamen nicht. Nicht nur, dass die Herren beharrlich schwiegen, sie bewegten sich auch nicht. Nur Angelo Rizzo, der ein bisschen abseits sass, sah die anderen so unauffällig wie möglich an, einen nach dem anderen. Für wessen Sicherheit war dieser Engel eigentlich verantwortlich, fragte sich Santoro. Auch er konnte schweigen. Normalerweise brachte das die Leute zum Reden, doch nicht hier. Rentsch schaute an ihm vorbei, Vogt auf seine immer noch verschränkten Arme und Rizzo auf sein Handy, schon wieder. Erwartete er einen Anruf? Santoro entschied sich, das Schweigen zu brechen.

«Können Sie sich vorstellen, wer einen Grund haben könnte, Ihren Vorgesetzten zu ermorden?»

«Ganz und gar nicht», antwortete Rentsch prompt.

«Wie war Herr Stutz als Chef?»

«Er war ein guter Chef. Er hat natürlich vollen Einsatz gefordert, aber das hat er auch von sich selbst verlangt. Seine Arbeit stand an erster Stelle. Und sie machte ihm Spass, das hat er immer wieder betont. Er liebte die Herausforderung.» Wieder hatte Rentsch geantwortet.

Hatte er davor kurz in Richtung Rizzo geblickt? Der hatte seinen Blick auf sein Handy gerichtet.

«Damit Sie im Bad nach Haaren suchen können?»

Stefan Bleibtreu schaute erschrocken zu Vales auf, der die Frage gestellt hatte, und legte seine Hand auf dessen Arm, um ihn aufzuhalten.

«Stefan, es hat keinen Sinn, es verschweigen zu wollen. Sie

werden es sowieso herausbekommen und daraus die falschen Schlüsse ziehen. Besser, du gibst es gleich zu, du hast dir nichts vorzuwerfen.»

Schön und auch noch intelligent, dachte Zina. Der Mann gefiel ihr immer besser. Und die beiden waren wirklich ein nettes Paar, ein liebendes Paar. Vales legte seine Hand auf die leicht zitternde Hand von Bleibtreu und drückte sie fest.

«Los, Stefan, erzähl, wie es dazu gekommen ist.»

«Ja, Sie werden Spuren von Kokain in meinen Haaren finden. Aber nur noch in den Spitzen. Sie werden auch erkennen, dass im letzten Zentimeter, der nachgewachsen ist, nichts mehr zu finden ist. Ich habe vor einem Monat aufgehört.»

«Seit sechsunddreissig Tagen.»

«Dank Miguel.»

«Und dank seiner Therapeutin, Frau Stern.»

«Frau Stern? Frau Lina Stern?»

Beide nickten verblüfft.

Das gab's doch nicht. Sie hatte Frau Stern in ihrem ersten Fall im Sonderdezernat kennengelernt, unter denkwürdigen Umständen. In einem weiteren Fall hatte die alte Dame als inoffizielle Beraterin fungiert. Und nun schlich sie sich wieder in die Geschichte ein.

«Aber sie ist doch alt, also eine ältere Dame, sie praktiziert schon lange nicht mehr», stotterte sie.

«Ja und nein, natürlich nicht. Aber sie ist eine Freundin meiner Grossmutter, und die hat alles eingefädelt. Eigentlich haben die beiden Frauen alles für mich entschieden und organisiert. Ich hatte gar keine andere Wahl. Meine Grossmutter kann ganz schön energisch werden, und Frau Stern ist fast noch schlimmer», schloss Stefan Bleibtreu mit einem spitzbübischen Lächeln.

Zina konnte selbst ein Lächeln nicht unterdrücken. Auch sie hatte ihre Erfahrungen mit der unverfrorenen Durchsetzungskraft dieser alten Dame gemacht.

«Und wie haben Sie mit dem Kokain angefangen?»

«Mit der Arbeit bei der Bank Schwaitz.» Bleibtreu seufzte. «Ich habe schnell gemerkt, dass ich nicht nachkommen konnte. Alles ging einfach zu schnell, immer war ich im Hintertreffen, immer wurde noch mehr verlangt. Der Druck war nicht mehr auszuhalten. Ich hatte das Gefühl, in einem Paralleluniversum gelandet zu sein. Diese Unsummen, mit denen jongliert wurde, das gierige Suchen nach noch mehr Profit, nach noch mehr Macht. Ja, Macht, darum geht es immer. Jeder will den anderen manipulieren, in der Hand haben. Und dann die blöden Sprüche dieses ach so jovialen Stutz. Die waren immer unter der Gürtellinie. Ich habe mich in der Bank nicht geoutet. So blöd bin ich dann doch nicht», schloss er mit einem Grinsen in Richtung von Vales, der betreten zurücklächelte.

Also hatten auch sie ihre kleinen Differenzen, dachte Zina. Es war wohl nicht nur einfach, mit einem schönen, starken, intelligenten und beschützenden Partner zu leben.

«Aber er hat es gewusst und hat mich damit fertiggemacht.»

«Na los, erzähl weiter. Das wird der Polizei helfen, diesen Dreckskerl richtig einzuschätzen», drängte Vales.

Bleibtreu war die Situation sichtlich peinlich. Erst nachdem ihn auch Zina aufgemuntert hatte, murmelte er fast unverständlich: «Seine Sprüche hatten immer etwas mit Feuer und Hintern zu tun. Oder mit zu wenig in der Hose. Dann auch diese Bemerkungen über das Wetter, die mir zusetzten. Es sei wohl zu lau, zu warm, zu schwül. Ich kann es nicht genau erklären. Die Bemerkungen waren nie direkt oder offen feindlich und immer mit einem Grinsen versehen. Aber es war schrecklich.»

«Deshalb hast du mit dem Kokain angefangen», schloss Vales.

«Ja. Damit konnte ich schneller und länger arbeiten, und die Sprüche machten mir nichts mehr aus. Ich stand darüber. Als Stutz merkte, dass er mich nicht mehr erniedrigen konnte, wurden die blöden Bemerkungen auch seltener.»

«Du hättest ihn anzeigen sollen.»

«Dafür war das alles nicht deutlich genug. Zudem gab es nie Zeugen, darauf hat er geachtet. Blöd war der nicht. Und überhaupt, von aussen ist es einfach, so was zu sagen. Du hast ja keine Ahnung!»

«Du hast ja recht, mein Liebster, aber ich könnte den Kerl umbringen.»

«Zu spät», flüsterte Bleibtreu und strahlte nun über das ganze Gesicht.

«Waren Sie nicht für die Sicherheit Ihres Chefs verantwortlich, Herr Rizzo?» Santoro hatte langsam genug. Er wollte diese schweigenden Männer endlich aus der Reserve locken.

«Ich bin für die Sicherheit der Bank verantwortlich, nicht für die einzelnen Mitarbeiter, Herr Kommissar.»

Rizzo hatte zwar bemüht ruhig geantwortet, trotzdem war ihm seine aufsteigende Ungeduld anzuhören. Er gab sich sichtlich Mühe, nicht auf sein Handy zu schielen, das immer noch in seiner Hand lag. Er wartete ungeduldig auf einen Anruf.

«Zudem geht ja niemand davon aus, dass Bankangestellte in der Schweiz bedroht werden. Vor allem dann nicht, wenn zwei Polizeioffiziere im Saal anwesend sind.»

Santoro schaute in Rizzos Gesicht, auf dem sich ein ironisches Lächeln abzeichnete. Er lehnte sich zurück. Nur nicht provozieren, nur nicht aus der Ruhe bringen lassen, trichterte er sich ein. Rizzo war eindeutig nicht das schwächste Glied in dieser Kette. Rentsch war es auch nicht, seine Loyalität dem Toten und der Bank gegenüber schien unerschütterlich zu sein. Nein, das schwächste Glied war eindeutig der ältere Mitarbeiter, Ernst Vogt. Den sollte er sich mal alleine vornehmen, ohne diesen Zerberus in der Ecke und ohne den schwammigen Wichtigtuer an seiner Seite. Ob er jemals die Gelegenheit erhielt, das bezweifelte er.

Santoro überlegte, wie er die Befragung wieder in Schwung bringen konnte, als Rizzos Handy klingelte. Mit deutlicher Erleichterung nahm er ab, hörte schweigend zu, nickte, lächelte verhalten und bedankte sich.

«Sie werden auf unsere Gesellschaft verzichten müssen, Herr Kommissar», sagte er lächelnd.

Bevor Santoro antworten konnte, hörte er ein Pling in seiner Westentasche. Schweigend fischte er sein Handy aus der Innentasche seines Sakkos und studierte die Mitteilung.

Das hatte er befürchtet.

Sie wurden zurückgepfiffen.

***

Kaum haben wir einen neuen Fall, schon ist er wieder verschwunden, dachte Zina und wusste nicht, ob sie sich ärgern oder freuen sollte. Somit ging der Kelch voller Volatilität, Shareholder-Values und High Yields an ihr vorbei. Was blieb, war das Gefühl, über den Tisch gezogen worden zu sein. Das Bankgeheimnis sollte in diesem Fall wohl aufrechterhalten werden. Sie schielte zu ihrem Chef hinüber, der wie sie vor dem Schreibtisch des Generals sass. Seine Stimmung konnte als bewölkt bis stürmisch bezeichnet werden. Er konnte sich nur mit Mühe zurückhalten, die Erklärungen des Generals nicht zu unterbrechen.

Der General stellte betont hölzern die neue Situation dar, schaute auf das ausgedruckte Mail in seinen Händen und vermied den Blick auf seine beiden Untergebenen. Er kam zum Schluss. «Das Resultat ist, dass Ihnen, uns, der Fall entzogen worden ist. Auf Bundesebene wurde eine eigens für diesen Fall aufgestellte Taskforce ins Leben gerufen. Delikate Angelegenheit, nationale Interessen, Zürich und Basel betroffen … den Rest erspare ich Ihnen.»

«Und wir stehen nun blöd da und tun gar nichts?»

«Ja, Frau Goldberg, ich habe den Befehl, Sie beide von diesem Fall abzuziehen und Ihnen zu verbieten, weitere Befragungen durchzuführen. Und das tue ich hiermit ganz offiziell.»

Hatte sie da eine offensichtliche Betonung des Wortes offiziell gehört, oder stellte sie sich das nur vor? Nein, auch ihr Chef hatte es wahrgenommen, denn er richtete sich auf und lehnte sich nach vorne.

«Einen Fall haben Sie beide doch noch», fuhr der General

fort. «Und in diesem Fall dürfen Sie sehr wohl Untersuchungen anstellen und Befragungen durchführen.» Der General schwieg und schaute sie nun eindringlich an.

«Welchen Fall, wenn ich fragen darf? Oberhänsli? Ist er gestorben?», fragte Santoro.

«Leider nicht. Ich meine nicht, leider ist er nicht gestorben, sondern leider gehört er zum Fall Stutz. Auch in seinem Magen wurden geringe Mengen Kokain gefunden. Er wird als Kollateralschaden eingestuft. Da er ein schwaches Herz hat, reichte eine kleine Dosis, um einen Herzinfarkt auszulösen. Ein weiches Ziel sozusagen. Er ist zwar aus dem Koma aufgewacht, aber es ist ihnen nichts Besseres eingefallen, als ihn gleich wieder zu sedieren, damit sein Herz sich erholen kann, und er wird in den nächsten Tagen nicht vernehmungsfähig sein. In diese Richtung können Sie also nicht gehen.» Darauf schwieg der General erneut und schaute starr vor sich hin.

«Also, wenn es nicht um Oberhänsli geht, welchen Fall haben wir dann?»

«Das hätte ich fast vergessen. Wir haben die Resultate der Untersuchung Ihrer Röhrchen, Frau Goldberg. Und das Resultat ist positiv. Natürlich nicht für die armen Frauen, die nun offiziell als Opfer bezeichnet werden können, sondern für uns sozusagen. Wie auch immer, das Resultat lautet Gift. In allen Röhrchen wurde das gleiche Gift gefunden.»

Santoro seufzte auf. Er war bestimmt nun doch sehr froh, dass sich seine Virentheorie nicht bestätigt hatte, dachte Zina. Sie hatten einen Fall, und sie begann zu ahnen, worauf der General hinauswollte.

«Ich beauftrage Sie hiermit offiziell, diesen Giftmischer zu finden. Und dafür müssen Sie mit allen Beteiligten reden, die im Saal anwesend waren. Sie gelten alle als Zeugen oder gar Verdächtige.» Er holte eine Mappe aus den Unterlagen auf seinem Tisch hervor, übergab sie Santoro, nickte beiden zu und fügte ernst an: «Ihr findet mir diesen Mörder!»

FÜNF

«Wir haben offiziell einen Fall, Chef.»

«Und inoffiziell einen zweiten.»

«Und wie sollen wir vorgehen?»

«Wenn ich unseren General richtig verstanden habe, Goldberg, sollen wir den ersten Feind angreifen, um damit den zweiten aufspüren zu können.»

«Sie meinen, wir suchen nach einem Giftmischer, der Frauen im sozialen Bereich das Kotzen lehrt – was meiner Meinung nach kein grosses Kunststück ist –, und dabei ermitteln wir gleichzeitig im Fall eines Bankers, der mit Kokain versetzt wurde? Was ja keine Seltenheit ist.»

«Aber dass sie gleich daran sterben, das ist ja nicht alltäglich, und dass sie es gratis bekommen und in so grosszügiger Menge schlucken, das hat schon Seltenheitswert.»

Mittlerweile war draussen die Nacht angebrochen. Ein Tag ging vorbei, der gar nie richtig angefangen hatte, dachte Santoro. Die Sonne war nie richtig aufgegangen, nur dunkle Wolken, Nebel und andauerndes trübes Licht hatten diesen Tag ausgezeichnet. November in Basel – zappenduster. Und jetzt hatte auch noch Nieselregen eingesetzt. Er seufzte, während er aus dem Fenster schaute.

Sie hatten sich nach der Besprechung mit dem General aus dem Polizeigebäude verabschiedet und hatten sich in das nahe liegende Café Bachmann geflüchtet. Hier waren die Sitzgelegenheiten bequemer und der Kaffee wenigstens trinkbar. Und den brauchte er jetzt, um sich nicht zurückzulehnen und einzuschlafen. Dieses ewige Grau setzte ihm zu, seine Augenlider schlossen sich langsam, er fragte sich, welches grüne Ungeheuer da Richtung Mittlere Brücke um die Ecke ruckelte, als eine Frage seiner Assistentin ihn wieder aus seiner Lethargie riss, er wieder in der Realität landete und das Ungeheuer als Tram entlarvt wurde.

«Und dass beides innerhalb so kurzer Zeit und am selben Ort geschieht, ist dann doch unglaublich, finden Sie nicht?»

«Und trotzdem ist es so geschehen. Und an Zufälle glaube ich nur bedingt, vor allem im Zusammenhang mit einem Mord.»

«Darüber habe ich auch schon meditiert. Erstens finde ich, dass das Kokain eindeutig zu einem Banker passt, aber ganz und gar nicht zu diesen pädagogischen, psychologischen oder sozialen Frontkämpferinnen und -kämpfern, die an solchen Tangoveranstaltungen anzutreffen sind. Die peppen sich nicht mit Kokain auf.»

«Womit denn?»

«Mit aufbauenden Mantras oder Yoga, allerhöchstens mit biologischen Fruchtsäften. Also eigentlich gar nicht. Die versuchen sich eher zu beruhigen, mit Rotwein, Bier oder Schlaftabletten, wenn Sie mich fragen. Aufregung haben die genug mit ihren nervenden Kindern und all diesen Stabsstellen, die sie durch Reformen hetzen.»

«Die Banker haben also Ihrer Meinung nach das Zeug in den Tanzsaal importiert?»

«Das ist eine Möglichkeit. Gehen wir mal davon aus, dass einer aus der Bankergruppe das Kokain mitgenommen und die Gelegenheit ergriffen hat, in dieser grossen Menschenmenge, in diesem ganzen Durcheinander, seinen Vorgesetzten umzubringen. Zudem waren diese Banker ja rein zufällig da. Ohne Eisregen wären sie ja direkt bis nach Frankfurt weitergereist. Das konnte niemand vorhersehen.»

«Wenn denn einer seiner Kollegen der Mörder ist, Goldberg, beginnen auch gleich unsere Schwierigkeiten, denn die Banker sind entflogen, zurück in ihr Bankennest, nach Zürich.»

«Aber die anderen Besucher der Milonga sind uns geblieben. Wir können ja nicht ausschliessen, dass eine dieser Personen die Gelegenheit ergriffen hat, um einen Banker umzubringen. Schliesslich begeben sich diese hohen Tiere nicht oft in die unteren Gefilde, sie mischen sich selten unters Volk. Und dann besteht auch noch die Möglichkeit, dass alle ringsum zwar unschuldig sind, aber dass sie vielleicht etwas gesehen haben. Wir können sie ja ganz allgemein befragen zu den Giftattacken gegen die Frauen und nebenbei, ganz unauffällig, zum Bankermord. Dann kommt hinzu, dass einer der Banker, also der Informatiker, uns erhalten bleibt, und das ist auch der aussagefreudigste. Der kleine Bleibtreu hatte einiges über seinen Vorgesetzten zu berichten.»

«Dann tun Sie das jetzt, meine Liebe. Ich leihe Ihnen gerne mein offenes Ohr.»

Santoro lehnte sich zurück, legte seinen Arm über die Lehne und lächelte seine Assistentin aufmunternd an.

Zina erzählte so genau wie möglich, was sie von Bleibtreu und seinem Partner erfahren hatte. Der stetige Druck, die herablassenden, verachtenden Bemerkungen, denen er immer wieder ausgesetzt war, die Versuche, mit Hilfe von Kokain der ständigen Belastung standzuhalten. Santoro hörte aufmerksam zu, und sein Grinsen verschwand langsam, um einer ernsten und dann zunehmend zornigen Miene Platz zu machen.

«Ein richtiger Kotzbrocken, dieser Stutz», sagte er, als Zina geschlossen hatte.

Einen Augenblick lang schauten sie sich schweigend an. Sah er da Unruhe in ihren Augen, oder war es gar Ängstlichkeit? Ja, sie fürchtete seine Schlussfolgerung. Trotzdem sprach er sie aus: «Bleibtreu hat ein handfestes Mordmotiv.»

«Er war aber nicht der Einzige, der unter Stutz leiden musste», konterte Zina.

Sie hat den jungen Kerl unter ihre Fittiche genommen, dachte Santoro. Sie würde ihn wie eine Tigermutter verteidigen. Aber es half nichts. Er hatte ein nachvollziehbares Motiv.

«Vogt hatte auch unter dem Kerl zu leiden», fuhr Zina fort.

Santoro hörte sich den Bericht über die Auseinandersetzungen zwischen dem alternden Banker und seinem Vorgesetzten an, der nicht auf die Ermahnungen und Empfehlungen des Älteren hören wollte, ihn dafür belächelte. Ja, er hatte sich gedacht, dass Vogt ein schwaches Glied in dieser Kette war. Er hatte es ihm angesehen, dass er nicht mehr glücklich in dieser Bank sein konnte. Also noch einer, der seine Gründe hatte, den Banker umzubringen. Aber reichten Enttäuschung und Verbitterung aus, um ein Menschenleben auszulöschen? Diese Frage konnte er nicht vertiefen, ein Name liess ihn aufhorchen.

«Lina Stern?»

Zina hatte ihm auseinandergesetzt, dass die erfahrene Psychotherapeutin sich um Bleibtreu gekümmert hatte. Sie wollte wohl betonen, dass diese Tatsache die Möglichkeit schmälerte, dass einer ihrer Patienten zu so drastischen Massnahmen greifen könnte, wenn er zuvor durch ihre Hände gegangen war. Das mochte stimmen, dachte Santoro. Oder auch nicht. Sogar diese energische alte Dame war wohl nicht allmächtig. Auf jeden Fall konnte sie ihnen weitere Einsichten in das Innenleben der Bank und des kleinen Informatikers ermöglichen.

«Wir werden der alten Dame einen Besuch abstatten müssen», sagte Santoro.

«Können wir wirklich ausschliessen, dass Oberhänsli nur ein Kollateralschaden ist?»

«Bisher haben wir noch keine Ahnung, worum es in dieser Geschichte geht. Also halten wir uns alle Optionen offen.»

Er schaute sich um. Das Café leerte sich langsam. Er schaute auf seine Armbanduhr, zwanzig Uhr, bald Feierabend hier. Sie mussten für heute zu einem Schluss kommen. Aber den Bericht der Techniker über die Röhrchen sollten sie sich noch anschauen.

Sie beugten ihre Köpfe über den Bericht. Bald schauten sie sich erstaunt an. Was war denn das? Davon hatten sie beide noch nie etwas gehört.

«Cyanogene Glycoside?», wunderte sich Santoro.

«Sambunigrin?», ergänzte Zina.

«Das werden wir schon noch herausfinden. Ich rufe morgen diesen Stump an. Der soll mir mal erklären, was er da herausgefunden hat. Und zwar so, dass ich es auch verstehen kann.»

«Ich schau heute Abend noch im Internet nach. Dort findet man fast alles, was das Herz begehrt.»

Santoro schwieg, hoffte im Stillen, dass sie nur Informationen finden würde.

***

Zina sass an Violettas Küchentisch. Sie hatten die Wohnung für sich, denn Violettas ganze Familie war ausgeflogen. Die Kinder waren im Kino oder bei Freunden, und Peter besuchte seine Eltern.

«Ich liebe sie ja alle von ganzem Herzen», erklärte ihr Violetta. «Doch manchmal liebe ich sie am liebsten von Weitem.»

Zina schaute zu Violetta auf, die am Herd stand und in Töpfen rührte. Violetta war der unerschütterlichen Überzeugung, Zina gesund ernähren zu müssen. Mästen wäre der treffendere Ausdruck, dachte Zina, als sie die Mengen sah, die vor sich hin köchelten. Na ja, ganz unrecht hatte sie natürlich nicht. Was hatte sie heute gegessen? Einen Schokoriegel vielleicht?

«Als Erstes bekommst du eine warme Suppe. Wärmt den Leib und tröstet die Seele», dekretierte Violetta und stellte die Teller auf den Tisch.

Das hatte sie glatt vergessen. Violetta hatte sich auch zum Ziel gesetzt, sie zu trösten, seitdem ihr Freund – dieser untreue Vollidiot – sie verlassen hatte. Das war schon fast ein Jahr her, und sie litt langsam an einer Trostüberdosis.

«Randensuppe an Kokosmilch mit Schlagrahm», kommentierte Violetta.

«Tolle Farbe», stellte Zina anerkennend fest und rührte in ihrem Teller. Das Rot der Rande vermischte sich mit dem Weiss des Rahms und der Kokosmilch, ein Augenschmaus.

«Saisonal, voller Antioxidantien und natürlich bio. Und sie ist nicht nur für die Augen gedacht, iss, Zinchen, iss.»

Zina tat wie geheissen und staunte über die Intensität des Geschmacks. Es lohnte sich vielleicht doch, mal richtig kochen zu lernen, dachte sie.

«Ich habe mich ein bisschen umgehört, herumtelefoniert»,

begann Violetta, «über die Frauen im WC, meine ich. Willst du wissen, was ich herausgefunden habe?»

Zina nickte nur, sie hatte den Mund voll Suppe und Brot.

«Die Frauen sind in der Tangoszene bekannt, denn sie tanzen alle seit Jahren. Ausser der Frau, die mit ihrem Ehemann da war. Wie heisst die schon wieder?»

«Marianne Bänziger», antwortete Zina kurz und ass gleich weiter.

«Richtig. Alle ausser ihr kommen meist alleine. Das heisst, ohne festen Partner. Aber sie besuchen seit Jahren verschiedene Kurse. Das heisst, dass sie viele Tänzer kennen.»

«Und gute Tänzerinnen sind.»

«Muss nicht so sein. Nur weil du lange tanzt, heisst das noch lange nicht, dass du auch gut tanzt. Vor allem nicht, dass du eine gute Tanzpartnerin bist. Du musst bereit sein, dich auf deinen Partner einzulassen, körperliche Nähe zuzulassen, Erotik zu geniessen, dich führen zu lassen», erklärte Violetta und legte ihren Löffel zur Seite.

Zina stellte erstaunt fest, dass Violetta ihren Teller geleert hatte, obwohl sie die ganze Zeit geredet hatte. Sie selbst hatte nicht mal die Hälfte geschafft. Das erklärte vielleicht, warum Violetta üppige Formen aufwies, während sie selbst immer schlank blieb, sehr schlank. Aber darum ging es jetzt nicht. Sie musste mehr über diese Frauen herausfinden.

«Also keine Mauerblümchen, die an der Wand stehen und nie abgeholt werden?»

«Das siehst du richtig, Zinchen. Wobei zwei Frauen nicht ganz ins Bild passen. Sie gehören zwar nicht in die Kategorie der Mauerblümchen, aber sie schrecken mit ihrer Art die Bewerber ab. Rebekka Kalbermatten gilt als spröde, fast abweisend. Sie ist auch schon älter, was nicht förderlich ist. Die kleine Rüdisühli ist zwar jung und eigentlich ganz hübsch, aber ihre selbstgerechte Art wirkt nicht gerade anziehend.»

«Aber für die Rolle der Giftnudel kommen sie ja wohl nicht in Frage, oder?»

«Bist du dir da ganz sicher?», entgegnete Violetta. «Hast du Rüdisühli würgen sehen?»

Nein, musste sich Zina eingestehen. Die junge Frau hatte sich in ihrer Kabine verschanzt, hatte niemanden eingelassen, bis sie plötzlich herausgestürmt war. Geschwächt hatte sie dabei nicht gewirkt.

«Und was Rebekka Kalbermatten anbelangt, da wissen wir auch nur von ihr selbst, dass sie ein Opfer ist», fügte Zina nachdenklich an.

«Genau. Ansonsten sehe ich keine Gemeinsamkeiten zwischen den Opfern, sie sind sehr verschieden. Blond, brünett, schwarzhaarig, klein bis auffallend gross, mager bis richtig dick, jung bis im besten Alter, verheiratet oder nicht. Aber du hast recht, die Frauen aus dem Klo sind im Grunde Tänzerinnen, die oft zum Tanzen geholt werden.»

Während sie gesprochen hatte, war Violetta zwischen Tisch und Herd hin- und hergewuselt. Nun blickte Zina auf ihren frisch gefüllten Teller. Eine Farbenpracht! Karotten für das Orange, gratinierter Brüsseler für Weiss, Spinat für Grün und schwarzer Reis. Ihr Magen rief knurrend nach Futter. Das konnte sie im Leben nicht schaffen, dachte sie, langte zu und sprach mit vollem Mund. «Da könnten einige neidisch geworden sein.»

«Und deren Erfolg als Ungerechtigkeit empfinden.»

«Hast du denn schon ein paar Verdächtige ausgemacht?»

«Nein, Zinchen, habe ich nicht. Oder besser gesagt, zu viele. Aber das ist nicht die Frage, die mich am meisten umtreibt. Ich denke zuerst mal an die Opfer. Wir sollten sie zusammentrommeln. Erstens, um herauszufinden, ob wirklich keiner etwas aufgefallen ist, und zweitens, um ihre Gemeinsamkeiten festzustellen. Soll ich das übernehmen?»

Zina dachte kurz nach, nickte dann entschieden, denn in diesem Fall konnten sie jede Hilfe brauchen, die sie erhalten konnten, schliesslich hatten sie ja noch einen Mord am Hals.

«Gut, dann lanciere ich gleich ein Doodle. Und dann versuche ich herauszufinden, welche Frauen schon früher betroffen waren. Es kann doch nicht sein, dass diese Giftnudel über Wochen unbemerkt gewütet hat.»

Kurz flackerte das Bild der kleinen Elfe vor Zinas innerem Auge auf, die verstohlen davongeeilt war, als sie vor der Tür gestanden hatten. War sie ein weiteres Opfer, oder handelte es sich gar um die Giftnudel, die sich davongemacht hatte, bevor den ersten Opfern schlecht geworden war? Das war die Krux in diesem Fall. Möglicherweise war die Giftnudel gar nicht mehr unter den Anwesenden gewesen, als sie mit ihren Befragungen angefangen hatten. Deshalb kam sie auf eine Frage zurück, die sie von Anfang an beschäftigte. «Du meinst also auch, dass die Giftnudel unter den Frauen zu finden ist, die zu lange warten müssen und nie auf die Tanzfläche geführt werden?»

«Ja, solche, die Anfängerinnen sind, solche, die zu alt, zu hässlich, zu unsicher sind, und solche, die unbegabt sind. Aber eine grosse Rolle spielt, ob du ein Tanznetzwerk aufgebaut hast oder eben nicht.»

«Ein Tanznetzwerk?»

«Wenn du in vielen Kursen und Workshops bist, lernst du viele Tänzer kennen. Und wenn du nett zu ihnen bist, ihnen weismachst, sie seien gute Tänzer und wie gerne du mit ihnen tanzt, dann werden sie dich an den Milongas auch eher aufbieten.»

«Du meinst, die Frauen müssen den Männern Honig um den Mund schmieren, um tanzen zu dürfen?»

«Ich nenne das ‹soziale Kompetenzen entwickeln und einsetzen›, Zinchen.»

«Das ist doch verlogen», empörte sich Zina und spiesste mit Schwung eine Karotte auf.

«Ach, weisst du, solange du weisst, dass du Mist erzählst, finde ich das Spielchen harmlos.»

Aber Zina hatte gar keine Lust, sich auf Spielchen einzulassen. Das war wohl auch einer der Gründe, warum sie in den letzten Monaten die Tanzflächen eher gemieden hatte. Natürlich auch, weil sie den Weg ihres Ex-Freundes nicht kreuzen wollte. Sie konnte sich nicht verzeihen, wie dumm sie gewesen war. Sie hätte merken müssen, dass sie ihm nicht über den Weg trauen konnte. Sie wollte nicht zuschauen müssen, wie er seine neue Blonde übers Parkett schleppte.

Falsche Blonde, falsche Schlange. Hoffentlich verschlang sie ihn irgendwann zum Frühstück, die kleine miese Ratte, als die er sich entpuppt hatte.

Zina schaute auf ihren Teller und war froh, darauf kein Fleisch vorzufinden. Aber sie war abgeschweift. Nein, das Spiel war nicht harmlos, zumindest nicht für alle Frauen. Vor allem dann nicht, wenn sie aussen vor blieben.

«Es ist doch eigentlich scheusslich, wenn Frauen sich derart ausliefern, findest du nicht?», fragte Zina.

Da Violetta aber nur erstaunt und leicht besorgt zurückblickte, versuchte sie ihre Gedanken zu ordnen und den Zusammenhang mit ihrem Fall herzustellen. Diesen gab es, da war sie sich ganz sicher.

«Bei diesem Spiel, wie du es nennst, machen sich die Frauen doch abhängig von den Männern. Sie richten ihre ganze Energie darauf, von den Männern aufgefordert zu werden. Wie sie sich anziehen, wie sie sich geben, wie sie dastehen, was sie sagen, alles ist einzig und allein darauf ausgerichtet, von den Männern bemerkt und ausgesucht zu werden. Wenn sie das nicht tun, bleiben sie draussen, sie werden nicht zum Tanz aufgefordert. Dann können sie nur noch warten. Sie werden zu Objekten. Dann sitzen sie nur noch da wie bestellt und nicht abgeholt. Ausser dass sie niemand bestellt hat. Es gibt noch genug andere Frauen.»

«Oder du bist die Einzige, die er sieht, die eine, die er auffordern will. Wer hat den ganzen Abend nur mit dir getanzt, Zinchen?»

Na, danke aber auch, dachte Zina. Zu diesem Punkt hatte ihre Rede mit Bestimmtheit nicht führen sollen. Nicht zum ersten Mal versuchte ihre Freundin, ihr ihren Chef schmackhaft zu machen – was mit Sicherheit nicht nötig war, denn schliesslich war sie ja nicht blind. Aber was stellte sie sich nur vor? Das Problem lag doch genau darin: Der Kerl war ihr Chef! Ein Themawechsel war dringend vonnöten.

«Hast du schon mal was über cyanogene Glycoside gehört?»

«Die zweiundsechzig reichsten Menschen auf unserer Welt besitzen gleich viel wie die ärmere Hälfte der Weltbevölkerung, wusstest du das?»

Ja, ich habe es gewusst, dachte Santoro, denn du, Vater, hast es mir schon tausend Mal eingetrichtert.

Er hatte sich doch so darauf gefreut, nach Hause zu kommen, sich aufs Sofa zu fläzen, ein Glas Wein zu trinken, den Fall für einige Stunden zu vergessen und dafür die Stille geniessen zu können.

Und nun lag er zwar immer noch auf dem Sofa, aber gemütlich war das Ganze nicht mehr. Er entfernte sein Handy von seinem Ohr, bald wäre sein Arm zu kurz. Sein Vater gehörte zu der Sorte, die nicht verstanden hatte, dass Telefone erfunden worden waren, damit die Menschen sich ihre Nachrichten eben nicht mehr zubrüllen mussten.

«Zweiundsechzig Personen besitzen gleich viel wie drei Komma sechs Milliarden Menschen, kannst du dir das vorstellen?»

Nein, das konnte er sich nicht vorstellen. Er sah kurz Bilder vor seinem inneren Auge aufblitzen. Kinder, die auf Müllhalden irgendwelche brauchbaren Reste sammelten, Familien, die in Hütten mit Blechdächern wohnten, Brunnen, die nur verschmutztes Wasser hergaben.

«Im Durchschnitt besitzt jeder von diesen zweiundsechzig zweihundertvierzig Milliarden.»

Was machte man nur mit zweihundertvierzig Milliarden, fragte sich Santoro. Irgendwann hatte man doch genug Villen, Diamantarmbänder und Rennpferde gekauft. Was kam dann? Menschen? Länder?

Weiter kam er nicht, schon dröhnte die Stimme seines Vaters wieder in seinem Ohr. «Hast du gewusst, dass die Schweiz einen katastrophalen Gini-Koeffizienten hat?»

Wenn es so weit war, dass sich sein Vater um so was kümmerte, stand es schlecht um ihn. Wie sehr musste man sich langweilen, um sich mit Indexen zu beschäftigen?

«Das habe ich dir doch schon mehrmals erklärt. Der Gini-Index gibt an, wie gerecht das Vermögen verteilt ist in einem bestimmten Land. Und die Schweiz liegt bei der Ungerechtigkeit ganz weit oben. Da hat sie einen Spitzenplatz. Danach kommen nur noch Länder wie Kasachstan oder Simbabwe. Sind wir nicht in guter Gesellschaft?»

Wenn es um die Empörung über die herrschenden Zustände in der Schweiz ging, fühlte sich sein Vater immer als Eidgenosse, wenn es ums Essen ging, als Italiener. Santoro überlegte verzweifelt, wie er den Strom an Informationen stoppen könnte. Was interessierte seinen Vater sonst noch?

«Wie geht es deinem Garten, Vater?»

«Im November? Was denkst du? Der schläft doch.»

Das konnte natürlich einiges erklären. Im Winter konnte sein Vater sich nicht im Kampf gegen Ungeziefer und Unkraut austoben. Da brauchte er andere Feinde, gegen die er wüten konnte.

«Den könnte ich mir heute gar nicht mehr leisten. Weisst du, zu meiner Zeit konnte ein Arbeiter wie ich noch auf ein Haus mit Garten sparen. Da hatte die ganze Krampferei noch einen Sinn, ich hatte ein Ziel, das half mir, die Arbeit auf dem Bau auszuhalten. Heute ist das nicht mehr möglich. Die Löhne gehen heute nur noch für Mieten und Krankenkassenprämien drauf. Hast du eine Ahnung, um wie viel die Prämien gestiegen sind in den letzten zwanzig Jahren, Matteo?»

Dass sie jedes Jahr stiegen, das hatte Santoro mitbekommen. Seitdem seine Tochter achtzehn geworden war, bezahlte er eine volle Prämie für sie, und im nächsten Jahr käme sein Sohn dazu. Er durfte gar nicht daran denken.

«Um vierundneunzig Prozent. Und die Mieten sind in den

letzten Jahren um zwanzig Prozent gestiegen. Alles steigt, nur die Löhne nicht. Das ist eine schreiende Ungerechtigkeit! Und alle lassen sich das gefallen, niemand wehrt sich dagegen.»

Santoro fragte sich im Augenblick eher, wie er sich gegen die Informationsflut, die ungehindert in sein Ohr drang, wehren konnte. Wohin könnte er seinen Vater schicken? Wo gab es Menschen, die sich genauso ärgerten, wie er es tat, die ihn aufnehmen und damit seinen Sohn entlasten könnten?

Während sein Vater weitere Zahlen und Ungeheuerlichkeiten von sich gab, suchte Santoro verzweifelt nach einem neuen politischen Nest für seinen Vater. Früher, da sass er mit Genossen seiner Partei oder seiner Gewerkschaft zusammen, verfasste Flugblätter und verteilte sie, bereitete Demonstrationen oder politische Veranstaltungen vor, traf Freunde an politischen Festen. Damals gehörte er dazu, diskutierte, handelte, organisierte, fand offene Ohren und zupackende Hände. Heute sass er alleine in seinem kleinen Haus in einem kleinen Dorf in Norditalien – schliesslich hatte er ja dafür ein Leben lang gespart. Und las Zeitung und ärgerte sich und rief daraufhin mindestens einmal die Woche seinen Sohn an.

«Und ein grosser Teil dieser Vermögen wird zu wenig oder gar nicht versteuert. Hast du eine Vorstellung, wie viel Geld in Steueroasen versteckt ist?»

Nein, hatte er nicht. Aber während sein Vater sich mehr und mehr in Rage redete, befiel Santoro ein mulmiges Gefühl, und er war froh, dass sein Vater sich nicht am Bankertisch aufgehalten hatte. Und er fand es gar nicht mehr so abwegig, dass einer der anwesenden hart arbeitenden Pädagogen die Gelegenheit ergriffen hatte, um einen der Banker um die Ecke zu bringen. Schliesslich hatte dieser Stutz die Gelegenheit ergriffen, alle Anwesenden zu provozieren. Sollten sie doch nach einem entnervten alten Revoluzzer suchen? Oder einem Jungen, der noch nicht durch die Mühlen des Lebens zermürbt worden war, sich noch angriffslustig und risikofreudig gebärden konnte?

«Hast du den Artikel über die Dividendengewinner des Jahres gelesen, Matteo?»

Santoro seufzte so tief und lautlos wie möglich und liess einmal mehr das Handy von einer Hand zur andern wandern.

«Der Holunderbaum ist der Lieblingsbaum der germanischen Göttin Holla. Die kennen wir aus dem Märchen ‹Frau Holle›. Sie ist uns Menschen friedlich gesinnt. Sie gibt den Pflanzen und den Menschen Schutz.»

Zina hörte Violetta zu, die vom Bildschirm ablas. Sie hatten einige Seiten gefunden, die ihnen über diese mysteriösen Glycoside Auskunft geben konnten.

«Und enthalten Gift?», fragte sie nach.

«Warte mal, so weit sind wir noch nicht. Da steht noch was Interessantes. Holunder galt als Schwellenbaum, als Mittler zwischen Leben und Tod.»

«So weit ist es zum Glück noch nicht gekommen.»

Violetta war nicht mehr zu bremsen. Das Thema hatte sie gepackt. Schon sprudelten wieder Informationen.

«Aber dieser Baum hat etwas mit dem Tod zu tun. Hör mal zu! Da steht, dass im antiken Rom die Särge nur aus diesem Holz hergestellt werden durften. Oder hier, Judas soll sich an einem Holunderbaum erhängt haben. Dazu galt er als Tor zwischen den Welten, als Sitz der Schutzgeister.»

«Aber es ist ja nicht Frau Holle, die unsere armen Frauen ins Reich der Schüsseln gejagt hat, oder?»

«Wer weiss, Zinchen, im Märchen werden auch die faulen Mädchen mit Pech überschüttet, wenn ich mich richtig erinnere.»

«Du meinst, die Frauen wurden bestraft, weil sie zu faul waren?»

«Sozialarbeiterinnen und Heilpädagoginnen und faul, das scheint mir ein schwieriges Unterfangen. Die werden doch alle mit Arbeit überhäuft und sind am Rande eines Burn-outs, wenn ich das richtig verstanden habe.»

«Und das gilt ja auch nur, wenn wir davon ausgehen, dass die Giftmischerin Frau Holle ist. Nicht sehr wahrscheinlich», sagte Zina bedauernd.

«Aber jetzt wird es richtig spannend, hör mal gut zu. Es geht hier um den Zwergholunder, der zwar kleiner ist, aber trotzdem stärker wirkt als der grosse. Im 13. Jahrhundert hat ein Kerl namens Albertus Magnus die Erkenntnis verbreitet, dass die innere Rinde als Abführmittel wirkt, wenn man sie von oben nach unten schabt. Wird die Rinde hingegen umgekehrt von unten nach oben geschabt, wirkt sie als Brechmittel.»

Violetta hatte ihre Ausführungen mit weit ausladenden Gesten begleitet. Zina verfolgte die Vorführung mit offenem Mund. Womit um alles in der Welt hatten sie es hier zu tun? Konnte das stimmen, was ein Kerl im 13. Jahrhundert aufgeschrieben hatte? Zu dieser Zeit glaubten sie ja auch noch an Engel, an Wunder, an den Teufel, der sich vorzugsweise in den Körpern von Frauen aufhielt und ausgetrieben werden musste, am liebsten gleich mit einem Freudenfeuer. Wobei die Freude auf der Seite der Zuschauer und der Kirchenfürsten zu finden war. Auch in ihrem Fall hatten sie es mit einer Person zu tun, die Frauen leiden sehen wollte. Bisher hatte sich das Leiden auf heftige Bauchschmerzen, anhaltende Übelkeit und längere Aufenthalte über verschiedensten Schüsseln beschränkt. Sie mussten unbedingt herausfinden, ob eine Steigerung stattgefunden hatte. Und ob diese Rindenschaberei auch zum Tod führen konnte.

«Hast du es nicht verstanden?», sprach Violetta sie aufgeregt an, die ihr Schweigen missverstanden hatte. «Diese Glycoside sind in der Rinde. Nach oben schaben, oben raus, nach unten schaben, unten raus. Logisch, findest du nicht?»

«Steht etwas darüber, ob dieser Baum auch tödlich wirkt?»

Violetta beugte sich wieder über den Bildschirm, schüttelte jedoch nach einiger Zeit den Kopf.

«Davon steht nichts. Aber das heisst natürlich nicht viel, denn es geht doch immer um die Menge, nicht wahr. Du kannst dich ja auch mit Mandeln vergiften, wenn du unbedingt willst. Magst du noch ein Dessert? Ich habe Makrönchen. Mit Biomandeln gemacht übrigens.»

«Alkohol gilt auch als Gift. Schenk mir lieber ein bisschen Rotwein nach.»

Santoro hatte es geschafft. Sein Vater hatte endlich aufgehängt, nicht ohne ihm vorher – einmal mehr – klargemacht zu haben, wie engstirnig und kleinbürgerlich sein Sohn doch war. Sich mit kleinen, gar kleinkarierten Problemen auseinanderzusetzen wie dem Weggang einer Ehefrau, den Schulproblemen eines Sohnes oder der Weltreise einer Tochter konnte für seinen Vater mit der schreienden Ungerechtigkeit der weiten Welt nicht konkurrieren. Doch für ihn war es nun mal seine Welt, und die war in den letzten Monaten aus dem Ruder gelaufen. Seine Frau war im Sommer in die Ferien nach Italien gegangen, zu ihrem Freund durchgebrannt und gleich dortgeblieben. Und dadurch hatte er auch gleich den besten Computerspezialisten der Polizei verloren. Das Letzte konnte er ja verschmerzen, aber dass seine Frau einen anderen, so mir nichts, dir nichts, gewählt hatte, das war eine ganz andere Sache. Sie wollte mit diesem halbglatzigen, schmalbrüstigen Verräter alt werden, hatte sie ihm in einem Mail mitgeteilt. Wer dabei aber richtig alt aussah, das war ja eher *er*, der schmählich Zurückgelassene.

Aber die Auseinandersetzung mit den Ursachen dieses Desasters, die wollte er um diese Uhrzeit nicht mehr beginnen. Ihm war nur allzu schmerzlich bewusst, dass er einen gravierenden Anteil am Schlamassel hatte. Er hatte sie nie wirklich geliebt, nie richtig geliebt, seine wunderschöne, verständnisvolle, gar duldsame Gemahlin. Trotzdem vermisste er sie – ihre selbstverständliche Anwesenheit, ihre Kochkünste, ihren legendären Apfelkuchen. Du meine Güte, wie höre ich mich an, ermahnte er sich.

Weinerlicher alter Trottel!

Das Schlimmste war, dass er alleine für die Kinder verantwortlich war. Sie seien ja jetzt gross und selbstständig, hatte sie ihm in ihrem Mail erklärt. Sollte das ein Trost sein? Nein, ganz und gar nicht, denn seine Sorgen um sie waren auch gross. Was heisst hier gross, riesig waren sie!

Um sie nicht ins Unermessliche wachsen zu lassen, griff er zur Maus. Er musste dringend wissen, wo seine Tochter sich heute aufhielt, was sie zu berichten hatte. Die letzten Wochen hatte sie in Papua-Neuguinea verbracht. Im Urwald! Sie hatte in einer Station mitgearbeitet, die sich um Orang-Utan-Babys kümmerte, deren Mütter gestorben waren. Und wenn die Väter ihre Kleinen zurückholen wollten? Bilder, die King Kong alle Ehre erwiesen hätten, geisterten während Wochen in seinem Kopf herum. Schlangen, die von Bäumen fielen oder unter einem Stein hervorschnellten, grün die ersten, schwarz die zweiten, hatten ihn nächtelang gequält. Nun war sie in Australien gelandet. Sie geniesse das Partyleben in Sydney, las er, und da waren auch gleich ein paar Bilder angehängt.

Sollte ihn das beruhigen?

Die jungen Kerle, die ihre Arme um die Taille seiner strahlenden Tochter legten, während sie ihm mit einem Longdrink zuprosteten, hätte er gleich zurück in den Urwald schicken können. Diese behaarten Primaten mit ihren Bermudashorts und den bunten Hemdchen sollten darauf achten, ihre Schlangen schön im Stall zu behalten!

Immerhin konnte er aus den nächsten Zeilen ein wenig Trost schöpfen. Seine Tochter berichtete, dass sie aufs Land gehen wolle. Auf eine biologische Farm. Heute musste alles biologisch sein. Das versprach wenigstens gesundes Essen und harmlose körperliche Betätigung. Sie wollte dort einige Wochen im Garten arbeiten. Jäten, umpflanzen, ernten. Sie sollte dort als Volunteer angestellt werden. Was hiess das denn nur? Aha, für Kost und Logis arbeiten. Was war das für eine neue Mode? Seine Tochter sollte gratis arbeiten? Keinen Lohn erhalten? Nannte man das früher nicht Sklavenarbeit? Was war das nur für eine Welt? Die Zahlen, die sein Vater heruntergerasselt hatte, schwirrten in seinem Kopf herum. Da scheffelten manche Milliarden – wobei scheffeln der falsche Begriff war, denn sie taten ja gar nichts –, und seine Tochter sollte den ganzen Tag schuften und keinen Rappen erhalten?

Er merkte, wie er die Zähne zusammenbiss, seine Hand sich unwillkürlich zur Faust schloss.

Nun breitete sich doch eine heisse Wut in seinem Körper aus.

SECHS

«So früh am Morgen erzählen Sie mir ein Märchen, Goldberg?»

Zina Goldberg hatte ihrem Chef die Erkenntnisse aus ihrer Internetsuche dargelegt, leicht keuchend, denn sie waren strammen Schrittes durch die Innenstadt unterwegs.

Das politisch engagierte Studentenpaar hatte ihnen vorgeschlagen, sich in der «Markthalle» zu treffen.

An diesem Sonntagmorgen war die Stadt wie ausgestorben. Die Läden waren alle geschlossen, was Zina nicht weiter störte, schliesslich mussten die Menschen sich zwischendurch von der immer weiter um sich greifenden Konsumwut erholen können. Was sie eher störte, war, dass auch kaum ein Café oder Restaurant geöffnet hatte.

Wenige Fussgänger kamen ihnen entgegen, der Tramverkehr war reduziert, die Autos waren seit geraumer Zeit aus der Innenstadt verbannt worden – was nur gut war. Wo waren nur alle Einwohner? Zu Hause beim gemeinsamen Morgenessen, alleine vor dem Fernseher oder schon im Auto oder im Zug zum Ausgangspunkt einer Wanderung, dem beliebtesten Nationalsport? Das Letzte eher nicht, entschied sie. Denn das Wetter lud auch heute nicht dazu ein, die Nase in den Wind zu strecken. Die grauen, fast schwarzen Wolken hingen tief und würden auch heute keinen einzigen noch so schwachen Sonnenstrahl durchlassen. Es roch nach Schnee.

Trübe Aussichten.

Aber die sollten Zina nicht davon abhalten, ihr Wissen an den Mann zu bringen, war dieser auch noch so skeptisch eingestellt.

«Es geht hier letztlich um neue Erkenntnisse, Chef. Das Gift, das den Frauen verabreicht worden ist, ist real und wissenschaftlich nachgewiesen worden.»

«Aber wer stellt heutzutage ein solches Gebräu her? Eine Hexe?», fragte Santoro.

«Kommt im Märchen der Frau Holle nicht vor. Da geht es eher um Belohnung für Fleiss und Freundlichkeit oder Bestrafung für Faulheit und Gleichgültigkeit gegenüber den Bedürfnissen anderer.»

«Eine Göttin, die über den Normalsterblichen steht und entscheidet, wer belohnt und wer bestraft wird. Ja, das haben Sie mir ja eben erzählt. Sie meinen, wir sollen nach einer Frau suchen, die sich für eine Göttin hält und die bösen Mädchen vergiftet?»

Mittlerweile hetzten sie den Heuberg hinauf, der zum Bahnhof und zur alten Markthalle führte. Zina vergrub ihre Hände in die Taschen ihrer Jacke und zog den Kopf ein. Sie hätte Handschuhe, ihren Wintermantel und eine Kappe anziehen sollen. Sie hatte sich geweigert einzusehen, dass der Winter in diesem Jahr so früh eingezogen war. Das hatte sie nun davon, ihre Zehen froren auch langsam ein. Ihr Chef schien auch nicht begeistert über die Kälte zu sein. Er hatte seinen Mantelkragen hochgeklappt. Sie sah nur seine gebogene und leicht gerötete Nase, was ihm das Aussehen eines leicht verschnupften Raubvogels verlieh. Das erklärte wohl, warum er den Berg hinaufraste.

«Oder nach einer Pechmarie, die die Schnauze voll hat, so viel Pech im Leben gehabt zu haben, und den Goldmariechen den Garaus machen will. Ja, genau das meine ich.»

Hatte ihr Chef da etwas von Märchentante gemurmelt?

Es haben doch einige Menschen den Weg aus ihrem Haus gefunden, dachte Zina, als sie in die «Markthalle» traten. Der Anreiz war ja auch überzeugend. Links stand eine grosse Theke, die Holzofenbrot und verschiedene Brötchen mit Rosinen, Mohn oder sonstigen Körnchen anbot. Dann noch die vielen süssen Dingerchen, die sie im Augenwinkel erkannte: Schoggiweggli, Croissants, Vanille- oder Zimtschnecken. Es roch nach frischem Brot, Vanille und Zimt und nach frisch geröstetem Kaffee. Ihr Magen knurrte erwartungsvoll. Zinas Blick schweifte nach oben zur weiss getünchten, riesigen Kuppel, um dann weiter zu den Imbissbuden vor ihr zu gleiten. Da wurden Gerichte aus China und Thailand angeboten – das war schon lange nichts Besonderes mehr –, aber Ungarn und Pakistan waren auch vertreten. Sie musste unbedingt mal hier zum Essen kommen. Reckte sie ihre Nase in diese Richtung, roch es nach Zwiebeln, Knoblauch, Koriander, Ingwer und … nach fernen Ländern. Seit wann war sie nicht mehr in den Ferien gewesen? Ja, sie wusste es. Seitdem dieser unsägliche Vollidiot mit Bubigesicht sie verlassen hatte.

Ihr Magen rumpelte unterdessen und erinnerte sie daran, dass es auch noch andere grundlegende Bedürfnisse gab, die befriedigt werden wollten.

In der Mitte standen Tische, an denen Paare, Familien, ja ganze Gruppen sassen, tranken, schwatzten und assen, viel assen. Manche hatten sich dreistöckige Kuchenteller mit allen möglichen Backwaren vollgestellt, die sie gewissenhaft und mit anscheinend grossem Genuss leer assen.

Ihr Chef tippte ihr auf die Schulter und holte sie aus ihrem Traum. «Wir sind hier nicht zum Schlemmen im Schlaraffenland angetreten, Goldberg. Leider. Schauen Sie, dort sind unsere potenziellen Zeugen.»

Tatsächlich, dort hinten winkten ihnen lächelnd die zwei Leutchen zu. Sie hatten sich einen Platz im abgeschlossenen und dadurch wärmeren Bereich ergattert.

«Ich hol mir trotzdem noch schnell einen Espresso und ein Schoggiweggli.»

«Dann bringen Sie mir einen Cappuccino und ein Gipfeli, Goldberg. Nur weil wir an einem Sonntag arbeiten müssen, heisst das noch lange nicht, dass wir auch noch in Askese versinken müssen.»

«Wäre auch schwierig, wenn die Luft gesättigt ist von Zimt, Kardamom und …»

«Schokolade», schloss Santoro.

***

Sie hatten sich die Aufgaben verteilt. Er sollte die beiden als Zeugen vernehmen und versuchen, so weit wie möglich ihre Erinnerungen an diesen Abend zu wecken. Schliesslich sassen die beiden jungen Leute am Tisch der Banker, hatten ihm zugehört, hatten vielleicht etwas Ungewöhnliches bemerkt. Seine Assistentin sollte ihr Vertrauen gewinnen, um ihnen besser auf den politischen Zahn fühlen zu können. War es möglich, dass die beiden freundlichen, gut erzogenen, sozial engagierten Studenten einen Schritt zu weit gegangen waren in ihrem Kampf gegen die immer weiter um sich greifende Ungerechtigkeit?

Zudem wollten sie herausfinden, ob die beiden Vorzeigestudenten vielleicht doch Drogen konsumierten. Sie hätten ja mehrere Kokainheftchen dabeihaben müssen, wenn sie den Banker ins Jenseits hätten schicken wollen.

Während Zina die beiden befragte, wie sie zu diesem Tanzanlass gekommen waren, hatte Santoro die Gelegenheit, sie in Ruhe zu beobachten. Carmen Alvarez und Florian Tschudi waren immer noch erschüttert über das, was sie vorgestern Abend erlebt hatten. Beide hatten ihnen gerade offenbart, dass sie noch nie eine Leiche gesehen hatten. Zudem hatten ja beide die Ärztin unterstützt, die sich um Oberhänsli gekümmert hatte.

Auf ihren Appetit hatte das anscheinend überhaupt keinen Einfluss. Sie schaufelten mit viel Butter und Konfitüre bestrichene Brötchen in sich hinein. Auch die schlanke Frau langte zu, als habe sie an diesem Morgen bereits ein ganzes Feld Kartoffeln geerntet oder eine Herde Schafe auf die Alp getrieben. Zwischen zwei Bissen erzählten sie, dass sie schon lange miteinander tanzten. Sie hatten zuerst Sambakurse besucht, dann hatten sie sich auf den Tango konzentriert. Das habe wohl etwas mit dem Alter zu tun, wie sie mit einem Schmunzeln erklärt hatten. Das Alter! Die beiden waren höchstens Mitte zwanzig.

Witzbolde.

Es war Zeit, dass er sich ins Gespräch einklinkte.

«Wie sind Sie an diesen Tisch gekommen?»

«Wir hatten unsere Gläser von Anfang an dort hingestellt, schon bevor diese Bankentypen sich an diesem Tisch breitgemacht hatten. Aber meistens sind wir auf der Tanzfläche. Wir wollen uns ja bewegen. Den ganzen Tag an einem Tisch sitzen, lesen, schreiben, nachdenken, das ist ganz schön stressig. Deshalb versuchen wir uns am Abend so viel wie möglich zu bewegen, das entspannt», erklärte Florian.

«Und erdet», ergänzte Carmen.

«Aber warum stellen Sie uns all diese Fragen?», wollte Florian wissen. «Ist der Mann nicht an einem Herzinfarkt gestorben? Es sah doch so aus, oder nicht?»

Aha, hat einer der beiden gemerkt, dass da was faul ist. Nachdem Santoro ihnen erklärt hatte, dass der Mann an einer Überdosis Kokain gestorben war, dass sie von einem Mord ausgingen, erbleichten die beiden und schauten sich erschrocken an. Doch Santoro wollte jetzt nicht auf ihre Befindlichkeit eingehen. Er wollte Informationen sammeln.

«Versuchen Sie sich in diese Situation zurückzuversetzen und uns alles zu erzählen, was Sie gesehen und gehört haben. Überlegen Sie erst gar nicht, ob etwas bedeutungsvoll, wichtig ist. Überlassen Sie das Aussieben ruhig uns. Reden Sie ganz ungefiltert drauflos.»

«Dann fang mal an, Florian, das kannst du am besten, drauflosschwatzen, über alles und nichts Reden schwingen, auch wenn es um einen Gugus geht, oder?», forderte Carmen Florian mit einem breiten Grinsen auf, das er erwiderte.

«Ich weiss nicht mehr, wie das Gespräch angefangen hat. Ich wollte gar nicht dableiben, gar nicht zuhören. Aber ich war gefesselt, bin sitzen geblieben. Eigentlich war es auch gar kein richtiges Gespräch, denn geredet hat hauptsächlich dieser Typ mit dem viereckigen Kopf, der war eindeutig der Chef dieser Banker und hat sich auch so aufgeführt.»

«Rolf H. Stutz», fügte Santoro an.

«Er hat sich vor allem an den kleinen Mann links von ihm gewandt. Das ist derjenige, der dann zusammengebrochen ist.

Sein Nachbar, der mit den blonden Locken, wollte sich auch dauernd ins Gespräch einmischen, aber er wurde ignoriert.»

«Herr Oberhänsli und der Lehrer Robin Hützli.»

«Der kleinen abgehärmten Frau hat die ganze Situation gar nicht gefallen. Sie wollte ihren Mann auf die Tanzfläche zerren. Ohne Erfolg. Er hat sie einfach ignoriert. Sie schaute richtig verbiestert aus», warf Carmen ein.

«Also, dieser Stutz», fuhr Florian dazwischen. «Er hatte schnell erfasst, dass dieser Oberhänsli ein hohes Tier im pädagogischen Staatsapparat ist, und von da an hat er ihn provoziert. Wie schlecht die Schulabgänger auf das Berufsleben vorbereitet seien, dass in der Arbeitswelt nicht gekuschelt werde, dass sie kein Wort richtig schreiben könnten, dass sie vollkommen verweichlicht seien und so weiter. Dann hat er ihm unter die Nase gerieben, wie in der Bank diese Weicheier geschliffen würden. Dabei hat er den jungen Banker mit einem dreckigen Grinsen angeschaut. Der tat mir richtig leid.»

«Der hat aber gar nichts gesagt. Dem habe ich richtig angesehen, dass er sich weit weg gewünscht hat. Getrunken hat er auch nicht, obwohl ihn sein Chef immer wieder angehalten hat zu trinken und sich über ihn lustig gemacht hat», ergänzte Carmen.

«Dieser Stutz hat hingegen recht gebechert, er schien immer ein volles Glas vor sich zu haben. Ich weiss nicht, wie er das angestellt hat. Dieser Oberhänsli hat dann etwas geschwafelt von Vorbereitung aufs Leben, humanistischem Weltbild und so. Der Lockenkopf, dieser Hützli, hat dann noch etwas von sozialen Kompetenzen geschwafelt. Er wollte über seine schwierigen Schüler erzählen, aber da hat ihn der Banker gleich mit einem Lachen unterbrochen und von Disziplin und mangelnder Autorität vonseiten der Lehrer gepoltert. Ich kann mich auch erinnern, dass das Gespräch später in Richtung Ausländer führte, die sich anpassen oder verschwinden sollten. Zu diesem Zeitpunkt habe ich dann weggehört, sonst wäre ich dem Kerl bald an die Gurgel gesprungen.»

Der junge Mann schien sich gar keine Gedanken über seine Offenheit zu machen, dachte Zina Goldberg, die das Gespräch aufmerksam beobachtete. Schliesslich war das Ziel seiner Wut gleich darauf ermordet worden. Es kam ihm anscheinend gar nicht in den Sinn, dass er verdächtigt werden konnte. Auch die junge Frau schien nicht beunruhigt zu sein, sie hatte konzentriert zugehört.

«Dann ging es um den Staat. Er müsse lernen zu sparen, solle abgespeckt werden. Irgendwann meinte Stutz dann, dass die Schule dem Staat viel zu viel abverlangte, und schwafelte etwas von Sponsoring, aber das war ja wohl ein Scherz, oder nicht? Auf jeden Fall fand das der ältere Herr, der am Tisch stand, gar nicht lustig. Mensch, hat der mordlustig runtergeschaut», erzählte Florian.

Hans Kraft, dachte Zina Goldberg. Der dumme Stutz hatte die anwesenden Pädagogen wirklich bis aufs Blut getriezt.

«In der Zwischenzeit hat dieser Stutz ein ganzes Glas geleert, und gleich darauf wurde er dann total aufgekratzt und richtig eklig. Dann wurde sein Gewäsch immer wirrer und irrer, und am Schluss ist er aufgestanden und hat herumgeschrien, er werde verfolgt.» Nachdem Florian geendet hatte, strich er sich mit der Hand durch seine dichten Haare und blickte ins Leere. Dann schüttelte er den Kopf und schaute Carmen an. «Weisst du noch, was er da von sich gegeben hat? Wissen Sie», den Blick zu Zina und Santoro gewandt, «die ganze Szene war verstörend, nicht ganz real. Bei mir ist da nur noch ein schwarzes Loch.»

«So genau kann ich mich nicht erinnern. Es war unheimlich. Er schien durchgedreht, grössenwahnsinnig geworden zu sein. Ah, ja, jetzt weiss ich es wieder. Sie hätten die Spielregeln nicht begriffen, man müsse nur wissen, wie das System funktioniere, Regeln seien nur für Idioten gemacht, solches Zeug hat er von sich gegeben. Dann hat er angefangen, wie irre zu lachen, und Sätze von sich gegeben, was für Idioten sie seien, die sich für einen Hungerlohn abrackern, das Leben lang. Das hat dann seine beiden treuesten Zuhörer auch erschreckt, wir waren alle ziemlich vor den Kopf gestossen. Der Kleine, wie heisst er schon wieder, Osterhase?»

«Oberhänsli», berichtigte Zina.

«Wie auch immer. Er hat sein Glas in der Hand gehalten, hat es blöd angeschaut und dann wieder hingestellt. Ich weiss auch nicht, warum ich das bemerkt habe. Es war ja so ein Durcheinander, und bei ihm ist der Film stehen geblieben. Ich kann es nicht richtig erklären.»

Darauf machte Carmen Alvarez ihren Haarknoten auf, schüttelte ihre langen Haare, sammelte alle Strähnchen wieder zusammen und band sie wieder gekonnt zusammen. Santoro war von ihren fliessenden Bewegungen fasziniert.

Unterdessen übernahm Florian wieder. «Gleich darauf ist dieser Stutz aufgesprungen. Nein, zuerst hat er den Tisch vollgekotzt, ganz plötzlich, sozusagen aus dem Reden heraus, und dann hat er um sich gefuchtelt, hat wirr um sich geschrien. Vollkommen durchgedreht, dieser Typ. Es war widerlich.»

Nun hatte es ihnen doch den Appetit verdorben. Sie legten beide ihre Brötchen zurück auf ihre Teller und verzogen die Mundwinkel nach unten.

Carmen fasste sich als Erste wieder. Santoro sah ihr an, wie ihr Blick nach innen, zu ihren Erinnerungen zurückschweifte.

«Beim Aufstehen hat er dann den Tisch mitgenommen, alles ist umgekippt. Eine riesige Schweinerei war das, und wir sind auch alle aufgesprungen. Dann standen plötzlich alle wie erstarrt da, und es wurde ganz still. Und schon ging es diesem Oberhänsli schlecht, und wir sind zu ihm gegangen.»

«Haben Sie auch auf die Leute ringsum geachtet, fällt Ihnen sonst noch etwas ein?», fragte Santoro.

Die jungen Leute schauten zuerst ins Leere, dann hob Florian die Schultern und sagte mit bedauernder Miene: «Wir haben eigentlich nur noch auf diesen Stutz geachtet. Der war schlimmer als alles, was ich mir vorgestellt hatte. Wir sehen schliesslich nicht jeden Tag so hohe Bankentypen. Wir lesen nur in den

Zeitungen über sie, stellen uns vor, wie arrogant sie sind, und regen uns auf.»

«Aber du hast recht, der war wie eine Karikatur seiner selbst. Alles war überzeichnet, übertrieben. Ich hatte mir Banker mit mehr Stil vorgestellt, zurückhaltender, cooler, verstehen Sie? Die ganze Szene hatte etwas Unwirkliches. Ich habe auch nur auf diesen schwadronierenden Kotzbrocken gestarrt», sagte Carmen Alvarez.

«Ich gebe es zu, diese Männer in ihren Anzügen mit ihren teuren Rollköfferchen und ihren schwarzen Aktentaschen haben mich fasziniert. Wie ein Kaninchen vor der Schlange, so habe ich mich gefühlt.»

Zina Goldberg nahm wahr, wie ihr Chef plötzlich erstarrte. Er war aufgestanden. Er fischte sein Handy aus seiner Jackentasche, entschuldigte sich bei den Anwesenden, murmelte ihr zu, sie solle weitermachen, und verdrückte sich in eine ruhige Ecke.

Was habe ich verpasst, fragte sie sich.

Doch sie hatte keine Zeit, sich weiter darüber Gedanken zu machen, denn Carmen Alvarez richtete sich auf und lächelte sie an.

«Ich kann mich doch noch an etwas erinnern. Diese zwei Jungen. Die hüpften um den Tisch herum. Die haben sich nicht für das ganze Theater interessiert, sie haben etwas gespielt. Ich habe aber nicht verstanden, um was es ging. Sie haben sich durch die stehenden Leute hindurchgewuselt. Manche haben sich geärgert und dann versucht sie zu verscheuchen, andere haben den Kopf geschüttelt, die meisten aber haben sie gar nicht beachtet.»

«Jetzt kann ich mich auch erinnern. Sie haben Grimassen geschnitten. Der eine war auf der einen Seite des Tisches und hat Faxen gemacht, dann sind sie wieder um den Tisch gehopst.»

«Kannst du dich erinnern», begann Carmen lächelnd, «wie wir früher an den Familienfesten unter dem Tisch sassen?»

Florian erwiderte ihr Lächeln, und bald schwelgten sie in ihren Erinnerungen. Zina liess sie gewähren. Sie schaute verstohlen zu ihrem Chef, der nun richtig besorgt wirkte. Er strich mit der linken Hand durch seine Haare. Um sich zu beruhigen, dachte sie. Jetzt führte er seine Finger zusammen und machte diese für einen Italiener typische Bewegung. Es sah aus, als rede ein aufgeregter kleiner Specht auf einen besorgten Raubvogel ein. Er regte sich ja richtig auf.

In der Zwischenzeit kicherten die beiden ihr gegenüber. Zina hörte nur mit halbem Ohr zu, den Blick weiterhin auf ihren Chef gerichtet. Was war nur los?

An Familienfesten hatte unter den Tischen immer wieder ein Käferfest stattgefunden. Carmen und Florian hatten sich einen Sport daraus gemacht, Gläser mit Resten von alkoholischen Getränken zu ergattern, die sie sich dann unter dem Tisch teilten.

Doch nicht so brav. Dieser Meinung waren auch die Eltern gewesen, die ihre Sprösslinge, leicht angesäuselt, in ihrem Versteck aufgestöbert hatten.

«Sie kennen sich schon lange?»

«Ja, von Geburt an eigentlich. Unsere Eltern kennen sich seit Langem, deswegen waren wir auch immer zusammen. Wir waren in der gleichen Spielgruppe, dann haben unsere Eltern dafür gesorgt, dass wir in die gleiche Klasse kamen», sagte Carmen.

«Wir sind kein Paar, wissen Sie, wir sind einfach nur Freunde», erklärte Florian.

«Und machen Sie alles zusammen?»

«Wir haben nicht die gleiche Studienrichtung gewählt, und auch politisch sind wir uns nicht ganz einig», erklärte Carmen mit einem Lächeln. «Ich engagiere mich lieber ganz praktisch, ausserhalb des politischen Systems, da kann man eh nichts daran ändern, finde ich. Florian denkt da ganz anders, aber das kann er Ihnen besser erklären, falls Sie das interessiert.»

Ja, das interessierte sie. Sie wollte mehr über die konkreten politischen Aktivitäten der beiden herausfinden. Nicht dass sie davon ausging, dass sie fähig gewesen wären, einen politisch motivierten Anschlag zu verüben. Dafür waren die beiden zu anständig, zu ruhig, ja zu brav. Sie war sich sicher, dass den beiden die Möglichkeit, Gewalt anzuwenden, nicht mal in den Sinn gekommen war. Sie forderte die beiden auf loszulegen. Und das taten sie dann augenscheinlich sehr gerne.

Florian war davon überzeugt, dass die Schweiz über aussergewöhnliche demokratische Instrumente verfüge, die es zu nutzen galt. Deshalb hatte er in den letzten Jahren Initiativen mitlanciert, die für mehr Gerechtigkeit und Demokratie sorgen sollten. Es sei nur vernünftig, wenn ein Chef nicht mehr als zwölfmal den Lohn des billigsten Angestellten einer Firma verdienen könne. Spekulation auf Lebensmittel könne nicht verteidigt werden, oder? Carmen hielt dagegen, dass keine dieser Initiativen auch nur die kleinste Chance hatte, angenommen zu werden, weil die Gegner über viel grössere finanzielle Mittel verfügten, die sie unkontrolliert und schamlos einsetzten. Florian hingegen wollte daran glauben, dass sich dadurch neue Ideen mit der Zeit durchsetzen konnten. Immerhin wurden dank der Initiativen Themen öffentlich diskutiert, die bisher tabu waren. Carmen ging das alles zu langsam. Sie wollte sofort in einer parallelen Gesellschaft leben. Gesunde Lebensmittel einkaufen, alternative Verteilungsnetze knüpfen, kein Fleisch mehr essen, Velo fahren, fair produzierte Kleider kaufen und vor allem gegen die Verschwendung von Lebensmitteln ankämpfen. Sie hatte mitgeholfen, ein Netz aufzubauen, das unverkauftes Essen weiterverteilte.

Zina hörte nur mit einem Ohr zu. Sie fragte sich, ob die beiden Studenten wirklich so harmlos waren, wie sie sich gaben.

Gerade erzählte Florian, wie eine lokale Zeitung über fortschrittliche, politisch engagierte junge Menschen wie sie herzog. Dass es sich dabei um Ewiggestrige handelte, darauf konnten sich die Streitenden wieder einigen.

«Haben Sie mitbekommen, was diese Journalisten über uns schreiben? Unsere Initiativen seien wirtschaftsfeindlich, und wir würden sie mit religiösem Eifer verteidigen. Wir seien alles Wohlstandslinke …»

«Genderfetischisten …», ergänzte Carmen grinsend.

«Und Überzeugungstäter», schloss Florian lachend.

Zina konnte nicht mitlachen, ihr wurde im Gegenteil ganz mulmig zumute. Diese Verunglimpfung, diese plumpe Abwertung politischer Gegner, das liess unheimliche Gestalten aus der Vergangenheit hochkriechen, das roch nach brauner Brühe. Natürlich hatte sie auch mitbekommen, wie Zeitungen, die bisher für ihre ausgewogenen und politisch liberalen Berichte bekannt waren, von reichen Politikern aus der rechten Ecke übernommen worden waren. Seitdem florierten dort Artikel, die das Bankgeheimnis unter Denkmalschutz stellen wollten, die Diktatoren aus aller Welt als Wohltäter ihrer Völker lobten, die Sozialdemokraten als Problempartei und Dauerverlierer abstempelten und zu guter Letzt auch noch für die Entstehung der Steuerparadiese verantwortlich machten. Über die abstrusen Verrenkungen dieses letzten Argumentationsstranges hatte sie noch lächeln können. Als sie jedoch einen Artikel las, der Göring als tollkühnen Flieger, als charismatisches Netzwerkgenie darstellte, der mit einer ausserordentlichen Frau verheiratet war und alles unternommen habe, um den Zweiten Weltkrieg zu verhindern, wurde ihr übel. Vor allem, als sie lesen musste, er habe auch nichts von den Verbrechen des Regimes gewusst, bis er selbst in Nürnberg auf der Anklagebank sass, fand sie alles nur noch zum Kotzen. Da hatte sie beschlossen, sich diese Tortur nicht mehr anzutun, diese Zeitungen einfach nicht mehr zu lesen. Das war ein Fehler, wie sie sich nun eingestand.

Die Augen verschliessen war noch nie eine Garantie gegen die aufkommende Gefahr gewesen.

Unterdessen hatten sich die jungen Leute weiter über die Beschimpfungen, denen sie ausgeliefert waren, amüsiert. Nun nahm Carmen Alvarez ihr Handy in die Hand, liess ihre Finger geschickt darüberflitzen und reichte es ihr herüber.

«Schauen Sie mal, was ich im Internet gefunden habe. Die haben es ihnen ganz schön gegeben, richtig witzig, finden Sie nicht?»

Sie beugte sich mit über den Text, anscheinend ein Schnitzelbangg aus der letzten Fasnacht. Er stammte von einer Bangg, die «Drey-Daags-Fliege».

Mir rutsche stramm noch rächts,
doch muess me Gfoore au erwähne

Y main, so uff dr Karte gsee sin mir
fascht z Ööstrich ääne

No witter rächts do waggse langsam
Höögge ussem Kryz

Denn simmer amne Ort in Poole
und dä heisst Au-Schwyz

«Das Resultat war eine Flut von Schimpftiraden auf dem Netz. ‹Linke Kackvögel› war noch eine der harmloseren Bezeichnungen», kicherte Carmen.

Zina konnte weder lächeln noch grinsen und schon gar nicht lachen. Das war es, was sie an diesen beiden ach so gesunden, munteren und optimistischen Leutchen, die in einer sichtlich wertschätzenden und behüteten Umgebung aufgewachsen waren, so irritiert hatte. Die beiden warfen sich mit ihren offenen zarten Herzen in die Schlacht, ohne zu wissen, in welcher Welt sie lebten, sie konnten sich nicht einmal vorstellen, welche Kräfte ihnen gegenüberstanden, welchen Gefahren sie sich aussetzten. Im Gegensatz zu den beiden lebten in ihr jedoch noch die Erfahrungen der Geschichte und damit ihre Schrecken und das Grauen, denn sie hatte diese Fackel gegen das Vergessen übernommen, ohne es je bewusst entschieden zu haben. Von ihrem Vater, der ein Teil seiner Kindheit in Buchenwald verbracht hatte und nie wirklich zurückgekommen war. Sie spürte, wie aus den Tiefen ihres Unterbewusstseins ein Ungeheuer hervorkroch, das bald seine schadenfreudige Fratze enthüllen würde. Sie erschauerte.

Aus dem Augenwinkel erkannte sie, dass ihr Chef nun neben ihr stand. Seine Hand legte sich kurz auf ihre Schulter, sie nahm seine Berührung wahr, leicht wie der Flügelschlag eines Schmetterlings, und landete wieder sanft in der Gegenwart.

«Sind Sie sicher, dass Herr Stutz ein Aktenköfferchen bei sich hatte, als er in den Saal trat?», fragte Santoro gerade.

***

«Dass unsere zwei Hübschen Kokain zum Zvieri konsumieren, das können wir wohl ausschliessen, oder was meinen Sie, Goldberg?»

«Die eine kann sich sogar dafür begeistern, Karotten in Permakultur aufwachsen zu lassen, alternative Läden mit fairen Röckchen spriessen zu sehen und angetrockneten Holzofenbrötchen ein zweites Leben zu schenken. Der andere bekommt schon strahlende Augen, wenn er von Unterschriftensammlungen schwärmt. Die brauchen kein Kokain, um ihr Leben aufzupeppen, die reiten auch so dauernd auf einer optimistischen und gesunden Welle, auf der sie in eine strahlende Zukunft surfen können. Wobei die Strahlen mit Sicherheit nicht von Atomkraftwerken stammen dürften.»

«Also hatten sie sicher kein Kokain dabei», konstatierte Santoro.

«Wenn sie wirklich so harmlos sind, wie sie sich geben, sind die härtesten Drogen, die sich die beiden einverleiben, eher Chia-Samen mit ganz vielen Omega-3-Fettsäuren oder hoch vitaminierte Smoothies voller Grünkohl.» Zina grinste und verzog das Gesicht, als sie sich die grüne Brühe vorstellte.

Sie spürte die Hand ihres Chefs an ihrer Schulter. Sie hatte nicht aufgepasst. Und das war auf dem Bahnhofplatz gar keine gute Idee, denn hier war immer viel los – auch an einem verregneten Sonntag. Sie blieb abrupt stehen und liess das grüne Ungeheuer vorbeifahren. Hier mischten sich Trams, Taxis, Busse und Fussgänger, die aus allen Richtungen zu kommen schienen, und das ohne ersichtliche Ordnung. Die gewohnte Aufteilung des öffentlichen Raums in Bereiche für Fussgänger und andere für Fahrzeuge war aufgehoben worden, alle gingen oder fuhren hier durcheinander, alle mussten lernen, aneinander vorbeizukommen. Für manche war das natürlich gefährlicher als für andere.

«Zu Gewalt scheinen sie auch nicht zu neigen, wenn ich das richtig mitbekommen habe», nahm Santoro den Faden wieder auf, als sie in die Bahnhofshalle eintraten.

«Ach was, vergessen Sie's. Entscheidend ist doch, dass die zwei nicht alleine sind. Sie unterstützen sich gegenseitig, sind in Gruppen integriert, die gleiche Ziele verfolgen.»

«Sie meinen, wir suchen eher einen einsamen Wolf?»

«Ja. Giftmörder haben das an sich, der Alleingang, die Einsamkeit. Zudem sind die beiden hoffnungsfroh. Sie glaubt an die Kraft der Eigeninitiative, er an die Macht der Initiativen.»

«Nennt man das nicht einfach Jugend, diesen weichherzigen Idealismus?», fragte Santoro.

«Nur ist ihnen nicht bewusst, dass sie sich als weiche Ziele wiederfinden könnten, denn ihre Gegner haben kein weiches Herz. Die sind, ganz im Gegensatz zu den beiden, knallhart.»

«Ich frage mich, ob ich nicht meinen Vater auf die zwei blauäugigen jungen Leute hetzen sollte. Erstens könnte damit sein Sohn, das heisst ich, entlastet werden, und zweitens stelle ich mir mit Genuss vor, wie er ihnen auseinandersetzt, dass sie sich in einem Klassenkampf befinden, den sie mit ihren Weichspültaktiken nie gewinnen werden.»

Zina kam nicht dazu, ihrem Chef auseinanderzusetzen, dass der Klassenkampf längst geschlagen war, und schon gar nicht dazu, klarzustellen, wer ihn gewonnen hatte, denn dessen Handy vibrierte. Während er schweigend einer endlosen Rede zuhörte, wandte sie ihre Aufmerksamkeit auf ihre Umgebung.

Mittlerweile stapften sie durch die Passerelle, die durch den Bahnhof führte, und schlängelten sich durch die Menschenmassen, die ihnen entgegenkamen. Anscheinend hockten doch nicht alle Einwohner ihrer Stadt in ihren vier Wänden. Manche hatten diesen Weg durch den Bahnhof, wie sie selbst auch, als kürzesten Weg von der Innenstadt ins Gundeldingerquartier gewählt. Das Gundeli begann gleich nach dem Hinterausgang, auf den sie zusteuerten. Sie waren unterwegs zum nächsten Mitglied der Tafelrunde, das sie befragen wollten. Ihr Chef redete eindringlich mit der Person am anderen Ende der Leitung, stellte Fragen, doch er hatte die Hand schützend um seinen Mund gelegt, sodass sie nichts verstand.

Um sie herum marschierten Hunderte, eilten, rannten, einen Rollkoffer oder gar einen Hund hinter sich herziehend, zu den Gleisen oder kauften noch schnell eine Zeitschrift oder Zigaretten, tranken in aller Eile einen Kaffee oder ein Glütterliwasser. Zina überkam wieder das Gefühl, bei der Befragung des jungen Paares eine entscheidende Information erhalten zu haben. Sie ruhte in ihr, verborgen unter den wirren Ausführungen über den zu fetten Staat und die zu alte Schule, die grünen Alternativen und die roten Initiativen, den geflossenen Sekt und die zerbrochenen Gläser. Wie die Bläschen in einem Sektglas wollte sich gerade eine Erinnerung den Weg an die Oberfläche ihres Bewusstseins bahnen, als ihr Chef sein Handy versorgte und sich ihr zuwandte.

«Oberhänslis Herzinfarkt war nicht spontan. Auch er hat eine Dosis Kokain abbekommen. Was sagt uns das, Goldberg? Dass jemand Männer im Allgemeinen oder Männer in höheren Positionen um die Ecke bringen will, indem er Kokain in ihre Sektgläser verteilt?»

In diesem Augenblick erreichten die Bläschen die Oberfläche des Sektglases, und Zina wusste wieder, welche Information sie erhalten hatte.

«Das immer volle Glas, Chef! Unser nettes Pärchen hat sich darüber gewundert, dass Stutz immer ein volles Glas in den Händen hielt.»

Santoro runzelte die Stirn, hob bald darauf eine Augenbraue, schaute sie jetzt mit zu Schlitzen verengten Augen an.

«Er hat nicht nur aus seinem Glas getrunken. Meinen Sie das, Goldberg?»

«Genau.»

«Aus Oberhänslis Glas? Sie sassen ja nebeneinander. Aber das würde ja heissen, dass der kleine Mann mit der Fliege das Ziel des Anschlags war und der elende Stutz nur einen Kollateralschaden darstellt.»

«Das wäre wunderbar, Chef, denn dann müssten wir uns nicht mehr mit der Finanzwelt auseinandersetzen. Aber so glimpflich kommen wir nicht davon. Es ist genauso möglich, dass Oberhänsli aus Versehen aus Stutz' Glas getrunken hat. Kein Wunder in diesem ganzen Durcheinander.»

«Also wissen wir nicht, wer das eigentliche Ziel des Mörders war.»

«Dafür eröffnet uns diese Tatsache ganz neue Möglichkeiten. Wenn Oberhänsli das Ziel war, können wir von einem Mord ausgehen. Schliesslich war er ein regelmässiger Besucher der Tangoveranstaltungen. Sollte hingegen Stutz ermordet werden, kann es sich nur um eine spontane Entscheidung handeln.»

«Ausser einer seiner Kollegen hat die Menschenmenge genutzt, um seinen Chef zu ermorden.»

«Ja. Und wir müssen uns mit diesen Bankenheinis auseinandersetzen, die dummerweise entschwunden sind. Wie auch Stutz' Aktenkoffer.»

«Ja, der ist tatsächlich weg, denn als Stutz in den Saal kam, hatte er ihn bei sich. Da sind sich unsere jungen Zeugen ganz sicher. Und mittlerweile habe ich auch Ihren Schützling, Stefan Bleibtreu, erreicht, der dies bestätigt. Und jetzt ist er wie vom Erdboden verschluckt.»

«Bleibtreu?»

«Der Koffer, Goldberg, der Koffer!»

«Und dessen Inhalt», ergänzte Zina nachdenklich.

«Genau. Er ist nie bei der Spurensicherung angekommen, ist auch nicht aus Versehen im Spital bei Oberhänsli gelandet, ist nie zu unseren Kollegen nach Zürich gereist.»

«Konnte Bleibtreu wenigstens sagen, was sich darin befindet?»

«Er behauptet, keine Ahnung zu haben. Zudem hat er mir anvertraut, dass er angehalten wurde, nicht mehr mit uns zu reden, von Herrn Rizzo. Wir seien nicht mehr zuständig.»

«Was ja leider stimmt.»

«Trotzdem gehen wir jetzt schnellen Schrittes zu diesem holden Ritter mit den lockigen Haaren, Goldberg.»

«Der das eine Opfer sehr gut kannte. Erwartet er uns?»

«Ich habe uns angemeldet, und er hat uns eine halbe Stunde zwischen der Vorbereitung auf seinen Unterricht und dem Besuch eines Museums mit seinen Kindern eingeräumt. Es war ihm wichtig, uns mitzuteilen, wie wertvoll seine Zeit ist.»

***

Nein, der Mann, der vor ihnen am Tisch sass, war nicht mehr jung, kam man ihm zu nahe, war er auch nicht wirklich hübsch, und wie ein strahlender Ritter wirkte er schon lange nicht mehr, befand Zina kritisch. Während ihr Chef ihn zum Geschehen am Tisch des Bankers befragte, hatte sie alle Zeit der Welt, ihn zu beobachten, denn Lehrer Hützli war von der ausschweifenden Sorte. Ja, der erste Eindruck täuschte ganz eindeutig. Von Weitem vermittelten seine blonden Locken, die ihm in die Stirn fielen, seine schlanke Gestalt, sein schmales Gesicht, seine blauen Augen den Eindruck von jugendlicher Anmut. Von Nahem wurden andere Zeichen sichtbar. Die Linien auf beiden Seiten des Mundes waren tief eingemeisselt, und sie stammten eindeutig nicht von zu viel Lächeln, von überbordendem Humor. Der Mund wirkte verkniffen und drückte Strenge, wenn nicht gar Verbitterung aus. Seine Augen standen ein bisschen zu nahe beieinander, was ihm den Ausdruck eines misstrauischen Frettchens verlieh. Nur die Stupsnase passte nicht ins Bild und erinnerte an einen Lausbuben.

Ein alternder Knabe, urteilte Zina – Peter Pan in der Midlife-Crisis.

«Ja, Herrn Oberhänsli kenne ich schon länger. Wir waren in eine anregende Diskussion über die Weiterbildung der Lehrkräfte betreffend die Sprachkompetenz der Sportlehrer vertieft, als diese Herren an unseren Tisch kamen. Ich bin in meinem Schulhaus für die Implementierung der neuen Unterrichtsformen verantwortlich. Das impliziert die Strukturharmonisierung der Schulentwicklungsprojekte, die Flexibilität besonderer Ressourcen und verlangt auch die Schaffung von Gelingensbedingungen, was nicht ohne die Freisetzung von neuen Synergien möglich ist, natürlich.»

Natürlich, dachte Santoro, dem schon seit einiger Zeit leicht schwindlig war. Was er da zu hören bekam, war verdrehter Bockmist, und wie sollte er diesen Redestrom unterbrechen? Er linste hilfesuchend zu seiner Assistentin. Nannte man das nicht Synergien schaffen? Er musste feststellen, dass es seiner Assistentin im Augenblick eindeutig an Flexibilität mangelte. Sie glotzte den immer weiter vor sich hin dozierenden Lehrer mit glasigen Augen und offenem Mund an. Der Vortrag dieses Hützli hatte eindeutig eine hypnotische Wirkung.

«... angepasste, moderne, das heisst individualisierende und gemeinschaftsbildende Unterrichtsformen bedingen einen neuen Umgang mit Kompetenzrastern, denn die Vermittlung von statischem Wissen kann nur noch als fragwürdig betrachtet werden. Sie müssen verstehen, dass die Halbwertszeit von Wissen von immer kürzerer Zeit ist.»

Nein, er verstand nicht. Sprach man von Halbwertszeit nicht eher im Zusammenhang mit Atommüll, den es zu lagern galt? Irgendwie und irgendwo? Auf jeden Fall redete der Kerl vor ihm ziemlichen Müll zusammen. Es war höchste Zeit, diesem Geschwafel ein Ende zu bereiten.

«Wer hat den Prosecco an den Tisch gebracht?», unterbrach er Hützlis Redestrom.

Hützli schaute ihn verdutzt an, antwortete jedoch sichtlich beleidigt und ohne jedes Interesse.

«Das war Herr Stutz selbst. Er holte die Flasche an der Theke und brachte auch die Gläser auf einem Tablett an den Tisch. Eine sehr grosszügige Geste, meiner Meinung nach. Dann hat er am Tisch stehend die Gläser gefüllt und jedem von uns persönlich überreicht und hat uns zugeprostet.»

«Haben alle am Tisch mitgetrunken?», fragte Zina.

Sie ist aus ihrer Trance erwacht, freute sich Santoro. Schliesslich wollte er nicht mit diesem Kerl und seinem oberlehrerhaften Gehabe alleinegelassen werden.

«Was denken Sie denn, was Leute machen, wenn Ihnen ein Glas Sekt offeriert wird, gute Frau?», fragte Hützli mit einem Lächeln zurück, das einiges an mitleidiger Verachtung ausdrückte.

Die gute Frau drückt im Augenblick nicht viel Güte aus, stellte Santoro fest. Ihre Miene verfinsterte sich zusehends, bis sie sich den herrschenden Wetterbedingungen angepasst hatte – düster bis stürmisch. Er entschied, schnell einzugreifen, bevor sich die Wetterlage in einem ausgewachsenen Herbstgewitter entlud.

«Beantworten Sie einfach Frau Goldbergs Frage, Herr Hützli. Was Menschen im Allgemeinen tun oder lassen, steht hier nicht zur Diskussion. Für Allgemeinplätze fehlt uns leider die Zeit. Wir wären Ihnen ausserordentlich dankbar, wenn Sie sich auf Ihre konkreten Beobachtungen beschränken könnten.»

«Darauf habe ich nicht geachtet, warum hätte ich das tun sollen, das war nicht meine Aufgabe. Und zudem waren wir bald in ein interessantes Gespräch vertieft. Herr Stutz hatte pointierte Ansichten, die er dezidiert vertrat, was ich als anregend empfand. Mir machen kontroverse Diskussionen keine Angst, ganz im Gegenteil. Besonders seine Vorstellungen betreffend Sponsoring der Schulen fand ich spannend. Die Schulen müssen sich auf die veränderten Bedingungen einstellen. Den Staat als ewige Milchkuh betrachten, die immer noch mehr Gelder liefert, diese Vorstellung gehört ganz eindeutig der Vergangenheit an. Eine Public-private-Partnership sehe ich als Chance, nicht zuletzt könnte sie einige Schulen aus ihrer Lethargie holen, die Lehrer motivieren, aus ihrer Schule ein Vorzeigeprojekt zu entwickeln.»

«Dieses Sponsoring für Schulen haben Sie nicht als Scherz interpretiert?», fragte Zina.

«Ich sehe, Sie sind in einer Zeit stehen geblieben, als der Sozialstaat aufgeblasen wurde, und stellen sich vor, dass alles genau gleich weitergehen kann. Aber dem ist nicht so. Der Staat muss nun mal sparen, das müssen wir akzeptieren, gute Frau.»

Der dumme Kerl spielt mit dem Feuer und scheint es auch noch zu geniessen, dachte Santoro und überlegte, wie er die Situation entschärfen könnte. Doch seine Assistentin hatte sich augenscheinlich wieder gefasst.

Sie lehnte sich zurück und fragte betont gelassen: «Was empfanden Sie dabei, an einem Tisch mit Männern zu sitzen, die ein Vielfaches Ihres Lohnes verdienen, Herr Hützli?» Sie fragte sich, ob dieser eindeutig selbstverliebte Mann nicht einen guten Mörderkandidaten abgeben könnte, und zwar für beide potenziellen Mordopfer.

Hützli streifte mit seiner rechten Hand die blonden Locken aus seiner Stirn, beugte sich nach vorne und stützte seine Ellbogen auf seine Knie; nachdem er einige Male wie in Zeitlupe genickt hatte, antwortete er, indem er jedes Wort bedächtig aussprach: «Im Gegensatz zu unreflektierten Weltverbesserern gehöre ich nicht zu den Neidern. Ich habe kein Problem damit, dass diese Männer mehr verdienen als ich. Ich habe für mich selbst andere Prioritäten gesetzt. Erstens finde ich, dass der schleichenden Feminisierung des Schulbetriebs Einhalt geboten werden muss. Die Knaben brauchen männliche Vorbilder, um ein gesundes Selbstbewusstsein aufbauen zu können. Durch die vielen Frauen im Schulbetrieb werden sie benachteiligt und können ihre Fähigkeiten nicht voll entfalten.»

«Was wissenschaftliche Studien eindeutig widerlegt haben. Knaben, die von Frauen unterrichtet werden, zeigen keine schlechteren Noten als diejenigen, die einen Lehrer vor sich haben. Die Resultate weisen eher in die Gegenrichtung», sagte Zina.

Santoro beobachtete mit Vergnügen den Schlagabtausch. Seine Assistentin zeigte die stille Genugtuung der Katze, die den Vogel schon zwischen den Zähnen hat, ihn aber lieber noch leben lässt. Sie wollte diesen Kerl provozieren, damit er sein wahres Gesicht zeigte. Hützli hielt dagegen, lehnte sich betont entspannt zurück. Seine Wut hingegen konnte er nicht ganz verbergen. Er versuchte, sie durch ein mildes verachtendes Lächeln zu verdecken.

«Die Knaben zahlen einen hohen Preis, gute Frau. Sie müssen weibliche Kompetenzen entwickeln, hingegen dürfen sie ihre Virilität nicht entfalten. Das ist meine bescheidene Meinung.»

Auch die Einrichtung war nicht gerade bescheiden. Möchtegern-Pseudodesign, urteilte Santoro, protzige Ledergarnitur, abstrakte Drucke an der Wand, die viel sinnlose Leere ausdrückten, eine uninspirierte Skulptur aus Metall auf dem Board. Was stellte die denn dar? Einen aufgeblasenen Pudel? Und dann diese sterile Ordnung, diese Sauberkeit, die keinem Staubkörnchen eine Chance gab, sich auch nur für einen kurzen Augenblick niederzulassen. Der Kerl musste ja mehrmals pro Tag mit einem Lappen in der Hand Jagd auf kleinste Verunreinigungen machen! Das Resultat strahlte Ungemütlichkeit, Kälte und triste Leere aus, schloss Santoro. Der Kerl strebte eindeutig danach, zu den höheren und reicheren Sphären der Gesellschaft zu gehören. Was mochte er gegenüber Männern wie Stutz oder Oberhänsli empfinden, die jeder auf seine Art als erfolgreich gelten konnten, fragte er sich. Seine Assistentin holte ihn mit ihrer nächsten Frage aus seinen unerfreulichen Überlegungen heraus.

«Haben Sie die beiden Knaben wahrgenommen, die um den Tisch hopsten?», fragte Zina.

«Darauf habe ich ganz bewusst nicht geachtet. Es waren nicht meine Schüler, und ich war nicht im Dienst, also habe ich sie ignoriert, erfolgreich, das muss ich wohl nicht extra betonen. In meinem Beruf ist es eminent wichtig, sich abgrenzen zu können. Das kann ich, im Gegensatz zu vielen meiner Kolleginnen, sehr gut.»

«Was haben Sie gedacht, als Herr Stutz zusammenbrach?»

«Gedacht? In einem solchen Augenblick denkt man doch nicht, was stellen Sie sich denn vor, gute Frau. Ich war natürlich sehr betroffen, bestürzt, ja sogar geschockt und empfand grosses Mitgefühl für das Opfer. Das ist die adäquate Reaktion auf eine solche Tragödie.»

«Trotz Ihres adäquaten Mitgefühls haben Sie sich nicht um den Mann gekümmert, als er Hilfe brauchte. Wie soll ich das nun verstehen?»

Wenn meine Assistentin mit zuckersüsser Stimme spricht, gibt es bald Saures, dachte Santoro und strich sich mit der Hand über den Mund, um sein Schmunzeln zu verbergen, das er mit bestem Willen nicht mehr unterdrücken konnte. Hützli versuchte seine aufkommende Verärgerung mit einem herablassenden Lächeln zu überdecken. Das fiel jedoch so charmant wie das Grinsen eines Haifisches aus.

«Es waren genügend qualifizierte Leute anwesend. Es gehört zu meinem Selbstverständnis, dass ich mich nicht aufdränge, wenn andere eine Aufgabe besser erledigen können. Ich leide nicht an einem Helfersyndrom, das ist eher ein Problem, das die weiblichen Mitglieder der Gesellschaft befällt, nicht wahr.»

Aha. Der Hai fühlt sich auf den Schlips getreten und schlägt mit dem Schwanz um sich, dachte Santoro. Und der Kerl war sich gar nicht bewusst, wie viel er mit seinem überheblichen Gelaber über sich enthüllte.

Seine Assistentin schien auch ganz zufrieden mit ihrer Strategie zu sein, sie liess sich entspannt in ihren Sessel zurückfallen und nickte ihm zu. Übernehmen Sie, ich bin mit ihm fertig, schien sie ihm mitzuteilen. Dazu kam es nicht, denn in diesem Augenblick öffnete sich die Eingangstür, und zwei Mädchen stürmten ins Zimmer und schlangen bald ihre Arme um Hützlis Hals. Dieser reagierte jedoch nicht auf die überschäumenden

Liebesbekundungen der Kinder. Er löste sich von den Mädchen und verschwand im Gang.

«Du bist fünf Minuten zu spät. Habe ich dir nicht gesagt, dass ich um Pünktlichkeit bitte? Das solltest du doch schaffen können, oder nicht, wenn du dich nur ein bisschen anstrengen wolltest.»

«Sei nicht so unnachgiebig. Flavia konnte ihren Teddy nicht finden», antwortete eine Frau mit müder Stimme.

«Nicht vor den Kindern. Wie oft habe ich dir schon erklären müssen, dass ich nicht will, dass wir vor den Mädchen streiten?», unterbrach er die Frau streng, um sich dann gleich an die beiden Ermittler zu wenden. «Ich muss Sie nun bitten zu gehen. Sie sehen doch, dass ich mich um meine Kinder kümmern muss.»

Santoro blickte zu seiner Assistentin hinüber. Das Wetter hatte wieder umgeschlagen, und die Zeichen standen eindeutig auf Sturm.

Zeit, die Segel zu hissen.

***

«Wäre Herr Hützli der Tote, hätte ich wohl eine Mörderin an meiner Seite, meine Liebe.»

Zina hegte tatsächlich Mordgedanken, wenn sie an den aufgeblasenen, kontrollwütigen und sich selbst beweihräuchernden Wichtigtuer zurückdachte. «Prinz verwandelt sich in Kröte», flüsterte sie.

«Ist es nicht eher umgekehrt? Werden nicht eher Kröten in Prinzen verwandelt, durch den aufopfernden Kuss einer hübschen Prinzessin?»

«Nur im Märchen. Und zu ihrer kulturellen Erbauung sei angemerkt, dass in der Originalversion die Kröte an die Wand geschmissen wird, damit sie sich in einen Prinzen verwandeln kann.»

«Und das macht ihn hübscher?», wunderte sich Santoro.

«Das macht ihm klar, dass er nicht so weitermachen kann.

Schluss mit ‹Iss aus meinem Tellerchen, trink aus meinem Gläschen›, du bist Teil von mir, und wir sind eins, und du bist meins. Wenn er die Landung überlebt, hat er die Möglichkeit, sich zu entwickeln, was das Wesen des Prinzen ist. Zumindest im Märchen.»

«Seine Ehefrau scheint ihn ja tatsächlich geschmissen zu haben. Die beiden leben offensichtlich nicht mehr unter dem gleichen Dach, also hat wohl auch sie erkannt, dass der blonde Jüngling bei näherer Betrachtung kein strahlender Prinz ist. Aber ich befürchte, dass die Wurfübung bei unserem Hützli nicht gefruchtet hat.»

«Nein, der ist immer noch ein kriechendes, schleimiges, aufgeblasenes Untier, das nur darauf aus ist, die nächstbeste Frau anspringen zu können.»

Nun hatte sie sich tatsächlich wieder in Rage geredet. Wie sinnlos, dachte Zina selbstkritisch und wollte in sich gehen, um die Ursache ihrer Wut zu suchen. Was hatte dieser Idiot nur an sich, dass er sie so ausser sich bringen konnte? Sie erkannte das Grinsen, das sich im linken Mundwinkel ihres Chefs abzeichnete, und musste plötzlich lachen. Ja, er hatte recht, dieser Kerl verdiente es wirklich nicht, ernst genommen zu werden.

Ausser vielleicht als Mordverdächtiger, korrigierte sie sich.

«Herr Hützli hat uns zwar versichert, dass er keinen Neid verspürte angesichts der Macht und des Geldes, die diese Banker anhäufen. Die Frage ist nur, ob wir ihm diese Versicherung auch abnehmen.»

«Ja, Goldberg, der Herr beteuert zu sehr. Zudem erfüllt er eine ihrer Bedingungen, um als ernst zu nehmender Verdächtiger zu gelten. Er ist eindeutig alleine, und so wie er sich aufführt, wird er es auch bleiben. Der Kerl ist selbstherrlich und selbstgerecht genug, um einen guten Mörder abzugeben.»

«Zudem ist da noch der Mangel an Humor.»

«Humorlose Menschen sind eher Mörder?»

«Sicher, Chef. Oder können Sie sich vorstellen, jemanden umzubringen, während Sie gleichzeitig über sich selbst lachen?»

Sie hatten das Tram genommen, mittlerweile regnete es in Strömen. Sie sprachen leise, denn es sassen ausser ihnen noch vereinzelte Fahrgäste im Wagen, die betrübt aus dem Fenster starrten. Sie waren unterwegs zum Kantonsspital, wo Zina mit der Ehefrau des kleinen Fliegenmannes verabredet war. Nur mit grossem Widerwillen war die besorgte Dame bereit gewesen, sich für einige Minuten von ihrem immer noch sedierten und damit nicht vernehmbaren Oberhänsli zu trennen. Die Ehefrau erwartete sie in wenigen Minuten in der Cafeteria. Ihr Chef wollte sitzen bleiben und bis zum Badischen Bahnhof weiterfahren. Dort erwarteten ihn Stump und das Technikerteam, das nach dem verschwundenen Aktenköfferchen suchen sollte. Im Durcheinander, das am Freitagabend geherrscht hatte, war ihnen das blöde Ding durch die Lappen gegangen. Erstaunlicherweise hatten auch Stutz' Kollegen das Fehlen des Köfferchens nicht bemängelt. Oder hatten sie es einfach mitlaufen lassen und schwiegen nun dazu? Aber was sollte das für einen Sinn haben? Vielleicht sollten die Ermittler nicht erfahren, was sich darin befand. Diese Spekulationen hatten vorläufig keinen Sinn, ermahnte sich Zina.

«Diese Mädchen gehen mir nicht mehr aus dem Sinn», erklärte Santoro, um gleich anzufügen: «Die Begrüssung fiel mir übertrieben aus, zu überschwänglich, finden Sie nicht auch?»

Zina versuchte sich in die Szene zurückzuversetzen, sah wieder die beiden kleinen Mädchen, die sich mit lauter Begeisterung in die Arme ihres Vaters warfen, während die Mutter an der Tür stehen geblieben war. Sie erinnerte sich auch an ihr leises Unbehagen, das sie beim Zuschauen empfunden hatte. Ja, ihr Chef hatte recht. «Das Ganze tönte falsch, als ob Amateurschauspieler eine Szene überspielten.»

«Oder wie Kinder, die sich unbedingt richtig verhalten wollen, um ja den Erwartungen ihrer Eltern zu entsprechen. Wobei wir die Haltung der Mutter nicht kennen.»

«Sie hörte sich eingeschüchtert an, ganz und gar erschöpft.»

Zina schaute auf ihre Uhr, sie war eindeutig spät dran, und

das Tram schlich im Schneckentempo durch die Innenstadt. Sie schaute angestrengt nach vorne, als könnte ihre Zielstrebigkeit das Tempo beschleunigen. Doch sie musste feststellen, dass ihre vorwärtsstrebende Willenskraft der sonntäglichen Trägheit unterlegen war. Der Lautsprecher kündigte an, dass sie am Marktplatz angekommen waren. Die Türen öffneten sich so langsam, als litten sie unter einer akuten Lethargie. Einige Personen, eindeutig Touristen aus dem Fernen Osten, standen an der offenen Tür und schauten auf die nass geregnete rote Fassade des Rathauses, ihre Smartphones an einer Stange vor ihre Nasen haltend. Sie fotografierten nicht die wunderschön bemalte Fassade des Rathauses. Der Mann mit dem Banner auf dem Turm, der bei der Schlacht von Marignano gestorben war, interessierte sie nicht, die Siegesengel – gab es auch Niederlageengel? – konnten ihnen gestohlen bleiben, und auch die kindlichen Krieger, die Kindersoldaten, liessen sie kalt. Nein, was sie fotografierten, das waren sie selbst, wie sie aus dem Tram stiegen, sich husch, husch umdrehten, um dann endlich wieder einzusteigen. Wie blöd durfte man heutzutage eigentlich sein, fragte sich Zina und starrte auf die Tür. Als ob sie sich damit schneller schliessen könnte, seufzte sie resigniert.

«Machen Sie sich keine Sorgen», sagte Santoro. «Die Frau läuft Ihnen nicht davon. Sie hütet ihren Mann, seit dieser eingewiesen wurde, wie sie mir berichtet hat.»

«Und ich verstehe nicht, warum sie ihn jetzt noch hüten soll. In seinem jetzigen Zustand kann er ihr eh nicht davonlaufen.»

«Eben.»

SIEBEN

«Er kann sich einfach nicht abgrenzen, arbeitet viel zu viel. Am Abend kann er nicht entspannen, liest noch diese ausufernden Dossiers, schreibt Konzepte um, redigiert Leitfäden, evaluiert Abläufe, entwickelt neue Kompetenzraster, definiert Gelingensbedingungen. Es nimmt überhaupt kein Ende. An den Wochenenden kann er auch nicht loslassen. Da muss er an Symposien teilnehmen, wo er Arbeitsgruppen leiten muss. Oder er ist gezwungen, auf diese hinterhältigen Zeitungsartikel oder sonstigen Elaborate zu antworten, die seine Modernisierungsbemühungen in Frage stellen. Diese Leute haben gar keinen Respekt vor seiner Arbeit und überlegen gar nicht, wie tief ihn diese haltlosen Kritiken treffen. Aber er nimmt überhaupt keine Rücksicht auf seine Gesundheit, gibt sich ganz seiner Aufgabe hin. Er hört nicht auf seine innere Stimme.»

Und auf deine Stimme hört er wohl auch nicht, dachte Zina, und wenn ich dir noch lange zuhören muss, bekomme ich gleich einen Schreikrampf oder renne davon. Das tat anscheinend auch der kleine Oberhänsli. Davonrennen und sich in die Arbeit stürzen. Sie holte Luft, um mit irgendeiner Frage den Redefluss der schmächtigen Frau, die vor ihr sass und unaufhörlich die Hände rang, zu unterbrechen, doch bevor sie auch nur den kleinsten Laut von sich geben konnte, schwappte schon die nächste Welle über ihren Kopf hinweg.

«Wissen Sie, wir sind erst seit einigen Jahren endlich ein richtiges Paar. Ich musste lange um ihn kämpfen, denn er brachte es einfach nicht übers Herz, seine Frau und seine Kinder zu verlassen. Aber ich konnte ihm aufzeigen, dass seine Ehe nicht gut für ihn war – diese Frau kümmerte sich gar nicht um ihn und liess ihn richtiggehend verwelken – und dass er ein Recht auf Glück und echte Liebe hatte.»

Zina stellte sich den kleinen Mann mit der Fliege in einem

Töpfchen vor, wie er traurig den Kopf hängen liess, bis endlich eine zwar sehr kleine und abgehärmte, dennoch entschlossene Frau auf ihn zumarschierte, die eine riesige Giesskanne mit beiden Händen anschleppte. Das zarte Pflänzchen konnte einem nur leidtun, schloss sie und hob die Hand vor ihren Mund, um ein unsolidarisches Grinsen zu verbergen.

Während Frau Oberhänsli erzählte, wie sie es geschafft hatte, nun auch diesen Namen tragen zu können, sinnierte Zina darüber nach, wie ein Mann dazu kommen konnte, seine Familie zu verlassen, um in die Arme einer so unscheinbaren, unattraktiven und sichtlich verbissenen Frau zu rennen. Dieses kleine Geschöpf glich selbst einem verwelkten Blümchen. Sie hatte von den Segnungen aus der grossen Giesskanne selbst auch nicht viel abbekommen. Als sie jedoch ihre Aufmerksamkeit wieder dem Redeschwall widmete, fragte sie sich, ob der kleine Oberhänsli bei dieser Geschichte selbst zu entscheiden gehabt hatte.

«Ich hatte ihn endlich dazu gebracht, diesen Kurs zu besuchen, und Sie können mir glauben, dass das gar nicht einfach war. Immer suchte er nach Ausreden. Zuerst habe ich es mit Überzeugungsarbeit versucht, aber das hat gar nichts bewirkt. Er hat einfach behauptet, Tangotanzen sei nicht sein Ding, er sei dafür nicht begabt. Aber das habe ich natürlich nicht gelten lassen. Dann habe ich damit gedroht, alleine einen Kurs zu besuchen, aber auch das hat nichts bewirkt, er hat mir nur viel Vergnügen gewünscht und davon geredet, dass bei einem Paar jeder seinen eigenen Interessen nachgehen sollte, dass es wichtig sei, wenn jeder selbstständig bliebe, das erhalte die Beziehung lebendig und spannend. Das war dann einfach zu viel für mich, und ich bin in Tränen ausgebrochen. Und das war dann doch zu viel für ihn. Und er hat endlich nachgegeben.»

Nun breitete sich ein wissendes Lächeln auf dem Gesicht der kleinen Frau aus.

Und Zina erkannte, dass sie diese Frau nicht unterschätzen, dafür ihren Redeschwall ernst nehmen sollte.

Santoro hatte den Schlüssel für den grossen Saal beim Wirt des «Les Gareçons» abholen wollen, doch dieser hatte ihm erklärt, dass sein Kollege schon vor ihm eingetroffen war. Merkwürdig, dachte Santoro. Stump hatte ihn informiert, dass er erst später eintreffen konnte. Er marschierte auf die schwere Tür zu, die in den Saal führte, drückte die Türklinke auf. Tatsächlich. Die Tür war offen, der Saal vor ihm leer.

Kein Stump weit und breit.

Und das Licht war nicht an. Der Nachmittag war mittlerweile weit fortgeschritten und noch düsterer geworden. Die wenigen Fenster an der gegenüberliegenden Seite liessen nur wenig von der verbleibenden Helligkeit ein. Santoro nahm die Theke und die Tische, auf denen die Stühle aufgestellt waren, nur als Schatten wahr.

Wo war dieser elende Stump abgeblieben?

Er drückte auf den Schalter, nichts geschah, der Saal blieb im Dunkeln. Da hörte er ein leises Quietschen.

«Stump! Wo verstecken Sie sich?»

Niemand antwortete.

Cretino, dachte Santoro.

«Wie können Sie mich das fragen? Nie im Leben hat mein Mann so was zu sich genommen. Er hat ja sogar Broschüren entwickelt, als er noch Gesundheitsverantwortlicher für die Schulen war. Er war sich der Gefahren solcher Substanzen in besonderem Masse bewusst. Höchstens mal ein Gläschen am Abend hat er sich gegönnt und auch nur, wenn er nicht arbeiten musste, und das war ja nicht so oft. Er hat viel zu viel gearbeitet. Fast jeden Abend hat er ...»

Oh nein, dachte Zina bestimmt, diese Litanei höre ich mir nicht ein weiteres Mal an. «Können Sie sich vorstellen, dass jemand Ihrem Mann schaden wollte?»

«Schaden? Meinem Mann? Aber er wollte doch nur das Beste für die Schule. Deshalb hat er unermüdlich gearbeitet. Sie können sich gar nicht vorstellen, wie ...»

Aber sicher nicht, beschloss Zina, auch dieses Gejammer wollte sie nicht mehr über sich ergehen lassen. «Kokain ist im Glas Ihres Ehemannes gefunden worden, das ist eine Tatsache. Die Frage ist, wie ist es dort hineingeraten? Und wer könnte Ihrem Mann schaden wollen? Haben Sie denn gar keine Ahnung?»

Frau Oberhänsli versteckte ihr Gesicht hinter ihren Händen und schüttelte sichtlich verzweifelt den Kopf. Sie schien vollkommen ratlos, wiederholte wie ein Mantra, dass sie es nicht wisse, dass es nicht möglich sei. Plötzlich hielt sie inne und lugte über ihre Hände starr vor sich hin.

«Diese gemeinen Dreckschleudern!», schimpfte sie los. «Die müssen es gewesen sein. Natürlich! Es ist ein landesweites Komplott im Gange in diesem Land, wissen Sie das nicht?»

Nein, das hatte sie nicht gewusst. Wovon sprach diese Frau nur? Hatte sie die tagelange Wacht am Bett ihres Mannes in den Wahnsinn getrieben?

«Und einer dieser Meinungsterroristen stand die ganze Zeit hinter meinem Mann.» Frau Oberhänslis Blick drückte unerschütterlichen Kampfeswillen aus.

Santoro stand mitten im Saal und schaute ratlos in die Leere. Er wollte einmal mehr nach Stump rufen, als er ein Geräusch hörte. Woher war das gekommen? Und hatte er überhaupt etwas wahrgenommen, oder hatte er sich das leise Quietschen nur eingebildet. Er beschloss, nicht weiter herumzugrübeln und stattdessen die anderen Räume systematisch zu erkunden. Irgendwo musste der Kerl stecken. Vielleicht in der Küche. Ja, das war möglich, denn der Durchgang zur Küche, dort hinter der Theke, war durch eine schwere Schiebetür abgetrennt. Das konnte erklären, dass Stump seine Rufe nicht gehört hatte.

Er musste beide Hände zu Hilfe nehmen, um die schwere Türe zur Seite zu schieben. Als er sich durch die entstandene Öffnung zwängte, staunte er. Hier war es noch düsterer als im Saal. Er tastete nach dem Lichtschalter, drückte auf den Knopf und wartete. Nichts geschah. Der Blödmann arbeitete doch wohl nicht im Dunkeln. Als er nochmals nach ihm rufen wollte, hörte er wieder ein Quietschen. Diesmal deutlich lauter. Es kam von links, aus dem hinteren Teil der Küche.

Im Halbdunkel tastete sich Santoro weiter, indem er seine linke Hand an den hohen Schränken aus Metall entlanggleiten liess, die den Raum aufteilten. Rechts erahnte er die Arbeitsflächen, die riesigen Fritteusen, die Abwaschbecken. Am Ende der Wand angelangt, bog er nach links ab und fand sich in einem leeren Raum wieder. Auch hier war kein Stump zu finden. Er hatte es auch nicht mehr wirklich erwartet. Er wollte umkehren. Die ganze Geschichte kam ihm langsam, aber sicher lächerlich vor.

Was tapste er da im Dunkeln auf der Suche nach einem Kerl mit aufgesteckten Haaren herum?

Und überhaupt!

Als Erstes brauchte er Licht. Anscheinend hatte der Verwalter des Saals vergessen, den Hauptschalter einzuschalten. Er hatte sich schon umgedreht, als er inne- und den Atem anhielt. Hatte er da nicht ein Rascheln gehört?

Er schaute sich nach der Quelle um. Waren da Mäuse unterwegs? Kaum. In dieser blitzblank geputzten Küche würde nicht mal die kleinste Bakterie auf ein Überleben hoffen können, dachte er und bewegte sich auf eine Tür zu, hinter der er die Quelle des Geräuschs vermutete. Es war wohl nur ein Besen, der, an die Wand gelehnt, leicht abgerutscht war. Er streckte seine Hand nach der Klinke aus.

Doch er erreichte sie nicht.

«Und wie heisst dieser Mann?»

«Hans Kraft. Aber er ist nicht alleine. Sie haben sich zusammengerottet. Sie sind über das ganze Land vernetzt und arbeiten konspirativ. Keiner hat es bemerkt. Sie sind einfach unter dem Radar durchgeschlüpft. Diese gemeine Bande!»

Wovon redete Frau Oberhänsli nur, fragte sich Zina. Das

tönte ja wie die Vorbereitung auf ein terroristisches Attentat. War in der Schweiz irgendwo eine Bombe hochgegangen? Hatte sie da etwas verpasst?

«Und dann haben sie diese Broschüre herausgegeben. Und die Bombe ist geplatzt!»

Broschüre? Und dann Bombe? Wie passte das alles zusammen?

Zina schaute Frau Oberhänsli, die ihr gegenübersass, genauer an. Was auch immer geschehen war, für die Frau war es bitterer Ernst. Sie hielt die Hände zu Fäusten geballt vor sich auf dem Tisch, ihr Blick war starr geradeaus gerichtet, als schaue sie einem unsichtbaren Feind entschlossen in die Augen.

Die Frau zittert ja regelrecht vor Wut, stellte Zina fest.

«Und dabei war alles ganz glatt über die Bühne gegangen, vor allem in Basel. Da gab es überhaupt kein Problem. Die Lehrerschaft hat sich nicht quergestellt. Die Politiker haben die notwendigen Kredite gesprochen. Alles ging gut, und dann sind sie uns in den Rücken gefallen, diese hinterhältigen Verräter! Und sie haben alles verwüstet.»

Jetzt hatte sie sich wirklich in Rage geredet. Die kleine Frau, die bisher bleich und übermüdet gewirkt hatte, nahm deutlich Farbe und Fahrt auf. Auf ihren eingefallenen Bäckchen waren zwei rote Flecken entstanden, ihre Augen entsandten Blitze in alle Richtungen.

Eine Walküre in Miniformat.

An welcher Front kämpfte diese kriegerische Heldin denn nun? Es war wirklich an der Zeit, es herauszufinden.

«Und was stand denn nun in dieser Broschüre?», unterbrach sie Oberhänslis Redestrom.

«Boing!», ertönte ein grosser und lauter Gong in seinem Kopf.

Und da sind auch schon die vielen kleinen Sterne, stellte Santoro nüchtern fest.

Was mache ich hier am Boden, war sein nächster Gedanke, den er jedoch nicht weiterverfolgen konnte, denn etwas Schwarzes und Kantiges knallte an seine Schläfe, und sein Kopf schlug auf den Boden.

Noch mehr Sterne.

Und dazwischen ein Schnürstiefel, schwarz, Leder, der Geruch nach frischer Schuhwichse. Der Mann kümmert sich um seine Ausrüstung, dachte er und war sich verschwommen bewusst, dass diese Überlegung in seiner Situation nicht wirklich angebracht war. Jeans, nicht verwaschen, stellte er fest. Aber darum sollte er sich nicht kümmern, versuchte er sich zu ermahnen. Er sollte den Kopf heben, in Richtung der sich entfernenden und polternden Schritte schauen. Warum er das tun sollte, das konnte er sich beim besten Willen nicht erklären. Er wusste nur, dass es wichtig war. Aber er konnte nicht. Weiter als einige Millimeter kam er nicht, denn nun explodierte der Schmerz in seinem Kopf, und irgendwie stimmte etwas mit seinen Augen nicht. Er sah nicht mehr klar.

Eh egal, sagte er sich und schloss die Augen.

«Sie stellen alle Fortschritte in Frage und wollen zurück zu diesen altmodischen Methoden. Dabei wollen sie doch nur weiter im Zentrum stehen, diese altbackenen Lehrkräfte, sie wollen immer noch anleiten und lehren. Aber damit ist Schluss! Ihre Aufgabe besteht jetzt darin, Lerngelegenheiten zu gestalten, damit erwünschte lehrplanbezogene Kompetenzen erworben und gefestigt werden können. Sie wollen nicht einsehen, dass sie sich als Lernbegleiter verstehen, also in den Hintergrund treten müssen, um dem Kind zu erlauben, sich aus sich selbst heraus zu entwickeln. Es muss sein Wissen selbst entdecken können. Aber das gefällt ihnen und ihren Helfershelfern nicht, diesen egozentrischen Radaubrüdern!»

Leidet die Frau unter Verfolgungswahn?, fragte sich Zina. Oder war tatsächlich ein pädagogischer Krieg im Gange, der in einem Mord gegipfelt hatte?

«Sie wollen das Rad der Zeit zurückdrehen und verraten damit die Chancen unserer Kinder auf eine leuchtende Zukunft.»

Vorwärts zur Sonne, zur Freiheit. An diese Losung glaubte doch schon lange niemand mehr. Oder?

«Stellen Sie sich nur vor. Da haben es Lehrer gewagt, keine Lernberichte zu schreiben. Im Kindergarten sei das übertrieben. Und dieser Hans Kraft ist der Schlimmste von allen. Er hat sich vor sie gestellt, hat meinen armen Ruedi drangsaliert, hat eine Pressekampagne losgetreten. Dieser elende Verräter, die reinste Kakerlake, das ist er. Jawohl.»

Und wann hatte sich diese verheerende Tendenz durchgesetzt, Menschen, die andere Ansichten vertraten, die nicht der gleichen Meinung waren, gleich derart zu verunglimpfen und als Ungeziefer zu bezeichnen? Wo war die altbewährte und so typisch schweizerische Tugend auf der Strecke geblieben, die darin bestand, Argumente auszutauschen und einen Kompromiss zu finden? Diese neue Tendenz, Andersdenkende gleich an den Pranger zu stellen, sie gar als Ungeziefer zu bezeichnen, hinterliess in ihr ein mulmiges Gefühl.

Und wie ging es dem deklarierten Hauptfeind, diesem Hans Kraft, wohl dabei? Der, als Oberhänsli zusammenbrach, genau hinter ihm stand.

Weiter kam Zina nicht mit ihren Überlegungen, denn unterdessen hatte sich Frau Oberhänsli weiter in Rage geredet und zu einem nächsten Thema gefunden, das ihr die Galle hochkommen liess.

«... dafür sind doch auch schon die Schulhäuser umgebaut worden, um adäquate Lernlandschaften bereitstellen zu können. Haben Sie eine Vorstellung, wie viel das kostet?», fragte sie und holte geräuschvoll Luft.

Nein, hatte sie nicht und wollte sie auch nicht haben. Es war an der Zeit, die entscheidenden Fragen zu stellen.

Santoro strich sich über die Augen, da war etwas Warmes, Feuchtes und Klebriges, das ihm über das linke Auge rann. Er öffnete das rechte. Der Kerl ist schon lange über alle Berge, sann er und wollte sich aufrichten. Die Düsternis um ihn herum begann sich um ihn zu drehen – keine gute Idee. Er schloss das Auge wieder und sank zurück.

Da hörte er, wie die Eingangstüre geöffnet wurde, und bald nahm er auch Schritte wahr, die sich der Küche näherten. Kam der Kerl zurück, um sein begonnenes Werk zu beenden? Wollte er ihn fertigmachen? Er versuchte sich aufzurappeln, um sich für den nächsten Angriff zu wappnen, obwohl er sich bald eingestehen musste, dass er keine Chance hatte.

Die Schritte kamen näher. Ja, da schlich eindeutig ein Mann in der Küche herum. Gleich würde er um die Ecke kommen, und er lag da wie ein gestrandetes Walross, nur dass er keine Stosszähne zur Verteidigung vorweisen konnte.

Riesenrobbenbaby, schimpfte er in sich hinein.

Die Tür, aus der sein Angreifer gestürmt war, stand offen, und Santoro erkannte, dass sie nur in eine Art Besenkammer führte. Kein Fluchtweg. Er sass, nein, lag in einer Sackgasse. Er überlegte, ob er sich bis zur Kammer schleppen sollte, um sich dort zu verkriechen, als er eine Silhouette erblickte, die sich um die Ecke tastete. Stiefel. Jeans.

Der Kerl war wieder da!

Santoro zwang sich, seinen Blick nach oben zu richten. Er wollte wenigstens erkennen, wer sein Angreifer war.

Merkwürdig, was trägt der baumlange Kerl da auf dem Kopf? Einen Apfel?

Zusammengefasst hatte Sabine Oberhänsli-Schlipf nichts Wesentliches gesehen. Gehört auch nichts, ausser den Tangoklängen natürlich und Gesprächsfetzen aus allen Richtungen. Schliesslich hatte sie unermüdlich versucht, ihren Mann sanft, aber bestimmt, wie sich die Ehefrau mit einem milden Lächeln ausdrückte, auf die Tanzfläche zu lotsen, was ihr leider nicht gelungen war.

Die Banker hatte sie nur als Tanzverhinderer, das junge Paar – vor allem den weiblichen und hübschen Part – als potenzielle und unerwünschte visuelle Ablenkung für ihren Mann wahrgenommen. Hans Kraft hatte das Vergehen begangen, ihren Mann in ein Gespräch zu verwickeln.

Alle andern hatten für sie nur eine laute, unruhige und undisziplinierte Masse dargestellt, deren Hände und Arme über ihre Schultern langten und neue Gläser und Flaschen auf den Tisch stellten – sodass man sein eigenes Glas nicht mehr finden konnte –, ohne sie jemals an die Theke zurückzubringen, was sie hingegen immer tat.

Ja, die Kinder waren ihr auch kurz aufgefallen, und sie wunderte sich, dass die vielen anwesenden Sozialarbeiterinnen nicht eingeschritten waren.

«Pfoten weg!», schrie Santoro, als Stump nach dem Aktenkoffer greifen wollte, der auf Santoros Bauch gelandet war.

«Holen Sie uns Handschuhe, vielleicht haben wir ja Glück und finden ein paar Fingerabdrücke.»

«Soll ich nicht lieber einen Krankenwagen rufen? Sie bluten ziemlich stark da am Kopf, und Sie scheinen auch ein bisschen, wie soll ich sagen –»

«Gar nichts, Stump, gar nichts sollen Sie sagen! Sie sollen spuren, Mann! Dafür werden Sie ja schliesslich bezahlt, oder nicht?»

Wer sagt denn, dass die jungen Leute heutzutage keinen Respekt mehr vor Autoritäten haben, dachte Santoro, als er dem davoneilenden Spurensucher nachblickte. Mit grosser Vorsicht, um den Aktenkoffer nicht zu berühren, angelte er ein sauberes Taschentuch aus seiner Hosentasche. Er hatte es am Morgen aus der Schublade hervorgeholt und hatte mit einem kleinen Stich im Herzen erkannt, dass es das vorletzte war. Seine perfekte Ehefrau hatte sie doch tatsächlich gebügelt. Aber nun war sie weg und seine gebügelten Taschentücher auch. Sie lagen ganz unten im Schrank, zwar gewaschen, aber eben ziemlich verschrumpelt. Alles ging den Bach runter, und er fühlte sich auch ziemlich verknittert. Er seufzte und wischte sich das Blut aus dem linken Auge. Was nicht viel brachte, denn das Blut floss unaufhörlich weiter. Also drückte er sein Taschentuch auf die Wunde, zuckte vor Schmerz zusammen und nahm verschwommen wahr, dass seine Finger feucht wurden.

Mit seinem rechten Auge sah er Stump auf sich zukommen, einen quadratischen Koffer mit sich tragend, den er gleich darauf öffnete, um daraus ein steriles Tuch hervorzuholen.

So weit kommt es noch, dass ein junger Kerl mit riesigen Muckis und Altjungfernfrisur mir übers Gesicht streichelt, empörte sich Santoro, entriss dem hilfsbereiten und sichtlich besorgten Stump die Gaze und versuchte erfolglos, sein linkes Auge zu säubern.

«Streicheln Sie mal lieber über den Aktenkoffer, Stump, das entspricht wohl eher Ihren Kompetenzen, oder», wetterte Santoro, als er die Sirene einer Ambulanz näher kommen hörte.

Doch kein Respekt vor dem Alter, dachte er und schloss auch das rechte Auge.

Über die Vergiftungsattacken auf Tänzerinnen hatte Frau Oberhänsli-Schlipf nichts zu berichten, denn darüber hatte sie nichts gehört. Sie war auch selbst nie Opfer geworden. Dass mehrere Frauen an besagtem Abend Richtung Klo gestürmt waren, hatte sie ebenfalls nicht mitbekommen. Und nein, ihr Mann habe nur selten mit anderen Frauen getanzt, denn es sei darum gegangen, ihre Beziehung zu vertiefen.

Zina fragte sich, wie tief diese Beziehung fallen konnte, bis sich der kleine Oberhänsli, am Grunde angekommen, endlich abstossen, zurück an die Oberfläche schwimmen und wieder mal Luft schnappen konnte. Hatte sich der arme Kerl letztlich selbst, mit einer Prise Kokain, in einen Herzinfarkt gestürzt, um endlich mal in einem Krankenhausbett alleine gelassen zu werden? Wenn das sein Plan gewesen war, dann war er eindeutig nicht aufgegangen, denn seine unermüdliche Ehefrau war bisher nicht von seiner Seite gewichen.

Eben erklärte ihr Frau Oberhänsli, dass sie dringend an das Bett zurückmüsse, als Zina ein Pling hörte. Sie liess Frau

Oberhänsli zurück zu ihrem Wachtposten eilen und kramte das Handy aus ihrem Rucksack. Aha, ihr Chef hatte eine SMS geschickt. Sie starrte auf den kleinen Bildschirm, las, las ein zweites Mal und blieb unbeweglich sitzen. Sie musste sich wohl verlesen haben, das unsägliche Gespräch hatte sie wohl vollkommen zermürbt, sodass sie unter Wahrnehmungsstörungen litt, denn was sie gelesen hatte, war ein verbales Birchermüesli.

Zina las die Nachricht zum dritten Mal: «Ambulanz. Aktenkoffer an Kopf Sterne. Mann Schnürstiefel blaue Jeans gross. Linkes Auge blind, rechtes Schatten. Warum Stump Idiot Frisur!»

Vielleicht konnte Stump ihr eine klarere Auskunft geben – trotz Frisur.

ACHT

Joggen sollte helfen, die Gedanken zu ordnen – zumindest hatte sie das irgendwo gelesen. Aber in ihrem Kopf jagten sich Bilder, Eindrücke, Satzfetzen, Gesichter. In den letzten zwei Tagen hatten sie eine Vernehmung nach der anderen vorgenommen, Informationen gesammelt, Vernehmungsprotokolle der uniformierten Kollegen gelesen, Untersuchungsberichte der Pathologie und der Techniker studiert – und nichts Neues erfahren.

Zu viele Eindrücke. Ein zu grosses Durcheinander. Vielleicht sollte sie versuchen, ihren Kopf freizubekommen und an gute Neuigkeiten zu denken. Und da gab es tatsächlich eine.

Violetta hatte es geschafft, einige Frauen für heute Nachmittag zusammenzutrommeln, was eine Glanzleistung darstellte. Schliesslich zeichnete eine dauernde Überlastung das Leben dieser Frauen aus. Violetta hatte auch schon einige Ideen, wie sie das Zusammentreffen gestalten wollte. Anscheinend nahm ihre energische Freundin ihre Führungsposition für gegeben an. Auch gut, dachte Zina ergeben, so konnte sie sich darauf konzentrieren, die Informationen zu sammeln und Gemeinsamkeiten zwischen den Frauen herauszufiltern. Denn diese musste es geben.

Sie hob den Blick, den sie bisher nur stur auf die Strasse geheftet hatte, und schaute nach links auf den Rhein. Hochwasser, stellte sie fest. Ein Rheinschiff kam ihr entgegen, stampfend gegen den reissenden Strom ankämpfend. Auch heute würde sie wohl kein Stückchen blauen Himmel erblicken können. Immerhin regnete es gerade nicht, aber die schweren dunkelgrauen Wolken, die über ihrem Kopf hingen, tief hingen, wie sie feststellte, verhiessen nichts Gutes. Immerhin befand sie sich schon auf dem Rückweg. Sie sollte es vor dem nächsten und unausweichlichen Schauer bis zu ihrem Arbeitsplatz schaffen, von dem sie heute Morgen hatte flüchten müssen. Zu stickig, zu voller Papierberge, zu einsam. Aber in die Traufe wollte sie deswegen doch nicht kommen.

Wenigstens freuten sich die Bäume über die wiederkehrenden Regenschauer, wie sie in der lokalen Zeitung gelesen hatte. Und das Grundwasser. Sie stellte sich vor, wie sich die unsichtbaren Höhlen unter der Oberfläche langsam füllten, wie die Wassermassen langsam nach oben drangen, bis sie drohten durch die oberste Schicht durchzubrechen, um alles zu überschwemmen.

Und sie dachte an ihren Chef.

Er hatte den gestrigen Abend auf der Intensivstation verbracht – gegen Stump, die Ärzte und die allgemeine Ungerechtigkeit anschimpfend.

Zina sah wieder die umwölkte und bandagierte Stirn ihres Chefs vor sich, seine Hände, die über der Bettdecke herumfuchtelten, um seine Empörung zu unterstreichen, dass seine Befehle, ihn zu entlassen, auf freundliches, aber bestimmtes Kopfschütteln vonseiten aller Anwesenden gestossen waren.

Sie war noch für kurze Zeit an seinem Bett sitzen geblieben, hatte sich dabei zurückgehalten, seine Hand zu halten. Stattdessen hatte sie Frau Oberhänslis Ansichten über die Feinde ihres Mannes zusammengefasst. Am Schluss hatte ihr Chef zugegeben, dass er sich am meisten über sich selbst ärgerte. Wie hatte er nur wie ein blutiger Anfänger nichts ahnend und halb blind in diese Falle tappen können, hatte er, die Fäuste auf die Bettdecke schlagend, geschimpft.

Aber das war ja auch kein Wunder, dachte sie. Wer erwartete schon an einem ruhigen Sonntagabend in einem leeren Lokal, das für Tangoveranstaltungen benutzt wurde, einen Überfall eines Mannes mit Kapuze? Und, überlegte sie weiter, unterstützte Santoros Ahnungslosigkeit die Tatsache, dass sie es bei diesem Fall, oder bei diesen zwei Fällen, mit Gift zu tun hatten. Giftmischer schütteten Pülverchen oder ein paar Tropfen in ein Glas, den Rest übernahm das Opfer selbst, indem es das Glas zum Mund führte und trank. Und deshalb waren sie beide nicht auf einen so direkten und gewalttätigen Angriff vorbereitet gewesen – und er hatte eine sich öffnende Türe und einen Aktenkoffer an den Kopf bekommen.

Der Angreifer war eindeutig ein Mann. Der Wirt konnte ihnen leider nicht viel mehr dazu sagen, er war im Stress, hatte alle Hände voll zu tun gehabt, hatte sich den hingehaltenen Ausweis gar nicht angeschaut, konnte sich vorstellen, dass der Mann einen Bart hatte, war sich aber auch da nicht ganz sicher, nur dunkel, da war er sich sicher, dunkle Hose, dunkle Jacke, dunkle Haare, oder trug der Kerl vielleicht eine Kapuze? Kurzum, die Aussage des Wirtes war nicht wirklich zu gebrauchen. Hatte dieser dunkle Mann, wie auch immer er aussah, etwas mit dem Fall zu tun? Ja, entschied sie. Was sollte ein zufälliger Einbrecher dort zu suchen gehabt haben? Kochtöpfe? Die Fritteuse? Eben. Das war eine schlicht absurde Möglichkeit.

Die Frage war nur, mit welchem der beiden Fälle. Mit dem Kokainfall natürlich, denn der Aktenkoffer gehörte eindeutig dem stiernackigen Rolf Stutz, dem ermordeten Banker. Das hatte ihr heute Morgen Sepp Stump – der mittlerweile wirklich auf den Stümpen war – mitgeteilt. Nur war er leer – kein Handy, kein Laptop, keine Stifte, nichts. Zumindest fast. In einem Fach war Stump fündig geworden. Doch dieser Fund hatte nur weitere Fragen aufgeworfen. Was hatte ein Zugsbillet von Frankfurt nach Luxemburg dort zu suchen? Warum wollte Stutz am Tag seiner Ankunft in Frankfurt nach Luxemburg weiterfahren?

Wer reiste schon nach Luxemburg?

Wofür?

Zina spürte ihre Beine, die langsam, aber sicher übersäuert waren. Gift. Beide Fälle hatten mit Gift zu tun. Wer konnte wissen, dass die abgeschabte Rinde des Holunders zu Erbrechen oder Durchfall führen konnte. Natürlich war heute jegliches Wissen im Internet zu finden. Aber wer kam auf die Idee, danach zu suchen? Wer verfügte über solches Wissen? Hexen? Versteckte sich hinter der Fassade einer harmlosen, netten Lehrerin oder Sozialarbeiterin eine bösartige, missgünstige Frau?

Und was war das Motiv? Hexen waren ja ursprünglich nichts anderes als weise Frauen, die ihre Kenntnisse zum Wohle ihrer Mitmenschen einsetzten. In diesem Falle wohl, um sie von eingenommenen Giften zu reinigen. Und konnte es wirklich sein, dass die Konkurrenz um die wenigen Tangotänzer zu einer solch drastischen Massnahme geführt hatte? Da musste etwas weit Drastischeres als Motiv dahinterstecken, fürchtete Zina. Und zu weit Schlimmerem als Aufenthalten über einer Kloschüssel führen.

Auch in ihrem zweiten Fall hatten sie es mit Gift zu tun. Denn das Kokain war hier nicht als Suchtmittel eingesetzt worden. Da bot sich natürlich Stefan Bleibtreu, der über Monate von diesem Stutz gepiesackt worden war, der selbst über längere Zeit Kokain konsumiert hatte, als naheliegender Täter an. Aber für Zina entsprach er nicht dem Täterprofil eines Giftmischers. Darüber mussten sie und ihr Chef mal nachdenken. Was zeichnete einen Giftmörder aus? Meistens waren es ja Giftmörderinnen. Oder stimmte das heute nicht mehr?

Auch sonst, schien ihr nun, hatten sie es mit Gift zu tun. In den Banken lagen vergiftete Anlagen, die diese über den Rand des Ruins führen konnten. Mit der Schere der Ungleichheit, die sich immer weiter öffnete, wurde auch das soziale Klima immer weiter vergiftet. Sie trabte die Treppe hinauf zur Mittleren Brücke. Und Zeitungen aus dem rechten Lager heizten die Ängste, die Missgunst der Rentner, der Angestellten und der Arbeiter an, die befürchteten, unaufhaltsam in die Armut abzudriften.

Und boten Sündenböcke an.

Dabei wurden nicht die wahren Schuldigen, die Antreiber des ausser Rand und Band geratenen Finanzsystems, an den Pranger gestellt, sondern die Ärmsten, die Rechtlosen, die Ohnmächtigen und auch deren Vertreter, die Gewerkschaften, die Hilfsorganisationen, die linken Parteien.

Über diese fortschrittlichen Kräfte versprühten sie ihre dunkle Brühe, ihr soziales Gift.

Mittlerweile war sie oben auf der Brücke angekommen und

blickte auf die Statue der Helvetia, die auf einer Mauer sass und gelassen auf den Rhein blickend ihren Schild, ihre Lanze und ihren Koffer neben sich abgestellt hatte. Harrte sie da der Feinde, die kommen konnten, oder schaute sie sehnsüchtig in die Ferne und wünschte sich weit weg?

Zina fragte sich, ob die robuste Dame nicht wieder zu ihren Waffen greifen sollte, um ihr Land und deren Werte zu verteidigen.

Santoro lümmelte in Pyjama und Morgenrock durch die Gänge des Spitals. Er spazierte nur scheinbar herum, denn er schlich zielstrebig Richtung Kardiologie. Wenn er schon hier festgehalten wurde, konnte er auch die Situation ausnutzen, sagte er sich. Er musste sowieso auf die Arztvisite warten, die erst in einer Stunde stattfinden sollte. Vorher war niemand bereit, ihn zu entlassen. Also konnte er so tun, als nehme er die Gelegenheit wahr, schnell bei der Cafeteria vorbeizuschauen.

Er kam in die Halle mit den Lifts, und da waren auch die Informationstafeln. Aha, er musste nur geradeaus gehen, und schon war er im richtigen Trakt. Ja, er war nicht der Einzige, der sein Bett verlassen hatte, um sich die Beine ein bisschen zu vertreten. Im Gang wandelten mehrere Herren, manche mit ihren rollenden Infusionsständern, andere linsten gehetzt herum, die Zigarettenpäckchen nur ungenügend in der Tasche verborgen. Die Armen suchten verzweifelt nach einer offenen Tür, um sich draussen ihre Dosis Nikotin reinziehen zu können. Santoro empfand eine vage Verbundenheit, langte automatisch in die Taschen seines Morgenmantels – doch da war nichts mehr. Pech!

Oder eben doch Schwein gehabt!

Da vorne schaute ein kleiner, fast zierlicher und ziemlich kahler Mann aus dem Fenster und lächelte die Bäume an.

Santoro näherte sich, stellte sich neben ihn und blickte ebenfalls in den Park. In der zwielichtigen Dämmerung erkannte er nur die kahlen Äste der Bäume. Was gab es da zu lächeln?

Dann hüpfte eine schwarze Silhouette von innen nach aussen auf einem der Äste herum, bald gefolgt von einer etwas kleineren und schlankeren Version.

«Krähen werden unterschätzt, wissen Sie, vor allem ihre Intelligenz», hob Herr Oberhänsli an. «Zudem sind sie gute Pädagogen. Sie geben ihr ganzes Wissen ihrem Nachwuchs weiter. Was, glauben Sie, lehrt dieser Vater seinen Sohn oder seine Tochter? Denn die cleveren Vögel machen da keinen Unterschied», fragte er und schaute dabei zu Santoro herüber.

«Sich auf die Äste hinauszuwagen?», schlug Santoro vor.

Die beiden Krähen waren ganz aussen angekommen, der Ast gab nach, bog sich nach unten, und sie flogen davon.

«Das ist eine gute Strategie, aber natürlich nur für diejenigen, die über Flügel verfügen. Was Katzen zum Beispiel nicht haben. Die plumpsen dann hinunter», schloss Herr Oberhänsli mit einem Grinsen und schaute wieder geradeaus.

Santoro wollte sich vorstellen, um dann gleich mit seiner Befragung zu beginnen, denn eine solch günstige Gelegenheit wollte er sich nicht entgehen lassen. Wer weiss, wie lange die Ärzte – und wie er mitbekommen hatte, auch die Ehefrau – den herzschwachen Oberhänsli noch unter Verschluss halten wollten. Doch bevor er zu sprechen ansetzen konnte, begann Oberhänsli versonnen zu erzählen.

«Das erinnert mich an einen Film, den ich gesehen habe. Da geht es um einen Krähenvater und sein Junges, die einen schlauen Fuchs hinters Licht führen. Der Fuchs hat eine Ratte gefangen, die beiden Krähen sitzen derweil auf einer Mauer und haben der Jagdszene zugeschaut. Der Fuchs will seine Beute zum Mittagessen verzehren, oder zum Lunch, wie es heute heisst.» Herr Oberhänsli kicherte. «Da fliegt der Vater hinunter, setzt sich einige Meter vor den Jäger hin, humpelt herum, flattert mit den Flügeln und krächzt erbärmlich. Er mimt einen verletzten Vogel», fügte er erklärend an und vergewisserte sich, dass Santoro noch zuhörte.

Santoro wusste nicht, warum, aber er fühlte sich ertappt.

Weiter kam er nicht mit seinen aufkommenden Schuldgefühlen, denn schon ging die Geschichte weiter.

«Was macht der Fuchs? Er lässt seine Beute fallen. Eine Krähe in Reichweite ist doch besser als eine kleine Ratte in den Fängen, sagt er sich wohl. Die Krähe spielt weiter leichte Beute, tut erbärmlich, hüpft immer weiter, der Fuchs schleicht ihr gierig hinterher. Und so entfernen sie sich unaufhaltsam von der toten Ratte – und von der Tochter. Diese wartet ab, bis Jäger und vermeintliches Opfer ausser Sichtweite sind, schnappt sich die Ratte, um sich dann in Sicherheit zu bringen. In diesem Augenblick erlebt der Vater eine wundersame Heilung, entfaltet seine Flügel, flattert davon und gesellt sich zu guter Letzt zu seiner Tochter. Der Fuchs bleibt verdattert und hungrig auf seiner neuen Erfahrung sitzen, die Krähen fressen die Ratte.»

Herr Oberhänsli schaute wieder schweigend in den Park. Anscheinend hatte das Krähenkind sich unterdessen ungebührlich verhalten, denn das gefiederte Elternteil hielt augenscheinlich eine Strafpredigt. Der pubertierende Jungvogel hielt dagegen, bis der spitze Schnabel des Alten seinen Kopf traf.

«An den Disziplinierungsmassnahmen könnten sie vielleicht noch feilen», sagte Herr Oberhänsli lächelnd. «Sagen Sie, kennen wir uns nicht?», fragte er und schaute Santoro eindringlich an.

Santoro bestätigte, dass dem so war, da er an der Tangoveranstaltung anwesend gewesen war, die für ihn so unheilvoll geendet hatte. Er stellte sich mit Rang und Namen vor und erklärte seine Anwesenheit. Er befürchtete, dass Herr Oberhänsli ungehalten reagieren könnte, doch dieser deutete nur auf Santoros Stirn und fragte besorgt: «Sie haben sich doch nicht absichtlich verletzt, um sich in dieses Spital einzuschleichen, um mir ein paar Fragen stellen zu können?»

Auf die Erklärung für die Schramme reagierte Herr Oberhänsli mit einem betrübten Kopfschütteln. Er war dann jedoch schnell bereit, auf Santoros Fragen zu antworten, obwohl er, wie er anfügte, diesen Abend wie einen schlechten Traum in Erinnerung hatte. Er hatte die Erscheinung der Banker, die auch er gleich als solche erkannt hatte, zuerst als interessante Immersion in eine fremde Welt empfunden. Der stiernackige Herr, wie sich Herr Oberhänsli ausdrückte, hatte mit lauter, ja gar aggressiver Präsenzmarkierung reagiert, sein dicklicher Kollege hatte meist nur überheblich in die Runde geschaut. Den andern, vor allem dem jungen Mann, war das Gehabe ihres Vorgesetzten sichtlich peinlich gewesen. Im Laufe der Diskussion war Herrn Oberhänsli die Situation jedoch schlicht skurril vorgekommen. Es war zwar nichts Neues, dass Krethi und Plethi sich pädagogische Urteile zutrauten, doch mit einem Mal war ihm bewusst geworden, dass dieser Banker ein ganz und gar erschreckendes Menschenbild vertrat. Für ihn sollte die Schule einzig und allein dafür sorgen, dass neue und kompetente Rädchen für eine riesige Geld produzierende Maschine geschaffen wurden. «Leere Hüllen. Effiziente und produktive, natürlich auch kompetente Individuen sollen da geformt werden, aber eben ohne Eigenleben, hohl.»

Santoro überlegte, dass er die Zeit nutzen sollte, um relevante Fragen zu seinem Fall zu stellen. Doch er fühlte sich wie in einer Zeitblase und wollte diese nicht platzen lassen. Ja, die Uhr war für einen kurzen Augenblick stehen geblieben. Er sah sich selbst und diesen kleinen und unscheinbaren Mann, den er nicht kannte, wie sie da nebeneinanderstanden und gemeinsam in diesen beginnenden tristen Tag blickten, und fühlte sich ihm in eigentümlicher Weise verbunden. Wann nahmen sich zwei Menschen je Zeit, um gemeinsam über nicht alltägliche Dinge nachzudenken?

Herr Oberhänsli schwieg nun, das Lächeln auf seinem Gesicht war verschwunden und hatte einer tiefen Verunsicherung Platz gemacht. Er nahm einen tiefen Atemzug und wandte sich an Santoro. «Was macht Sie aus? Was macht Sie einzigartig? Was ist Ihnen wichtig? Was macht Ihr Leben lebenswert? Welche Menschen liegen Ihnen am Herzen? Wann haben Sie das letzte Mal über diese Fragen nachgedacht?»

Wenigstens auf die eine Frage wusste Santoro, augenblicklich und mit absoluter Sicherheit, die Antwort. Er sah sie alle drei vor sich. Seine eigenwillige und allzu selbstständige Tochter, seinen allzu braven und angepassten Sohn. Die Frau, die frech grinsend dastand, konnte er auch erkennen. Sie hatte nicht die langen rotblonden Haare und die perfekte Figur der Venus von Botticelli, die auf einer riesigen Muschel stehend dem Meer entsprang. Nein, sie glich ganz und gar nicht seiner hinreissenden – und ehebrecherischen – Frau. Die war ja verreist. Mit ihrem neuen Partner. Sollte sie bleiben, wo sie war, mit diesem Müller und seinen wenigen und wirren Haarbüscheln auf dem Kopf, seinen eingefallenen Schultern und seinen mickrigen Programmiererärmchen! Dumm war nur, dass sie jetzt keinen fähigen Computerspezialisten mehr zur Verfügung hatten und mit dem jungen und unerfahrenen Stump vorliebnehmen mussten. Und blöd war auch, dass er seinen ältesten – um ganz ehrlich zu sein auch einzigen – Freund verloren hatte.

Egal.

Die Frau vor seinem inneren Auge lächelte weiter verschmitzt, zog an einer ihrer schwarzen Strähnen, führte sie über ihre Nase und schielte nun übertrieben, als wollte sie ihn daran erinnern, sich nicht allzu ernst zu nehmen.

Matteo Santoro lächelte vor sich hin.

«Ich sehe, dass Sie mindestens auf eine meiner Fragen eine Antwort gefunden haben», stellte Herr Oberhänsli fest.

Doch das war nicht die Frage, die er jetzt stellen wollte, sich selbst schon gar nicht. Er musste sich endlich zusammenreissen, sich in seinen Fall, in die Situation an diesem ominösen Abend hineinversetzen und Oberhänsli die entscheidenden Fragen stellen. Nur, welche waren das? Kokain, Glas, eine Hand, die über die Gläser huscht. Genau, er hatte den Faden wiedergefunden. «Ist Ihnen etwas aufgefallen an diesem Abend? Haben Sie vielleicht bemerkt, dass jemand mit Ihrem Glas etwas angestellt hat?»

«Du mein liebes bisschen! Natürlich nicht. Wobei ...» Oberhänsli hielt inne und blickte nachdenklich ins Leere. «Als ich trank, habe ich bald darauf gemerkt, dass etwas nicht stimmte, mein Herz begann quasi augenblicklich zu rasen, und ich habe das Glas angeschaut, denn noch etwas anderes kam mir merkwürdig vor. Aber was denn nun?» Oberhänsli verstummte, griff sich an die Stirn und schüttelte daraufhin bedauernd den Kopf.

«War es vielleicht die Farbe?»

Oberhänsli hatte den Blick nach innen gewandt. Und plötzlich drehte er sich um und schaute Santoro direkt in die Augen. «Ich hab's! Nicht die Farbe, Herr Kommissar, die Höhe war's, die Höhe. Das Glas war fast leer, obwohl ich überzeugt war, vorher nur einen oder zwei Schlückchen getrunken zu haben. Wissen Sie, ich mag dieses Blöterliwasser nämlich gar nicht.»

Und nach einigen Augenblicken – ein ironisches Lächeln auf den Lippen – fügte er an: «Und nun werde ich es noch viel weniger zu schätzen wissen.»

Das bestätigte zwar ihre Annahme, brachte sie aber nicht weiter, befand Santoro. Entweder hatte Oberhänsli aus Stutz' Glas getrunken oder umgekehrt, eben.

«Können Sie sich jemanden vorstellen, der Ihnen schaden will?»

«Sie meinen, jemand wollte mir nach dem Leben trachten? Wer sollte das denn sein?»

«Hinter Ihnen stand doch dieser Herr Kraft. Ist er nicht ein überzeugter Gegner all dieser Reformen?»

«Ach, hören Sie auf! Das ist absurd. Diese alten Achtundsechziger sind doch vollkommen harmlos. Zudem schätze ich die Auseinandersetzungen mit Hans Kraft. Er hat wenigstens Überzeugungen und steht auch offen dazu.» Oberhänsli seufzte und strich sich mit einer Hand über die Stirn. «Ehrlich gesagt beneide ich ihn darum.»

Santoro überlegte, welche Fragen er noch stellen sollte, doch er kam nicht mehr dazu. Eine schmächtige, jedoch umso energischere und sichtlich erzürnte Frau stapfte den Gang entlang in ihre Richtung. Über Oberhänslis Gesicht huschte ein Ausdruck tiefer Erschöpfung. Gleich darauf hatte er sich wieder im Griff, und er zwang ein höfliches Lächeln herbei, das jedoch seine Augen nicht erreichte.

«Guten Morgen, meine Liebe», konnte Oberhänsli noch säuseln, bevor eine Flut von Ermahnungen auf ihn und wüste Beschimpfungen auf Santoro niederprasselten.

Santoro nickte Oberhänsli zum Abschied kurz zu und wandte ein letztes Mal seinen Blick in Richtung Park. Dort sassen die beiden Krähen wieder beisammen auf einem Ast. Das ältere Tier war dabei, dem jüngeren das Federkleid zu putzen.

Santoro suchte das Weite und kam sich wie ein Feigling vor.

***

«Romeo hat die Schnauze voll», kommentierte Zina trocken, als Santoro seinen Bericht über das Gespräch mit dem kleinen Oberhänsli beendet hatte.

Sie hatten sich wieder im Arbeitszimmer getroffen, wo Santoro auf seinem Sessel, die Füsse auf dem Tisch abgelegt, mehr lag als sass. Die Ärzte hatten ihn nur unter der Bedingung entlassen, dass er sich zu Hause hinlegte. Zu Hause war er zwar nicht, aber das Liegen hielt er ein – zumindest fast. Seine Assistentin hingegen sass aufrecht auf ihrem Stuhl ihm gegenüber, voller Tatendrang, jedoch von wenig Mitgefühl erfüllt, wie Santoro fand.

«Die Frau ist ja auch zum Fürchten, Goldberg. Sie hätten sie erleben sollen, wie sie einer Furie gleich auf ihn losgegangen ist. Was findet er nur an ihr?»

«Und was sieht sie nur in ihm? Ich meine, er ist doch nur ein kleiner, ältlicher, ziemlich kahler und mickriger Mann. Und trotzdem scheint er in ihr eine wilde Leidenschaft entflammen zu können.»

«Sie kam mir nicht vor wie eine Geliebte, die ihren Partner mit ihrer Liebe überschüttet, eher wie eine Tigermutter, die ihr Junges gegen einen bösen Angreifer verteidigt. Die ganze

Szene strömte überhaupt keine Sinnlichkeit aus, dafür umso mehr uneingeschränkten Besitzanspruch und den Willen, den armen kleinen Kerl zu kontrollieren.» Santoro seufzte.

«Sie reden, als sei er ein armes verängstigtes Lämmchen, das blökend zur Schlachtbank geschleppt wird, als sei er ein quiekendes Mäuschen in den Fängen eines fetten Katers oder, noch besser, ein nacktes Vögelchen, das aus dem Nest gefallen ist», ereiferte sich Zina. «Warum benimmt sich dieser Feigling nicht wie ein Mann?»

Santoro, der sich daran erinnerte, wie er sich durch die heranbrausende Frau Oberhänsli-Schlipf hatte in die Flucht schlagen lassen und sich dabei tatsächlich wie ein Feigling vorgekommen war, beschloss, diese Tatsache in die Vergessenheit entschwinden und die Frage seiner Assistentin im Raum stehen zu lassen. Diese hatte gar nicht mit einer Antwort gerechnet, denn ihr konzentrierter Gesichtsausdruck zeigte, dass ihre weiteren Überlegungen sie zu einer neuen Idee geführt hatten. Ihre Miene zeigte den entzückten Ausdruck einer frechen Katze, die das Sahnetöpfchen gefunden hat – oder das nackte Vögelchen, dachte er und versteckte sein aufkommendes Grinsen hinter seiner Hand.

«Gerade diese Möglichkeit ist für die Ehefrau vielleicht zum Problem geworden, dass er sich wie ein Mann benehmen könnte», begann Zina. «Wenn sie ihren Oberhänsli unter ihren Fittichen halten will, kann es sie nicht erfreuen, wenn er plötzlich quicklebendig und voller Lebensmut in die weite Welt blickt, um dort womöglich gar zu entschwinden. Was macht die zielstrebige Frau also, um ihn weiter in ihren scharfen Krallen zu halten, um ihn besser, nach bester Tiger-Art, bemuttern zu können?»

«Sie brüllt ein bisschen herum?»

«Ich bitte Sie, Chef, wer würde sich schon von dem Gebrüll einer so mickrigen Tigermutter beeindrucken lassen?»

Santoro zog es vor, diese Frage nicht weiter zu erörtern.

«Nein. Die beste Art, jemanden unter Kontrolle zu halten,

ist doch, dass er abhängig von der Beschützerin bleibt. Wenn er schwach und zum Beispiel krank ist. Und wenn er es nicht von alleine schafft, krank zu werden, kann ja ein bisschen nachgeholfen werden. Ein paar Tropfen in ein Glas und schwuppediwupp ist der Zaubertrick vollendet: Oberhänsli bricht zusammen, landet im Spital, kann nicht mehr entkommen und ist der kleinen Giftmischerin mit Haut und Haaren ausgeliefert – wobei er von den Letzteren nicht mehr viel zu bieten hat. Aber das ist Frau Oberkontrolleurin eh egal, da braucht sie ihn nicht mehr zu rupfen, bevor er in der Pfanne landet. Er liegt in ihren Fängen, die Ärzte helfen mit und versetzen ihn in die vollkommene Ohnmacht. Sie bekommt die ach so aufwertende Rolle des guten Samariters, des Bernhardiners mit dem Fässchen um den Hals. Nur dass der Schnaps darin mit ein bisschen Kokain versetzt ist.»

«Sie kommt mir aber eher wie ein kleiner, biestiger Terrier vor», hielt Santoro dagegen.

«Auch Terrier können Rettungshunde sein, Chef. Seien Sie nicht so kleinlich», wandte Zina Goldberg ein, um gleich fortzufahren: «Und zudem gibt es diese Störung tatsächlich: Münchhausen-Syndrom durch Prokuration.»

«Und die besteht darin, dass zwei unansehnliche und unscheinbare Personen nicht voneinander lassen können?»

«Dass eine der beiden dafür sorgt, dass die andere immer wieder erkrankt, um sie besser umsorgen zu können, und dabei die Rolle des Ritters in der weissen Rüstung einnimmt. Ritterin in unserem Fall.»

«Und wie erklären Sie dann den Tod unseres Stutzes? Den hat doch wohl nicht eine zu hohe Liebesdosis weggerafft?»

«Der musste als notorischer Tanzverhinderer, den er für die kleine Frau Oberhänsli darstellte, schnurstracks ausgeschaltet werden. Deshalb die höhere Dosis. Die Frau kennt kein Pardon, wenn es um ihr geliebtes Opfer geht. Oder er hat aus dem falschen Glas einen zu grossen Schluck getrunken.»

Zina lehnte sich entspannt zurück und stellte erfreut fest, dass der Mund ihres Chefs zwar weit offen stand, jedoch kein Ton daraus zu hören war. Sie entschied, diesen Vorteil für weitere Argumente zu nutzen.

«Sehen Sie, auf diese Weise können wir davon ausgehen, dass unser Banker einfach aus dem falschen Glas getrunken hat, und wir lösen unseren Fall, ohne uns mit diesen Bankgeschichten, dem ganzen nebulösen Finanzsystem mit seinen undurchsichtigen Hedgefonds und seinen aufkommenden Volatilitäten auseinandersetzen zu müssen. Und als Bonus – warum sollten wir nicht auch mal einen einheimsen können – retten wir Ihren neuen kleinen Freund aus den Fängen dieser gefährlichen Irren.»

Santoro setzte sich auf, strich sich über die Stirn, zuckte zurück, als er auf das Pflaster stiess, und fand endlich den unumstösslichen Einwand. «Aktenkoffer!»

«Der stört», gab sie nach kurzem Überlegen widerwillig zu.

«Vor allem, wenn er durch die Luft fliegt und auf meiner Stirn landet.»

«Und darin ein Zugsbillet nach Luxemburg versteckt ist.»

«Das habe ich nicht wirklich gespürt», wandte Santoro grinsend ein.

«Die Frage ist eher, wo das uns hinführen wird», entgegnete Zina nachdenklich. Doch so schnell wollte sie ihre schöne Hypothese nicht widerlegt sehen.

«Wir können auch annehmen, dass jemand das ganze Durcheinander ausgenutzt hat, um den Koffer zu stehlen.»

«Wenn es nicht genau umgekehrt ist. Jemand hat das Durcheinander angerichtet, nur um den Koffer stehlen zu können.»

Im Schweigen, das sich darauf ausweitete, hörten sie herannahende, sehr entschiedene Schritte, begleitet von besorgten und leicht ängstlichen verbalen Einwänden.

«Da können Sie nicht einfach so reinmarschieren, meine Dame. Das geht nicht.»

«Sie sehen doch, dass es geht, junger Mann», hörten sie eine Stimme erwidern. Und schon erschien eine aufrecht stehende alte Dame im Türrahmen, die einen grossen Korb trug und forsch in den Raum lächelte. Hinter ihr zuckte der junge Beamte, der einen riesigen Strauss farbenprächtiger Astern vor seiner Brust hielt, als sei er ein Schild, ergeben mit den Schultern.

Wir haben Besuch von der alten Dame, dachte Santoro und seufzte.

«Miau!», kam es aus dem Korb.

NEUN

«Das dumme Vieh hat sein Spielbällchen zerkaut, gefressen und nicht verdaut. Also hat es das Wochenende in der Tierklinik verbracht – einmal mehr. Diesmal hat es sich wirklich eine unangenehme Störung ausgesucht – und eine teure dazu. Das letzte Mal war es meine Kreditkarte. Versuchen Sie mal, einem Bankangestellten zu erklären, dass das Ding von der Katze gefressen wurde.»

Ein erbärmliches Jaulen ertönte aus dem Korb.

«Nein, Zina, der Blumenstrauss ist nicht für dich, also verschlinge ihn nicht mit den Augen. Der ist für meine Eingangshalle. Ein bisschen Farbe kann in dieser düsteren Zeit nicht schaden.»

Mittlerweile waren der Blumenstrauss und der Katzenkorb auf dem Schreibtisch abgestellt, ein Stuhl für Lina Stern geholt und der junge Beamte wieder zum Empfang geschickt worden. Keiner hatte ihm einen Vorwurf gemacht. Lina Stern konnte von niemandem aufgehalten werden, diese Erfahrung hatten auch Zina und Santoro in ihren bisherigen Fällen machen müssen.

Zugegebenermassen hatte sie ihnen auch bei den Lösungen geholfen, dachte Zina, weshalb sie beide auch jetzt nicht auf die Idee kamen, sie aus ihrem Arbeitszimmer hinauszukomplimentieren. Ihre langjährige Erfahrung als Psychiaterin, ihre wachen Augen, ihre unerschrockene Fähigkeit zur Analyse komplexer Situationen und die Dinge beim Namen zu nennen, hatte sie ihnen ohne zu zögern und selbstverständlich kostenlos zur Verfügung gestellt. Es war nicht ihre Art, den Katzendreck unter den Teppich zu kehren, und sie nannte eine Katze eine Katze. *Appeler un chat un chat*, hiess es auf Französisch, dachte Zina. Nur ihrer Katze, Zerberus, wurde sie nicht Herrin. Das dumme Vieh, wie sie meist von Lina Stern genannt wurde – denn tatsächlich war Zerberus ungeachtet ihres Namens eine eigenwillige graue Katzendame mit gelben Augen –, hatte die Angewohnheit, sich in immer neue psychische Störungen zu stürzen, zumindest in deren Symptome, was Lina Stern ganz schön auf Trab hielt.

Zina wurde bald aus ihren Überlegungen herausgerissen, denn Lina Stern war nicht gekommen, um sich über ihre Katze zu beklagen, und schon gar nicht, um ihnen Blumen zu überbringen. Nein, das Ziel ihrer beginnenden Schimpfkanonade, das waren sie selbst. Lina Stern blitzte Zina und Santoro aus ihren meerblauen Augen aufgebracht an, wobei ihr Hauptziel im Augenblick Santoro war.

Wenigstens dafür war Zina dankbar.

«Was fällt Ihnen ein, meinen kleinen Stefan einfach so vorzuladen. Meine langjährige Freundin Rosa, seine Grossmutter, hat mich angerufen. Sie ist ausser sich vor Sorge. Er soll unter dringendem Mordverdacht stehen. So etwas Dummes habe ich schon lange nicht mehr gehört! Das liebe Kerlchen könnte nicht mal einer Fliege etwas zuleide tun. Der kommt nicht mal auf die Idee, so etwas drastisch Reales in die Wege zu leiten. Er ist zwar sehr intelligent, mehr als ihm guttut, sobald man ihn vor einen Computer setzt. Da ist er effizient und erfindet die aberwitzigsten Programme, wofür auch immer. Aber im wirklichen Leben ist er absolut harmlos, wenn nicht gar hilflos. Zum Glück hat er jetzt diesen neuen Freund an seiner Seite. Unverschämt hübscher Kerl, findest du nicht auch, Zina?»

Zwei Augenpaare richteten sich auf sie, stellte Zina leicht beklommen fest. Die einen waren herausfordernd, die blauen, die an eine Lagune erinnerten. Die anderen, die grünen, drückten eher … ja, was denn aus? Unruhe?

«Goldberg, Sie haben mir gar nicht gesagt, dass der Kerl unverschämt …» Weiter kam Santoro nicht, denn Lina Stern legte wieder los.

«Das ist hier nicht die Frage, Herr Kommissar! Machen Sie sich nicht lächerlich und versuchen Sie ja nicht, mich von meinem Kap abzubringen. Was haben Sie sich nur dabei gedacht, meinen kleinen Stefan vorzuladen? Und wo ist er überhaupt? Sie haben es nicht wirklich gewagt, ihn in eine Zelle zu sperren? Oder?»

«Das waren *wir* nicht», fuhr Zina dazwischen und kam sich wie eine schuldbewusste Schülerin vor, die ihre Unschuld beteuert, um der Strafe einer strengen Lehrerin ausweichen zu können.

Der Korb begann zu vibrieren, dann durchfuhr ihn ein Rütteln und Schütteln. Ein lang anhaltendes Knurren war daraus zu vernehmen.

«Ich muss das dumme Vieh mal kurz rauslassen, sonst macht es mir eine Krise. Und zudem können wir uns nicht in Ruhe unterhalten.»

Das verstand Lina Stern also unter einer ruhigen Unterhaltung, dachte Zina seufzend.

Unterdessen war Zerberus befreit worden und stolzierte mit hoch aufgestelltem Schwanz auf dem Schreibtisch herum.

Lina Stern den Sachverhalt zu erklären – dass der Fall ihnen entzogen worden war, dass wohl die Kollegen aus Zürich ihren Schützling, Stefan Bleibtreu, vorgeladen hatten, dass sie nicht informiert worden waren –, brauchte eine gewisse Zeit und einiges an Überzeugungskraft.

Lina Stern liess sich damit nicht abspeisen. «Und? Was machen wir jetzt?», fragte sie und schaute die beiden herausfordernd an.

Santoro blickte, ohne den Kopf zu drehen, zu Zina und erkannte, dass auch sie das Wir registriert hatte. Ihre Lippen kräuselten sich leicht, und sie hob ergeben die Schultern, um anzuzeigen, dass jeder Widerstand vergebens war. Zudem verfügte Lina Stern über Informationen, ihren kleinen, anscheinend so harmlosen Bleibtreu betreffend, dachte er. Am besten nutzen wir diesen Vorteil. Lina Stern jedoch hatte ihr Schweigen falsch gedeutet, denn sie wetterte erbost los: «Herr Kommissar, Sie werden sich doch von irgendwelchen dahergelaufenen Zürchern nicht Ihren Fall wegschnappen lassen! Schliesslich ist dieser unsägliche Stutz vor Ihrer Nase ermordet worden. Das können Sie doch nicht auf sich sitzen lassen, junger Mann!»

Santoro kam nicht dazu, eine angemessene Antwort zu formulieren, denn er musste gerade seine Uhr, die er auf dem Schreibtisch deponiert hatte, vor dem Verschlingen retten.

«Also, ich muss schon sagen, diesmal hat sich diese verrückte Katze wirklich eine äusserst unangenehme Macke zugezogen», beklagte sich Lina Stern. «Zina, meine Liebe, weisst du vielleicht, was mit dieser meschuggenen Katze los ist?»

«Der Name der Macke hat irgendetwas mit der Elster zu tun, Pica und so weiter, also sehr unpassend für eine Katze. Vielleicht gibt es sogar eine Therapie dafür.»

«Den diebischen Vogel fressen? Da sind wir wieder bei diesem Stutz angekommen. Mein kleiner Stefan hat dir ja berichtet, was er ihm angetan hat, deshalb habe ich einige Male mit ihm geredet. Keine Therapie, nur ein paar Plauderstündchen, versteht sich. Der Mann geniesst es, Macht auszuüben, andere an der Angel zu haben, sie zappeln und leiden zu lassen. Und Macht ist für ihn untrennbar mit der Anhäufung von Geld verbunden, dabei kommt er sich schlau wie ein Fuchs vor. Er ist der Typ Ich-habe-die-Gans-gestohlen-und-gebe-sie-sicher-nicht-wieder-her. Dass ihn jemand ermordet hat, wundert mich nicht. Aber Stefan, dieses arme Lämmchen, war es nicht, das kann ich Ihnen garantieren. Also, was haben Sie bisher herausgefunden, und wer steht auf Ihrer Liste, Herr Kommissar?»

Nach kurzem Zögern und einem Blick auf seine Assistentin, die ergeben nickte, erzählte er von dem Kokain, das im Banker und im Stabsleiter gefunden worden war, von den Spuren, die auf dem Boden zerschellt waren und zertrampelt wurden, und vom Aktenkoffer, der ihm um die Ohren geflogen war. Dann listete er nacheinander die Tischgenossen des Bankers auf.

Lina Stern hörte ihm aufmerksam zu, stellte nur Fragen, um sich zu vergewissern, dass sie richtig verstanden hatte. Die Möglichkeit, dass nicht der feiste Stutz, sondern der zierliche Oberhänsli das Hauptziel des Angriffs gewesen sein sollte, zauberte ein Lächeln auf ihre Lippen. Noch besser gefiel ihr sichtlich Zinas Hypothese, nach der sie es hier mit einem Münchhausen-Syndrom zu tun hatten. Sie zuckte die Schultern bei der Erwähnung der Ängste der Ehefrau den linken, älteren Lehrer betreffend, lächelte über die Faxen der beiden grimassierenden Lausbuben, runzelte die Stirn über den Prinzen, der sich von Nahem in einen Frosch verwandelte, und winkte die beiden biozertifizierten jungen Leute kommentarlos durch.

«Wie auch immer», schloss Santoro. «Wir haben einen Saal voller Leute, und niemand will etwas gesehen haben. Uns eingeschlossen.»

«Sie haben den Gorilla nicht gesehen. Übrigens sieht ihn nie jemand, wenn das für Sie ein Trost ist», erklärte Lina Stern.

Zina und Santoro schauten zuerst verdutzt ins Leere, um sich dann gegenseitig bestürzt anzustarren. Oje, war diese alte Dame vielleicht doch daran, ihren hellwachen Verstand zu verlieren, dachte Santoro und erkannte die gleiche Angst in den Augen seiner Assistentin. Das Ziel ihrer Befürchtungen schien jedoch angesichts von so viel Fürsorge eher erheitert.

«Sie kennen dieses psychologische Experiment nicht?», fragte sie, Erstaunen vortäuschend, wartete jedoch die Antwort nicht ab und fuhr dozierend weiter: «Ein Zauberer zeigt in diesem kleinen harmlosen Film seine Kunststücke in einem Park, eine Gruppe Kinder umringt ihn, schaut gebannt zu. Das ist das, was alle sehen. Die meisten nehmen auch verschwommen wahr, dass sich im Hintergrund ein Karussell dreht. Nur den Gorilla sieht niemand, obwohl der um das Karussell rennt und Erwachsene und Kinder in die Flucht treibt. Erst wenn der Kommentator beim zweiten Durchgang die Zuschauer anweist, nicht auf den Zauberer, sondern auf die Szenen hinter ihm zu achten, sehen sie den Gorilla.»

«Vordergrund, Hintergrund», sagte Zina nachdenklich.

«Der Gorilla ist übrigens nicht echt. Nur ein Schauspieler in einem lächerlichen Kostüm. In psychologischen Experimenten darf niemand gefährdet werden – zumindest heute nicht mehr. Zu diesem Thema hätte ich euch etwas zu erzählen, aber das lassen wir wohl lieber, schliesslich haben wir einen Mörder zu finden.»

«Der von allen Zuschauern unbemerkt im Hintergrund agiert hat, wenn ich das richtig verstanden habe», führte Santoro die Überlegung zu Ende.

«Die Frage ist, wer oder was war im Vordergrund, und wer wurde dadurch in den Hintergrund verbannt und konnte dort in aller Öffentlichkeit und vollkommen unbeobachtet sein mörderisches Werk vollenden», sagte Zina.

«Ein alltägliches Werk», begann Lina Stern, um gleich innezuhalten, als sie die verdutzten Blicke von Zina und Santoro wahrnahm. «Ich meine natürlich nicht, dass ein Mord alltäglich ist, sondern die Handlung, die dafür in diesem Fall notwendig ist. Ein bisschen Gift in ein Glas zu tröpfeln ist schliesslich nicht etwas Aufsehenerregendes. Obwohl ich davon ausgehe, dass in früheren Zeiten einige allzu herrschsüchtige oder gar gewalttätige Herren das Zeitliche gesegnet haben, weil ihre Ehefrauen keinen anderen Weg fanden, sich ihrer zu entledigen. Der grösste Teil ist ja nie erwischt worden. Da haben die Scheidungen doch einen Fortschritt mit sich gebracht.»

«Vielleicht waren sie auch nur sterbenslangweilig. Die Männer, meine ich, nicht die Scheidungen», gab Zina zu bedenken.

Santoro wollte sich ganz gewiss nicht über die Gründe, seien sie noch so berechtigt, für Scheidungen den Kopf zerbrechen.

«Wuarghmriauh!», tönte es unter dem Tisch hervor.

«Da leidet eine arme Kreatur», bemerkte Zina trocken.

Lina Stern hob den Blick zur Decke und seufzte.

Santoro bückte sich und erblickte seinen Schuh, der nur noch einen kurzen Schuhbändel hatte, der im Schlund einer Katze endete. Während er versuchte, seinen Besitz zurückzuerobern und «das dumme Vieh» davon zu befreien – was ihm nicht gedankt wurde –, folgte Zina weiter der Spur des Giftes.

«Entweder Stutz oder Oberhänsli. Oder jemand will ganz allgemein Männer mit allzu viel Macht ausschalten.»

«Nicht sehr wahrscheinlich. Gib sofort das Ding raus!»

Zina hörte ein Fauchen und wertete es als Antwort auf den zweiten Teil der Aussage. Der erste Teil war an sie gerichtet gewesen und brachte sie zum Nachdenken.

«Entweder hat Oberhänsli aus Versehen Stutz' Glas genommen», begann sie nachdenklich. «Oder es ist umgekehrt. Stutz trank aus Oberhänslis Glas.»

Sie versuchte sich die Szene vorzustellen, fragte sich, welcher der beiden Männer im Visier des Mörders gewesen war, wurde jedoch bald unterbrochen.

«Der Gorilla», sagte Lina Stern und wartete, bis sie sich der vollen Aufmerksamkeit ihrer Zuhörerschaft sicher sein konnte. Erst als Santoro sich wieder aufgerichtet und seine Hände mit deutlich angewiderter Miene an seinem Taschentuch abgewischt hatte, fuhr sie fort: «Zwei Männer werden vergiftet, Gläser werden verwechselt, ein Aktenkoffer verschwindet und kommt in einem Besenschrank samt dunkler Gestalt wieder zum Vorschein. Suchen und finden Sie den Gorilla, Herr Kommissar, dann haben Sie Ihren Fall gelöst ... Es sei denn, es sind mehrere.»

Während Zina in ihrem Kopf das Bild Tango tanzender Gorillas entstehen liess, scheuchte Santoro mit seinem Fuss die Katze weg, die sich an dem noch sauberen Schuhbändel zu schaffen machte. Für einen Sekundenbruchteil hatte er das Gefühl, eine Einsicht gewonnen zu haben, doch sie liess sich nicht greifen. Wer hatte nur eine Geschichte, die sich unter dem Tisch abspielte, erzählt? Lina Sterns Stimme holte ihn unter dem Tisch und aus seinen Überlegungen hervor.

«Und was ist das für eine Geschichte mit diesen Frauen, die über Schüsseln hängen?»

Zina seufzte, stand auf, streckte sich und spazierte zu Egon-Gummibaum hinüber, um ihn von seinen wenigen welken Blättern zu befreien. Vielleicht befand er sich ja in der Mauser, überlegte sie und versuchte sich wieder auf die Frage, die ihr gestellt worden war, zu konzentrieren. Sie erzählte die Geschichte in chronologischer Reihenfolge, begann mit Frau Kalbermatten, die den Alarm ausgelöst hatte, indem sie ihren einflussreichen Ex-Ex-Gatten eingeschaltet hatte, was Lina Stern ein spitzbübisches Grinsen auf das Gesicht zauberte, das aber gleich wieder entschwand, als Zina ihren Aufenthalt in den unteren Gefilden mit den würgenden und stöhnenden Frauen zu beschreiben begann. «Alles Frauen, die im sozialen Bereich arbeiten. Und alle haben mit schwierigen Kindern oder Kindern in Schwierigkeiten zu tun», schloss sie.

«Da will jemand Frauen leiden lassen», bemerkte Lina Stern. «Nehmen Sie diese Geschichte nicht auf die leichte Schulter, meine Lieben, wer so was tut, ist eindeutig bösartig, und ich frage mich, ob diese Serie nicht ein schlimmes Ende finden wird.»

Als sie dann über das Gift, das angewendet wurde, informiert und die Verbindung zu Frau Holle erläutert wurde, stutzte sie nur kurz, um anzufügen: «Ein Initiationsmärchen für Mädchen. Es geht um den Augenblick der Persönlichkeitsbildung, der Entstehung der Individualität, der Selbstbestimmung. Und das geht über verschiedene Prüfungen, die sie bestehen, wie die Goldmarie, oder eben nicht – und dann ist die Quittung eine gehörige Ladung Pech.»

«Glaubst du, die Frauen hatten einfach Pech? Dass es jemand dem Zufall überlässt, welche Frauen das Gift erhalten? Hauptsache, es sind Frauen, egal, welche? Das würde bedeuten, dass jemand herumgeht, Gift verteilt, um Frauen ganz allgemein treffen zu können?»

«Das ist natürlich möglich, aber ich glaube nicht, dass es hier um etwas so Allgemeines geht. Es waren keine Ärztinnen, Pflegerinnen oder Juristinnen betroffen. Zudem geht es hier wohl um etwas Persönliches. Da steckt einfach zu viel Wut, ein zu grosser Wille dahinter, diesen Frauen zu schaden, sie leiden zu sehen. Ich denke, es geht hier um Hass, um persönlichen Hass gegen ganz bestimmte Frauen.»

«Die einen sind jung, die anderen deutlich über fünfzig, die einen sind schlank, andere eindeutig füllig, es gibt langhaarige, kurzhaarige, Blondinen, Brünette, die eine hat graue Haare und versucht das auch gar nicht zu verbergen. Manche sind verheiratet, andere alleinstehend, manche sind erfahren, andere tanzen erst seit wenigen Monaten. Nein, wir sind das alles durchgegangen und haben keine Gemeinsamkeiten gefunden, ausser dass sie alle Tangotänzerinnen sind natürlich und dass sie sich um Kinder kümmern, aber damit hören die Gemeinsamkeiten auch schon auf.»

«Diese Frauen sind durch ihre Arbeit alle untereinander und alle mit der Schule verbunden. Diese Tatsache sollten wir nicht ausser Acht lassen», führte Santoro an. «Vielleicht liegt die Ursache der Giftattacken gar nicht im Tanzsaal, sondern sozusagen im Klassenzimmer. Wir können auch nicht ausschliessen, dass Oberhänsli das Ziel der Kokainattacke war. Auch in diesem Falle könnte das Motiv für den Anschlag in der Schule liegen. Wir müssen mehr über die Arbeitsbedingungen, die Ansichten, die Haltungen erfahren. Was verbindet sie? Welche Konflikte oder gar Feindschaften gibt es unter ihnen?»

«Für heute Nachmittag ist ein Treffen vereinbart. Meine Freundin Violetta hat es organisiert. Ich hoffe dabei mehr über diese Frauen erfahren zu können. Es kann doch nicht sein, dass eine losgelassene Giftnudel herumwütet, die Frauen im Allgemeinen im Visier hat, weil sie gerne tanzen oder weil sie sich um Kinder kümmern! Ich hoffe, da hast du recht, Lina, und es geht um etwas Persönliches, sonst ist die Wahrscheinlichkeit, sie zu fassen, verschwindend klein.»

Während sich die beiden Frauen weiter über die möglichen Motive der Giftnudel unterhielten, fragte sich Santoro, warum sich Tangotänzerinnen gegenseitig Gift geben sollten. Das überstieg sein Vorstellungsvermögen. Natürlich hatte auch er mitbekommen, dass die wartenden Frauen einige giftige Blicke ausgetauscht hatten. Es war sicher nicht lustig, Mauerblümchen spielen zu müssen. Aber sich dafür gleich gegenseitig vergiften zu wollen?

Er verstand diese Frauen genauso wenig, wie er diese elende

Katze verstehen konnte, die seine Schuhbändel verschlang, von wollen schon gar nicht zu reden. Wo war sie eigentlich? Jemand musste dieses Biest im Auge behalten. Doch Zerberus schien sich beruhigt zu haben. Sie sass vor seinem Computer und spielte auf der Tastatur herum.

«Dann ist die Gemeinsamkeit eben nicht offensichtlich, und vielleicht ist sie auch nicht allgemein von Bedeutung und nur für den Täter von Belang. Die Lösung liegt eben tiefer.» Lina Stern hatte mit Eindringlichkeit geredet, und Sorgenfalten hatten sich auf ihrer Stirn gebildet. «Für mich riecht das Ganze auf jeden Fall nach einer reinen Frauengeschichte!»

Zina, die sich wieder auf ihren Stuhl gesetzt hatte, achtete nicht auf Lina Sterns zweifelnden Blick.

«Auf der einen Seite haben wir eine Frauenwelt, Holunder, Frau Holle, Frauen, die sich um Kinder kümmern, zur Erholung gerne tanzen und dafür mit einem Brechmittel belohnt werden. Im anderen Fall bewegen wir uns eindeutig in einer reinen Männerwelt, mit Männern, die sich in einer Welt durchsetzen müssen, die von Konkurrenzdenken geprägt ist, wo es darum geht, rücksichtslos so grossen Reichtum wie möglich anzuhäufen.»

Santoro wollte aufbegehren, fand auf die Schnelle jedoch keine Argumente, die auch ihn überzeugen konnten.

Lina Stern sagte: «Wir leben alle in einer Welt, meine Liebe. Zwar bewegen sich diese Männer und diese Frauen in verschiedenen Bereichen, aber die Handlungen der einen wirken auf die anderen. Und zudem waren sie an diesem ominösen Abend alle auf einem Haufen vereint. Ich denke, dass es den Blickwinkel zu sehr verengt, wenn du die Welten trennst.»

«Du glaubst doch nicht wirklich, dass eine dieser hart arbeitenden Frauen die Schnauze voll hatte, sich für einen mickrigen Lohn abzurackern – ohne je ein Dankeschön zu hören –, und die sich bietende Gelegenheit ergriffen hat, einen dieser arroganten Goldesel zu ermorden?»

«Das weniger», antwortete Lina Stern. «Es gab wohl genügend persönliche Gründe, diesen schrecklichen Mann umzubringen. Sind wir eigentlich sicher, dass keiner der Anwesenden ausser diesen Bankmenschen diesen Stutz kannte?»

Zina und Santoro schauten sich an. Nein, diese Möglichkeit hatten sie bisher nicht in Erwägung gezogen, dachte Santoro, und im gleichen Augenblick sah er wieder ein zufriedenes Lächeln aufblitzen, als Stutz zusammengebrochen war. Nur konnte er es immer noch nicht einem bestimmten Gesicht zuordnen.

«Und welche Rolle spielt der Aktenkoffer in dieser Geschichte?», fragte Lina Stern weiter. «Geht es darum, den Inhalt an sich zu bringen, oder eher darum, dass der Inhalt nicht in fremde Hände gelangt?»

«Auf jeden Fall hatte dieser elende Kapuzenmann nichts in den Händen – ausser natürlich den Koffer selbst, den er mir an den Kopf geschmissen hat», erklärte Santoro und berührte versonnen seine Stirn. «Was auch immer er suchte, gefunden hat er es nicht.»

«Der Inhalt muss wertvoll sein, und der Kapuzenmann, wer auch immer das sein mag, wird weitersuchen, Chef.»

«Und wir müssen schneller sein, Goldberg.»

«Verlieren wir nicht aus dem Auge, wem der Koffer gehörte. Ihr müsst mehr über diesen Stutz herausfinden. Welche Funktion übte er in dieser Bank aus, für welche Geschäfte war er zuständig, was wollte er an diesem Kongress. Und über seine anwesenden Kollegen gibt es sicher auch einiges herauszufinden. Wir müssen den Blickwinkel erweitern, die Lösungsmöglichkeiten ausdehnen, meine Lieben.»

«Ich kann meinen Blick nicht von diesem Aktenkoffer im Besenschrank lösen», sagte Zina seufzend. «Du hast recht, wir müssen diese Türe öffnen.»

«Und ich fühle mich wie vor den Kopf gestossen.» Santoro grinste.

«War gar nichts in diesem Aktenkoffer?», fragte Lina Stern.

«Ein Zugsbillet nach Luxemburg, aber was das zu bedeuten hat, weiss ich nicht», sagte Zina.

«Luxemburg? Wie interessant», sagte Lina Stern.

«Was soll daran interessant sein? Es gilt ja nicht als Ferienparadies», fragte Zina.

«Ferien nicht, Zina, aber Paradies sehr wohl. Steuerparadies trifft es eher. Ich glaube, wir haben da das Ende eines roten Fadens entdeckt, der uns ermöglichen wird, dieses Knäuel zu entwirren. Wir brauchen dringend Hilfe von einem Experten. Wenn Sie einverstanden sind, werde ich einen organisieren. Was sagen Sie zu einem gemütlichen Essen mit einem Herrn, der sich in diesem Geschäft auskennt?»

Santoro seufzte, schaute zu seiner Assistentin, die ergeben nickte, jedoch nicht sehr begeistert wirkte, sich in die Abgründe der Finanzwelt stürzen zu müssen.

«Glaubst du wirklich, dass wir diesen älteren Herrn auch verstehen werden? Wenn er uns nur Shareholder-Values um die Ohren schmeisst, werden wir erst recht im Nebel herumtappen», wandte sie ein.

Lina Stern kam nicht dazu, Zina zu besänftigen. Ein kriegerisches Maunzen, gefolgt von Blätterrascheln, zerriss die Stille, was Zina und Santoro auf den Plan rief. Zerberus war nach einem waghalsigen Sprung in den Ästen des Gummibaums gelandet und machte sich daran, ihre Beute, den erbeuteten Paradiesvogel, in Sicherheit zu bringen.

«Ich glaube, es ist an der Zeit, mich zu verabschieden», sagte Lina Stern, während Santoro und Zina der Katze nachjagten. «Dieses Vieh ist einfach nicht gesellschaftsfähig.» Lina Stern seufzte.

***

Bombay Allo, Shahi Panir, Navratan Korma, Matar Panir, Allo Gobi. Nicht nur die Namen brachten Sonne und Wärme mit sich, auch die Gerüche, die aus ihren Tellern stiegen, liessen Bilder von südlichen Landschaften, die unter sengender Hitze flimmerten, aufkommen. Und dann erst der Genuss, wenn die Gabel den Mund erreichte. Zina erkannte Kreuzkümmel, Kardamom, Koriander, Gelbwurz und natürlich die nötige Portion Chili und fühlte, wie Wärme in ihr aufstieg. Die Speisen, die sie vom Buffet geholt und auf ihren Teller gehäuft hatte, bildeten farbige Hügel, die sie schweigend und vor sich hin lächelnd abtragen wollte.

Sie sassen beim Mittagessen im indischen Restaurant New Bombay, oben am Rheinsprung, um ihre weiteren Schritte zu besprechen. Dazu waren sie bisher jedoch nicht gekommen. Ihr Chef schaufelte konzentriert sein Essen in sich hinein, den Blick nach innen gewandt. Auch Zina drängte es nicht, sich mit Giftnudeln aller Art zu beschäftigen. Sie konzentrierte sich lieber auf würzige Kichererbsen, sämige Cashewnüsse und knackigen Blumenkohl, während ihre Seele in wärmere Gefilde davonschweifte, wo leuchtende Farben unter gleissendem Licht auf sie warteten.

Santoro versuchte, den Gorilla zu sehen, erblickte jedoch, als er sich in den Tanzsaal zurückversetzte, immer nur Tänzer und Tänzerinnen, die sich um ihre eigene Achse drehten, farbenfroh und vor sich hin lächelnd, um ihn herumwirbelnd, Trauben von herumstehenden Menschen, die miteinander redeten oder wartend, abwartend in die Menge blickten. Er konnte sich an die Banker erinnern, die um den Tisch sassen, sah aber immer nur kurze Sequenzen aufblitzen. Da ein Ausdruck des Abscheus auf den Gesichtern der beiden jungen Studenten, da der aufmerksame und leicht ironische Blick des kleinen Oberhänsli, dort die mürrische Miene seiner Angetrauten, dann auch das Beflissene, Angestrengte, das sich auf dem Gesicht des lockigen Hützli abzeichnete.

Doch er konnte den Film nicht anhalten.

Die Bilder schwirrten weiter um ihn herum, entschwanden, kaum hatte er sie wahrgenommen, und wurden von weiteren Eindrücken überlagert. Schliesslich hatte auch er sich dauernd gedreht, seine Partnerin vor sich, um sich führend, sie zwischen den anderen Paaren hindurchschlängelnd, darauf achtend, sie vor dem Ungestüm mancher Mittänzer zu schützen. Nein, er schaffte es nicht, den Film anzuhalten, um dorthin zu schauen, wo seine Augen vielleicht etwas unbewusst wahrgenommen hatten, um den versteckten Gorilla zu entdecken. Seine Eindrücke dieses Abends waren dauernd in Bewegung, bruchstückhaft, flüchtig. Das Einzige, was ihm stetig in Erinnerung geblieben war, waren das Kitzeln in der Nase, das die tiefschwarzen Haare ausgelöst hatten, und der Duft nach Bergamotte, Zitrone und ... Basilikum? Am liebsten hätte er auch in diesem Augenblick die Frau, die ihm gegenübersass, an die Hand genommen, um sie auf ein Parkett zu führen, sie in die Arme zu schliessen, sie durch den Raum wirbeln zu lassen.

Und den ganzen Fall den Bach runtergehen lassen.

Zinas Blick schweifte währenddessen zum Fenster, an dem die Regentropfen unaufhaltsam herunterrieselten. Alles schien von einem grauen Schleier verhüllt worden zu sein. Unter ihr floss der Rhein, stahlgrau und reissend und unaufhaltsam nach Norden.

Wenn sie den Blick hob, konnte sie die Kaserne sehen, deren Mauern aus rotem Sandstein unter dem grau verhangenen Himmel dumpf und düster wirkten. Wobei, eine Kaserne war das schon lange nicht mehr. Seit Jahrzehnten wurde dieses Gebäude, in dem Generationen von jungen Rekruten ihren Wehrdienst absolviert hatten, als Kulturzentrum genutzt. Zwischenzeitlich war dort sogar eine Schule untergebracht gewesen. Wohl keine so gute Idee, befand sie.

Sie liess den Blick weiterschweifen zur Mittleren Brücke und der Kapelle in ihrer Mitte. Seit einiger Zeit hingen am Gitter vor der Statue eines Heiligen immer mehr Schlösser, die von Liebespaaren hingehängt worden waren. Die Schlösser entsprachen nicht ihrer Vorstellung von Liebe, dachte sie verdrossen. Wofür sollten die stehen? Wir schliessen uns ein? Wir ketten uns aneinander? Wir sind nur noch eins? Nein, damit konnte sie wirklich nichts anfangen. Sie wollte nicht angekettet werden, an niemanden. Und sie wollte auch nicht irgendwo aufgehen, schon gar nicht in einem Mann. Und überhaupt wollte sie einem

Mann so etwas nicht antun. Sie wollte unabhängig und frei bleiben, einem freien Mann gegenüberstehen können.

Blöd war nur, was Männer mit dieser Freiheit anfingen, wetterte sie innerlich vor sich hin, als vor ihrem inneren Auge das Bild ihres Verflossenen auftauchte, der sich hinter ihren Rücken schlich, um gleich in die Arme einer blondlockigen Schlampe zu rennen. Das konnte sie nicht auf sich sitzen lassen, entschied sie, drehte sich um, packte ihn an den Haaren und schmiss ihn, ein glückseliges Lächeln auf den Lippen, in den Rhein. Sollte er doch mit den Fluten weggespült werden und verschwinden.

Als sie aufschaute, erkannte sie, dass auch ihr Chef lächelnd dem Fluss nachschaute. Es war an der Zeit, in die Realität und zu ihrem Fall zurückzukehren.

«Das war uns doch schon vorher klar. Oder können Sie sich vorstellen, dass die beiden an verschiedenen Orten, jeder von einem eigenen Mörder, ganz unabhängig voneinander verfolgt und vergiftet wurden?», fragte Zina.

Statt weiterhin nur mit Hypothesen zu jonglieren, hatten sie sich dafür entschieden, die gesicherten Fakten zu sammeln, um auf sicherem Boden weiterermitteln zu können.

«Meine Liebe, das engt immerhin den Kreis unserer Verdächtigen auf die Besucher der Tanzveranstaltung ein.»

«Also auf zwei- bis dreihundert Tänzer, Tänzerinnen und Banker», sagte Zina.

«Immerhin keine Bankerinnen», wandte Santoro mit einem schiefen Grinsen ein. «Kommt jetzt nicht eine Tirade über den mangelnden Frauenanteil in den Führungspositionen der Banken, Goldchen?»

«Nein, Chef, die kommt jetzt nicht. Es gibt ja auch keine weiblichen Orks, oder? Darth Vader hat ja auch keine Freundin, die unter einer Maske schwitzt und schnauft und dabei immer hässlicher und fetter wird, wenn ich mich nicht täusche. Und erzählen Sie mir nicht, dass Frauen eine weibliche Note in diese Welten bringen könnten.»

Santoro hob abwehrend die Hände, um zu demonstrieren,

dass er sich in dieser Frage kampflos ergab, was Zina jedoch nicht davon abhielt, angriffslustig weiterzuargumentieren. «Wussten Sie, dass Frauen, was den IQ anbelangt, mittlerweile die Männer überholt haben? Nein? Zudem ist auch erwiesen, dass Frauen weniger die Tendenz zeigen, sich richtig dummgefährlichen Unternehmen wie Bungee Jumping oder Russisch Roulette zu widmen. Solchen Blödsinn überlassen sie lieber der männlichen Gilde. Warum sollten also Frauen in diese eiskalten Gefilde der Macht vordringen, wo nur eines generiert wird, nämlich Stutz, Zaster, Schotter, Rubel, Piepen, Pinkepinke, Knete, Kröten, Mäuse, Moneten. Geld, das dann aber nicht verteilt wird, sondern nur diejenigen füttert, die eh schon zu viel davon besitzen. Dafür sind sich Frauen einfach zu schade.»

«Männer hingegen können bedenkenlos in diesen geldgierigen Schlund geschmissen werden?»

«*Diese* Männer sind sich nicht zu schade, den dunklen Mächten zu dienen, um ein paar Reste des Pulvers abzubekommen, mit dem sie sich die Nase zukoksen können, damit sie die tägliche Ration Überstunden überstehen können und nicht daran denken müssen, was sie eigentlich mit ihrem Leben anstellen, das sie nicht leben.» Sie sagte es und lehnte sich zufrieden grinsend zurück, die Arme verschränkt, den Blick geradeaus gerichtet, neugierig, wie Santoro diesen hingeschmetterten Ball auffangen konnte.

«Die Frau fehlt», sagte er versonnen.

«Welche? Und wem genau?»

Einen Wimpernschlag lang war er geneigt, ihr zu eröffnen, welche ganz bestimmte Frau welchem Mann fehlte, obwohl er sie gerade vor sich sah. Doch der Augenblick ging ungenutzt vorbei, und er konzentrierte sich wieder auf ihren Fall.

«Der Bankergruppe. Die Alibifrau, Goldberg. Jedes grosse Unternehmen präsentiert heute mindestens eine Alibifrau pro Abteilung, das gehört zum guten Ton, gibt einen aufgeschlossenen, modernen Touch. Und ich glaube, wir sollten der Frage nachgehen, wie es dazu gekommen ist, dass diese Gruppe keine vorzuweisen hat.»

«Stutz», sagte Zina, um gleich weiterzufahren, «ich kann mir nicht vorstellen, dass irgendeine Frau es bei diesem Höhlenmenschen aushalten könnte.» Zina schauderte es bei der Vorstellung, unter einem solchen Mann arbeiten zu müssen.

Unter, das war wirklich der treffende Ausdruck.

Vielleicht hat es mal eine versucht, dachte Santoro. Und wieder sah er das zufriedene Lächeln auf einem Gesicht genau in dem Augenblick aufblitzen, als Stutz zusammengebrochen war. Das Gesicht einer Frau, erkannte er im gleichen Augenblick. Aber um welche Frau es sich handelte, das konnte er beim besten Willen nicht sehen.

Noch nicht. Die Erinnerung konnte er nicht erzwingen, also nahm er besser den Faden der Unterhaltung auf.

«Höhlenmensch? Wohl eher Gauner. Ist Ihnen schon aufgefallen, dass die meisten Menschen überzeugt sind, dass die Banken heute von Gaunern übernommen worden sind, die uns wie die Gänse vor Weihnachten ausnehmen …»

«Werden die nicht eher gestopft?»

«Mit debilen Unterhaltungssendungen unterbrochen von Werbeeinlagen – oder umgekehrt. Das sagt mein Vater. Und der ist wie Sie, meine Liebe. Er hat immer recht. Aber wo war ich abgeblieben?»

«Bei den Gänsen vor Weihnachten, die sich ohne Eingeweide wiederfinden.»

«Und ohne Eigenleben. Und wir verlieren auch die Macht über unser eigenes Leben, aber das war nicht die Argumentationskette, die ich verfolgen wollte. Was wollte ich sagen? Meine Argumentationskette ist mir abhandengekommen.»

«Sie verlieren eine Kette, und darüber grämen Sie sich?»

«Das weiss ich im Augenblick nicht», sagte Santoro und dachte an die Scheidungsurkunde, die seine Frau ihm geschickt hatte. Darüber nachzudenken war nun wirklich nicht der richtige Zeitpunkt, entschied er dezidiert. Nein, da waren ihm die

Überlegungen über das Bankenwesen willkommener. Genau, darum ging es.

«Das Bankenwesen, Goldchen, wir ahnen viel, haben ein ganz schlechtes Gefühl, es weckt in uns Befürchtungen und Ängste. Aber was wissen wir? Was verstehen wir von seiner Funktionsweise?»

«Wir müssen mehr über diese Kerle und ihre Bank herausfinden. Sie haben recht, Chef.»

«Bin ich froh, in diesen erlauchten Club aufgenommen zu werden», sagte Santoro und grinste.

«Aber wir müssen auch mehr über Giftmorde erfahren.»

***

Sie hatten die Aufgaben aufgeteilt. Während ihr Chef im Internet nach Informationen über die Bank Schwaitz fischte, hatte Zina die Aufgabe übernommen, sich über Giftmischer schlauzumachen.

Giftmischerinnen wohl eher.

Zumindest war das traditionell eher der Fall gewesen. Als schwarze Witwen, Mörderhexen, verführerische Femmes fatales hatten sich Frauen über Jahrhunderte als Giftmischerinnen hervorgetan und hatten die Berichterstattungen der Zeitungen mit ihren ausgeklügelten Künsten gefüllt. Es handelte sich dabei hauptsächlich um auffällig schöne Frauen, deren Persönlichkeit als hysterisch-narzisstisch bezeichnet wurde. Opfer waren vorwiegend die Männer, in den meisten Fällen die Ehemänner. Wobei, dachte Zina, das konnte ja auch ein Artefakt sein, ein Fehler in der Untersuchung. Schliesslich konnten nur die Frauen untersucht werden, die überführt worden waren. Wer waren denn all die Giftnudeln, die im Stillen und unentdeckt ihre Ehemänner über den Jordan geschickt hatten. Vielleicht waren diese Damen ja eher unansehnlich, unauffällig, unscheinbar, diskret und realistisch.

Na, wer sagt's denn, stellte sie befriedigt fest, als sie weiterlas.

Siebzig Prozent der Tötungen wurden gar nicht entdeckt, und bei Giftmorden war die Rate wohl noch höher. Und die Schlampereien bei der Gerichtsmedizin waren anscheinend verbreitet, wenn sie überhaupt ins Spiel kam. Schliesslich war es doch nur dem Zufall zu verdanken, dass bei Stutz eine Untersuchung eingeleitet worden war. Wäre nicht auch der kleine Oberhänsli zusammengebrochen, wären ihr Chef und sie selbst nicht vor Ort gewesen, der Tod des Bankers wäre mit grösster Wahrscheinlichkeit als Folge eines Herzinfarkts durchgegangen, was ja letztendlich auch der Fall war.

«Der Bank Schwaitz geht es schlecht», sagte Santoro und holte damit Zina aus ihren Überlegungen.

Sie schaute auf und fragte: «Und? Wie schaffen sie das?»

«Sie werden bald vor Gericht stehen, in den USA, und das nicht zum ersten Mal, weil sie reiche US-Bürger dazu überredet haben, ihr Geld ins Trockene, das heisst in den sicheren Hafen der Bank Schwaitz segeln zu lassen. Sie müssen mit einer Busse im Milliardenbereich rechnen. Nicht nur ein paar Milliarden, das könnten sie unschwer verkraften, steht hier, was ich aber ganz und gar nicht nachvollziehen kann. Wie verkraftet man den Verlust von Milliarden, frage ich Sie. Nein, hier geht es um einen Betrag von deutlich über fünfzig Milliarden, da sind sich die Experten sicher.»

«Und da beklagen die Medien den Realitätsverlust der heutigen Jugend, die sich zu hoch verschuldet. Wer bezahlt das? Nicht die Schulden der Jungen, dass die selbst werden blechen müssen, ist ja klar. Ich meine die fünfzig Milliarden.»

«Der Präsident auf jeden Fall sicher nicht. Der verdient weiterhin eine Viertelmillion.»

«Jährlich?»

«Monatlich, meine Liebe, mit zweihundertfünfzigtausend Mäusen jährlich kommt man doch nicht über die Runden», erklärte Santoro kopfschüttelnd. «Anscheinend blechen die Aktionäre, unter anderem Ölscheichs, die sich vom Öl lösen und dem Bankensektor zuwenden wollen.»

«Wie nennt man sie dann? Bankenscheichs?»

«Ziemlich erzürnte Bankenscheichs, sie sind gar nicht amused. Und mit ihrer schlechten Laune stehen sie nicht alleine da. Auch die Pensionsfonds aus den USA, die Holdings und Investmentfonds mit ihren blumigen Namen, die investiert haben, befinden sich in den Miesen. Das gefällt ihnen natürlich nicht, denn die Aktien sinken und sinken und sinken. Dem Markt gefällt das auch nicht, was oder wer auch immer das sein soll. Auf jeden Fall steht hier, dass der Markt der Bank Schwaitz nicht mehr traut.»

Nachdem Zina Santoro berichtet hatte, was sie bisher über Giftmörderinnen hatte erfahren können, sagte dieser nachdenklich: «Trotzdem, Goldberg. Auch wenn nur wenige Giftmorde entdeckt werden, hat der Kerl hoch gepokert, finden Sie nicht? Den stiernackigen Stutz so in aller Öffentlichkeit mit einer Überdosis Kokain ins Jenseits zu befördern. Sobald eine Untersuchung eingeleitet wurde, musste ihm klar werden, dass man von Mord ausging.»

«Damit hat er nicht gerechnet. Er hat auf den Herzinfarkt gesetzt, Chef, da bin ich mir sicher. Stutz sieht wie der ideale Kandidat dafür aus. Zu fett, zu hoher Blutdruck, ungesunder Lebenswandel mit zu hohem Alkoholkonsum. Erstaunlich, dass er so lange unbeschadet durchgekommen ist. Der Mörder konnte ja nicht ahnen, dass wir im Saal waren oder dass Oberhänsli aus Versehen zum falschen Glas griff. Das Gleiche gilt, wenn wir davon ausgehen, dass Oberhänsli das Ziel darstellte. Er hat ein schwaches Herz, was allgemein bekannt ist, also hätten alle gedacht, dass der arme Mann einen zweiten Herzinfarkt erlitten habe. In beiden Fällen wäre nur eine routinemässige Untersuchung durchgeführt worden, und dabei wäre das Kokain nicht entdeckt worden.»

«Ich bleibe dabei. Der Mörder hat einiges riskiert. Also ist der Kerl ein Spieler, der bereit ist, um einen hohen Einsatz zu pokern, was uns etwas über seinen Charakter erzählt.»

«Oder er musste sofort handeln, wie hoch auch immer die Gefahr war.»

Daraufhin schwiegen sie. Santoro strich sich über die Stirn, zuckte zusammen, als er seine Wunde erreichte, und fragte sich einmal mehr, was der Aktenkoffer in dieser Geschichte zu suchen hatte. Und wer suchte das Ding, und wo war der Inhalt abgeblieben? *Porca miseria*, sie hatten viele Fragen gefunden, aber keine befriedigende Antwort.

Als er aus seinen Überlegungen auftauchte, sah er, dass Zinas Augen wieder auf den Laptop gerichtet waren, und entschied, dass es auch für ihn an der Zeit war, sich wieder der Bank Schwaitz mit ihrer Reihe enttäuschter Bankenscheichs zu widmen.

«Heimlichkeit, Hinterhältigkeit, aber auch Einsatz des eiskalten Verstandes zeichnen den typischen Giftmörder aus», las Zina. Und spezielles Wissen. Aber war das in diesem Fall wirklich von Bedeutung? Schliesslich waren die Banker im Investment-Geschäft berühmt dafür, sich die Nasen mit Schnee zuschnupfen zu können. Hingegen sah es bei den vergifteten Frauen ganz anders aus. Wer kam auf die Idee, die Rinde des Holunderbaumes einzusetzen? Dafür war besonderes Wissen notwendig. Dieser Frage mussten sie wirklich nachgehen, beschloss sie und wandte sich an Santoro.

«Ich habe Stump darauf angesetzt, aber er hat nichts gefunden. Keine unserer Verdächtigen scheint sich für Kräuter, Rinden, natürliche Heilkünste oder sonstige Hexenkünste zu interessieren», antwortete Santoro und zuckte mit den Schultern.

Sie waren einmal mehr in einer Sackgasse gelandet, stellte sie ergeben fest und vertiefte sich wieder in den Text.

«Nach aussen tritt die Giftmischerin gerne als schöne, engelgleiche Wohltäterin auf, im Herzen ist sie hingegen habgierig, kaltherzig und sexuell unerfüllt oder unersättlich.» Sogleich sah Zina das Bild der Blonden in ihren hochhackigen Schuhen vor sich auftauchen. Selina Winkler, diese aufgemotzte Provinzschönheit, passte perfekt ins Bild. Natürlich war die Freude, die in ihr hochkrabbelte, vollkommen unprofessionell, trotzdem war sie bereit, sie uneingeschränkt zu geniessen.

«Klischee und aus der Mode geraten», las sie weiter.

Mist.

«Haifischbecken», dekretierte Santoro, und Zina fühlte sich auf frischer Tat ertappt.

«Die Bank Schwaitz», ergänzte er sogleich, und Zina atmete erleichtert auf. Er konnte also doch nicht ihre Gedanken lesen. Immerhin ein Trost.

«Sie sinkt und sinkt, was zur Folge hat, dass Sündenböcke gesucht werden, die Besetzung der obersten Etage in Frage gestellt wird, Schuldzuweisungen hin und her geschoben werden, Streitigkeiten um Strategien kursieren, es wird verzweifelt nach Strohhalmen gegriffen, die für die meisten Experten gar keine sind. Entlassungen im grossen Stil stehen im Raum.»

«Ich frage mich, wie unsere Kerlchen am Bankertisch mit dieser Situation umgehen. Vielleicht haben sie sich dafür entschieden, den Entlassungen vorzugreifen und ihren Chef auszuschalten, bevor er einen von ihnen vor die Tür setzen konnte», sagte Zina und lächelte angesichts dieser Vorstellung.

«Gehen wir sie doch fragen, wäre im Normalfall mein Vorschlag, aber das ist ja nicht möglich. Wir kommen nicht mehr an sie heran und sind darauf angewiesen, im Internet nach informativen Brosamen zu suchen.»

Giftmord als Befreiung von der Last der Pflege war in den letzten Jahren zum Trend geworden. Alte, pflegebedürftige Menschen wurden ins Jenseits befördert, um sie von ihrem scheinbar unerträglichen Leiden zu erlösen. In diesen Fällen waren die Mörder meist im Kreise des Pflegepersonals in den Spitälern und den Altersheimen zu suchen. Oder die pflegenden Angehörigen versuchten sich selbst von der Last der Pflege zu befreien. Diese Art Giftmord passte eher nicht zu ihren zwei Fällen.

Hingegen passte diese Art zu ihrer Lieblingsverdächtigen, der fürsorglichen Ehefrau des kleinen Oberhänsli. Zwar wollte sie nicht die Leiden verkürzen, sondern sie erst auslösen, um ihren Mann besser pflegen, ihn besser kontrollieren zu können.

«Wissen Sie, was herauskommt, wenn Sie ‹Banker sind …› bei Google eintippen?», fragte Santoro.

«Ihrem breiten Grinsen zu entnehmen, gefällt Ihnen, was Sie lesen.»

«Richtig, Goldchen, richtig. ‹Banker sind Verbrecher› kommt an erster Stelle, gefolgt vom Vorschlag, sie seien Schweine. Und der dritte Vorschlag ist das Wort arrogant.»

«Und was stellen diese Vorschläge dar, die allgemeine Volksmeinung?»

«Die Verbindungen, die am häufigsten hergestellt werden, würde ich meinen», antwortete Santoro.

«Schauen wir doch, was das Volk noch so denkt», schlug Zina vor und tippte eifrig auf ihrer Tastatur, während sie wahrnahm, dass Santoro aufstand und sich hinter sie stellte, um über ihre Schulter zu schauen.

«Was beweist, dass das Volk, nur weil es die Mehrheit darstellt, nicht zwangsläufig immer recht hat. Diese Ansicht stellt einen populistischen Standpunkt dar, der natürlich zu verdammen ist, wie mein Vater immer wieder und unermüdlich zu betonen wusste. Eine rechtslastige Abweichung von der richtigen Linie. Zudem bin ich Doppelbürger, also hauptsächlich Italiener», ergänzte Santoro und atmete erleichtert aus.

«Schweizer Männer sind langweilig. Erster Vorschlag. Schweizer Männer sind hässlich. Zweiter Vorschlag», las Zina langsam und jedes Wort überdeutlich aussprechend vor.

Worauf Santoro auf seine Armbanduhr schaute und befand, dass es an der Zeit war, wieder an die Arbeit zu gehen.

ZEHN

Als Zina Goldberg das Schulzimmer betrat, waren schon einige Frauen versammelt, die in kleinen Gruppen herumstanden, sich gegenseitig vorstellten, sich begrüssten oder bereits angeregt miteinander schwatzten.

Die Frauen wirkten deutlich munterer als vor drei Tagen, auch ihre Gesichtsfarben hatten sich zum Besseren entwickelt, sie glichen nicht mehr diesen giftigen Knollenblätterpilzen, der wächserne grünliche Schimmer war verschwunden und hatte ansprechenderen Farben Platz gemacht.

Die üppige Sekundarlehrerin, Monika Matter, die hinten in der Ecke mit der langen und dürren Rebekka Kalbermatten in ein angeregtes Gespräch vertieft war, hatte sogar richtige Apfelbäckchen vorzuweisen. Die Röte auf Kalbermattens Backen war hingegen eher auf eine grosse Empörung denn auf eine blühende Gesundheit zurückzuführen. Worüber sich die Frau wohl aufregt, fragte sich Zina. Sie steht da wie ein erboster Stockfisch, überlegte sie weiter, ist ja auch nicht lustig, so ausgetrocknet und gesalzen zu werden. Die Frau bebt richtiggehend vor Wut, das scheint ihr Markenzeichen zu sein.

Neben den beiden Frauen stand Kristina Stojic, die junge schwarzhaarige Primarlehrerin mit dem eindrucksvollen Profil, und runzelte die Stirn. Anscheinend wunderte auch sie sich über Kalbermattens Gefühlsausdruck.

Zina liess ihren Blick weiterschweifen, der auf Frau Rüdisühli fiel. Sie freute sich ganz und gar nicht, diese Bekanntschaft zu erneuern, denn das konnte nur wieder mühsam und anstrengend werden. Die junge Studentin, die ja gar keine war, wie sie sich gleich korrigierte, reckte ihr Kinn nach vorne – typisch Rüdisühli. Diesmal war das Ziel ihrer aggressiven Energie jedoch nicht der übermüdete Vater, sondern die kleine Caroline Dupuis, die über dieses Interesse nicht begeistert schien. Neben

Dupuis standen Marianne Bänziger, die sichtlich peinlich berührt auf den Boden starrte, und die grosse und schlanke Blondine, Selina Winkler, scheinbar entspannt und am Gespräch nicht wirklich interessiert. Zinas Blick blieb am Scheitel kleben.

«Echt», tönte es in ihr linkes Ohr.

Zina musste sich nicht umschauen, um zu wissen, wer das Urteil gesprochen hatte. Neben ihr stand Violetta, energiegeladen wie immer. Sie schaute sie kurz grinsend an und umarmte sie gleich darauf herzlich.

«Die Haare, echt blond, der Busen, echt gross, die Taille, echt bienig, das Näschen, echt klein und schlank, alles echt, und wenn du mich fragst, alles echt schnuppewurscht, Zinchen. Zieh deinen biestigen Blick von dem schönen oder schnöden Anblick ab und richte ihn auf das Wesentliche. Wir sind nicht hier, um einen Schönheitswettbewerb zu gewinnen, was nur einen Blechpokal und triste Diäten einbringt, meine Liebe, wir sind hier, um eine Giftnudel zu entlarven. Hol dein Nudelholz hervor, und gehen wir auf die Matten!»

Santoro hatte den Zug nach Liestal, dann das Postauto nach Arisdorf genommen, dann war er zehn Minuten zu Fuss den Hügel Richtung Olsberg hinaufspaziert. Nun war er endlich beim Haus angekommen, drehte sich um und bewunderte die Aussicht. Der Wind war entgegenkommenderweise aufgekommen und hatte die Wolken und den Nebel weggeblasen, sodass er seine Nase der Sonne entgegenstrecken konnte. Er spürte fast so etwas wie Wärme auf der Haut, nur ganz flüchtig, denn schon kam die nächste Böe und mit ihr eine sibirische Kälte, die ihm die Nasenlöcher einfror.

Er drehte sich zur Tür des alten Bauernhofes und wollte läuten, als ein Ruf ihn innehalten liess.

Aus dem Stall kam Hannes Bänziger und winkte ihm mit der linken Hand zu, in der rechten hielt er eine Leine. Nein, eine Leine war das nicht, das waren eher Zügel. Matteo Santoro starrte gebannt auf die Stalltüre und fragte sich, was am anderen Ende der Zügel aus der Türe kommen mochte, als er zwei lange Ohren erblickte und gleich darauf zwei weitere. Dann ertönte ein herzerweichender Schrei, der gewöhnlich mit den Buchstaben Iah übersetzt wurde, doch das entsprach überhaupt nicht dem lang gezogenen und grauenvollen Ton, den er hörte. Santoro widerstand dem Drang, sich die Ohren zuzuhalten.

«Sie freuen sich, endlich rauszukommen», erklärte Hannes Bänziger mit einem seligen Lächeln auf den Lippen.

Na, wie tönt es erst, wenn die Biester sich ärgern, fragte sich Santoro und machte unwillkürlich einen Schritt rückwärts.

Zina hatte ihre Frage gestellt: Kannte eine der Frauen den ermordeten Banker?

Die Reaktionen waren erwartungsgemäss enttäuschend gewesen. Sie hatte nur Achselzucken, Kopfschütteln oder ratlose Blicke geerntet.

Also nahm Violetta die Zügel in die Hand, liess die Frauen einen Kreis bilden.

Diese Aufstellung sollte die beruflichen Verbindungen der anwesenden Lehrerinnen, Sozialarbeiterinnen, Psychologinnen und Heilpädagoginnen untereinander klarmachen. Die Frauen zeigten mit ausgestreckten Armen in alle Richtungen.

Zina wurde dadurch gar nichts klar, denn ersichtlich wurde nur ein wirres Durcheinander. Alle Frauen wirbelten mit ihren beiden Armen herum. Ausnahmslos alle Frauen standen mit mehreren der anderen Anwesenden beruflich in Kontakt, stellte sie fest. Es handelte sich hier um ein Netzwerk, um verschiedene, immer wieder neue Netzwerke, die sich je nach Notwendigkeit formten und wieder auflösten.

Gab es einen Fall, in den sie alle involviert gewesen waren?

Santoro schritt strammen Schrittes neben der braven Marylin her, deren Zügel er in seiner rechten Hand hielt. Zumindest hatte das Herr Bänziger behauptet – dass sie ganz zahm und brav sei. Santoro war da skeptischer, denn die alte Eselin hatte die Tendenz, immer wieder einen Sprint einzulegen, um ihren langohrigen Kumpel zu überholen, sich gleich darauf wieder zurückfallen zu lassen, um wiederum loszustürmen.

Und was sollte er dagegen tun?

Mitsprinten?

Herr Bänziger hingegen liess sich nicht aus der Ruhe bringen und zog immer wieder ganz nebenbei an den Zügeln, wenn Marlon das Rennen gewinnen wollte.

Marlon gehorchte.

Marylin nicht.

Gerade preschte Marylin wieder ungestüm nach vorne und riss Santoro mit sich, der unwillkürlich in einen leichten Trab verfiel. Zum Glück schaut wieder mal kein Schwein zu, dachte er und versuchte, an den Zügeln zu reissen, was nur zur Folge hatte, dass Marylin ihn erstaunt anglotzte, um gleich wieder loszusprinten.

«*Sie* sind der Leiter hier. Wenn Sie ihr das nicht klarmachen, wird sie Ihnen auf der Nase herumtanzen. Sie müssen sich selbst davon überzeugen, dass Sie der Chef sind», erklärte Herr Bänziger ruhig.

Nein, Santoro wollte keine tanzende Eselin auf der Nase, er würde sich ganz sicher nicht von einer dahergelaufenen Möchtegernsprinterin tyrannisieren lassen, entschied er mit grimmiger Entschiedenheit. Er blieb abrupt stehen, atmete tief ein, schaute der sichtlich verdutzten Marylin fest in die Augen, hielt sie zurück, als sie gleich darauf losspurten wollte, und ging erst wieder los, als sie ganz still und auch endlich, so brav wie ihr guter Ruf, auf seine Anweisungen wartete. Dann machte er den ersten Schritt und gab innerlich den Befehl, ihm zu folgen.

Marylin gehorchte.

Santoro spürte, wie ein warmes Glücksgefühl ihn durchflutete. Marylin nahm ihm die Machtergreifung nicht übel. Sie stupste ihn mit der Schnauze an die Schulter und schaute ihn mit ihren grossen braunen Augen treuherzig an, zeigte ihm gar ihr bezauberndes – und gelbes – Lächeln.

Meine liebe Marylin, mein armes Mädchen, dachte Santoro gerührt.

«Das ist heute das Problem», sagte Herr Bänziger und holte Santoro aus seiner Verzückung. «Die Erzieher trauen sich nicht mehr, die Führung zu übernehmen. Sie lassen die Kinder bestimmen und sich zu Dienern degradieren, wundern sich dann, dass sie kleine Tyrannen vor sich haben, denen sie nachrennen müssen. Das geht ja nicht nur den Eltern so. Auch die Lehrer und die Lehrerinnen und mit ihnen die ganzen Sozialonkel und -tanten, die um die Kinder heute herumwuseln, haben sich leider dieser unseligen Mode unterworfen. Und das hat katastrophale Folgen. Darunter leiden vor allem die Kinder, die vollkommen überfordert nur noch haltlos herumzappeln, wenn sie nicht gar und in alle Richtungen herumwüten. Wussten Sie, dass Esel sich nie beklagen, sondern still vor sich hin leiden?»

Vor Santoros Augen entstand das Bild eines zügellosen Benehmens. Es handelte sich dabei nicht um tyrannische Flegel und divenhafte Gören. Nein, vor ihm entstand das Bild ungebändigter Banker, die ihre Mitmenschen und deren Ansichten verhöhnten und ihre vermeintliche Allmacht auskosteten. Ihnen wurde es ja auch sehr einfach gemacht, wenn alle wie die Esel nur still vor sich hin litten.

Er fragte sich, ob dieser Mann durch das Auftreten der Banker nicht an den Rand seiner Geduld getrieben worden war und die günstige Gelegenheit ergriffen hatte, einen davon ins Jenseits zu befördern. Doch er verwarf die Idee gleich wieder, schliesslich verbrachte er seine Freizeit mit Eseln. Einer mehr konnte ihn wohl nicht aus der Fassung bringen.

Obwohl.

«Haben Sie vielleicht darauf geachtet, was am Bankertisch vor sich ging?», fragte Santoro.

Die Frauen erörterten seit einiger Zeit, in welcher Weise sie vernetzt waren und in welchen Fällen sie konkret zusammengearbeitet hatten. Bis jetzt hatte Zina die Geschichten von Computer spielenden Kindern aus dem Kindergarten, die jeglichen Bezug zur Realität verloren hatten, nur herumwüteten und nicht mehr ansprechbar waren, vorgesetzt bekommen.

Es folgten Geschichten von Eltern, die ihre Kinder alles und jedes selbst entscheiden liessen, von ihrer Kleidung über die Schlafenszeit bis zur Schule, die sie gnädigerweise zu besuchen bereit waren.

An diesem Punkt angekommen fühlte sich Zina schon ein bisschen schwindlig, und sie spürte eine leichte Übelkeit in sich aufkommen. Bei den folgenden Berichten über Jugendliche, die seit Jahren im Unterricht nichts mehr mitbekamen und nur noch apathisch vor sich hin starrten, hörte sie nur noch mit halbem Ohr zu. Als sie hörte, wie manche dieser Schulversager ihre ganze Energie aufwendeten, um alle zu nerven, zu piesacken und zu drangsalieren, hätte sie sich am liebsten beide Ohren zugehalten. Dann musste sie sich auch noch die Geschichten über Jugendliche anhören, die gar nicht mehr in der Schule erschienen, was diese jedoch wochenlang nicht registrierte, da die neuen Lernlandschaften – eine Art Grossraumbüro für den Nachwuchs – jegliche Übersicht den Bach runtergehen liessen.

Die Geschichte eines Schülers, der seine Lehrerinnen gerne mit Ausdrücken wie «blöder Kopf» beschimpfte und sie mit Äusserungen wie «Verpiss dich, Schlampe» zum Teufel jagen wollte, wurde ausführlicher besprochen, denn hier waren mehrere Frauen involviert. Diese Geschichte hatte auch dazu geführt, dass eine Kollegin zwar nicht beim Teufel, doch immerhin in einem Burn-out gelandet war. Isabelle Schmied hiess die Frau. Sollte sie diesen Namen in ihren hinteren Hirnwindungen versorgen, fragte Zina sich, doch sie kam nicht dazu, schon folgte ein Fall, in dem eine ganze Klasse aus dem Ruder gelaufen war.

«Wir hatten alles ausprobiert, und nichts hatte gefruchtet», berichtete Kristina Stojic. «Die Kinder waren nicht fähig, in die Pause zu gehen. Sie gingen aufeinander los, zankten sich andauernd aus unerfindlichen Gründen, als kannten sie gar kein anderes Verhalten, sie rannten aus dem Areal, als könnten sie den Rahmen, der ihnen gewährt wurde, nicht wahrnehmen. Es war ein riesiges Chaos, und nach der Pause waren sie so unglücklich und durcheinander, dass an Unterricht gar nicht mehr zu denken war. Mit Caroline und Selina haben wir dann eine Strategie entwickelt. Und die hat funktioniert.» Kristina Stojic hielt inne, fuhr sich mit beiden Händen in ihre schwarzen Haare, während ein verschmitztes Lächeln sich auf ihrem Gesicht breitmachte. Die anderen Frauen schauten sie gebannt und voller freudiger Erwartung an. Sie schienen alle glücklich zu sein, einer Erfolgsgeschichte folgen zu können.

Zina liess ihren Blick über die Frauenrunde schweifen und korrigierte ihre Einschätzung. Nein, nicht alle freuten sich über den Erfolgsbericht. Eine sass mit starrem, grimmigem Blick wie festgefroren da, ihre Lippen hatte sie so fest aufeinandergepresst, dass sie nur einen Strich bildeten, ihre Hände lagen verkrampft in ihrem Schoss.

Was war nur mit Rüdisühli los, fragte sich Zina, nun neugierig geworden. Ärgerte sich diese, dass sie nicht um Rat gefragt worden war, oder neidete sie den Frauen ihren Erfolg, oder ging es darum, dass eine andere im Mittelpunkt stand und es auch noch in vollen Zügen genoss?

Stojic erzählte ihre Geschichte, als handle es sich um ein Heldinnenepos, in dem es darum ging, einäugige Riesen zu blenden und zwischen Charybdis und Skylla zu navigieren. Wobei damals eher Helden im Vordergrund standen, Männer. Frauen waren in diesen Abenteuern eher die Opfer. Im besten Falle hörte man ihnen nicht zu – Kassandra –, meistens wurden sie einfach entführt und als Sklavinnen gehalten, wenn sie nicht sofort niedergemetzelt wurden. Aber das war eindeutig nicht die Rolle, die diese Frauen, die hier im Kreis sassen, einnehmen wollten.

War das vielleicht ein wichtiger Anhaltspunkt?

Es war nicht der Augenblick, sich darüber den Kopf zu zerbrechen, denn Kristina Stojic näherte sich dem Höhepunkt ihrer Erzählung.

«Die Kinder kamen also jeden Tag in ihren Zweierreihen in die Pause – wir hatten lange überlegt, wer überhaupt nebeneinander hergehen kann, ohne dass sie sich den Grind einschlagen –, dann setzten sie sich auf das Mäuerchen, wo wir ihnen die Regeln nochmals erklärten, worauf sie freigelassen wurden. Und tatsächlich hatten wir Erfolg. Die Kinder selbst erklärten uns, dass die Pause nun toll sei.»

Stojic schwieg, schaute jedoch gebannt in die Runde, und da wurde allen Anwesenden klar, dass dies nicht das Ende der Geschichte sein konnte. Sie schaute zu Selina Winkler, die übernahm. «Und dann hat man uns das verboten.»

«Was?»

«Wer?»

«Das gibt's doch nicht!»

«Quatsch!»

«Ich glaub es einfach nicht!»

Die Frauen hatten alle gleichzeitig durcheinandergerufen, in die Hände geklatscht oder nur den Kopf geschüttelt. Auf ihren Gesichtern zeigte sich Unglauben bei den einen, Empörung bei den andern.

Nur auf Rüdisühlis Gesicht zeigte sich eine ganz andere Regung, ein angedeutetes Lächeln. Ihre Aufmerksamkeit richtete sich gleich wieder auf Kristina Stojic.

«Die Schulleitung hat uns zitiert und mitgeteilt», hob Stojic an, aus deren Augen nun Wut, aber auch zurückgehaltene Belustigung sprach, «dass wir hier nicht in Nordkorea seien. Wir seien hier in einem freien Land, wo Kinder nicht eingeengt werden sollten. Ganz im Gegenteil müssten die Kinder sich frei entfalten können.»

«Indem sie sich gegenseitig verkloppen?», fragte Monika Matter sarkastisch.

«Ich habe mich gefragt, was dieser stiernackige, arrogante Kerl bezweckte mit seiner Sektrunde», antwortete Bänziger nach kurzem Nachdenken.

Darauf waren sie gar nicht gekommen, dachte Santoro betroffen. Er befürchtete, dass ihnen noch einiges entgangen war, nicht nur ein herumwütender Gorilla im Hintergrund.

Hannes Bänziger führte seine Überlegungen weiter aus. «Schliesslich sind diese Leute nicht gerade für ihre Grosszügigkeit bekannt, die denken nur an ihren eigenen Vorteil, und mit seinem aufgeblasenen Getue bildete dieser grosskotzige Kerl da keine Ausnahme. Eine Antwort habe ich nicht gefunden.»

Aber wir werden sie finden müssen, entschied Santoro.

«Zuerst haben wir nachgegeben, aber angesichts des Fiaskos, das darauf folgte, haben wir uns entschlossen, unsere erfolgreiche Strategie wiederaufzunehmen. Wir haben zusammengehalten und uns durchgesetzt», schloss Kristina Stojic.

Alle anwesenden Frauen waren begeistert. Sie strahlten um die Wette, lachten, manche klatschten sogar Beifall.

Alle bis auf eine.

Rüdisühli schaute einmal mehr verbiestert in die Runde.

«Vor allem haben wir zusammen getanzt, meine Frau und ich, und dabei nicht auf unsere Umgebung geachtet, und bevor Sie fragen, nein, ich habe keine Frau gesehen, die mit einer Giftflasche herumschlich», sagte Bänziger mit einem schrägen Lächeln. «Ansonsten sind wir wie alle andern angestanden, um etwas zu trinken zu ergattern, haben ein paar Worte mit Bekannten gewechselt, haben dann wieder getanzt.»

Unterdessen waren sie stehen geblieben, um Marylin und Marlon die Gelegenheit zu geben, die letzten Grashalme, die der Herbst übrig gelassen hatte, zu essen – was sie mit sichtlichem Vergnügen und hoher Konzentration taten.

«Haben Sie auch mit anderen Frauen getanzt?»

Santoro wusste nicht recht, warum er diese Frage stellte. Vielleicht hatte Zinas Vorstellung von den Mauerblümchen auf ihn abgefärbt. Konnte es sein, dass eine Frau, die ihren Ehemann ganz für sich beanspruchte, die Wut einer Sitzengelassenen entfacht hatte?

«Ich habe mit Monika Matter getanzt, sie sieht vielleicht nicht so aus, aber sie ist eine wunderbare Tänzerin. Ach ja. Und mit dieser jungen Psychologin. Aber das war nur, um meine Frau zu retten. Diese dumme Person hatte sich auf sie gestürzt, um ihr die Ohren vollzuschwatzen. Über einen Schüler, der mal in dem Heim war, wo meine Frau arbeitet, um den sie sich nun kümmert. Für eine Psychologin verfügt sie über bemerkenswert wenig Einfühlungsvermögen. Eine gute Tänzerin ist sie übrigens auch nicht, obwohl sie alle Schritte kennt. Meiner Frau war anzusehen, dass es sie schlicht und ergreifend anödete. Deshalb habe ich sie gerettet. Diese Gelegenheit wollte ich mir nicht entgehen lassen, schliesslich ist sie nicht so oft eine bedrängte Unschuld», bemerkte Herr Bänziger mit einem breiten Grinsen.

Die energische Monika Matter beschwerte sich über Pseudoexpertinnen, die den Lehrerinnen vorschreiben wollten, wie sie unterrichten sollten, was alles nur erschwerte. Diese Äusserung rief wiederum die Rüdisühli auf den Plan, die sich – wohl zu Recht – angegriffen fühlte und sich nun mit vollen Segeln in die Schlacht stürzte, indem sie einmal mehr diese teamunfähigen, ewig gestrigen Individualistinnen anprangerte, die nicht einsehen wollten, dass sie nicht mehr die Königinnen der Klassenzimmer seien. Damit machte sie sich keine Freundinnen in dieser Runde, was in einem gemeinsamen Aufschreien der anderen Anwesenden gipfelte. Das reicht, dachte Zina, die Violetta unsanft mit dem Ellenbogen aus ihrer Kampfstimmung herausholte.

«Hol diese Kampfhennen mal runter, Goppeloni», zischte sie ihr verzweifelt ins Ohr.

«Und wie soll ich das machen? Soll ich sie rupfen?»

Während sich vor Zinas innerem Auge das Bild nackter Hühner entwickelte, die wild herumtanzten, formte sich in ihrem

Kopf eine Idee. Manchmal war eine verrückte Lösung nun mal die beste.

«Mit welchen Männern tanzen Sie denn am liebsten?», schrie sie in die Runde.

Unterdessen waren Marylin und Marlon wieder im Stall und Bänziger bei seinen Schafen, auch um die und deren Nachwuchs kümmerte er sich in seiner Freizeit. Ob das eine gute Idee ist, fragte sich Santoro kritisch. Sich vier Tage die Woche um schwierige Schüler zu bemühen, um sich dann die restlichen Tage um Esel und Schäfchen zu kümmern, konnte doch keinen sinnvollen Ausgleich darstellen. Oder doch? Der erfahrene Lehrer hatte keine Anzeichen erkennen lassen, dass er ausgebrannt war.

Was stellte sein nächster Kunde mit seiner Freizeit an, fragte sich Santoro und marschierte strammen Schrittes durch Muttenz, wo er mit dem alternden, jedoch immer noch streitlustigen Herrn Kraft verabredet war. Auf jeden Fall verfasste er Streitschriften gegen die wild um sich greifenden Reformen, wie der kleine Oberhänsli ihm erklärt hatte. Ob dessen Sympathie für Kraft auf Gegenseitigkeit beruhte? Spielte das überhaupt eine Rolle, fragte sich Santoro. An die Banker verschwendete Herr Kraft jedoch mit Sicherheit keine Unze Sympathie, da war sich Santoro sicher. Hatte er die sich bietende Gelegenheit ergriffen, einen von diesen Kerlen aus den oberen finanziellen Gefilden auszuradieren? Vielleicht hatte ja Hans Kraft wenigstens gesehen, wer das Kokain in das Glas des Bankers – oder Oberhänslis – getan hatte. Von seinem Stehplatz hatte er die beste Aussicht genossen.

In diesem Punkt konnten sich die Frauen wenigstens wieder einig sein: Es gab gute Tänzer. In der Frage, welche das seien, herrschte nicht Einhelligkeit, doch die Freude, sich darüber austauschen zu können, war auf allen Gesichtern zu erkennen. Sogar auf den Wangen der sonst so angesäuerten Rüdisühli breitete sich eine leichte Röte aus, wie Zina mit Erstaunen feststellen konnte. Kristina Stojic hatte die Meinung geäussert, dass Hützli zwar ansonsten ein Idiot sei, auf der Tanzfläche hingegen im Notfall zu gebrauchen. Damit stand sie alleine auf weiter Flur. Selina Winkler und Caroline Dupuis mieden diesen arroganten Wichtigtuer konsequent, wie sie sich dezidiert ausdrückten, die anderen konnten seinen Tanzkünsten nichts abgewinnen. Er sei so von sich eingenommen, dass er nicht auf seine Partnerin eingehen könne.

«Der tanzt eigentlich mit sich selbst, kreist verzückt um seine Selbstherrlichkeit herum», sagte Monika Matter.

Die roten Flecken auf den Wangen von Rüdisühli hatten einen Purpurstich erhalten, stellte Zina fest. Die anderen Frauen hatten sich jedoch schon auf weitere Tänzer konzentriert. Viele Namen, die fielen, sagten Zina gar nichts, bis Selina Winkler sagte: «Dein Mann ist natürlich ein ausgezeichneter Tänzer, Marianne.» Sie wandte sich Frau Bänziger zu, in deren Augen sich sogleich eine leichte Beunruhigung zeigte. «Leider tanzt er fast nur mit dir, du hast Glück, weisst du das?», beendete sie ihre Aussage mit einem warmherzigen Lächeln.

Selina Winkler muss wohl immer wieder beteuern, dass sie für andere Frauen keine Gefahr darstellt, dachte Zina und verspürte einen Anflug von Mitgefühl, der jedoch gleich wieder verflog. Immerhin war dieses verhinderte Supermodell schlicht und ergreifend eine Bombe, und diesen Dingern sollte nicht zu viel Verständnis entgegengebracht werden, entschied sie und unterdrückte ein Grinsen. Immerhin war die Angst in Frau Bänzigers Augen verschwunden und hatte einem leisen Stolz Platz gemacht. Die anderen Frauen konnten dieser Einschätzung nur beipflichten, interessierten sich dann aber schnell für andere Kandidaten.

«Am liebsten tanze ich mit Hans Kraft, er kann gut führen und ist auch kreativ», erklärte Kristina Stojic.

«Leider steht er aber auch oft herum und diskutiert mit Frauen und Männern, statt sich auf das Tanzen zu konzentrieren», beanstandete die kleine Caroline Dupuis.

Zina hörte nur mit halbem Ohr zu, wie andere Frauen ihre Kommentare über die Tanzkünste des alten Lehrers abgaben, und bemerkte, dass zwei Frauen sich seit einiger Zeit nicht mehr eingemischt hatten. Rebekka Kalbermatten sass still und mit traurigem Blick da, Rüdisühli schaute grimmig in die Runde. Kalbermatten wird wohl nicht oft zum Tanzen aufgefordert, dachte Zina und empfand für sie echtes Mitleid. Und Frau Rüdisühli? Gehörte sie auch zu diesen unfreiwilligen Mauerblümchen? Sie war doch jung und eigentlich auch hübsch – wenn sie nicht gerade missmutig, verbissen oder grimmig in die Welt schaute.

«Mit Herrn Oberhänsli tanze ich auch ganz gerne», sagte Marianne Bänziger mit einem scheuen Lächeln auf den Lippen und einem belustigten Funkeln in den Augen.

Diesmal lächelte auch Rebekka Kalbermatten, während andere grinsten oder kicherten.

«Herr Oberhänsli kommt manchmal auch ohne Bewachung zu den Milongas», wandte sich Monika Matter an Zina, «und ich bezweifle, dass die Ehefrau darüber informiert ist.»

«Er schiebt Besprechungen oder Kolloquien bis in die Puppen vor», mutmasste Caroline Dupuis, was zu einem allgemeinen Ausbruch von Heiterkeit führte.

«Wenn seine Frau dabei ist, darf er natürlich nur mit ihr tanzen», begann Kristina Stojic.

«Und wenn er alleine erscheint, holt er das Verpasste nach und fordert so viele Frauen wie nur möglich zum Tanzen auf», schloss Selina Winkler.

«Er ist ein so netter Mann», sagte Frau Kalbermatten seufzend.

Arme Seele, dachte Zina und wusste nicht genau, ob sie den kleinen Oberhänsli, die dürre Kalbermatten oder gar die besitzergreifende Frau Oberhänsli damit meinte. Dann stutzte sie.

Das eröffnete ja ganz neue Perspektiven!

Santoro wusste nun, was Hans Kraft mit seiner Freizeit anfing. Sie sassen zusammen in dessen Werkstatt und tranken Kaffee.

An der Hobelbank. Denn Hans Kraft schreinerte. Davon zeugten die Holzplanken aus Buche, die auf der Bank lagen und darauf warteten, gehobelt zu werden. Daraus sollte ein Tisch werden, wie Kraft ihm erklärte. Der Kaffee war heiss und stark. Santoro war froh, sich daran die Hände wärmen zu können. Bänziger hatte ihm zwar einen Kräutertee angeboten, den hatte er freundlich, aber entschieden abgelehnt. Er war bereit, für die gute Sache weit zu gehen, sogar mit einer Eselin an seiner Seite, aber alles hatte seine Grenzen, und für ihn waren die spätestens beim Kräutertee anberaumt. Unterdessen erklärte ihm Kraft, warum er so gerne schreinerte. Es ging ihm dabei um mehr als nur einen Zeitvertreib.

«Wenn ich hier in meiner Werkstatt arbeite, kann ich am Abend ein Resultat sehen, habe etwas ganz Konkretes in den Händen. In meinem Beruf ist das hingegen ganz und gar nicht der Fall. Da krampfe ich zwar auch unentwegt, ob ein befriedigendes Resultat dabei herausspringt, ist auf einem ganz anderen Blatt geschrieben. Das ist sicher einer der Gründe, warum so viele Lehrer die Schraube machen. Aber das Schlimmste sind diese dauernden Aufträge, die von oben auf die Lehrer herunterprasseln und alle zermürben. Ich bin überzeugt, dass dies der eigentliche Sinn dieser dauernden Aufforderungen zu neuen Konzepten, Leitfäden, Qualitätssicherungen und sonstigen administrativen Bleiwüsten ist.»

Das war ja sicherlich interessant, aber er war nicht hier, um sich über das Elend der Lehrer Gedanken zu machen, zudem wurde es langsam spät, und es zog ihn nach Hause. Als Erstes wollte er die unwahrscheinliche Hypothese aus der Welt schaffen.

«Sie haben mit Herrn Oberhänsli eine lebhafte Auseinandersetzung geführt, kurz bevor die Banker an den Tisch kamen.»

«Er hat damit angefangen. Er wollte wissen, warum ich aus allen Ämtern der Lehrervereinigung ausgestiegen bin. Er fand das schade, ich sei doch so engagiert gewesen, wir hätten doch ach so gut zusammengearbeitet und bla, bla, bla.»

«Und warum haben Sie sich aus allen Ämtern zurückgezogen?»

Santoro fragte nicht, weil er sich für dieses Thema interessierte, er wollte herausfinden, mit wem er es hier zu tun hatte, wie dieser ältere Lehrer mit Schnauz und langen grauen Haaren zum vergifteten kleinen Oberhänsli stand. Anscheinend hatte sich Kraft in den siebziger Jahren für eine Frisur entschieden und war ihr treu geblieben. Und wo war er mit seinen politischen Einstellungen stehen geblieben?

«Ich werde Ihnen mal erzählen, wie es heute zugeht. Wenn ich eine Kritik angebracht, eine Problematik aufgezeigt habe, war das Antwortschema der Kollegen, die unsere Gewerkschaft leiten, immer das gleiche. Es beginnt mit: Wir sind uns dieser Problematik bewusst, das haben wir von mehreren Seiten gehört, wir nehmen das ernst. Da denken Sie noch, gut, jetzt wird etwas geschehen. Dann folgen Sätze wie: Es ist wichtig, dieses Thema weiterzuverfolgen, wir haben das auch schon thematisiert. An diesem Punkt denken Sie, dass das ziemlich hohl tönt. Unweigerlich kommt dann die Aussage: Wir können nicht immer neue Baustellen eröffnen. Spätestens an diesem Punkt haben Sie dann begriffen, dass Sie es vergessen können. Aber es geht trotzdem weiter, und der entscheidende Schlag gegen Ihren Wunsch, wirklich etwas zu verändern, steht unmittelbar bevor. Wir haben im Augenblick eine gute Phase mit dem Departement, es ist wichtig, dass dies auch in Zukunft so bleibt, das möchten wir nicht aufs Spiel setzen, das verlangt eine gewisse Zurückhaltung und ein diplomatisches Verhalten, denn nur wenn wir sie im Boot behalten, können wir unseren Zielen mittel- und langfristig näher kommen und unsere Interessen langfristig aufrechterhalten. Spätestens dann haben Sie begriffen, dass gar nichts geschehen wird, dass keine Forderungen gestellt werden, dass sicher nichts riskiert wird. Für diese Fussabtreter-Haltung werden diese Leute, die unsere Interessen vertreten sollten, vom Departement hoch gelobt. Und diese rückgratlosen Idioten geben dieses Lob auch doppelt nach oben zurück.

Es war höchste Zeit, befand Santoro, zum Kern seines Auftrages zurückzukommen.

Aber wo war der nur abgeblieben?

Frau Oberhänsli-Schlipf! Hatte sie endlich die Giftnudel gefunden?

Während die Frauen, die um Zina herumsassen, weiter über die verschiedenen Eigenschaften ihrer Tanzpartner diskutierten, überlegte sie fieberhaft, wie die Oberhänsli-Schlipf mit den tänzerischen Eskapaden ihres Mannes umgegangen war. Gefallen hatten sie ihr mit Gewissheit nicht. Schliesslich hatte sie gezeigt, dass sie ihren Mann an der kurzen Leine hielt. Seine Bestrebungen nach Freiheit hatte sie mit Sicherheit versucht, im Keim zu ersticken, und die frechen Frauen, die ihm dabei halfen, hatten sie sicher vor Wut ersticken lassen. Was lag in diesem Fall also näher, als diese Spielverderberinnen aus dem Spiel zu werfen, ihnen einen deftigen Denkzettel zu verpassen. Und ihre Beteuerung, sie habe von den Giftattacken nichts erfahren, war schlicht unglaubwürdig. Schliesslich hatten Frauen die unwiderlegbare Tendenz zu quasseln. Warum hatte also Oberhänsli-Schlipf in dieser Frage gelogen? Mit Bestimmtheit hatte auch mindestens eine der anwesenden Frauen die Gelegenheit ergriffen, dieser selbstherrlichen und allzu besitzergreifenden Gattin eins auszuwischen.

«Wer hat es der Ehefrau verraten?»

In der Stille, die sich auf ihre Frage ausbreitete, hatte Zina vollauf Zeit, die Gesichter der Frauen zu betrachten. Während in den meisten Blicken nur Unverständnis, Ratlosigkeit und Neugier zu erkennen waren, gab es zwei Frauen, die ganz anders reagierten. Die eine blickte auf ihre Füsse, trotzdem konnte Zina die Röte erkennen, die sich auf deren Wangen ausbreitete. Die andere schaute sie selbstgerecht und herausfordernd an. Sie entschied sich, die Frau anzusprechen, die sich zu schämen schien.

«Frau Kalbermatten, wann haben Sie es ihr erzählt?»

«Ich wollte es nicht», begehrte sie sichtlich zerknirscht auf.

Während ihre Zuhörerinnen aufseufzten, zur Decke schauten oder sich an die Stirn schlugen, versuchte Rebekka Kalbermatten verzweifelt und händeringend, sich zu rechtfertigen. «Es ist mir einfach herausgerutscht, als sie mich über eine Veranstaltung ausgefragt hat – ganz nebenbei –, und ich habe nicht realisiert, dass sie da gar nicht anwesend war. Und als ich es gemerkt habe, war es zu spät», jammerte Frau Kalbermatten und schaute verständnisheischend in die Runde. Als sie ganz offensichtlich auf keines stossen konnte, fuhr sie mit ihrer Verteidigungsrede fort: «Ich bin sicher, dass sie es da schon gewusst hat und sich nur vergewissern wollte, dass ihr Verdacht berechtigt war. Es war auch in meinem Interesse, dass Herr Oberhänsli alleine an diese Veranstaltungen kam, schliesslich gibt es nicht viele Herren in meinem Alter, die mich dann auch noch zum Tanzen auffordern.»

Die letzten Worte waren kaum mehr als ein Flüstern gewesen, das Rebekka Kalbermatten nur ihren Füssen zugedacht hatte.

Zina tat die Frau im Augenblick zwar schrecklich leid, trotzdem musste sie noch eine letzte Frage stellen.

«Wann war das denn, Frau Kalbermatten?»

«Vor vier oder fünf Wochen. Aber ich bin sicher, sie wusste es damals bereits.»

Alle Augen richteten sich nun auf Frau Rüdisühli, die immer noch herausfordernd und grimmig geradeaus schaute. Also habe nicht nur ich mitbekommen, wer die zweite Verräterin in dieser Runde ist, dachte Zina und wandte sich an Frau Rüdisühli.

«Und wann haben Sie der Ehefrau verklickert, dass ihr Mann sein Tanzbein ohne sie schwingt?»

«Ich fand, dass sie ein Recht darauf hatte, es zu erfahren.»

Weiter kam sie nicht, denn neben vielen Achs und Ohs wurde sie auch mit weniger diffusen Unmutsbezeugungen bedacht.

«Wie konnten Sie nur?», fragte Monika Matter.

«Was haben Sie sich nur dabei gedacht!», rief Selina Winkler.

«Kleine Intrigantin», flüsterte Marianne Bänziger.

Während Zina darüber nachdachte, dass Rüdisühli als Einzige in dieser Runde gesiezt wurde, was wohl darauf hinwies, dass sie nicht dazugehörte, und sich fragte, woher das kam und wohin das führen konnte, hatte Violetta den Faden nicht verloren und stellte die Frage: «Wann haben Sie es ihr gesagt, Frau Rüdisühli?»

«Vor etwa zwei Monaten.»

Zu dieser Zeit hatten die unfreiwilligen Klobesuche der Tänzerinnen ihren Anfang genommen.

Das passt, dachte Zina.

«Mit der kleinen Rüdisühli tanze ich nicht, die geht mir nämlich auf die Nerven. Und da bin ich nicht der Einzige, denn sie steht oft herum, versucht mit anderen Frauen ins Gespräch zu kommen oder geht umher.»

«Warum mögen Sie die Frau nicht? Sie sieht doch ganz gut aus», fragte Santoro.

«Unsere Schulleitung hat einmal den Fehler gemacht, sie einzuschalten. Nachdem sie allen Kollegen und Kolleginnen weismachen wollte, was sie zu tun hätten, um ihr Verhaltensprogramm durchzuboxen, haben wir uns geweigert, uns weiter mit ihr abzugeben. Das war dann das Ende der Geschichte. Ich glaube auch nicht, dass sie mit mir tanzen möchte, denn seitdem sieht sie mich verbiestert an. Ich denke, wenn sie jemanden vergiften möchte, wäre ich ein guter Kandidat, aber ich erfreue mich bester Gesundheit. Aber das ist ja nicht die Frage, nicht wahr. Es sind ja immer nur Frauen, die betroffen sind – und ich habe gar nichts bemerkt, gesehen schon gar nichts», schloss er nachdenklich.

Santoro wollte herausfinden, wie Hans Kraft die Frauen einschätzte, denn er war ein regelmässiger Besucher der Milongas und kannte die meisten Tänzerinnen, zudem hatte er einen wachen Verstand und einen kritischen Blick auf seine Umwelt. Er war sicherlich nicht ein Mann, der sich von Äusserlichkeiten blenden liess. Bis jetzt hatte sich das bewahrheitet, fand Santoro, denn vom hübschen Lärvchen der biestigen kleinen Rüdisühli hatte er sich nicht täuschen lassen.

«Und Frau Kalbermatten?»

«Doch, mit ihr tanze ich eigentlich ganz gerne, obwohl sie ein bisschen angespannt ist. Seitdem sie so tief gefallen ist und schon zweimal ersetzt worden ist von ihrem ach so wichtigen Ehemann, hat sie jede Selbstsicherheit eingebüsst. Ich finde sie auf ihre herbe Art ganz attraktiv, und sie ist intelligent. Aber bei ihr werde ich wohl nie landen, schliesslich bin ich nicht wichtig genug, und zudem ist sie einfach und ganz allgemein verbittert. Schade.»

Santoro wollte einwenden, dass er es doch einfach versuchen sollte, als ihm einfiel, dass er als Mutmacher wohl nicht der Richtige war. Er war ja selbst ein Feigling, der nie den Mut aufbringen würde, die Frau, die er begehrte, für sich zu gewinnen. Oder war er nur ein Realist, der sich eingestand, dass er keine Chance hatte? Zudem hatte er selbst einige Wunden zu lecken und seine Demütigung zu … ja, was machte man mit einer Demütigung?

Im Augenblick sicher gar nichts, ermahnte er sich streng. Er war auch nicht hier, um über sich selbst zu jammern oder gar für andere den Liebesboten zu spielen. Während er aus seinen Überlegungen zurück in die Wirklichkeit auftauchte, begegnete er Krafts Blick und erkannte – ja, was? Verständnis? Oder war das gar Mitgefühl? Auf jeden Fall etwas, das ich jetzt ganz und gar nicht gebrauchen kann, befand Santoro und stellte seine nächste Frage. «Wie steht es mit Frau Oberhänsli?»

«Mit ihr tanze ich nicht, wenn ich es vermeiden kann. Ist mir zu herrschsüchtig. Zudem ist sie davon überzeugt, den grossen Fang gemacht zu haben, und hängt ständig an ihm. Scheint ganz schön anstrengend zu sein.» Dann schien Kraft sich an etwas zu erinnern, und er setzte wieder an zu sprechen: «Wobei, als ich mit ihrem Mann ziemlich lange diskutiert habe, da ist sie wutschnaubend davonstolziert. Ich glaube, wir waren beide ziemlich erleichtert. Was sie dann gemacht hat, das kann ich

Ihnen leider nicht sagen. Ich habe nicht darauf geachtet, tut mir leid.»

Dieser Frage sollte er unbedingt nachgehen, dachte Santoro. Dann fragte er Kraft noch über die anderen Frauen aus, deren Namen in dieser giftigen Angelegenheit aufgetaucht waren.

Die Befragung war nicht sehr ergiebig. Monika Matter war eine glänzende Tänzerin und wurde von vielen Männern aufgefordert. Dass sie schon ein bestimmtes Alter hatte und in keiner Weise den gängigen Schönheitsidealen entsprach, spielte überhaupt keine Rolle. Das ist interessant, dachte Santoro. Selina Winkler war zwar eine eher mässige Tänzerin, aber eindeutig eine Schönheit, also wurde auch sie oft zum Tanz aufgefordert.

Caroline Dupuis, Marianne Bänziger und Kristina Stojic waren auch eher gute Tänzerinnen, die nur selten am Rande stehen mussten.

Alle Frauen waren, aus zwar unterschiedlichen Gründen, begehrte Tänzerinnen, bis auf die kleine Rüdisühli und die besitzergreifende Oberhänsli. Konnte das wirklich der einzige Grund sein, warum diese Frauen vergiftet worden waren, wie es seine Assistentin glaubte? Ging es wirklich nur darum, Tänzerinnen aus dem Rennen zu werfen, um sich die wenigen Männer im Saal zu sichern?

«Das erste Mal», erzählte Frau Kalbermatten, «habe ich mir gar nichts dabei gedacht, denn da war ich ganz alleine dort unten. Ich habe gedacht, ich hätte Pech gehabt und mir eine Darmgrippe geholt. Aber beim zweiten Mal, vor etwa einem Monat, da waren wir drei. Das konnte kein Zufall sein. Von da an habe ich angefangen, andere Frauen zu befragen und mich umzusehen. Und am Schluss habe ich dann meinen Mann angerufen. Also meinen Ex-Mann», fügte sie flüsternd hinzu.

Sie waren dabei, die Geschehnisse der letzten zwei Monate zu rekonstruieren. Manche hatten sich nichts weiter dabei gedacht, andere, wie Frau Kalbermatten, hatten sich mit der Zeit Sorgen gemacht und Informationen zusammengetragen. Die Anzahl

Betroffener und die Symptome hatten zugenommen, und es war also zu befürchten, dass es noch schlimmer kommen konnte. Wohin führte nur dieser Schlamassel?

«Wollen wir einfach warten, bis eine von uns stirbt?», fragte Monika Matter herausfordernd in die Runde, als habe sie Zinas Überlegungen aufgenommen und bis zum bitteren Ende weitergeführt.

«Und was schlägst du vor?», nahm Violetta den Ball gleich auf, schaute dabei jedoch nicht die Sprecherin an, sondern in die ganze Runde, als wollte sie alle anwesenden Frauen in die Überlegungen einbeziehen.

Du meine Güte, dachte Zina, jetzt zettelt sie auch noch einen Aufstand der Vergifteten an. Sie wollte gerade einschreiten, als ihr klar wurde, dass andere das Ruder an sich rissen.

«Wir sollten sie uns einfach schnappen», sagte Kristina Stojic.

«Ich bin dabei», sagte Selina Winkler schlicht.

«Ich bin sicher nicht bereit, nochmals einen Abend mit einer Kloschüssel zu verbringen.»

«Du hast recht, Caroline», sagte Marianne Bänziger, «mir reicht es auch. Schliesslich sind wir keine Schafe, die darauf warten, geschert zu werden, wenn nicht gar Schlimmeres. Wenn wir zusammenhalten, beobachten, uns organisieren, kann diese Giftnudel uns nicht entkommen.»

Während die Frauen nun aufgeregt diskutierten, wie sie die Sache angehen wollten – Marianne Bänziger erklärte, dass sie ihren Mann mobilisieren werde, während Frau Kalbermatten errötend vorschlug, auch Herrn Kraft einzubeziehen –, stellte Zina fest, dass die Frauen niemanden im Besonderen verdächtigten. Sie musste unbedingt dafür sorgen, dass nicht alle Welt von diesem Plan erfuhr – schon gar nicht von ihrer Lieblingsverdächtigen. Aber wie sollte sie das anstellen, ohne zu viel zu verraten. Anscheinend war auch Violetta zur gleichen Schlussfolgerung gelangt, denn sie unterbrach gerade Caroline Dupuis, die weitere Verbündete vorschlagen wollte.

«Wenn wir die halbe Tanzszene miteinbeziehen, wird das

der Giftnudel mit Sicherheit zu Ohren kommen. Das können wir auf keinen Fall riskieren. Sonst macht sie einfach eine Pause und schlägt erst wieder zu, wenn wir uns wieder in Sicherheit wähnen. Deshalb keine weiteren Verbündeten und vor allem kein Wort an Aussenstehende!»

«Für einmal, meine Damen, kein Quasseln, kein Tratschen, kein Flüstern hinter vorgehaltener Hand», bekräftigte Monika Matter.

«Ich bringe noch zwei Kolleginnen mit», sagte Kristina Stojic. «Und keine Angst, die beiden können die Klappe halten.»

Wenn das nur gut geht, seufzte Zina, und während die Frauen sich daranmachten, ihren Plan zu konkretisieren, schaute sie sich ihre Gesichter an.

Kristina Stojic wirkte kampfeslustig, Selina Winkler und Marianne Bänziger waren sichtlich freudig erregt, Monika Matter strahlte, wie immer, Bodenständigkeit aus, während die kleine Caroline Dupuis sich vor lauter Vorfreude kaum mehr auf ihrem Stuhl halten konnte. Sogar Frau Kalbermattens Augen funkelten vor Freude, und Zina stellte erstaunt fest, dass die hagere Frau fast hübsch wirkte. Dann blieb ihr Blick am Ausdruck auf dem Gesicht der jungen Rüdisühli hängen. Was war nur mit dieser Frau los, fragte sie sich einmal mehr. Sie blickte, wie immer, verbissen und mürrisch in die Welt, aber nun hatte sich ein anderes Gefühl darübergelegt. War das Wut, oder handelte es sich dabei sogar um Hass? Auf wen bloss? Auf die Giftnudel oder auf die Frauen, die sich sichtlich freuten, endlich zurückschlagen zu können? In diesem Augenblick erinnerte Zina sich daran, wie Rüdisühli sich in ihrer Kabine eingesperrt hatte. Um ihre Intimität zu schützen oder um zu verhindern, dass jemand erkannte, dass ihr gar nicht schlecht war? Was hatte sie dann dort, alleine mit einer Kloschüssel, getan? Hatte sie sich daraufgesetzt und sich über das unüberhörbare Leiden der anderen Frauen gefreut? Du meine Güte! Dann ist ja der ganze Schlachtplan für die Katz. Weiter kam sie nicht, denn Frau Rüdisühli stand auf, nahm ihre Mappe unter den Arm und marschierte wutentbrannt zur Tür. Dort blieb sie stehen, drehte sich um und schleuderte in den Raum: «Eine so unprofessionelle Vorgehensweise ist mir noch nie untergekommen!»

Während Frau Rüdisühli in den Gang entschwand, fragte sich Zina, wen sie damit gemeint hatte. Als sie jedoch die Blicke aller Frauen auf sich gerichtet sah, hatte sie ihre Antwort gefunden.

Na, ganz unrecht hat diese saure Gurke nicht, dachte sie.

«Warum ich hinter Oberhänsli stehen geblieben bin? Das weiss ich auch nicht, ehrlich gesagt. Es hatte sicher etwas mit diesem unsäglichen Kerl zu tun, der grosskotzig Sekt verteilt hat. Seinem Geschwätz habe ich dann aber nicht wirklich zugehört, so masochistisch bin ich nicht veranlagt. Ich weiss noch, dass ich mir vorgestellt habe, dass meine Pensionskassengelder in den Händen von solchen Spielernaturen sind, habe Bilder von herumwirbelnden Aktienscheinen gesehen und mir dann überlegt, was ich machen soll, wenn sie im Winde verweht werden und ich nichts mehr in den Händen habe. Als er dann zusammengebrochen ist, dachte ich, dass meine innigsten Wünsche für diesen Hanswurst in Erfüllung gegangen wären, dass eine barmherzige Gottheit eingeschritten war, um meine Pensionsgelder zu retten. Was eine beträchtliche Leistung ist für einen alten Atheisten wie mich, finden Sie nicht?»

«Ist Ihnen etwas Ungewöhnliches aufgefallen?»

«Wie eine Hand über einem fremden Glas, meinen Sie? Da muss ich Sie enttäuschen. Damit wäre ich gleich zu Ihnen gekommen. Oder vielleicht auch nicht, wenn ich ganz ehrlich sein soll. Diesem Hornochsen werde ich keine Träne nachweinen, das kann ich Ihnen versichern», stiess Hans Kraft wütend aus, fasste sich dann aber wieder, denn er fuhr gleich lächelnd fort: «Aber nein, wer auch immer das getan hat, muss geschickt und diskret vorgegangen sein. Schliesslich hatte ich ja eine gute Position, hatte den Tisch im Blick. Ich hätte eine solche Bewegung wahrnehmen müssen, wenn auch nur unbewusst.»

Aus reinem Pflichtbewusstsein stellte Santoro seine letzte

Frage: «Haben Sie vielleicht bemerkt, wer den Aktenkoffer des Bankers im ganzen Durcheinander hat mitgehen lassen?»

«Ich wusste gar nicht, dass der verschwunden ist. Aber fragen Sie doch die beiden Knaben, die dauernd herumgewuselt sind. Als das Theater losging, haben sie sich unter den Tisch verkrochen. Die können Ihnen sicher eine ganz neue Perspektive eröffnen.»

Wie konnten ihm die beiden Knaben durch die Lappen gegangen sein? Sie waren immer wieder erwähnt worden.

Hatten sie endlich einen Gorilla gefunden?

Oder gar zwei?

ELF

«Ich frage mich, wohin das führen wird», sagte Zina.

Sie sass mit Violetta in der «Kulturwiese», einem kleinen Café in der Nähe des Hafens. Um sie herum sassen Gruppen von Rentnern und Arbeitern, um gemeinsam einen letzten Schluck vor dem Abendessen zu trinken und zu diskutieren. Die lebhafte, zuweilen laute Art, wie sie miteinander zankten, zeigte, dass sie es nicht zum ersten Mal taten.

«Und was haben diese Eltern davon, wenn sie sich von ihren Kindern herumbefehlen lassen? Ich kann ja verstehen, dass es Väter gibt, die von ihrer Arbeit vollkommen erschöpft sind und nicht mehr die Kraft finden, sich ihrer Aufgabe zu stellen, oder auch Frauen, die ihre Kinder alleine erziehen müssen – da werde ich schon müde, wenn ich nur daran denke. Aber diese jungen Eltern aus der Mittelschicht, die sich aus Überzeugung tyrannisieren lassen, die sich zu Dienern und Dienerinnen ihrer missratenen kleinen Racker machen, das übersteigt mein Vorstellungsvermögen.» Zina schlug sich mit der Hand an die Stirn.

«Und vergiss mal nicht meine unsäglichen Kolleginnen und Kollegen, die in die gleiche Kerbe schlagen. Bei der kleinsten Zurechtweisung, bei der kleinsten Grenze, die gezogen wird, schreien sie Mordio und bezichtigen dich, schwarze Pädagogik zu verbreiten.»

«Und wozu soll das gut sein?»

Während Violetta sichtlich angestrengt nach einer Antwort suchte, schlichen sich einige Wortfetzen vom Nachbartisch in Zinas Bewusstsein.

«Denen schiesst man alles nach, und was bleibt für uns übrig? Gar nichts, gar nichts, sag ich euch. Die arbeiten ja alle nichts!», erboste sich ein deutlich übergewichtiger Rentner.

«Dolf, die dürfen gar nicht arbeiten, und das auch nur, weil deine Lieblingspartei das durchgesetzt hat. Und jetzt werfen sie diesen armen Menschen das auch noch lauthals vor, und du brabbelst den ganzen Mist hirnlos nach», entgegnete eine energische ältere Dame mit kurzen grauen Haaren.

«Alles Kriminelle! Drogendealer, Vergewaltiger! Diese Ausländer sollte man rausschmeissen! Saupack, elendes!», schrie Dolf, sichtlich in die Ecke getrieben.

«Sag mal, hat deine junge Frau, die du kürzlich importiert hast, nicht Schlitzaugen?», fragte ein kleiner drahtiger Mann mit Schnauz, der einen hörbaren italienischen Akzent hatte, betont harmlos.

Da hat sich einer in seinen eigenen dicken Pfoten verheddert, dachte Zina schadenfroh, als sie von Violetta zur Sache zurückgerufen wurde.

«Interessiert dich die Antwort immer noch, oder soll ich lieber die Klappe halten, damit du weiterhin der Stimme des Volkes lauschen kannst?», flüsterte Violetta.

«Leg los, Violetta, zier dich nicht.»

«Weisst du, der Vorteil herrschsüchtiger Winzlinge ist, dass sie ihre Eltern dazu bringen, mehr zu konsumieren. So nach dem Motto: Du kaufst mir kein Smartphone, ich schreie, du besorgst mir keine Spielkonsole, ich werfe mich mal schnell auf den Boden, du verweigerst mir die teuersten Marken-Turnschuhe? Bitte schön, dann werfe ich dir meine alten Latschen halt um die Ohren. Und da haben auch diese toleranten und grenzenlos liebenden Eltern genug gelitten, und statt endlich mal auf den Tisch zu hauen, holen sie die Kreditkarte aus der Brieftasche, um sich ein paar Minuten Ruhe vor dem nächsten Konsumsturm zu erkaufen.»

«Was wird denn aus diesen kleinen Tyrannen, wenn sie erwachsen werden? Das kann nicht gut kommen, oder?»

«Das Problem ist, dass diese Kinder dauernd so tun müssen, als seien sie klein geratene Erwachsene, sie dürfen gar nicht sein, was sie sind, nämlich Kinder. Und die traurige Wahrheit ist: Du bleibst immer, was du nie sein durftest. In diesem Fall bleiben sie immer Kinder, weil sie sich nicht weiterentwickeln konnten. Sie gehen davon aus, dass ihre Bedürfnisse, ihre Wünsche sofort befriedigt werden, und das, ohne dass sie sich anstrengen müssen.»

«Und die werden dann auch nie wirklich eigenständig, nie ganz selbstbestimmt, dafür sind sie einfacher zu führen und zu manipulieren», führte Zina die Überlegung nachdenklich weiter.

«Weisst du was? Ich habe eine Idee, um dir deine pessimistische Strähne zu verlängern. Es läuft zurzeit ein Film, den du dir unbedingt anschauen musst.»

«Und wie heisst er?»

«‹The Big Short›.»

«Tönt wie ein paradoxer Porno.»

«So wie ich das sehe, ist er tatsächlich ziemlich obszön. Es ist ein Film, der die letzte Finanzkrise erklärt. Und du hast es in diesem Fall mit einer Bank zu tun, die damals mitgemischt und ziemlich viel verloren hat, während andere Milliarden gewonnen haben. Und deshalb gehen wir uns den anschauen.»

«Ich hasse Filme, in denen die Bösen gewinnen», sagte Zina missmutig.

Der Vater war gerne bereit, seinen Sohn befragen zu lassen. Nur war Liridon nicht da. Anscheinend war er nicht bereit, nach Hause zu kommen, denn draussen waren noch interessantere Dinge zu erledigen. Das zumindest hatte er seinem Vater geantwortet, ohne auf die genaueren Umstände einzugehen. Unterdessen sass der Vater verzweifelt am Küchentisch, die Hände meist in den Haaren, wenn er nicht gerade wie jetzt den Kopf auf den Händen aufstützte. Santoro hatte mitgeholfen, das Nachtessen, das nun im Ofen auf die unbestimmte Rückkehr des Sohnes wartete, zuzubereiten. Dabei hatte der Mann ihm seine Sorgen anvertraut, die, je länger die Krankheit seiner Frau andauerte, desto verheerendere Ausmasse annahmen. Berechtigte Sorgen, dachte Santoro, besonders angesichts der merkwürdigen Unterstützung, die dem Vater aufgedrängt worden war.

«Ich nicht verstehe», hob der Vater soeben wieder an zu sprechen. «Ich müsse Vereinspaarungen unterschreibe, Frau Hüdihühi erkläre, da steht, meine Sohn verspreche, er geht immer Schule und störe nicht, und ich dafür Abend mehr zu Hause. Aber Abend ich muss in Arbeit, sonst keine Geld, ich erkläre, aber sie sagt, Sohn will Vater Abend zu Hause. Warum Frau Hüdihühi sage das? Frau blind vor die Augen!»

Das ist ja noch nett ausgedrückt, dachte Santoro, die ist ja vollkommen plemplem.

Aber der Vater war mit seinen Klagen noch nicht am Ende angelangt. «Warum ich müsse Sohn etwas gebe, damit er Schule? Ich finde, Sohn müsse Schule, fertig! Oder? Was Sie denke, Herr Kommissar?»

«Ja, er muss in die Schule, *e basta*, keine Diskussion.»

«Ich sage Liridon, du mache mir Schande, wenn so viele Dummheite. Aber Frau Hüdihühi sage, das ich darf nicht sage, das nicht gut für meine Sohn, das drücken auf Gefühle, sie sage, Pressung. Ich nicht verstehe.»

Die gute Frau hatte wohl etwas von emotionaler Erpressung geschwafelt, dachte Santoro und korrigierte sich gleich, denn Güte war das Letzte, was diese Frau zu vergeben hatte. Einerseits verlangte sie von diesem Vater, sich in den Erziehungskampf zu werfen, andererseits musste er es bitte zahnlos tun. Zum Verrücktwerden war das. Da war es ja erstaunlich, dass der Mann mit so viel Sanftmut reagierte.

Oder gab er nur den Anschein, sich kampflos zu fügen?

«Es war wohl doch keine gute Idee», sagte Violetta. «Hast du verstanden, was diese Spinner angestellt haben, um am Schluss Milliarden zu gewinnen, wie bei einem Monsterlotto?»

Sie sassen im «Lily's», einem asiatischen Restaurant gleich neben dem Kino Camera, in dem sie diesen Spielfilm über überaus gewitzte, aber auch bodenlos skrupellose junge Vermögensverwalter gesehen hatten. Das Schlimmste daran war, dass es sich zwar um eine Fiktion handelte, dass die ganze katastrophale Geschichte jedoch auf wahren Begebenheiten basierte, dachte Zina, während sie ihre scharfe Nudelsuppe löffelte.

«Lotto trifft es gut, Violetta. Sie haben gewettet oder, besser gesagt, dagegen gewettet. Die meisten haben gewettet, dass die Finanzprodukte, in denen sich auch Schulden von Hausbesitzern befanden, immer mehr steigen würden, diese Schlaumeier hingegen waren überzeugt, dass diese finanziellen Konstrukte in sich zusammenfallen mussten.»

«Du meinst, das Ganze war ein Kartenhaus. So wie es zusammengebrochen ist, hatten sie ja offensichtlich recht.»

«Obwohl alle so taten, als sei alles in Stein gemeisselt. Diese schlauen Kerlchen, die Vermögen verwalteten, haben also darauf gewettet, dass die Kurse zusammenbrechen – und sie haben gewonnen.»

«Zina, sag mir mal, wie man Geld gewinnen kann, indem man darauf setzt, dass alles zusammenbricht?»

«Ich habe eher das Problem, dass ich es verstanden habe, nur glauben kann ich es nicht. Oder ich will es nicht verstehen, denn das würde bedeuten, dass wir in einer Welt leben, die vom Wahnsinn regiert wird, und das finde ich wirklich ungemütlich.»

«Das erklärt vielleicht, warum ich mir den ganzen Film hindurch so dumm vorgekommen bin. Entweder sagst du dir, bin ich doch blöd, dass ich mir keine Milliarden scheffeln kann, wenn diese weltfremden Bubis dies so schaffen, oder du sagst dir, wie blöd bin ich, mir diesen Irrsinn gefallen zu lassen. Denn eigentlich haben die Banken unsere Pensionskassen verjubelt, oder nicht?»

«Sie haben es auf jeden Fall geschafft, einen Teil davon in den Sand zu setzen – deshalb müssen wir jetzt jeden Monat mehr von unserem Lohn abgeben –, und nun sind sie daran, den Rest zu verwetten, und ich bezweifle, dass sie, oder eher wir, diesmal mehr Glück haben werden.»

Santoro war nun sicher, am richtigen Ort zu sein. Kaum war der Knabe zur Tür hereingekommen, hatte er das Schuldeingeständnis in dessen Blick erkannt, nur für eine Sekunde zwar, dann hatten die Augen nur noch kindliche Ratlosigkeit und grenzenlose Harmlosigkeit ausgedrückt. Das musste man Liridon lassen, die Unschuldslamm-Masche hatte er richtig gut drauf. Der Vater versuchte sichtlich verzweifelt, gleichzeitig seinen Sohn zu ermahnen und ihm sein Essen auf den Tisch zu stellen – das dem Sohn aber eindeutig nicht gefiel. Die beiden unterhielten sich in ihrer Muttersprache, aber Santoro erkannte die Wörter «Döner» und «Pizza» aus Liridons Mund. Was der Vater darauf erwiderte, konnte er nicht verstehen, aber er stellte sich vor, dass Wörter wie «Gemüse» und «gesund» darin vorkamen. Der Sohn begann mit ausdrucksvoller Leidensmiene zu essen, und Santoro überlegte, wie er die Sache angehen sollte. Ein Frontalangriff war nicht zu empfehlen. So wie er den Knaben einschätzte, hatte er gegen direkte Vorhaltungen effiziente Abwehrstrategien entwickelt, die sich mit steigendem Druck nur verstärken würden. Es war sicherlich von Vorteil, eine sanfte, einschleichende Methode zu wählen, damit dieser ausgebuffte Liridon vergass, seine Schutzmechanismen aufrechtzuerhalten. Santoro betrachtete das Fussballleibchen mit der Nummer zehn. Eine gute Wahl, befand er. Den Bengel werde ich schon knacken, alles andere wäre ja zum Lachen.

«Wen hast du unterstützt an der Europameisterschaft? Die Schweiz oder den Kosovo?»

«Die Schweiz natürlich. Sie hat die besseren Albaner in der Mannschaft.»

Logisch, dachte Santoro.

«Das ganze Elend hat ja damit begonnen, dass die Regierung der USA versprochen hat, dass sich alle Amerikaner ein Haus kaufen könnten. Die Banken und sonstige Geldverleiher haben daraufhin allen Hypotheken gewährt – auch den Menschen ohne Einkommen, ohne Geld, ohne gar nichts. Und es hat funktioniert. Solange die Preise steigen, können diese Menschen ihr Haus immer wieder verkaufen, wenn die Hypothek nicht mehr so gute Konditionen aufweist nach zwei bis drei Jahren, dann haben sie einfach ein neues gekauft, wieder zu anfänglich günstigen Konditionen. Diese Schulden wurden dann in Finanzprodukte hineingewurstelt, die nennt man strukturierte Produkte – und die bringen viel Rendite, obwohl du gar nicht weisst, was drin ist, aber das ist ja egal, sagst du dir, solange der Rubel rollt. Das ist wie mit der Wurst, du fragst dich ja auch lieber nicht, was drin ist. Nur eines darf nicht geschehen, dass die Preise sinken, weil dann die mittellosen Menschen ihr Haus nicht mehr verkaufen können.»

Zina machte eine Pause, zog an einer überlangen Strähne, schielte ein bisschen darauf. In diesem unsinnigen Labyrinth wollte sie nicht den Faden verlieren.

«Und das ist ja dann doch geschehen, so viel habe ich zumindest begriffen. Am Schluss haben sie abgesahnt», half Violetta nach.

«Das war zwar unausweichlich, aber trotzdem haben das nur wenige erkannt – die obergescheiten jungen Helden in unserem Film nämlich.»

«Und wie haben sie es geschafft, aus diesem Desaster ihre Milliarden zu scheffeln? Los, Zina, mach es nicht spannend.»

«Also, wenn ich das richtig verstanden habe, geht das so: Sie sind zu den Banken gegangen, die diese Produkte anbieten, und haben sie dazu gebracht, so eine Art Versicherung zu verkaufen, im Falle eines Preisverlustes dieser Würste. Nur brauchtest du die finanzielle Wurst selbst nicht zu kaufen. Also konnten unsere vorwitzigen Kerlchen eine Art Wettscheine kaufen, auf den Verlust wetten. Als die Preise gefallen sind und klar wurde, dass in diesen Finanzwürstchen havarierte Produkte drin waren, mussten die Banken die Versicherung auszahlen.»

«Das ist ja so, als ob ich eine Versicherung nicht für mein Haus, sondern für dein Haus abschliesse. Wenn dein Haus dann abbrennt, sacke ich die Versicherungssumme ein. Wie verrückt ist das eigentlich?»

«Eben. Und die Banken, die blechen mussten, haben dabei Milliarden verloren und mussten von den Staaten gerettet werden.»

«Kannst du mir jetzt auch noch sagen, warum wir uns diesen Wahnsinn gefallen lassen, Zina?»

Konnte sie nicht.

Sie hatten alle Spiele der Schweiz an der letzten Weltmeisterschaft durchdiskutiert. Das Unentschieden gegen Brasilien zauberte in der Schweiz immer noch ein Lächeln auf jedes Gesicht. Auch Liridon strahlte, glückselig. Dann waren sie zur letzten Europameisterschaft übergegangen. Den Sieg gegen Kosovo – hätte geradeso gut eine Niederlage werden können –, das laue Spiel gegen Frankreich – wollte denn keiner gewinnen? Das Spiel gegen Rumänien – durfte eine Mannschaft so viel Pech haben? Warum nur hatten die Schweizer kein Durchsetzungsvermögen, wenn sie vor einem Tor standen? An diesem Punkt hatte sich auch der Vater an den Tisch gesetzt, nachdem er mit dem Abwasch fertig geworden war. Immerhin hatte Shaqiri eines der schönsten Tore dieser WM geschossen, hatte der Vater tröstend eingewendet, was in Liridons Augen wieder Sterne zum Leuchten gebracht hatte. Aber sein Idol war die Nummer zehn, Granit Xhaka, der beste Mittelfeldspieler der Welt, wie Liridon mit Stolz behauptete, der Taktgeber, der gnadenlose Zweikämpfer, in zweihundertsiebzig Minuten dreihundert Pässe mit einer Erfolgsquote von neunzig Prozent, das Gehirn der Mannschaft. Santoro fragte sich, ob das nicht das Problem gewesen war an dieser EM. Nur ein Gehirn für elf Spieler! Dann das Achtelfinale! Der arme Granit Xhaka, auf den sonst immer Verlass ist, verschiesst seinen Elfmeter! Liridon litt immer noch mit seinem Idol, er war doch sonst für seine Schüsse mit links in die linke Ecke berüchtigt. Liridon verbat sich auch nur die kleinste Kritik.

Während Vater und Sohn die Spiele der Mannschaft aus dem Kosovo besprachen, fragte sich Santoro, warum die Schulen nicht schafften, was die Fussballvereine spielend zuwege brachten. Die Immigranten wurden dort nicht nur integriert, nein, sie wurden gar zu den Stützen der Nationalmannschaft – ausser sie verschossen den entscheidenden Elfmeter, aber das war ja zu verkraften.

Es war an der Zeit, zum eigentlichen Ziel dieser Unterredung zu kommen, schliesslich wartete bei ihm zu Hause auch ein Sohn, der seine Mutter vermisste und nur noch auf seinen Vater zählen konnte, der aber abends nicht oft anwesend war.

«Wenn ich sehe, dass diese jungen Männer durch ihr asoziales Verhalten auf der sozialen Leiter aufsteigen, da frage ich mich doch, was ich jeden Tag mache. Da versuche ich, meinen Schülern und Schülerinnen nahezubringen, sich sozial, solidarisch, empathisch zu verhalten, durchzuhalten, zu lernen, sich auf eine sinnvolle Ausbildung vorzubereiten, damit sie später im Leben Erfolg haben können. Und wer hat wirklich Erfolg und beherrscht die Welt? Und das alles mit ein paar gut gesetzten Klicks?»

«Nicht deine Schüler und schon gar nicht deine Schülerinnen.»

«Eben. Sollte ich ihnen nicht eher sagen: Seid bitte leicht autistisch, ziemlich unverfroren, gänzlich unverbunden, ganz und gar asozial, und ihr werdet die Herrscher des Universums sein?»

«Und du könntest einen Bonus verlangen.»

«Glaubst du, dass Granit Xhaka, als er so alt war wie du, einen Laptop gestohlen hätte?»

Dieser Satz hatte genügt, und Liridon hatte das Ding unter seiner Matratze hervorgeholt. Nun lag es auf dem Küchentisch, vor dem sichtlich verzweifelten Vater, der in seiner Muttersprache auf seinen Sohn einredete, der wiederum, mit gesenktem Kopf und Überzeugungskraft, tiefe Zerknirschung mimte. Als der Vater keine Worte mehr fand und einmal mehr seine Haare raufte, blickte Liridon auf und flüsterte: «Er ist ja kaputt.»

Daraufhin hob er die Schultern und schaute Santoro mit grossen, unschuldigen Augen an, als wolle er ihm damit klarmachen, dass in diesem Falle alles nicht so schlimm sein könne. Aber auf diese Logik wollte sich Santoro nicht einlassen. Der Vater erst recht nicht.

«Was ich mache mit meine Sohn?», wandte sich der Vater wieder an Santoro. «Ich immer mache, was sie sage. Lehrerin sage, ich muss mit Sohn zu Frau Hüdihühi, ich gehe zu Frau Hüdihühi. Sie sage, ich muss zu Beratung, ich gehe zu Beratung. Sie sage, ich muss unterschreibe, ich unterschreibe. Ich alles mache für meine Sohn, aber er Schule nicht aufpasse, er nicht lerne, er mache keine Hausaufgabe, er störe. Und jetzt er stehle Computer! Was ich jetzt mache, Herr Kommissar?»

Als ob er das wüsste. Als Vater war er ja wirklich nicht zum Vorzeigen, und um Erziehungsfragen hatte er sich in den letzten Jahren nicht wirklich gekümmert, das hatte ja seine Frau für ihn übernommen. Aber diesen verzweifelten Vater, der sich die grösste Mühe gab, konnte er nicht alleine in dieser heruntergekommenen Küche sitzen lassen. Aus lauter Hilflosigkeit griff er eine Information auf, die er gehört hatte.

«Sie waren mit ihm in einer Beratung?»

«Ja, bei Psychologe für Familie. Er rede mit Liridon.»

«Und was hat er mit ihm besprochen?», fragte Santoro nach.

Nicht dass ihn das wirklich interessierte, aber so konnte der Vater immerhin über seinen Sohn sprechen, der ihn mit seinen Missetaten zur Verzweiflung trieb. Wie war das wohl, Vater von Max oder Moritz zu sein und immer auf den nächsten Streich warten zu müssen?

«Der Psychologe hat gesagt», begann Liridon zu erzählen, während der Vater nur mit den Schultern zuckte, «dass ich immer Kasper mache. Also musste ich Kasper zeichnen. Wenn der Psychologe sagt, ich muss, ich mache», bekräftigte Liridon und schaute seinen Vater anerkennungheischend an, was diesem ein müdes Lächeln auf das zerfurchte Gesicht zauberte.

«Und dann?», fragte Santoro, der die Geschichte so schnell wie möglich zu einem Ende bringen wollte. Es zog ihn nach Hause.

«Dann musste ich Kasper ausschneiden. Ich schneide aus.»

Blick zum Vater. Nicken des Vaters.

«Dann ich muss auf Dachterrasse. Ich gehe mit Psychologe auf Dachterrasse.»

Blick. Nicken. Lächeln.

«Der Psychologe sagt: Kasper nicht gut, wir verbrennen Kasper, dann du nicht mehr Kasper mache. Fertig Kasper.»

Pause.

«Und? Hat es was genützt?», wollte Santoro wissen, obwohl er die Antwort fürchtete.

«Nein», sagte Liridon schlicht. «Weil ich mache nicht Kasper. Ich mache Blödsinn.»

ZWÖLF

«RSA-Token?», schrie der General. «Können Sie nicht Deutsch sprechen, Mann, sodass *wir* Sie auch verstehen können, wenn Sie hier Ihre Weisheiten von sich geben, über die Sie anscheinend gar nicht verfügen? Holen Sie sich Hilfe, wenn Sie das Ding nicht zum Laufen bringen können!»

Ausser Atem nach diesem Ausbruch lehnte sich der General mit rotem Kopf zurück und schaute den jungen Analytiker, Sepp Stump, an, als wolle er ihm nicht nur seinen Haarknoten, sondern gleich seinen ganzen Kopf abbeissen, dachte Santoro.

«Das habe ich doch getan!», schrie Stump verzweifelt. «Ich habe sogar Jürg Müller angerufen.»

Jürg Müller, dachte Santoro.

«Aber Müller hat auch gesagt, dass die Dinger so sicher sind wie Fort Knox. Nicht zu knacken.»

Was konnte man schon von einem Verräter erwarten, dachte Santoro grimmig. Obwohl das bedeutete, dass sie zwar den ominösen Laptop endlich gefunden hatten, mit ihm aber nichts anfangen konnten.

Sie waren zu viert beim General, standen um den Schreibtisch herum und starrten auf das elektronische Gerät, als ob sie es dadurch zum Leben erwecken könnten. Aber das Ding liess sich sichtlich nicht einschüchtern – der Bildschirm blieb traurig grau, kein Lämpchen blinkte auf.

Was ihn zurück zum gestrigen Abend brachte und dem Blick, den sein Sohn auf seinen Teller und das Saltimbocca geworfen hatte, das sie zusammen mit Hilfe eines Kochbuchs hergestellt hatten. Das Kochbuch seiner Frau, seiner Ex-Frau, die damit köstliche Mahlzeiten auf den Tisch gezaubert hatte. Warum nur war ihnen das nicht gelungen? Anscheinend war auch das dicke Ding voller italienischer Rezepte nichts anderes als ein Verräter. Warum sonst sollte das Fleisch nichtssagend sein, die Bratkartoffeln … nein, nein, matschig waren die nicht, da konnte sein Sohn noch lange das Gegenteil behaupten – aber leicht al dente konnte man das auch nicht mehr nennen, nein, das musste er zugeben. Und dann der Fenchel! *Porca miseria!* Schmeckte nach gar nichts, nicht mal mehr nach Fenchel. Sein Sohn hatte, seinen traurigen Blick auf die kaum angetasteten glitschigen Hügelchen geheftet, vorgeschlagen, einen Kochkurs zu besuchen. Das war dann der kulinarische Todesstoss des Abends gewesen.

«Sie gehen davon aus?», brüllte der General.

Ich habe einen Teil der Unterhaltung verpasst, dachte Santoro. Macht nichts, seufzte er. Er wusste schon, dass es nichts mehr zu erfahren gab. Das Ding auf dem Tisch war verschlossen. *Basta.*

«Wenn Sie einen Satz so beginnen, heisst das doch, dass Sie keine Ahnung haben», fuhr der General fort, der seinen rechten Zeigefinger nur Millimeter vor der Nase des sichtlich eingeschüchterten Stump auf und ab stiess. «Ist das bei Ihnen auch so? Sagen Sie mir eigentlich, dass Sie keine Ahnung haben?»

«Aber Müller sagt auch –», begehrte Stump auf.

«Lassen Sie Müller, wo er gerade steckt», schrie der General.

Maledizione!, schrie Santoro innerlich auf und verscheuchte das Bild, das vor seinem inneren Auge entstand, mit aller Kraft weit weg.

«Das ist sozusagen ein Schlüssel», mischte sich nun Zina in das Gespräch ein. «Nur ist es ein elektronischer Schlüssel.»

«Sie meinen so eine blöde Karte, wie in den Hotels?», wandte sich der General hoffnungsvoll an Zina, «die man durch den Schlitz zieht?»

«Nicht ganz. Er sieht aus wie ein USB-Stick, nur grösser, und generiert immer neue Codes. Zahlencodes», erklärte Zina sichtlich um Geduld ringend.

«Wenn wir den Token hätten, könnten wir den Laptop starten. Wir müssten ihn nur einstecken, dann ginge das Programm an, und dann müssten wir nur noch den Code eingeben», fügte

Stump schnell an, bevor der General, der Luft geholt hatte, wieder losdonnern konnte.

«Hätten, könnten, müssten! Glauben Sie, damit ist uns geholfen, Mann? Bringen Sie mir diesen Schlüssel und stecken Sie ihn rein!», wetterte der General und warf die Hände in die Höhe.

«Es ist ja wirklich zum Verzweifeln», sagte Santoro. «Jetzt haben wir diesen elenden Laptop gefunden, in dem vielleicht sogar die Lösung unseres Falles steckt, aber uns fehlt der Schlüssel, um ihn zu öffnen.»

«Und? Können Sie nicht einen neuen basteln?»

Stump schüttelte nur den Kopf.

Er hat es wohl aufgegeben, diesem Mann aus einem vorelektronischen Zeitalter etwas zu erklären, dachte Santoro.

«Dann sucht das Ding! Dieser Schlüssel kann sich ja nicht in Luft aufgelöst haben.» Und nach einer kurzen Pause fuhr er hoffnungsvoll fort: «Santoro, sind Sie sicher, dass das Ding nicht noch im Besitz dieser zwei Bengel ist?»

«Ja, davon können wir ausgehen. Liridons Enttäuschung über den kaputten Laptop war echt. Deshalb war er auch so schnell bereit, ihn abzugeben.»

«Und Sie sind sich sicher, dass Sie ihn nicht übersehen haben?»

«Das habe ich nachgefragt. Er hat mir alles gegeben, was sie gefunden haben. Ein Notizblock, in Leder eingebunden, leer, ein schweineteurer Füller und sonstigen teuren Kleinkram.»

«Das bedeutet, dass auch Ihr Angreifer, der Mann in schwarzen Klamotten, das Ding nicht gefunden hat», schloss der General seufzend.

«Sollten wir diesen Laptop unseren Kollegen aus Zürich –»

«Nein, Stump! Sollten wir nicht und werden wir auch nicht und Sie schon gar nicht. Haben Sie mich verstanden?», grollte der General.

Stump nickte.

«Konnten Sie Informationen aus Zürich erhalten?», wollte Zina wissen.

«Ja. Zum Haareraufen! Musste persönliche Beziehungen wirken lassen, habe Honig um Bärte schmieren müssen, habe mit leichtem Druck Gefälligkeiten zurückgefordert. Am Schluss habe ich sogar von Zusammenhalt unter den Kantonen geschwafelt.»

Der General unterbrach sich, und als wollte er seine Worte unterstreichen, raufte er sich nun tatsächlich die Haare.

«Auf jeden Fall sind sie überzeugt, kurz vor der Lösung des Falls zu sein. Den Computer-Fritz haben sie zwar wieder freigelassen, sind aber an ihm dran. Suchen nur noch etwas Handfestes, dann kassieren sie ihn. Die anderen Bankenheinis belasten ihn schwer. Kokainkonsument, labile Persönlichkeit, randständige Existenz, nicht angepasst, nicht eingefügt, wollte sich nicht unterordnen, Groll gegen starke Persönlichkeit, Druck nicht ausgehalten, Anforderungen nicht erfüllt, Neid auf erfolgreiche Vaterfigur. Den Rest des Geschwafels erspare ich Ihnen.»

«Er ist es nicht», sagte Zina schlicht.

***

Stump hatten sie ins Bett geschickt. Der General war in eine Sitzung mit einem Regierungsvertreter gehetzt.

Und sie sassen vor einem Cappuccino – für ihn – und einem schwarzen Espresso – für sie – wiederum im Café Bachmann an der Schifflände, dem früheren Hafen, an dem heute aber nur noch Ausflugsschiffe anlegten. Von ihrem Platz am Fenster konnte Zina die Velos vorbeiflitzen und die Trams um die Ecke kriechen sehen. Wir kriechen auch – durch unseren Fall oder durch unsere Fälle. Oder stehen wir schon im Stau und machen keinen Wank mehr?

Auch Santoro schaute durch das Fenster Richtung Strasse, sein Blick schien jedoch nach innen gerichtet. Heute trug er ein grünes Hemd, wobei die Farbe sicher als Kiwi oder Avocado bezeichnet wurde, seine Augen hingegen erinnerten eher an Moos. Und im Augenblick scheint er im Sumpf zu stecken, dachte Zina. Es war an der Zeit, ihn da rauszuholen.

«Wenn wir davon ausgehen, dass das Ding überhaupt eine Rolle spielt in unserem Mord – was noch gar nicht erwiesen ist, ich weiss –, müssen wir uns die Frage stellen, was in diesem Laptop steckt?»

«Keine Ahnung, Goldberg. Ich habe nicht die geringste Ahnung», antwortete Santoro und wandte sich ihr langsam zu, doch seine Augen waren immer noch nach innen gerichtet. Und schon schaute er wieder nach links, dann nach oben, wo nur ein verhangener Himmel zu sehen war. Schiefergraue Wolken hatten sich über der Stadt festgesetzt und wollten noch lange nicht weiterziehen.

«Wieder ein Tag, an dem es nie Tag wird. Grau, kalt, nass.» Santoro seufzte.

Er wollte anfügen, dass dieser Tag nur dazu geeignet war, ihn im Bett zu verbringen, aber er hielt sich zurück. Das war eindeutig zu zweideutig. Er hielt auch das Lächeln zurück, das sich auf seinen Lippen abzeichnen wollte. Das Bild, das er dennoch entstehen liess, gefiel ihm ausserordentlich. Diesen ganzen unsäglich blöden Fall vergessen, diesen unausstehlichen Banker in Ruhe tot sein lassen – dem weinte ja eh kein Mensch eine Träne nach. Ausser vielleicht seine Bank. Aber Banken weinen ja sowieso nicht. Die Vorhänge zuziehen, die graue Welt aussperren, sich unter der Decke verkriechen, nichts mehr sehen müssen, die Augen schliessen, der Wärme nachgehen, eine Hand ertasten, mit den Zehen nach einem Fuss, nach einer Wade suchen, die Nase ganz langsam im pechschwarzen Haar seiner Geliebten wandern lassen, ohne Hast, den Mund ein Ohr finden lassen …

Das konnte ja heiter werden, dachte Zina. Was war der Plan für heute? Herumsitzen, stumm vor sich hin verzweifeln? Sich gegenseitig bemitleiden? Jammern? Taschentücher austauschen und heulen? Das konnte sie nicht zulassen. Nach einem letzten Blick auf Santoro, der immer weiter in seiner eigenen Welt versank, traf sie eine Entscheidung.

Sie stand auf und marschierte mit festem Schritt zur Theke, um Abhilfe zu kaufen.

Und atmen und riechen, ohne Hast, ganz langsam, träumte Santoro weiter. Die Nase den Hals entlang Richtung Schlüsselbein wandern lassen, über Hügel steigen, den Mund am höchsten Punkt verweilen lassen, dann den Bauchnabel anpeilen, sich vom aufsteigenden süsslichen Geruch leiten lassen …

Ein Knallen holte ihn in die Realität zurück, vor ihm stand ein Teller, den Zina nicht gerade zimperlich auf den Tisch geknallt hatte.

«Ich habe zwei Schnecken anzubieten. Wollen Sie die mit Vanille oder die mit Zimt?», fragte sie streng.

Santoro starrte auf den Teller, sodass sich Zina fragte, ob ihre Rettungsaktion fehlgeschlagen war.

«Ich gebe Ihnen die mit Zimt», fuhr Zina fort, als sie sah, dass er weiterhin vor sich hin starrte. «Zimt ist stimmungsaufhellend, macht glücklich. Los, langen Sie zu!»

Es ist an der Zeit, unter der Decke hervorzukriechen, dachte Santoro, und in die traurige graue Wirklichkeit zurückzukommen. Er langte nach der Schnecke und biss hinein. Während er kaute, stellte Zina noch einmal ihre Frage: «Was steckt in diesem Laptop, Chef?»

«Informationen», sagte er lakonisch.

«Das enthalten alle diese Dinger. Also, was für welche? Worüber?»

«Geld?», nuschelte Santoro mit vollem Mund. Die Zimtschnecke tat ihm gut, stellte er fest, sei es der Zuckerschock oder der Zimt, das war ihm im Augenblick egal. Hauptsache, es funktionierte.

«Oder kein Geld», fuhr er munterer fort.

«Sie meinen, die Bank ist pleite und versucht es zu verheimlichen?»

«Oder schmutziges Geld», meinte Santoro, der langsam in Fahrt kam.

«Gibt es denn heute noch sauberes Geld?», fragte Zina. «Ist

es denn sauber, in Betriebe zu investieren, die unsere Lebensgrundlage zerstören? Erdöl, Autos, Pestizide, Tiefseefischerei, Palmöl, Soja. Ist es sauber, Aktien von Unternehmen zu kaufen, die ihre Mitarbeiter bis aufs Blut ausbeuten, um sie dann zu entlassen, wenn sie alt werden und nicht mehr so flexibel sind? Ist es sauber –»

«Ist ja gut, Goldberg, diese Rede habe ich schon mal gehört. Vergessen Sie nicht, wer mein Vater ist.»

«Sind Sie schon mal auf die Idee gekommen, dass er recht haben könnte?»

«Lieber nicht. Aber es gibt auch noch eine Möglichkeit, die naheliegender ist, nämlich, dass es sich um Menschen handelt.»

Zina biss endlich auch in ihre Vanilleschnecke. Die Hypothesen, die sie entwickelten, hatten einen bitteren Nachgeschmack hinterlassen. Vanille war da das richtige Gegengift, befand sie und machte sich weiter daran, das süsse Teil zu verschlingen. Gleichzeitig stiegen in ihr Bilder von kleinen Menschen auf, die in diesem kleinen elektronischen Wirrwarr eingesperrt waren und verzweifelt nach einem Ausgang suchten. So hatte es Santoro sicher nicht gemeint.

«Mnschn?», fragte sie mit vollem Mund nach.

«Ja, Informationen über Menschen. Ich kann mir gut vorstellen, dass unser Toter Informationen über seine Mitarbeiter gesammelt hat, um sie besser kontrollieren und beherrschen zu können.»

«Das würde zu diesem Stutz passen.» Zina leckte sich nachdenklich die Finger gewissenhaft ab. Dann schüttelte sie zweifelnd den Kopf. «Aber es passt nicht zu diesem Token, zu dieser Verschleierungselektronik. Oder glauben Sie, dass ein Mann sich so etwas anschafft, um seine Kollegen zu beschnüffeln?»

«Tönt nicht sehr wahrscheinlich.»

«Andererseits schätze ich Stutz als Opportunisten ein. Er könnte sehr wohl den Laptop, den er zur Verfügung hatte, benutzt haben, um auch seine privaten Ziele zu verfolgen. *D'une pierre deux coups*, mit einem Stein zwei Ziele treffen.»

«Sie haben recht, Goldberg.» Und nachdem er das breite Grinsen, das sich auf Zinas Gesicht ausbreitete, wahrgenommen hatte, ergänzte er ergeben: «Wie immer.»

«Und dann könnten wir auch davon ausgehen, dass Stutz das Material über seine Kollegen benutzt hat, um sie zu erpressen. Erpresser leben gefährlich.»

«Von mir aus. Aber denken Sie an die Entlassungen, die in der Bank Schwaitz bevorstehen. Stutz könnte die Informationen über seine Kollegen gesammelt haben, um sicherzugehen, dass andere ganz oben auf der Liste der Absprungkandidaten standen.»

«Genau, Chef. Und einer oder gar alle zusammen haben die günstige Gelegenheit ergriffen, in der Masse unterzugehen, um ihren Erpresser oder Geheimnisträger zu eliminieren. Mit der Anwesenheit von zwei Kriminalbeamten, die den Auftrag hatten, einer Giftnudel das Handwerk zu legen, konnte niemand rechnen.»

«Gar kein so schlechter Plan. Nur ist ihm der kleine Oberhänsli dazwischengeraten und zwei Tango tanzende Polizisten …»

«… waren dann definitiv das Haar in seiner Suppe. Also wir. Nicht Oberhänsli. Der hat zu wenige. Haare, meine ich», schloss Zina ihre Argumentation und lehnte sich zurück.

Worauf Santoro seine Hand durch sein dichtes Haar gleiten liess. Ich gebe keines her, dachte er grimmig, nicht mal für eine Mördersuppe. Doch was bedeutet das für unseren Mörder, mit wem haben wir es zu tun, fragte er sich, um seine Gedanken in Worte zu fassen. «Wir haben es mit einem Mörder zu tun, der die richtige Gelegenheit abgepasst, sie schnell ergriffen und darauf gewettet hat, dass die Ärzte nur das Offensichtliche feststellen. Den Herzinfarkt. Auf wen passt diese Beschreibung, Goldberg?»

«Skrupellos, unverfroren, wendig, risikofreudig, flexibel, wettfreudig? Sind das heute nicht die geforderten Qualitäten eines Bankers?»

«Na, das hilft uns jetzt aber weiter!», schimpfte Santoro.

«Zu welchem unserer Kandidaten passt diese Charakterisierung am besten, was meinen Sie, Chef?»

«Die Herren Rizzo und Rentsch, ich weiss auch nicht, warum, die kommen zuoberst auf die Liste. Denen traue ich ziemlich viel zu, nur wenig Gutes.»

«Ja, Herr Rizzo hat die Augen einer Eidechse und verströmt so viel Wohlwollen wie ein Haifisch, der sein Mittagessen verpasst hat.»

«Verleumden Sie mir nicht die armen Tierchen, sonst haben wir bald die Tierschützer am Hals.»

«Und Herr Rentsch», fuhr Zina unbeirrt fort, «hat ein Lächeln, das mit einem Krokodil konkurrieren könnte, und verfügt über den Charme einer Feuerqualle, die langsam, aber sicher Richtung Strand dümpelt. Wohingegen der alte Herr Vogt mich an ein Tier erinnert, das sich in seine Höhle zurückgezogen hat. Wobei nicht ersichtlich ist, ob es sich dabei um ein Raubtier handelt, das auf eine Beute wartet, oder um ein Murmeltier, das sich auf den Winterschlaf vorbereitet.»

Santoro fragte sich, welchem Tier Zina in diesem Spiel am ehesten glich. Einer Gazelle, die Hacken schlägt und Luftsprünge vollführt? Im Augenblick zumindest sprang sie von einem Thema zum nächsten. Das brachte ihn auf eine Idee, die sie, nach Ansicht einer alten Dame, doch weiterverfolgen mussten.

«Wenn wir schon im Zoo herumwandern, was glauben Sie, Goldberg, haben wir unseren Gorilla enttarnt?»

«Sie meinen Liridon und Komparse? Die kommen mir eher vor wie zwei junge Lemuren, die Gattung mit dem Spitznamen Tänzer. Sie stehen aufrecht, auf den Hinterbeinen, und bewegen sich hüpfend seitwärts. Sie sind übrigens bedroht – die echten Lemuren, meine ich. Unsere pubertierenden Lemuren scheinen zur Sorte zu gehören, die sich auf die Äste herauswagt, herumwuselt und alles ergattert, was andere liegen lassen.»

«Ja. Ich habe das Gefühl, dass der Gorilla immer noch genau vor unseren Augen hockt, nur erkennen wir ihn nicht.»

«Vielleicht ist alles anders. Vielleicht erzählen wir die falsche Geschichte», sinnierte Zina.

Na, das bringt uns auch nicht weiter, dachte Santoro, strich sich über die Stirn und zuckte zusammen. Verflixt und zugenäht! Das war ja wirklich der treffende Ausdruck. Die Schramme war vielleicht zugenäht, nur zugewachsen war sie noch nicht, und sein Stolz war auch weiter verletzt und litt weiter still vor sich hin. Es war wohl Zeit für einen Themenwechsel. «Haben Sie übrigens eine Gemeinsamkeit gefunden? Ich meine unter den würgenden Frauen. Konnten Sie eruieren, was sie verbindet?»

Zina zog langsam und behutsam an einer Strähne und schielte konzentriert. Dann liess sie die Strähne los, wandte langsam ihren Blick wieder ihrem Gegenüber zu und legte los, versuchte so genau wie möglich wiederzugeben, was sie alles gehört und gesehen hatte. Den Plan, den sich die Frauen ausgedacht hatten, versuchte sie dabei wohlweislich in den zahlreichen Informationen untergehen zu lassen.

«Dem Schein nach könnten die Frauen nicht unterschiedlicher sein. Aber das hatten wir schon. Trotzdem. Sie waren nach anfänglicher Zurückhaltung und langsamem Abtasten alle mehr als bereit, sich auszutauschen – mit Ausnahme der kleinen Psychologin. Die anderen haben es zunehmend genossen», schloss sie ihre Ausführungen.

«Die chronisch erboste Frau Kalbermatten, die den Regierungsrat auf die Matten gerufen hat, auch?»

«Ja. Sie ist regelrecht aufgeblüht. Ihr Gesicht hat alles Mürrische und alles Verbissene verloren, zum Schluss schien sie mir fast schon hübsch.»

«Die Frauen werden zusammen also hübscher? Ist es das, was sie gemeinsam haben, Goldberg? Bringt uns das weiter?»

«Uns vielleicht nicht. Aber das ist auch nicht, was mir in den Sinn kam, nur kann ich es im Augenblick nicht finden», sagte

Zina und wandte den Blick wieder nach innen, um kurz darauf fortzufahren: «Frau Holle. Es hat etwas mit diesem Märchen zu tun.»

«Die jungen Frauen, die in den Brunnen fallen?», fragte Santoro ungläubig.

«Springen. Und bei Frau Holle landen, genau. Es geht darum, seine Persönlichkeit zu entwickeln. Genau, jetzt habe ich es wieder. Die Frauen sind zwar sehr unterschiedlich, aber sie sind alle Persönlichkeiten. Mit eigener, entschiedener Meinung, mit deutlichen Konturen, ja sogar Ecken und Kanten. Das sind alles selbstständige, ja sogar eigenständige Frauen.»

«Und Sie meinen, das bringt eine Giftmischerin dazu, diese Frauen als Opfer auszuwählen?»

«Ja, genau das meine ich. Wenn die Giftnudel nämlich nicht über diese Eigenschaften verfügt und sich zudem von diesen starken Persönlichkeiten bedroht fühlt.»

Santoro, dem das Ganze leicht spanisch vorkam, versuchte sich trotzdem vorzustellen, mit wem sie es da zu tun haben könnten.

«Wie sieht dann Ihr Profil der Frau aus, die wir suchen?»

«Die Frauen definieren sich über ihre Arbeit, über ihre Vorlieben, sie definieren sich über sich selbst und für sich selbst. Und vor allem definieren sie sich nicht über Männer, schon gar nicht in Bezug auf einen – bestimmten – Mann. Die Giftnudel, davon gehe ich mal aus, tut das Gegenteil. Sie steht nicht auf eigenen Beinen, sie verfügt nicht über ein eigenständiges Selbstbewusstsein. Nein, sie lebt nur in Bezug auf, neben, für einen Mann. Wer kommt Ihnen da in den Sinn, Chef?»

Santoro liess die Frauen wie in einem Film vor seinem inneren Auge vorbeidefilieren, hielt den Film kurz beim Erscheinen der hageren Gestalt an, betrachtete die ältere grauhaarige Frau, die ihren Ex-Ex-Ehemann alarmiert hatte, liess sie dann aber wieder weitermarschieren. Nein, die war es nicht, dachte er, ohne wirklich erklären zu können, warum sie nicht in Frage kam. War es der wohlwollende, wenn nicht gar verliebte Blick

Krafts, als er Frau Kalbermatten erwähnt hatte? Nein, diese Frau kam nicht in Frage, entschied Santoro.

Schliesslich musste die Giftnudel andere Frauen hassen, um sie mit ihrem Gift traktieren zu wollen. Dann erschien vor seinem inneren Auge die kleine, leicht abgehärmte Frau Oberhänsli, die ihn im Flur des Spitals zusammengestaucht hatte, um ihren Mann zu schützen, die Stunden, wenn nicht Tage an seinem Bett verbracht hatte, ihn abgeschirmt hatte, die ihn dazu gebracht hatte, seine Frau und seine Kinder zu verlassen, die ihn zum Tango, mit ihr und nur mit ihr, verdonnert hatte. Ja, die passte genau ins Bild. Er hielt den Film an.

«Oberhänsli-Schlipf?»

«Ja, Chef. Sie ist meine Lieblingsverdächtige.»

«Ist sie das nicht auch in unserem anderen Fall?»

«Ja, wenn wir davon ausgehen, dass Oberhänsli das eigentliche Opfer sein sollte. Diese Möglichkeit dürfen wir nicht ausschliessen. Und dann weiss ich nicht, was ich mit der kleinen Rüdisühli machen soll. Sie passt nämlich auch nicht in die Runde der Frauen mit ausgeprägter Persönlichkeit.»

«Vielleicht ist sie einfach zu jung.»

«Und vollkommen überfordert. Was die andern eindeutig nicht sind. Sie leiden zwar auch unter den Arbeitsbedingungen, die sich in den letzten Jahren deutlich verschlechtert haben. Trotzdem meistern sie ihren Arbeitsalltag, geben nicht auf, suchen neue Lösungen, neue Wege, kämpfen sich durch.»

«Wogegen die kleine Rüdisühli eher in den Wogen unterzugehen droht. Und Anerkennung erntet sie auch nicht», stellte Santoro fest. Er sah noch gut Liridons Vater vor sich, wie er feststellte, dass die Frau blind vor den Augen sei.

«Und das ist ganz schön frustrierend. Ihr Motiv könnte Wut und Neid sein. Mit den Giftattacken lässt sie die anderen Frauen ihre eigene Hilflosigkeit, ihre Verzweiflung, ihr Leiden spüren.»

«Dann haben wir ja in diesem Falle schon zwei Anwärterinnen für die Rolle der Hauptverdächtigen.»

«Und einen Plan, um sie zu überführen.»

«Ja, Goldberg. Der berüchtigte Plan! Was haben Sie sich eigentlich bei diesem Blödsinn überlegt?»

Zina kam nicht dazu, die Strategie, die sich die Frauen ausgedacht hatten, zu verteidigen, denn als sie zu einer geharnischten Verteidigungsrede ansetzen wollte, deren Inhalt sie selbst – leider – noch gar nicht kannte, meldete sich Santoros Telefon.

Sie atmete erleichtert auf.

DREIZEHN

Sie waren an der Schifflände in das Tram eingestiegen und keine zehn Minuten später am Sankt-Johanns-Tor ausgestiegen, waren die Lothringerstrasse hinaufmarschiert und zweimal rechts abgebogen, um zur Immengasse zu gelangen.

Nun standen sie in der Wohnungstüre und betrachteten die Verwüstung, die sich ihnen darbot. Die uniformierten Kollegen, die als Erste an Ort und Stelle erschienen waren, hatten den Zusammenhang mit ihrem Fall erkannt und gemeldet, dass in die Wohnung eingebrochen und sie offensichtlich durchsucht worden war.

Dass Vandalen vorbeigekommen waren, das hatten sie nicht erwähnt. Das bequeme und leicht verlebte Sofa war umgeschmissen, wie auch der Tisch, der davorgestanden hatte. Die Bücher waren zum grossen Teil aus der Bibliothek herausgerissen worden und lagen nun am Boden, darunter erkannten sie auch Zeitschriften, die zerfleddert worden waren. Und Schallplatten. Sie waren aus ihren Hüllen gerissen und auf dem Teppich verteilt worden. Der Plattenspieler war auseinandergenommen worden, die Einzelstücke, die auf der Bibliothek und auf dem Tisch lagen, boten ein trauriges Bild. Die Pflanzen waren aus den Töpfen gerissen, Erde war dabei im ganzen Raum verstreut worden.

Sie begaben sich ins Schlafzimmer, wo sich ihnen ein ähnlicher Anblick bot. Die Matratzen waren vom Bettgestell heruntergerissen worden, die Kleider lagen in Haufen da. Der Schreibtisch war auch nicht verschont worden. Schubladen waren aufgerissen, Ordner geleert, lose Blätter im ganzen Raum verteilt worden.

Nun waren weisse Gestalten an der Arbeit – die Spurensicherung, Ohne Stump. Santoro hatte angeordnet, den erschöpften Stump in Ruhe schlafen zu lassen. Sowieso würde die Untersuchung nichts ergeben, da war er sich so gut wie sicher.

In der Küche war sie schon abgeschlossen. Dort fanden sie die zwei Bewohner, die mit hängenden Köpfen und sichtlich mitgenommen an einem kleinen Tisch sassen, während ein uniformierter Kollege damit beschäftigt war, die Kaffeemaschine in Betrieb zu nehmen. Er hatte auf der Anrichte einen kleinen Platz frei geschaufelt. Das war notwendig, denn die Lebensmittel lagen überall verteilt, auch der Kühlschrank war nicht verschont worden.

Die Milch ist verschüttet, dachte Zina.

Der uniformierte Kollege erklärte ihnen, dass sie vor einer Stunde eingetroffen waren.

Santoro bedankte sich für die schnelle Benachrichtigung und lobte die schnelle Auffassungsgabe des Kollegen, was ein erstauntes Lächeln auf dessen Gesicht zauberte. Die uniformierten Kollegen wurden selten mit Anerkennung überhäuft. Darauf fragte dieser, ob er mit dem Kaffee weiterfahren könne. Nachdem dies bejaht worden war, antwortete er mit einem leicht erstaunten Blick zusammen mit einem kurzen Nicken und machte sich an die Arbeit.

Der Mann ist ja zwei Meter gross, dachte Santoro, als er dem Riesen zuschaute, wie er sich daranmachte, nach den Kapseln, die am Boden verstreut waren, zu suchen. Ein freundlicher und kompetenter Riese, dachte er. Kollegen wie er waren es, die immer als Erste am Tatort waren, die den Opfern – und nicht selten auch den Tätern – zuerst begegneten. Sie waren es, die bei der Leiche eines jungen, unbedachten Skaters standen, der sich an ein Tram geklammert hatte, um dann, im wahrsten Sinne des Wortes, unter die Räder zu kommen. Sie überbrachten den erstarrten Eltern die Nachricht.

Und natürlich waren sie auch als Erste am Tatort, wenn irgendwo eingebrochen wurde – wie hier.

Es war an der Zeit, mit der Befragung der zwei Mieter dieser Wohnung, die am Küchentisch sassen, zu beginnen, befand Santoro.

«Herr Bleibtreu, ich sehe, dass Sie unter Schock stehen, was angesichts dessen, was geschehen ist, ganz angebracht ist. Trotzdem muss ich Ihnen einige Fragen stellen.»

Stefan Bleibtreu nickte nur wie in Trance und hielt den Blick fest auf die Tischplatte gerichtet, auf der eine Tasse dampfenden schwarzen Kaffees stand. Der Kollege setzte die richtigen Prioritäten beim Verteilen des Kaffees.

«Wo waren Sie, als hier eingebrochen wurde, Herr Bleibtreu?»

Sein Freund und Geliebter antwortete. Der betörende Schönling, wie Santoro grimmig feststellte.

«Wir haben in Zürich übernachtet – bei Freunden», hob Vales an. Dann bedankte er sich beim uniformierten Kollegen, der wortlos einen Kaffee vor ihm abgestellt hatte, um gleich mit zurückgehaltener Wut weiterzufahren. «Ihre Kollegen haben ihn bis in den späten Abend befragt. Also haben wir beschlossen zu bleiben und sind erst heute Morgen mit dem Zug nach Basel zurückgekommen. Die Türe war aufgebrochen. Wir haben sie ganz aufgemacht und haben die Verwüstung gesehen. Darauf haben wir gleich die Polizei angerufen und draussen gewartet.»

«Haben die Einbrecher etwas gestohlen? Fehlt etwas?»

«Nein», antwortete Miguel Vales, zuckte mit den Schultern und hob ergeben seine Arme. «Was sollen sie schon mitgehen lassen? Wir haben ja nicht mal einen Fernseher. Stefan hatte seinen Laptop dabei, und an meinen Büchern waren sie sichtlich nicht interessiert», schloss er mit einem bitteren Lächeln.

«Und Ihr Laptop?», fragte Santoro.

«Hab keinen. Kann mit diesen Dingern nichts anfangen. Es reicht, dass ich bei der Arbeit dauernd in dieses Viereck starren muss.»

«Und der Plattenspieler und die teure Stereoanlage?», klinkte sich Zina in die Befragung ein.

Sie konnte sich gut an ihr Erstaunen erinnern, als sie die Plattensammlung und den fast antiken Plattenspieler bei ihrem ersten Besuch erblickt hatte.

«Die Platten liegen unter den Büchern. Ich will mir gar nicht vorstellen, in welchem Zustand sie sind.» Vales seufzte betrübt. «Den Plattenspieler und die Platten habe ich von meinem Vater geerbt, sie sind einiges wert. Den Plattenspieler haben sie auseinandergenommen. Warum nur? Der hätte ihnen einiges eingebracht, davon gibt es nicht mehr viele.»

Santoro wollte seine Intuition in diesem Falle bestätigt haben. «Gibt es in diesem Quartier viele solche Einbrüche?», wandte er sich an den uniformierten Kollegen.

Er antwortete mit «Nein», während er eine weitere Kaffeetasse auf den Tisch stellte, diesmal bekam Zina ihre Portion Koffein. Augenscheinlich liess sich der Kollege weniger von hierarchischen, denn von fürsorglichen Überlegungen leiten.

Er wandte sich wieder der Kaffeemaschine zu. «Erstens gibt es in Basel ganz allgemein wenig Einbrüche. Wir haben es hier oft mit Velodiebstahl in grossem Stil zu tun. Sie kommen mit Lastwagen über die Grenze, veranstalten eine regelrechte Razzia, und schwups verschwinden sie wieder nach Frankreich. Und wenn wir einen Einbruch in diesem Quartier haben, nehmen die Diebe Fernseher und sonstiges elektronisches Material mit und gehen dann wieder. Eine solche Verwüstung habe ich einmal erlebt, als ein gewalttätiger Ehemann, der von seiner Frau getrennt lebte, ihre Wohnung verwüstet hat. Um ihr Angst einzujagen, aus reiner Wut sozusagen. Aber das kommt hier ja nicht in Frage, nicht wahr?»

«Nein, das kommt nicht in Frage», antwortete Vales lakonisch.

Santoro wandte sich fragend an Bleibtreu, der nur den Kopf schüttelte.

«Und homophobe Überfälle sind auch nicht an der Tagesordnung», sagte der Uniformierte und stellte eine Tasse vor Santoro.

Endlich, dachte dieser und machte dem Kollegen ein Zeichen, sich selbst einen Kaffee zu genehmigen.

Jetzt war es aber wirklich an der Zeit, auf den offensichtlichen Grund des Einbruchs einzugehen.

«Was haben sie wohl gesucht, was glauben Sie, Herr Bleibtreu?»

Als wieder Vales antworten wollte, winkte Santoro ab. Bleibtreu sollte den Mund aufmachen.

«Ich habe keine Ahnung, Herr Kommissar», sagte Bleibtreu so leise, dass er kaum zu hören war.

«Die Verwüstung Ihrer Wohnung ist, so wie ich das sehe, furchterregend, Herr Bleibtreu. Möchte Ihnen jemand Angst einjagen?», fragte Zina.

Bleibtreu schaute nur kurz auf, um sich gleich wieder der Betrachtung der Tischplatte zu widmen. Doch der kurze Augenblick hatte ausgereicht. Zina hatte in seinen Augen eindeutig Angst aufblitzen sehen.

«Ich kann mir nicht vorstellen, dass uns jemand erschrecken möchte. Wir haben keine Feinde. Ich kann mir diesen Vandalismus nicht erklären», antwortete Vales einmal mehr und legte beschützend den Arm um Bleibtreus Schultern.

«Haben Sie in den letzten Tagen jemanden bemerkt, der vor Ihrem Haus stand, oder jemanden, der Ihnen irgendwie sonst aufgefallen wäre?», fragte Zina nach.

Die beiden Männer schauten sich an, um dann einträchtig den Kopf zu schütteln.

Na, das können die beiden ja richtig gut, dachte Santoro verdrossen, den Kopf schütteln und beteuern, dass sie von allem keine Ahnung haben. Er mochte ihnen nicht glauben, war gleichzeitig aber davon überzeugt, auch mit mehr Druck nichts aus ihnen herauszubekommen. Aber in einem anderen Punkt konnten sie hier wertvolle Informationen ergattern.

«Wozu haben unsere Kollegen in Zürich Sie so lange befragt, Herr Bleibtreu? Und sagen Sie mir jetzt nicht, dass Sie keine Ahnung haben.»

«Zu meiner Beziehung zu Stutz, konfliktbeladene Beziehung, wie sie sich ausgedrückt haben», begann Bleibtreu, seufzte und strich sich augenscheinlich am Ende seiner Kräfte über die Stirn. «Sie wollten genau wissen, wann das angefangen hat, was er wann zu mir gesagt hat, wie ich darauf reagiert habe, was ich dabei gedacht, gefühlt habe. Zu meiner beruflichen und persönlichen Überforderung. Dann zu meinem gravierenden – auch ihre Worte – Drogenproblem, warum, wie viel, zu welcher Gelegenheit. Wann Herr Stutz dahintergekommen ist. Wie mir zumute war, als mich mein Vorgesetzter immer wieder anspornte zu trinken, sich über mich lustig machte, als ich seiner Aufforderung nicht nachkam. Wie mir dabei zumute war, als er zusammenbrach. Und dann alles noch mal von vorne.»

«Es ist doch klar, worauf das hinausläuft, oder?», fragte Vales und schaute Santoro und Zina am Tisch abwechselnd empört und anklagend an, als könnten diese für die gestrige Befragung verantwortlich gemacht werden.

«Sagen Sie es uns, meine Herren, wir waren nämlich nicht dabei», sagte Santoro.

«Herr Kommissar, das ist ja wohl offensichtlich. Sie haben Stefan als Täter auserkoren, so ist das», sagte Vales.

Das passt zu den Informationen, die wir heute Morgen erhalten haben, dachte Santoro. Wie praktisch. Was hat dann dieser Laptop in dieser Geschichte zu suchen? Und wer sucht so verbissen danach? Und wo bleibt das Token-Ding?

«Aber das ist doch absurd», fuhr Vales fort. «Er brauchte ja nur zu gehen. Und das hatte er auch vor. Nicht wahr, Steff?»

Bleibtreu zuckte einmal mehr nur mit den Schultern und stierte mit leeren Augen vor sich hin.

Während Vales aufsprang, um wie ein Anwalt eine Verteidigungsrede vom Stapel zu lassen, beobachtete Zina Bleibtreu mit Argusaugen und versuchte einzuschätzen, was sich in dessen Innerem abspielte. Im Augenblick schien er sich tatsächlich als Sündenbock zu präsentieren. Als Lämmchen, das sein Schicksal akzeptiert, wohl eher, dachte sie und ärgerte sich über seine scheinbare Ergebenheit.

Der kleine Kerl sieht ja aus wie ein Schaf vor den Toren eines Schlachthauses, wetterte sie still vor sich hin. Es weiss zwar nicht genau, was da drin auf es wartet, die Hoffnung auf eine leuchtende Zukunft hat es aber auf jeden Fall hinter sich gelassen. Aber dieser Mann war doch kein Schaf? Warum begehrte er nicht auf? Warum wehrte er sich nicht gegen die Rolle, die ihm aufgezwungen wurde?

Und wovor hatte er Angst?

Oder besser, vor wem? Und dann beschlich sie das ungute Gefühl, dass sie vielleicht die Szene falsch interpretierte.

Hatte der kleine Computerspezialist gar nicht Angst vor irgendwelchen Angreifern, die ihn reinreiten wollten, sondern vor einer Entlarvung?

Wer sagte denn, dass dieser Fall nicht so einfach war, wie er sich darstellte? Ihr Gefühl?

Die Überzeugung der alten Dame, Lina Stern, die fest an die Unschuld ihres Schützlings glaubte?

Täuschten sie sich alle, und Stefan Bleibtreu war der Mörder, den sie suchten, und der Fall war gelöst, und sie wollten es nur nicht wahrhaben? Weil der kleine Kerl so sympathisch, hilflos und hilfsbedürftig daherkam.

Schliesslich war er über Monate hinweg von diesem elenden Stutz geplagt worden, hatte alles geschluckt, hatte leise vor sich hin gelitten. Bis er an diesem Abend in der Tanzhalle, nach wiederholten Demütigungen, entschieden hatte, dem Ganzen ein Ende zu setzen? Und der Ausdruck in seinen Augen widerspiegelte nur die Angst, ertappt zu werden, die Konsequenzen seiner Tat tragen zu müssen?

Sein Schweigen und seine Passivität konnten auch anders interpretiert werden. Er wusste, dass er erwischt werden würde, und ergab sich seinem Schicksal, kämpfte nicht mehr, weil er wusste, dass alles vergebens war. Weil er schuldig war.

Und der Laptop, der Überfall und die Verwüstung? Das musste mit dem Mord gar nichts zu tun haben, erkannte Zina nun. Schliesslich waren es die beiden Lausbuben gewesen, die eine günstige Gelegenheit, das ganze Durcheinander, ausgenutzt hatten, die den Laptop des Bankers gestohlen hatten. Den nun jemand verzweifelt suchte?

Ja, so fügte sich alles zusammen. Das Resultat ihrer Überlegungen passte ihr zwar nicht, aber so könnte die Geschichte sich abgespielt haben. Mist, dachte sie. Die Zürcher haben recht, und wir verrennen uns in ein Labyrinth aus verrückten Hypothesen, und das alles nur, weil wir das Naheliegende, das Offensichtliche, das Einfache nicht wahrhaben wollen.

Nein, erkannte sie, in ihrer logischen Reihe war ein Fehler versteckt, da war sie sich sicher. Nur wo steckte dieser?

Und die Erkenntnis beschlich sie, dass gerade eine wichtige Information an ihr vorbeigeschrammt war.

Unterdessen hörte auch Santoro Vales' kämpferischer Rede nur mit halbem Ohr zu, beschloss, die endlosen Tiraden zu unterbrechen.

«Herr Bleibtreu, was wissen Sie über Stutz' verschwundenen Laptop?»

«Laptop? Verschwunden? Keine Ahnung.»

Während Bleibtreu ihn leicht verdattert anschaute, stand Miguel Vales aufrecht hinter ihm da, den Mund offen, die Arme immer noch ausgebreitet, als sei ein Film angehalten worden.

«Was ist in diesem Ding, Herr Bleibtreu?»

Da Vales zu einer Antwort ansetzen wollte, winkte Santoro ab und wies auf den leeren Stuhl. Nach kurzem Zögern setzte sich dieser hin und legte Bleibtreu wieder den Arm um die Schultern. Bleibtreu schenkte Vales ein schräges Lächeln und wandte sich Santoro zu.

«Darüber kann ich Ihnen nichts sagen. Ich kümmere mich um die Systeme, die Inhalte gehen mich nichts an. Fragen Sie doch meine Kollegen.»

«Nur sind die in Zürich und –»

«Nein», unterbrach ihn Bleibtreu. «Heute sind sie in Basel. Ich weiss es, denn ich hätte auch am Treffen in der Basler Filiale teilnehmen müssen. Aber jetzt bin ich natürlich ausgeladen worden.»

Während Santoro überlegte, wie sie sich in die Bank schleichen könnten, zeichnete sich ein Lächeln auf Bleibtreus Lippen ab.

«Gehen Sie lieber ins ‹Drei Könige›. Dort gehen sie immer über Mittag hin.»

Das war ja eine interessante Information und eine unverhoffte Gelegenheit, Bleibtreus Kollegen ein paar Fragen zu stellen, dachte Santoro. Dann wandte er seinen Blick wieder Bleibtreu zu. Dieser mimte wieder das berühmte Häufchen Elend, liess Schultern und Kopf hängen. Sichtlich kampfunfähig stierte er vor sich hin.

Santoro liess seinen Blick schweifen. Die hingeschmissenen Bücher, die umgeworfene Pflanze, der auseinandergenommene Plattenspieler, alles hatte der Eindringling – wenn es denn nur einer gewesen war – zerstört, zerschlagen, zertrümmert. Alles, nur nicht …

In diesem Augenblick hörte er den Kollegen an der Anrichte leise fluchen. Er war mit dem Abwasch fertig und machte sich daran, die Schublade der Kaffeemaschine zu öffnen, um die Kapseln herauszunehmen. Doch die Schublade liess sich nicht öffnen.

Und da wusste er es.

Die Kaffeemaschine!

Nichts hatte der Einbrecher verschont – ausser der Kaffeemaschine. Die unangetastet, gänzlich unversehrt an ihrem angestammten Platz stand, zuverlässig und fleissig Kaffee produzieren konnte.

Nur die Schublade liess sich nicht öffnen.

Santoro sprang auf und gesellte sich zum baumlangen Kollegen, der versuchte, in das Innere der kleinen Schublade zu linsen.

«Sie klemmt, etwas klebt an der oberen Wand.»

Santoro nahm wahr, dass nun alle schwiegen, drehte sich um und sah, dass Miguel Vales zur Salzsäule erstarrt auf die Schublade starrte, während Bleibtreu, den Kopf in seine Hände gestützt, in sich zusammenzufallen drohte. Zina schaute ihn mit grossen, fragenden Augen an, in denen er plötzlich ein Verstehen aufblitzen sah. Sie stand auf und gesellte sich zu ihnen.

«Lassen Sie mich da mal ran», sagte sie schlicht, nahm Handschuhe aus ihrer Hosentasche, zog sie an, worauf sie die Schublade vorsichtig in die Hände nahm, um sie leicht nach unten zu kippen, um eine Kapsel nach der andern mit spitzen Fingern zu entfernen. Nach einigem Ruckeln, Schütteln und Ziehen wurde die Schublade endlich aus der Maschine gezogen. Danach langte sie in die Öffnung, zog und riss, bis sie ihre Beute, die sie zwischen Zeige- und Mittelfinger hielt, ihren Zuschauern präsentierte.

«Was haben wir denn da?», fragte sie stirnrunzelnd.

«Nein!», schrie Miguel Vales.

«Alptraum», murmelte Stefan Bleibtreu.

«Eine ganz andere Geschichte», sinnierte der Riese.

«Amateure», dekretierte Santoro.

***

Sie marschierten am Sankt-Johanns-Tor vorbei, schweigend und in Gedanken versunken waren sie unterwegs zum Hotel «Drei Könige». Das «Drei Könige» war nicht nur das älteste und berühmteste Hotel der Stadt, bot nicht nur den höchsten Luxus an, nein, es war eine Institution, bot Geschichte und Geschichten an. Auf einem Balkon hatte Theodor Herzl gestanden und bedeutungsschwanger auf den Rhein geblickt, hier hatten Persönlichkeiten wie Picasso, Thomas Mann oder gar die Queen übernachtet.

Wie die meisten Einwohner Basels hatten auch Santoro und Zina noch nie einen Fuss hineingesetzt. Das «Drei Könige» war nichts für Normalsterbliche, seufzte Zina und liess die letzten Ereignisse Revue passieren.

Ihre Beute war genau das, wonach sie aussah, ein Briefchen mit einem Gramm Kokain darin. Die Männer der Spurensicherung, die praktischerweise noch in der Wohnung herumwerkelten, hatten bestätigen können, was alle Anwesenden schon bei seinem Anblick gewusst hatten.

Miguel Vales hatte gewettert, verzweifelt beteuert, dass sein Freund und Geliebter seit einem Monat sauber, in seiner Absicht, von diesem Teufelszeug loszukommen, absolut standfest sei und sowieso in allem, was ihm vorgeworfen werden konnte, gänzlich unschuldig war. Stefan Bleibtreu seinerseits hatte geschwiegen, dann darauf bestanden, einen Urintest zu machen, was gleich vor Ort absolviert werden konnte – die Spurensicherung hatte auch das übernommen –, dann war er wieder hinter einer Mauer des Schweigens verschwunden.

«Amateure», dekretierte Santoro und unterbrach damit das Schweigen.

«Unsere Spurensicherer?», fragte Zina leicht verdattert.

«Die auch. Das kommt davon, wenn diese Jüngelchen alleine gelassen werden. Die sind so von sich eingenommen, dass sie das Offensichtliche, das sich vor ihrer Nase tummelt, nicht erkennen können.»

«Ein Kokainbriefchen in der Kaffeemaschine.»

«Genau, Goldberg. Nur, wer versteckt seine kleine Reserve in einer Schublade, die dadurch nicht mehr aufgeht?»

«Wohl nicht der offensichtliche Verdächtige, unser kleiner Bleibtreu. Der scheint im Augenblick unerträglich harmlos und ziemlich zerdeppert, aber blöd ist er nicht.»

«Also werden es die Einbrecher sein oder der Einbrecher. Ich weiss gar nicht, warum ich immer mehrere schwarz gekleidete, vermummte Typen vor mir sehe, wenn ich an diese Räubergeschichte denke.»

«Weil die Wohnung so aussieht, als sei eine Horde Vandalen vorbeigekommen, die einzig und allein Angst und Schrecken verbreitet.»

«Womit sie anscheinend Erfolg haben. Zumindest was Bleibtreu anbelangt, der ist ja vor Schreck erstarrt. Bei seinem Partner hatten sie deutlich weniger Erfolg. Der Kerl imponiert mir, Goldberg, wie er unerschrocken nur an die Verteidigung seines Liebsten denkt.»

Ob es in meinem Leben auch jemanden gibt, der sich für mich

auf die Hinterbeine stellt, wenn ich mal in Gefahr bin, fragte sich Santoro. Doch jetzt war nicht der Augenblick für solche Überlegungen, er musste seine Gedanken bündeln, denn noch ein anderer Aspekt hatte das Bild mehrerer schwarz gekleideter Gestalten heraufbeschworen.

Auch Zina hatte den gleichen Gedanken verfolgt. «Aber auch, weil das Ganze nach einem abgekarteten Spiel aussieht? Noch heute Morgen sagten wir, dass die Zürcher nur noch auf ein materielles Indiz warten, um Bleibtreu zu verhaften, und kaum zwei Stunden später finden wir die Kokainbriefchen in seiner Wohnung. Wie praktisch, finden Sie nicht auch, Chef?»

«Anscheinend wollte jemand den Kollegen in Zürich unter die Arme greifen.»

Mittlerweile marschierten sie am Rhein entlang, Richtung Mittlere Brücke, ihr Ziel vor Augen. Während Santoro wieder in seinen eigenen Gedanken versunken war, schaute Zina in die Weite, liess den Wind sich in ihren Haaren verfangen, um ihre Nase wehen und genoss das Gefühl, dass er auch durch ihr überfülltes und überlastetes Gehirn wehte, dort unnötigen Ballast wegfegte, Unordnung in scheinbare Ordnung brachte und vielleicht sogar unter Gerümpel und einer dicken Staubschicht versteckte Erkenntnisse freilegen konnte.

Vor sich sah sie das Rheinknie und darüber den weiten Himmel, sah die schweren Wolken in allen Grautönen, die ihr entgegenrasten, freute sich, wenn auch nur für einen Augenblick, dass die Decke aufriss, um einige kleine blaue Flecken entstehen zu lassen. Um sie leider gleich wieder zu verschlucken, stellte Zina enttäuscht fest. Geradeaus blickte sie auf die Mittlere Brücke mit ihrer Kapelle in der Mitte.

Weit vorne, rechts, überragte das Münster mit seinen beiden Türmen die Stadt, das war zumindest noch bis vor kurzer Zeit so gewesen, denn dort vorne, links, ragte nun ein Turm in den Himmel, der die zwei Kirchtürme wie Teile einer Spielzeuglandschaft aussehen liess. Das höchste Gebäude, von einem Riesen der Pharmaindustrie errichtet, war zum neuen Wahrzeichen der

Stadt geworden, und bald sollte sich ein Zwillingsturm dazugesellen. Na ja, dachte Zina, ich weiss nicht, ob wir da wirklich viel dabei gewonnen haben. Früher die Kirche mit ihren lustfeindlichen Verboten, freiheitsraubenden Zwängen und ihrem patriarchalischen, Frauen erdrückenden Pomp und heute als Wahrzeichen der Stadt der alles überragende Turm des internationalen Grosskapitals mit seiner Sucht nach kopf- und zielloser Hast, seinen Profit- und Konkurrenzzwängen und seiner alles erdrückenden protzigen Selbstherrlichkeit. Viel Freizeit, Freiraum oder gar Freiheit liessen beide Alternativen nicht offen. Zina atmete tief durch, um sich nicht in Rage zu steigern. Rumpelstilzchen regiert, und sie entschied, dass genau dieses Märchen am besten zu ihrem Bankermord passte. Wie es den Frauen in diesem Märchen erging, daran wollte sie jetzt nicht denken.

Sie liess ihren Blick nach links schweifen, blickte auf Santoros Raubvogelprofil, von dem nur die Nase und die Augen zu sehen waren, da sein Schal den Rest verbarg. Immerhin hatte er sich so weit herabgelassen, gegen die Kälte einen Schal zu tragen, eine Mütze kam für ihn sicher nicht in Frage. Ein Mann mit Mütze? Affig, meine Liebe. Oder gar Kappe? Einfach nur deppert!

Zina lächelte still in sich hinein, als sie sich vorstellte, wie Santoro reagieren würde, wenn sie ihm angemessene Mittel gegen die Kälte vorschlagen wollte. Sie stellte leicht enttäuscht fest, dass er weiterhin, mit zu Schlitzen verengten Augen, stur geradeaus blickte, und entschied, dass von seiner Seite wohl noch keine Ablenkung und schon gar keine zündende Idee zu erwarten war.

Also liess sie ihren Blick weiterwandern und landete im Rhein, was ihr einen Schauer über den Rücken einbrachte. Stellte der Fluss auch im Hochsommer keine Verlockung für sie dar – wer wusste denn, was da alles in den Untiefen mitschwamm –, so liess der jetzige Anblick sie vor Kälte erzittern. Heute kam der Rhein in einem grünlichen Grau daher, die Oberfläche leicht vom Wind gekräuselt, mit Macht nach Norden fliessend. Die armen kalten Fische, dachte sie, immerhin waren es nicht mehr so viele. Das war aber nicht immer so gewesen.

Im Mittelalter musste ein Gesetz erlassen werden, das den Herrschaften verbat, ihren Bediensteten mehr als viermal in der Woche Lachs auf den Tisch zu stellen. Damals war der Rhein noch voller Lachse und diese das Billigste, was den Ärmsten zum Frass vorgeworfen werden konnte. Was diese jedoch nicht zu schätzen wussten.

Die fetten Fische waren seit Jahrzehnten aus dem Gewässer verschwunden. Vertrieben, dezimiert, ausgerottet von zu vielen Abwässern und vielfältigen Chemikalien. Davon hatte Basel mehr als genug zu bieten. Wobei es in den letzten Jahren wieder bergauf ging, nicht mit den Lachsen, aber jeder waghalsige Fisch, der sich bis in diese Gefilde hervorwagte, wurde in den Medien begrüsst. Die erste Forelle, Tapferste unter den Mutigen, die sich bis nach Basel durchgeschlagen hatte, wurde mit einem Medienrummel empfangen.

Der Rhein floss Richtung Meer, die mutigsten Forellen gleich mit und bald vielleicht sogar die nicht mehr zu billigen Lachse. Nur *sie* flossen nirgendshin. Ihre Gedanken, ihr ganzer Fall wirbelte in ihrem Kopf herum, schlossen immer mehr Elemente in den Kreis mit ein – die vielleicht gar nicht dazugehörten.

«Diese Verwüstung, als ob ein bösartiger Wichtel herumgewütet hätte», nahm Santoro wieder den Faden auf.

Rumpelstilzchen, dachte Zina, entschied jedoch, die Märchenperspektive auf später zu verschieben, lieber ganz pragmatisch vorzugehen.

«Die Frage ist, ob sie eingebrochen sind, um das Briefchen zu verstecken, oder ob das nur ein Nebenaspekt ist.»

«Und der Hauptaspekt?», wollte Santoro wissen.

«Die Suche nach dem Laptop?»

«Die unbekannten schwarzen Gestalten?»

«Ja. Die schwarzen Gestalten, Chef, die einen Banker ermordet haben, um den Laptop zu stehlen, der ihnen von Max und

Moritz vor der Nase weggeschnappt wurde, was sie aber nicht wissen können, deshalb verzweifelt nach dem Ding suchen.»

«Wir sind immer davon ausgegangen, dass Stutz an Verfolgungswahn litt, bevor er zusammengebrochen ist – bedingt durch das Kokain. Und wenn er wirklich jemanden gesehen hat? Wenn er wusste, dass jemand den ominösen Laptop stehlen wollte. Nur ist uns dieser Jemand durch die Lappen gegangen. Immerhin haben sich einige Bahnreisende in die Tanzveranstaltung gemischt, die wir nicht registrieren konnten. Aber das ist alles nicht mehr als eine recht unwahrscheinliche Vermutung.»

«Davon habe ich noch mehr zu bieten. Stellen Sie sich vor, dass sie eigentlich Oberhänsli vergiften wollten, dabei aber, quasi aus Versehen, diesen Stutz erwischt haben. Und nun lesen sie in den sozialen Medien, die alles ausplaudern, dass der kleine Bleibtreu der liebste Verdächtige der Zürcher ist. Was unternehmen sie dann?» Ohne Santoros Antwort abzuwarten, fuhr sie fort: «Sie belasten ihn noch mehr, indem sie ihm ein Briefchen unterschieben.»

«Und die verwüstete Wohnung?», warf Santoro ein.

«Angst und Schrecken. Wer unter Schock steht, kann sich schlecht verteidigen.»

«Was beim kleinen Bleibtreu offensichtlich geklappt hat. Aber nicht bei seinem betörenden Freund. Der verliert nicht so schnell die Nerven», sagte Santoro und hielt inne, denn ihm war gerade eine Idee gekommen. Eine Idee, die seiner Assistentin gar nicht gefallen würde. Trotzdem legte er los.

«Einen klaren Kopf hat dieser Kerl, und dazu ist er wild entschlossen, seinen kleinen Liebsten mit Klauen und Zähnen zu verteidigen», fuhr er fort, blieb stehen und schaute seine Assistentin an.

Zina schaute zuerst leicht verdattert zurück. Als ihr klar wurde, wohin diese Überlegungen führten, richtete sie sich auf und blitzte ihren Chef an. «Nein! Das ist vollkommen abwegig. Denken Sie nicht mal daran.»

«Ich denke, und ich rede sogar. Und Sie, meine Liebe, hören

mir gut zu. Was ist das Resultat dieser ganzen Verwüstung und des Auffindens des Kokains?»

«Dass wir nicht an die Schuld des kleinen Bleibtreu glauben können», gab Zina widerwillig zu.

«Und das hat sich vielleicht auch der treue und kämpferische Freund gesagt. Und gehandelt. Er verwüstet die Wohnung, versteckt ein Briefchen Kokain, das er seinem Freund weggenommen hatte, als der dieser Schweinerei verfallen war, und vergisst nicht, die Tür aufzubrechen. Und hofft, dass wir genau zu diesem Schluss kommen: Das Ganze sieht nach einem abgekarteten Spiel aus, Bleibtreu sollte das fehlende Indiz untergeschoben werden, also ist er unschuldig. Und es hat geklappt.»

Zina wollte nicht darüber spekulieren, ob diese ausgebuffte Strategie dem schönen Vales zuzutrauen wäre, denn die Antwort musste eindeutig Ja heissen. Besser, sie warf ihrem Chef andere Verdächtige vor die Füsse.

«Die netten Kollegen aus der Bank», sagte Zina ausser Atem, denn mittlerweile stiegen sie den steilen Hang Richtung Predigerkirche und Totentanz hinauf. Totentanz, weil dort hinten an der inneren Wand der Friedhofsmauer im Spätmittelalter ein Bild zu finden war, das wie eine Art Comic grinsende Skelette zeigte, die um die Bürger der Stadt herumtanzten. Das Bild sollte alle daran erinnern, dass der Tod jeden, ungeachtet seines Standes, aus dem Leben reissen kann.

In ihrem Fall passend, denn der Tangoabend hatte sich für einen der Beteiligten tatsächlich zu einem Tango mortale, zu einem Totentanz, entwickelt. Nur dass der Tote gar nicht getanzt hatte. Wer sich nicht in den Reigen einfügt, muss sterben, dachte sie, entschied, dass sie zusammenhanglosen Mist aneinanderreihte. Stutzte und fragte sich, ob sie da nicht gerade eine wichtige Erkenntnis erhascht hatte. Nur in welchem Zusammenhang?

Und sie fragte sich beklommen, ob der Reigen wirklich schon zu Ende war.

«Immerhin können wir diesen Herren gleich auf den Zahn

fühlen», unterbrach Santoro ihre Überlegungen und gleich darauf auch ihre Schritte.

Zina schaute zuerst ihn an, der nun mit offenem Mund wie ein Schaf im Regen vor sich hin starrte. Sie folgte seinem Blick. Na toll, noch einer, der wegen einer blöden busigen Blonden nicht darauf warten konnte … ja, was denn? Geschoren zu werden? Sie wollte schon losschreien, ihn schütteln oder vielleicht doch lieber davonrennen, als sie spürte, dass jemand sie am Arm packte und weiterzog.

«Da ist noch jemand zum Hotel unterwegs, Goldberg. Und diese Frau hat es eilig, sie marschiert, zielstrebig und angriffslustig. Wir sind nicht die Einzigen, die wissen, wer sich dort heute versammelt.»

In diesem Augenblick erkannte auch Zina, wer da ins «Drei Könige» einbog.

«Und jetzt weiss ich auch, wer gelächelt hat. *Sie* hat gelächelt, Goldchen. Als Stutz zusammengebrochen ist, war diese Frau glücklich. Sie hat sich gefreut.»

Sie beschleunigten ihre Schritte.

***

Sie hatten den uniformierten Portier, einen General aus einer Operette, gefragt, in welche Richtung die blonde Frau unterwegs war, mehr mussten sie nicht wissen. Sie folgten einfach den Stimmen. Den Stimmen, die immer lauter wurden.

Als sie an der Türe zum Salon ankamen, wollte Zina lossprechen, um die Frau zu unterstützen, die vor drei Männern stand und mit lauter, doch zitternder Stimme, die ihre zurückgehaltene Wut ausdrückte, Vorwürfe erhob.

Doch Santoro hielt Zina zurück.

«Wir wollen uns zuerst anhören, worum es sich hier handelt», flüsterte er.

Nur die Stimme der Frau war zu hören. Mittlerweile schwiegen alle Anwesenden in diesem Salon, der solche Gefühlsausdrücke sicherlich nicht gewohnt war. Interessante Farbkombination, dachte Zina. Dunkelbraune, bequeme Ledersessel mit violetten Kissen und Vorhängen. Bald richtete sie ihr Augenmerk auf die Menschen im Raum. Alle starrten leicht ungläubig auf die drei Männer, die in ihren Sesseln sassen, und auf die Frau vor ihnen, die aufrecht stand und einen anklagenden Finger auf sie richtete.

«Sie haben es alle gewusst! Aber Sie haben geschwiegen, weggeschaut, weggehört. Erbärmliche Feiglinge, alle miteinander!»

Als die Frau nach Luft schnappte, hob der ältere Herr beschwichtigend eine Hand und versuchte, sich zu verteidigen: «Meine Liebe, wir konnten doch nicht ahnen –»

«Sie wussten es. Sie wussten, was für ein Schwein Ihr Vorgesetzter war. Seine schmierigen Sprüche haben Sie auch gehört, seine Blicke auch gesehen.»

«Aber wir konnten doch nicht wissen, dass Sie sein Verhalten so verstörte, dass Sie so sensibel –»

«Halten Sie die Klappe, Herr Vogt! Sie sind der Schlimmste von allen. Denn Sie sind ein Heuchler. Immer so väterlich, unterstützend, verständnisvoll. Und Sie, Rentsch, Sie schleimige, widerliche Kreatur, Sie nehmen sofort Ihr blödes Grinsen von Ihrer Visage, sonst kümmere ich mich darum.»

Während die Frau sich dem jüngeren Banker näherte, der leicht verunsichert zurückwich, versuchte sich ein Mann an Santoro vorbeizuzwängen, doch er wurde aufgehalten, und ein Ausweis erschien vor seiner Nase. Bei dem Mann handelte es sich augenscheinlich um einen höheren Angestellten, der nur widerwillig stehen blieb und sichtlich beunruhigt in den Saal stierte. Es war wirklich nicht der Moment, Ruhe und Ordnung wiederherzustellen, dachte Zina. Nein, jetzt war die Zeit des Zorns angebrochen.

«Und als ich zur Direktion gegangen bin, um mich zu beschweren, um zu berichten, was dieses fette Schwein mir angetan hat? Was haben Sie dann da gesagt, Herr Vogt? Ein Missverständnis? Eine Fehlinterpretation? Ein sicherlich ungalanter, ungeschickter Annäherungsversuch? Und Sie, Rentsch! Sie miese geile Ratte. Sie haben sich selbst nicht getraut. Aber gefreut haben Sie sich, gefreut, dass Ihr Chef so forsch zur Sache ging. Ich sehe immer noch Ihr blödes Grinsen, als Sie ausgesagt haben, ich hätte die Aufmerksamkeit der Männer geradezu herausgefordert, mit meiner Mähne, mit meinen schwingenden Kleidern, mit meinen langen Beinen und meinen sinnlichen Blicken.»

«Es tut mir so leid, dass Sie es so schwer –»

«Klappe, Vogt! Sie haben sich alle versteckt hinter Ausflüchten, Ausreden und Erklärungsversuchen. Aber ich warne Sie. Damit ist Schluss. Es ist genug. Ich sage Ihnen, denn dafür bin ich gekommen, Sie werden jetzt berühmt, Sie kommen jetzt ganz gross raus. Die ganze Geschichte kommt ins Netz, und alle werden sie lesen können.»

«Sie können uns nicht an den Pranger –»

«Doch. Kann ich und werde ich.»

Damit drehte sich die aufgebrachte Frau ab und stürmte zum Ausgang. Zina breitete ihre Arme aus und schloss sie um die Frau, die laut aufschluchzte.

«Frau Winkler, kommen Sie mit mir. Wir suchen uns einen ruhigen Ort.»

***

Santoro sass den drei Männern schweigend gegenüber. Er war sich sicher, dass das schwache Glied in dieser Kette nicht mehr lange auf sich warten lassen konnte, bis es nachgab. Er setzte weder auf Angelo Rizzo, der scheinbar völlig entspannt mit seinem Smartphone etwas anstellte, noch auf den schwammigen Alois Rentsch, der ihn mit einem überheblichen Grinsen im Gesicht herausfordernd anschaute.

Nein, das schwache Glied war der ältere Herr, auf dessen Stirn sich Schweisstropfen bildeten, der nervös in seinem Sessel hin und her rutschte. Der Kerl ist reif für eine Beichte, dachte

Santoro. Er braucht nur noch einen klitzekleinen Schubs, und dann sprudelt er los.

«Herr Vogt, was ist mit Frau Winkler geschehen?»

«Ich hatte damit ganz und gar nichts zu tun.»

«Vogt, wir müssen diesem Polizisten nicht antworten. Das ist sowieso keine Angelegenheit für die Polizei», unterbrach ihn Rentsch.

«Dann haben Sie ja nichts zu befürchten», entgegnete Santoro. «Also, Herr Vogt, erzählen Sie von Anfang an, was in Ihrer Bank geschehen ist.»

«Die hat damit gar nichts zu tun. Im Gegenteil. In der Bank Schwaitz herrschen fortschrittliche Direktiven, die auch Frauen fördern und unterstützen. Zum Beispiel dürfen Frauen zu Hause arbeiten, wenn ihr Kind krank ist. Und der Mutterschaftsurlaub –»

«Sicher, Herr Vogt», unterbrach ihn Santoro. «Aber darum geht es jetzt nicht. Es geht um Ihren verstorbenen Chef, Herrn Stutz, nicht wahr? Und es geht darum, was er Selina Winkler angetan hat.»

Alois Rentsch verdrehte die Augen, Angelo Rizzo seufzte gelangweilt. Und Herr Vogt begann zögernd zu erzählen.

«Das ist lange her», sagte Selina Winkler. «Damals war ich noch jung und unvorstellbar naiv. Ich studierte Betriebswirtschaft und war überglücklich, dieses Praktikum ergattert zu haben. Danach habe ich das Studium aufgegeben. Ich bin geflüchtet. Ich wollte nie mehr mit solchen Männern zu tun haben. Stutz war natürlich ein widerlicher Kerl. Aber die andern waren nicht besser.»

«Wer waren die anderen?», fragte Zina.

Sie sassen in ihrem Büro. Selina Winkler hatte sich gerne bereit erklärt, hierherzukommen. Sie wolle lieber nicht in der Öffentlichkeit herumflennen, wie sie sich ausgedrückt hatte. Sie sass da, eine Tasse Tee in den Händen, und war bereit, eine Reise in die Vergangenheit zu unternehmen. Eine Reise, deren Ziel sie fürchtet, dachte Zina. Also werden wir keinen Schnellzug nehmen.

«Den muskulösen Kerl kenne ich nicht.»

«Angelo Rizzo.»

«Der muss neu sein. Aber die anderen zwei, die gehörten damals schon zur Gruppe», sagte Selina Winkler, um gleich wieder, den Blick nach innen gewandt, in Schweigen zu versinken.

«Ernst Vogt, der ältere Herr», half Zina nach.

«Damals war er natürlich noch nicht so alt, aber schon damals war er seit Ewigkeiten dabei, sozusagen mit der Bank verheiratet, loyal wie ein Wachhund. Er hatte seine Lehre in der Bank Schwaitz absolviert und war Jahr für Jahr die Karriereleiter aufgestiegen, und für diese Möglichkeit war er der Bank unendlich dankbar. Er hatte mich sozusagen unter seine Fittiche genommen, wie er sich ausdrückte, betonte immer wieder, wie gerne er sein Wissen weitergebe, wie gerne er den Nachwuchs fördere. Deshalb war es umso schlimmer, als er mich verraten hat.»

Selina Winkler hielt inne, schaute auf ihre Hände hinunter, die sie auf ihrem Schoss verschränkt hielt. Dann blickte sie Zina an und lächelte schief.

«Wenigstens habe ich mir über Alois Rentsch nie Illusionen gemacht. Er war von Anfang an eindeutig ein Widerling.»

«Sie müssen verstehen, dass Herr Stutz sich daran gewöhnt hatte, Erfolg zu haben, er hatte innovative Ideen, manchmal waren es schlicht Geniestreiche, kurzum, alles, was er in die Hände nahm, verwandelte sich in Gold. Deshalb ist er auch schnell aufgestiegen, hat immer mehr Verantwortung übernommen. Ein Erfolgsmensch eben. Die Bank hat auf ihn gesetzt, verstehen Sie?»

Santoro verstand noch nicht wirklich, was diese persönliche Erfolgsgeschichte mit der aufgebrachten Frau zu tun hatte, aber langsam konnte er sich vorstellen, worauf das Ganze hinauslief.

«Er war es einfach nicht gewohnt, ein Nein als Antwort zu erhalten, verstehen Sie, Herr Santoro?»

Nein. Santoro will nicht verstehen, dachte er grimmig.

«Zuerst habe ich mir gar nichts dabei gedacht. Ich hatte mich daran gewöhnt, dass mir Männer nachschauten, nachstarrten wohl eher. Nachgeiferten für manche. Stutz bildete da keine Ausnahme.»

Zina konnte sich sehr wohl vorstellen, dass die Frau, die ihr gegenübersass, viel Aufmerksamkeit vonseiten der Männer erhalten hatte. Sie entsprach mit ihrer Grösse, mit ihrem grossen Busen, der keck geradeaus ragte, mit ihren langen wohlgeformten Beinen, ihrer schlanken Taille und ihrer blonden Mähne dem Traum eines jeden Mannes. So wie sie vor ihr sass, den Kopf gesenkt, mit Tränen in den Augen, ein Taschentuch in den Händen, das sie ununterbrochen zerknüllte, überkam Zina ein leichtes Bedauern für die Frau. Die Männer hatten nicht weitergeschaut, hatten sich nicht gefragt, was sich hinter dieser schönen Fassade verbarg, wollten gar nicht wissen, wen sie vor sich hatten, was diese Frau sich für sich selbst wünschte. Sie scheute sich davor, weiterzufragen, denn sie fürchtete das Ende der Geschichte.

«Das galt natürlich auch für die Frauen. Er war einfach so lebendig, so energisch, so forsch. Und so erfolgsgewohnt. Er zog die Frauen an. Frauen mögen nun mal Männer in Machtpositionen, nicht wahr. Und wenn sie dann auch noch so charismatisch sind wie Herr Stutz …», sagte Herr Vogt.

«Die sind auf ihn geflogen wie die Wespen auf einen Topf voller Honig», ergänzte Alois Rentsch und kicherte.

Und du hast dich in seinem Glanz gesonnt, hast dich mit ihm identifiziert, hast ihm nachgeeifert, dachte Santoro und musste sich zusammenreissen, um diesem schleimigen Wichtigtuer nicht an die Gurgel zu gehen. Er tröstete sich mit der Vorstellung, dass Wespen zustechen können.

«Damals sah er auch noch ganz anders aus. Das können Sie sich vielleicht nicht vorstellen, aber damals war er attraktiv. Und ich war damals wohl auch anders. Naiv, unbedarft, einfach sehr jung. Er war schlanker, sportlich, und er konnte auch sehr charmant sein. Das war er auch am Anfang. Hat mir dauernd Komplimente gemacht, hat meinen Einsatz, meine schnelle Auffassungsgabe gelobt. Mein Gott, war ich blöd», schloss Selina Winkler, seufzte und schüttelte den Kopf.

«Das hielt aber nicht an», mutmasste Zina.

«Nein, das hielt nicht lange an. Sobald ihm klar wurde, dass seine Annäherungsversuche nicht fruchteten, hat er sich gewandelt. Ich habe nicht auf seine Flirtversuche reagiert, ich wollte nicht mit ihm nach Feierabend etwas trinken gehen, ich wollte ihn nicht auf Kongresse begleiten, ich wollte nicht mit ihm Mittag essen gehen. Meine Güte, der Mann war ja mindestens zwanzig Jahre älter als ich.»

Aber dass *sie* zwanzig Jahre jünger war als er, stellte für Stutz kein Hindernis dar. Ganz im Gegenteil, dachte Zina.

«Frau Winkler schien auch gar nichts gegen seine Aufmerksamkeiten zu haben. Sie hat gelächelt, wenn er ihr ein Kompliment machte, hat gestrahlt, wenn er sie lobte, verstehen Sie?», fragte Vogt.

Warum will der Kerl unbedingt, dass ich ihn verstehe, fragte sich Santoro. Was hat er sich vorzuwerfen?

«Die hat das regelrecht herausgefordert mit ihrem aufreizenden Getue», sagte Rentsch.

«Sie war höflich, freundlich und immer guter Dinge. Mehr nicht, Herr Rentsch. Sie war eine hübsche, charmante junge Frau, mehr nicht», entgegnete Herr Vogt streng.

Der Kerl ist der Einzige, der ein Gewissen hat, dachte Santoro. Er weiss, dass er eine Gemeinheit gedeckt hat. Und das lastet auf ihm.

Hoffentlich nicht zu knapp.

«Also reagierte er immer ungehaltener, gereizter. Aber aufgegeben hat er nicht. Ganz im Gegenteil. Irgendwie ist er mir auf die Pelle gerückt, er kam mir dauernd zu nahe, hat mich bei jeder Gelegenheit berührt, aber immer, als sei es unabsichtlich. Zum Beispiel hat er mir die Türe aufgemacht und mich bei der Schulter berührt, um mich hinauszuführen, oder er hat mir etwas übergeben, und dabei haben sich unsere Hände wie zufällig berührt. Solche Dinge eben.»

«Haben Sie versucht, etwas dagegen zu unternehmen?»

«Ich habe versucht, ihn auf Abstand zu halten, ohne grossen Erfolg natürlich. Und dann habe ich mir auch immer versucht einzureden, dass alles gar nicht so schlimm sei, dass ich mir alles nur einbilde, dass seine Berührungen nur zufällig, unbeabsichtigt seien. Und ich wusste natürlich, dass mein Praktikum nicht ewig dauern würde. Ich habe mir gesagt: Halte durch, und bald ist alles vorbei und vergessen.»

«Aber so ist es nicht gekommen.»

«Nein. Ich hätte es kommen sehen müssen.»

«Ich wusste ja, dass Herr Stutz, salopp ausgedrückt, nichts anbrennen liess. Dass er sich sehr um die Gunst dieser bezaubernden Frau bemühte, war offensichtlich. Aber auf das, was dann geschah, war ich nicht gefasst. Keiner von uns hat so etwas kommen sehen», erklärte Herr Vogt, einmal mehr verständnisheischend.

«Was hat die denn erwartet mit ihren kurzen Röcken, ihren knappen Blüschen und ihrem aufreizenden Lächeln, dass niemand hinlangen würde?», fragte Alois Rentsch.

«Diese Weiber! Schicken eine Einladung und wundern sich, dass sie eine Antwort bekommen», meldete sich Angelo Rizzo zum ersten Mal zu Wort.

«Was wirklich geschehen ist an diesem Abend, wissen wir nicht. Wir waren nicht dabei, verstehen Sie, Herr Santoro. Die beiden Versionen waren so unterschiedlich. Ich wusste nicht, was ich von dieser Sache halten sollte.»

«Und was ist nun an diesem Abend geschehen, Herr Vogt?», fragte Santoro, der dieser Befragung ein Ende setzen wollte.

Dass die Geschichte ein böses Ende nehmen würde, das war schon lange klar. Dass er die Anwesenheit dieser Männer noch lange erdulden konnte, war es viel weniger.

«Der Mann war wie eine Krake, seine Arme waren überall.»

Selina Winkler hielt ausser Atem in ihrer Erzählung inne.

Was sie bisher gehört hatte, dachte Zina, war eine dieser Geschichten, wie sie in den vergangenen Wochen haufenweise im Netz zu lesen waren.

Die Falle war zugeschnappt, die junge Frau war arglos hineingetappt, war nicht darauf vorbereitet gewesen. Sie hatte erwartet, das Zimmer leer vorzufinden, wollte nur den Bericht, den Stutz ihr zur Korrektur zurückgegeben hatte – er hatte sie besonders freundlich auf die Mängel hingewiesen –, auf sein Pult legen, um dann schnell in den Feierabend zu sausen. Aber so war es nicht gekommen. Stutz erwartete sie, befand sich bald zwischen ihr und der Tür, hatte sie plump angebaggert, wie sich Selina Winkler ausdrückte, und als seine Strategie nicht fruchtete, war er über sie hergefallen.

«Zuerst war ich wie erstarrt, das Ganze schien mir so unwirklich. Ich konnte gar nicht glauben, dass mir so etwas passieren konnte. Und schon lag er über mir. Jetzt weiss ich, warum diese Dreckskerle alle ein Sofa in ihrem Arbeitszimmer haben. Er hat gekeucht, hat wirren Mist geschwafelt. Du willst es doch auch, komm, zier dich nicht, du magst das doch, wenn man dich richtig rannimmt.»

Zina fragte sich, ob irgendwo irgendwer ein Lexikon für Möchtegern-Vergewaltiger erarbeitet hatte. Anscheinend verfügten sie alle über den gleichen beschränkten und verlogenen Wortschatz.

«Plötzlich bin ich aus diesem Alptraum aufgewacht, habe geschrien, habe versucht ihn abzuwehren. Aber das hat ihn nur noch mehr angemacht. Also habe ich zugeschlagen. Mit meinen

Ellenbogen, mit meinen Knien. Er hat aufgeschrien, ich konnte mich befreien. Und ich bin davongerannt.»

«Was haben Sie dann unternommen?»

«Am nächsten Tag bin ich zur Direktion.»

«Ich konnte ja nur darüber berichten, was ich selbst gesehen und gehört hatte. Und das war keineswegs unangebracht.»

«Ach was, Vogt, haben Sie sich nicht so. Die hatte doch dieses ganz bestimmte Glitzern in den Augen. Die war scharf wie Napalm», schloss Alois Rentsch und grinste in die Runde.

Santoro drückte seinen Rücken gegen die Lehne und schaute starr auf seine Füsse. Er musste unbedingt verhindern, dass sie losstürmten. Er spürte, wie seine Nägel sich in seinen Handballen vergruben, spürte den Schmerz, wartete, bis die rote Wolke vor seinen Augen sich langsam auflöste. Er hörte undeutlich, wie der ältere die beiden jüngeren Männer ermahnte. Doch viel Erfolg hatte er damit nicht. Er hörte die beiden lachen.

«Sie machen der Bank keine Ehre, meine Herren», ermahnte sie Herr Vogt tadelnd. «Was soll der Kommissar nur von uns denken.»

Das willst du mit Sicherheit nicht hören, dachte Santoro.

«Sie waren korrekt und freundlich, haben versprochen, der Sache nachzugehen. Sie müssten natürlich auch die Sichtweise Herrn Stutz' berücksichtigen.»

Selina Winkler hielt inne, lehnte sich zurück, seufzte, und ein ironisches Lächeln zeichnete sich auf ihren Lippen ab.

«Damals habe ich tatsächlich gedacht, das Schwein bekommt, was er verdient.»

«Und was ist dann geschehen?», fragte Zina.

«Stutz hat erklärt, das Ganze sei ein bedauerliches Missverständnis. Er habe nur auf meine eindeutige Aufforderung reagiert, sei schockiert über meine unangemessene, brutale Reaktion gewesen.»

«Es stand Aussage gegen Aussage, nicht wahr. Leider hat das Frau Winkler schlecht aufgenommen. Ein Gespräch mit Herrn Stutz, zur Klärung, verstehen Sie, um dieses leidige Missverständnis aus der Welt zu schaffen, hat sie leider abgelehnt.»

«Und?», hakte Santoro nach. «Welche Sanktionen hat die Bank ausgesprochen?»

«Massnahmen in diesem Sinne konnten, aufgrund dieser Pattsituation, natürlich nicht ergriffen werden. Aber im Sinne des Vorsichtsprinzips wurde beschlossen, dass, solange Herr Stutz die Leitung unserer Abteilung innehat, nur männliche Mitarbeiter eingestellt werden sollten. Das ist natürlich bedauerlich, denn seither fehlt uns die weibliche Note.»

Was ihr braucht, ist nicht eine Note, sondern eher, dass euch ein Marsch geblasen wird, dachte Santoro. Er wusste nicht, ob er vor Wut oder eher vor Lachen platzen sollte. Aber um seine Empfindungen ging es im Augenblick wirklich nicht. Jetzt ging es darum, die kurzzeitige Offenheit dieser Kerle so weit wie nur möglich auszunutzen, bevor sie sich daran erinnerten, dass sie gar nicht mit ihm reden mussten.

«Was ist mit Frau Winkler geschehen?»

«Sie hat ihr Praktikum abgebrochen. Und wir haben sie nie mehr gesehen», sagte Vogt.

«Bis auf letzten Freitagabend», sagte Santoro.

«Ich muss gestehen, dass ich sie nicht wahrgenommen habe», erklärte Herr Vogt.

Wann hast du das je?

«Ich habe mein Studium abgebrochen, bin zu meinen Eltern zurückgezogen, habe mich monatelang eingeigelt. Ich habe mich mit Selbstvorwürfen überschüttet.»

Zina musste sich beherrschen, die Frau, die ihr gegenübersass, nicht anzuschreien. Was fiel den Frauen nur immer ein, die Verantwortung für Entscheidungen und Handlungen anderer zu übernehmen?

«Was warfen Sie sich denn vor? Sie waren doch das Opfer!»

«Heute weiss ich das auch», antwortete Selina Winkler mit einem Augenzwinkern. «Aber damals schwirrten so viele Fragen in meinem Kopf herum. Wie konnte ich nur so naiv sein? Warum habe ich ihn nicht bewusster auf Distanz gehalten, ich hätte klarere Signale setzen müssen. Womit habe ich den Überfall provoziert? Was wäre geschehen, wenn ich längere Röcke oder Hosen getragen hätte? Und dann gleich alles nochmals von vorne und im Kreis herum.»

«Und wie haben Sie aus dieser Selbstzerfleischung herausgefunden?»

«Mein Vater hat mir irgendwann den Kopf gewaschen. Mich richtiggehend angeschrien, mir verboten, mein Leben von diesem Frauenhasser bestimmen zu lassen, damit gedroht, den Scheisskerl zusammenzuschlagen. Das war die kürzeste Therapie, die ich je erlebt habe. Und ich bin aus dem Alptraum erwacht.»

Selina Winkler lehnte sich zurück, warf ihre Haare nach hinten und lächelte zum ersten Mal.

Das Lächeln. Was hatte ihr Chef erzählt? Die Frau hat gelächelt.

«Als Stutz zusammenbrach, haben Sie gelächelt.»

«Das ist gut möglich. Schliesslich glaubte ich in diesem Augenblick, dass meine Gedanken töten könnten», sagte Selina Winkler lachend. Doch plötzlich hielt sie inne und schaute Zina besorgt an.

«Sie glauben doch nicht im Ernst, dass ich ihn umgebracht habe?»

Nein, das will ich nicht glauben. Aber die Möglichkeit durfte sie nicht ausschliessen, so gerne sie das auch getan hätte.

«Ich habe gelesen, dass Ihrer Bank eine Entlassungswelle bevorsteht. Wie geht es Ihnen dabei?», fragte Santoro so harmlos wie möglich.

Er wollte die Gelegenheit ergreifen, herauszufinden, ob nicht einer von Stutz' Kollegen seinen Chef um die Ecke gebracht hatte, um einer Entlassung vorzubeugen. Schliesslich war Stutz negativ aufgefallen. Der Chefetage hatte der Wirbel um die Affäre Winkler sicherlich nicht gefallen. Vielleicht nahmen die Herren die Entlassungswelle zum Vorwand, die ganze Bagage zu entlassen.

«Nö», unterbrach Alois Rentsch Santoros Überlegungen. «Wir haben nichts zu befürchten. Strategisch sind wir unentbehrlich», schloss er selbstgefällig.

Das ist ja interessant. Der Idiot plaudert aus dem Nähkästchen. Zu diesem Schluss waren anscheinend auch seine Kollegen gekommen.

Ernst Vogt schaute ihn finster an.

Angelo Rizzo stand auf.

Der eiserne Vorhang ist wieder runtergerattert.

VIERZEHN

Zuerst hatte Santoro dem General die letzten Verwicklungen ihres Falls rapportiert, was dazu geführt hatte, dass dieser den ganzen Fall zum Teufel und die Zürcher Kollegen im Besonderen in die Wüste gewünscht hatte. Über das gefundene Briefchen, da musste er nicht überzeugt werden, sollte den Zürchern erst am folgenden Morgen berichtet werden. Denn das konnte nur bedeuten, dass Bleibtreu verhaftet wurde – denn jetzt hatten sie ja ihren erwünschten materiellen Zusammenhang, so unwahrscheinlich dieser auch daherkam. Das konnten sie zwar nicht verhindern, aber verzögern konnten sie diese unausweichliche Konsequenz alleweil.

Dann hatte Santoro seinen Vorgesetzten über ihre neue Verdächtige informiert, die sie zwar nach Hause geschickt hatten, jedoch begleitet von der Spurensicherung.

Selina Winkler hatte sich sofort bereit erklärt, eine Blutprobe und einige Haare abzugeben. Die Resultate konnten sie nicht vor dem nächsten Morgen erwarten.

Darauf hatte er sich und seine Assistentin in eine Pause geschickt.

Nun lag er auf seinem Bett und versuchte sich zu entspannen.

Zwar herrschte um ihn herum Stille, er konnte die Augen schliessen und sie in die Dunkelheit blicken lassen, doch es half nichts. Und daran war das andere Bett schuld.

Das andere, leere Bett.

Zina Goldberg boxte ins Leere und marschierte vor sich hin, kam jedoch nirgendshin. Genauso fühlte sie sich. Sie wusste nicht, ob sie vor lauter Wut um sich schlagen oder lieber davonrennen sollte. Sie hoffte inständig, dass weder in der Wohnung noch in den Proben Spuren von Kokain gefunden wurden.

Denn sonst mussten sie Selina Winkler ernsthaft als Mörderin ins Auge fassen.

Sie dachte an alle diese Frauen, denen nichts anderes übrig blieb, als ihrer Entrüstung in den sozialen Medien Luft zu machen, weil die Justiz nicht fähig war, ihnen Gerechtigkeit zu gewähren. Auch die Klagen Selina Winklers waren nicht ernst genommen worden. Hatte die Frau aus lauter Verzweiflung die unerwartete und doch sehr günstige Gelegenheit ergriffen, ihrem Peiniger ein Briefchen Kokain ins Sektglas zu schütten? Hoffentlich nicht, dachte Zina, stieg vom Crosstrainer und marschierte Richtung Sauna.

Er konnte die Augen schliessen, sich auf die andere Seite drehen, sich weit weg denken – das Bett blieb.

Das Problem, gestand sich Matteo Santoro nach einigem Herumwälzen ein, ist nicht, was da ist, sondern, was nicht da ist. Was nicht mehr da ist.

Wer nicht mehr da ist.

Die Leere starrte ihn aus der Tiefe des leeren Bettes an.

Seine wunderschöne, immer verständnisvolle, schlicht perfekte Ehefrau war verschwunden.

Zumindest für ihn.

Und er hatte es nicht besser verdient, das gestand er sich endlich ein und fühlte eine unendliche Trauer in sich aufsteigen.

Sie hatten zusammen lange und gut funktioniert. Vor allem sie. Er hatte vor allem gearbeitet, sich an seinen Kindern gefreut, sich ab und zu sogar mit ihnen beschäftigt, an Familienanlässen – die *sie* organisiert hatte – teilgenommen. Er hatte ihren Geburtstag nie vergessen, hatte sie zu ihrem Hochzeitstag ausgeführt, hatte ein neues Kleid, eine neue Frisur nicht unkommentiert gelassen, hatte ihre Kochkünste gelobt und gewürdigt.

Aber er hatte sie nie wirklich kennengelernt, war unfähig zu sagen, was sie bewegte, was ihr wirklich wichtig war, wusste letztlich nicht, wer sich hinter dieser reizenden, sanften und doch sehr glatten Fassade versteckt hielt. Er war nie neugierig gewesen.

Dies aus einem einfachen Grund. Er hatte sie zwar begehrt, zumindest lange Zeit, hatte jedoch nie ihre Nähe gesucht, sie nie geliebt.

Und nun hatte sie einen anderen Mann gefunden, der ihr alles geben konnte, was er ihr nicht geben wollte, nicht geben konnte, und war verschwunden.

Er öffnete die Augen, drehte sich um und schaute auf das leere Bett, das vorwurfsvoll zurückstarrte.

Das Bett muss weg!

Zina sass in der Sauna und schwitzte vor sich hin, stellte sich vor, wie ihre Anspannung, ihre Wut aus ihren Poren herausfloss, sie verliess, Platz schuf für neue Gedanken und Ideen. Wie kam es denn, dass Gewalt gegen Frauen nicht, zumindest nicht effizient, geahndet wurde? Weil ansonsten die Herrschaft der Männer über die Frauen gar nicht mehr aufrechterhalten werden konnte? Weil dann das ganze patriarchalische Kartenhaus in sich zusammenfallen würde? Was könnte geschehen, wenn Frauen diese tief greifende Angst loslassen könnten, die auch in ihr lauerte? Wohin könnten diese freien Energien fliessen?

Frauen warteten nicht auf gewalttätige Männer, um sich unglücklich zu machen. Zumindest hatte ihr Fall das deutlich gemacht, musste sie sich eingestehen.

Das Bild der kleinen, immer so mürrischen Rüdisühli entstand vor ihrem inneren Auge. Sie nutzte ihre Energie, um sich über alle und alles zu ärgern, um sich unbeliebt zu machen, wem auch immer sie begegnete, um jede Beziehung zu vergiften. Hatte sie letztlich zu ganz realem Gift gegriffen, um den Frauen zu schaden, die ihr die Anerkennung verweigerten, die ihr ihrer Meinung nach zustand?

Und dann diese verbissene Sabine Oberhänsli, die ihre ganze Energie darauf verwendete, ihren herzschwachen Ehemann zu kontrollieren, an sich zu fesseln. Hatte sie es einfach nicht verwunden, als sie erfahren musste, dass sich der kleine Fliegenmann ab und zu Eskapaden auf dem Tanzparkett leistete? Hatte sie ihn lahmgelegt? Oder hatte sie versucht, ihre vermeintlichen Konkurrentinnen aus dem Rennen zu werfen?

Bei Selina Winkler, da lag der Fall ganz anders. Ihr Leben hatte durch männliche Gewalt tatsächlich eine drastische Wendung erfahren. Sie hatte ihr Betriebswirtschafts-Studium aufgegeben, hatte sich für Psychologie entschieden. Warum studierten eigentlich so viele Frauen dieses Fach? Und warum lebte diese wunderhübsche Frau alleine? Fehlende Angebote waren in ihrem Falle sicher nicht das Problem.

Zina konnte sich, leider, sehr wohl vorstellen, dass Selina Winkler ihre Wut über die Jahre in sich getragen hatte, bis sich eine unerwartete Gelegenheit präsentierte.

Und dann hatte sie zugeschlagen.

Und gelächelt, als ihr Peiniger endlich seine gerechte Strafe erhalten hatte.

Vor lauter Überlegungen hatte sie ganz vergessen, wo sie sass, und musste nun feststellen, dass sie wie ein gedämpfter Uhu … ja, was machte eigentlich ein gedämpfter Uhu? Egal, befand sie. Was sie tun musste, war klar. Sie schnappte sich ihr Badetuch und flüchtete aus der Sauna.

«Schräg halten! Du musst das Bett schräg halten! Kippen, Marco, kippen!», befahl Matteo Santoro seinem Sohn und versuchte seinen Geduldsfaden, der auf dem Weg vom Schlafzimmer zu dieser Kellertür immer dünner geworden war, nicht reissen zu lassen. Welcher Idiot hatte auch diese viel zu enge Türe und die dahinterliegende Treppe, die gleich um eine enge Kurve bog, konzipiert. Sicher einer dieser Deppen, die nie das Bett ihrer entschwundenen Ehefrau in den Keller verschwinden lassen wollten. Zumindest nicht selbst.

«Jetzt nach unten! Nein, nicht du nach unten! Ich nach unten, du nach oben! Achte auf deine Hände!», wies Santoro seinen Sohn weiter an.

«Stress mich nicht so! Schau lieber auf deine Füsse. Ich will dich nicht dort unten zusammenwischen müssen, weil du zerbröselt bist.»

Jetzt wurde sein überangepasster Sohn auch noch frech, dachte Santoro verdrossen. *Mamma mia*, war das anstrengend, sich von seiner Frau zu trennen und vor allem sich der Spuren zu entledigen.

Rumpelstilzchen.

Sie hatte gehofft, mit dem Lesen des Märchens mehr über diese Banker herauszufinden, die über so viel Macht verfügten, die mit so viel Geld herumjonglierten, die letztlich auch über ihr eigenes Leben herrschten, die am Ende auch ihre Zukunft in den Händen hielten – diese modernen Rumpelstilzchen.

Sie lag wieder gemütlich und warm in ihren Badetüchern eingewickelt auf der Liege und hätte sich entspannen können, doch ihre Lektüre liess ihr ein Schaudern über den Rücken laufen. Das war ja nicht zum Aushalten, dachte sie. Auch hier ging es um das Schicksal einer Frau. Da war nur die Rede von männlicher Dominanz und weiblicher Fügsamkeit, Bedürfnis- und Willenlosigkeit einer jungen Frau, die eine vollkommen unmöglich zu erfüllende Aufgabe zu lösen hat. Sie muss Stroh zu Gold spinnen, was sie natürlich nicht kann – ausser mit Hilfe des Kobolds. Rumpelstilzchen macht das Unmögliche möglich, aber zu einem unermesslich hohen Preis. Die Frau muss ihm hörig sein, sie muss ihm ihr Kind schenken. Sie hat keine Wahl, denn geht sie nicht auf den Handel ein, muss sie sterben.

Zina las den Text zwar weiter, konnte jedoch kaum aufnehmen, was sie sah. Nur Wortfetzen blieben hängen. Rechtlosigkeit, Manipulation aller Frauen, Auslieferung an den Mann, jede Generation gestaltet, übergibt der nächsten die gewünschte Frau, keine eigene Identität, von Männern zur Frau gemacht, Anpassung an widrigste Lebensumstände.

Hatte eine Frau ihr ganz persönliches Rumpelstilzchen ermordet, um endlich frei zu sein? Das konnte dann sehr wohl die schöne Selina Winkler sein.

Oder war es genau umgekehrt, und ein Rumpelstilzchen hatte zugeschlagen, nach dem Motto, wer sich nicht unterordnet, wird bestraft und findet sich würgend über einer Schüssel wieder? Dann hatte sie aber den kleinen Wicht übersehen, musste sich Zina eingestehen.

Am Ende der letzten Seite angekommen, konnte Zina aufatmen. Die Frau sucht und findet die Lösung: den Namen des so übermächtig erscheinenden Kobolds.

Das wollte sie nun auch tun. An diesem Abend hatte sie schliesslich die Gelegenheit, mehr über diese Banker zu erfahren, die sich hinter so viel Unwissenheit vonseiten der Öffentlichkeit verstecken konnten. Auch ihr Motto hiess: Ach, wie gut, dass niemand weiss, dass ich Rumpelstilzchen heiss!

Aufgemotzte Gartenzwerge!

***

Zerberus schlief im Körbchen, im Korb eher, denn seine Schlafstätte gehörte eindeutig der A-Klasse an. Lina Stern hatte für ihre Katze einiges springen lassen, dachte Zina nachdenklich. Was brauchte dieses Biest ein solches Luxusmöbel aus echtem Korbgeflecht mit diesen riesigen Kissen. Zudem würde sie es ihrer Herrin in keiner Weise danken. Geniessen schon, musste sie zugeben, denn Zerberus schnurrte friedlich vor sich hin. Trotzdem. Sie traute dem Frieden nicht, und das tat auch Lina Stern nicht, denn auch sie linste immer wieder misstrauisch Richtung Korb.

Aber sie waren nicht hier, um eine notorisch neurotische Katze zu beaufsichtigen und sich auf ihre nächsten unsäglichen Eskapaden vorzubereiten. Sie waren hier, um mehr über das Bankenwesen, über die Bank Schwaitz und deren Torheiten zu erfahren. Und jetzt sollte es losgehen, denn der Gast, den Lina Stern eingeladen – herzitiert? – hatte, fügte seinem Kaffee einen

Löffel Zucker bei, rührte mit dem Löffel bedächtig in seiner Tasse und schaute aufmerksam in die Runde. Zina fielen sofort seine wachen Augen auf, in denen etwas aufblitzte, das sie als Intelligenz diagnostizierte.

Er war ihnen bei seiner Ankunft als Herr Meyer vorgestellt worden – ein lieber langjähriger Freund, wie sich Lina Stern ausgedrückt hatte. Zina hatte da ihre Zweifel. Nicht an der langjährigen Freundschaft, denn die vertraute Komplizenschaft zwischen den beiden war unübersehbar. Nein, beim Namen hatte sie ihre Zweifel, denn sein Aussehen passte eher zum Nahen Osten, seine schwarzen Haare, sein dunkler Teint, seine markanten Züge einfach nicht zu diesem typisch schweizerischen Namen.

Klar war, dass er über einiges Geld verfügte, was sich in seiner dezenten, doch hochwertigen Kleidung niederschlug. Der Anzug sah eindeutig mehr nach Kaschmir denn nach Schurwolle und mehr nach Mass, denn nach Stange aus. Die Krawatte passte zum Ganzen und war eindeutig aus Seide. Zudem waren seine Manieren ausgezeichnet und auch völlig selbstverständlich.

«Meine Liebe, das Mahl, das Sie für uns zusammengestellt haben, war einmal mehr wunderbar, und wenn ich das aussprechen darf, auch originell. Aus welchem Land stammen diese köstlichen Speisen? Ich tippe auf den Nahen Osten.»

«Syrien», war die lakonische Antwort von Lina Stern.

Herr Meyer blickte kurz nach oben, was mit einem kaum angedeuteten Kopfschütteln beantwortet wurde.

Also wusste der elegante Herr Bescheid. Erstens. Und zweitens waren die Räume im zweiten Stock zurzeit nicht belegt. Lina Stern hatte die Angewohnheit, Menschen auf der Durchfahrt, wie sie es nannte, für einige Tage oder Wochen bei sich aufzunehmen, was natürlich ein gewagter Euphemismus war, denn in Wirklichkeit handelte es sich bei diesen Menschen um Flüchtlinge, Illegale, Migranten oder wie auch immer sie genannt wurden. Ich gebe nur zurück, was mir gegeben wurde, war die immer gleiche Antwort, wenn die alte Dame darauf angesprochen wurde, was Zina nur wenige Male gewagt hatte.

Sie war ein ganz junges Mädchen, als ihre Familie aus Deutschland nach Frankreich geflüchtet war. Doch der Krieg und damit die Gefahr hatten sie eingeholt. Dort war sie versteckt und dadurch gerettet worden, von Menschen, die durch ihren Mut ihr eigenes Leben aufs Spiel setzten. Zu dieser Zeit kam Lina Stern nur selten aus ihrem Versteck und nur mit gutem Grund – um hohe Wehrmachtsoffiziere, die alleine unterwegs waren, zu eliminieren. Abzuknallen. Immerhin hatte sie diese Angewohnheit abgelegt, sagte sich Zina, was sie jedoch nicht wirklich zu beruhigen vermochte.

Durch ihren Exkurs in die Vergangenheit hatte Zina den Anfang verpasst. Herr Meyer hatte mit seinem Vortrag begonnen, also war es an der Zeit, wieder in der Gegenwart zu landen, ermahnte sie sich und versuchte die Worte, die sie hörte, einzureihen.

«Senkung der Steuerlast für die höchsten Einkommen, damit die Reichen Investitionen tätigen – so lautete zumindest der offizielle Diskurs –, verbunden mit der Abschaffung der Vergünstigungen für die Ärmsten, um das Steuervolumen zu vergrössern. Deregulierung der Volkswirtschaft, Zerschlagung des öffentlichen Sektors, was bedeutet, dass alles und jedes privatisiert werden muss. Staatliche Subventionen müssen gestrichen werden, was zum Beispiel dazu führt, dass in der Dritten Welt die Preise für Grundnahrungsmittel nicht mehr wie bisher, dank staatlicher Intervention, auf einem sehr niedrigen Niveau gehalten werden können. Dann, und dieses Thema interessiert Sie wohl im Rahmen Ihres Falles mehr, die Aufhebung aller Einschränkungen für die Finanzmärkte.»

«Und wann wurde das beschlossen?», wollte Santoro wissen.

«In den achtziger Jahren. Die wichtigste Konsequenz dieser Freisetzung ungeahnter Finanzkräfte ist meiner Meinung, dass die Staaten, die Politik im Allgemeinen, also letztlich die Völker, die Macht über das Finanzwesen, die Kontrolle über die Wechselkurse, die Zinssätze und deren Einfluss auf die Derivate, vollkommen aufgegeben haben. Die Schaffung und die Verwaltung des Geldes liegen nun in den Händen privater Banken und Nationalbanken, die jedoch unabhängig von den Nationen und ihren Regierungen handeln können.»

Santoro wurde es schwindlig, die Informationsflut war zu gross. Aber vor allem fühlte er sich in einem riesigen Strudel gefangen, aus dem er sich nicht befreien konnte, auf den er keinen Einfluss hatte. Seine Verwirrung musste sich auf seinem Gesicht gespiegelt haben, denn Herr Meyer hielt in seinem Referat inne, und ein mildes Lächeln zeichnete sich auf seinem Gesicht ab.

«Niemand versteht heute wirklich das Finanzwesen, und was viel schlimmer ist, niemand kann es mehr kontrollieren. Es ist entfesselt worden, hat eine Eigendynamik entwickelt, die nicht mehr zu stoppen ist. Solange die Regierungen der einflussreichsten Länder die Zügel nicht wieder in die Hand nehmen, natürlich. Aber dazu scheinen sie im Augenblick nicht bereit zu sein.»

«Vielleicht könnten Sie die wichtigsten Folgen dieser Entwicklungen darlegen, mein Lieber», warf Lina Stern ein, sichtlich bemüht, mehr Klarheit in die Diskussion zu bringen. «Das könnte uns helfen zu verstehen, in welchem Kontext die Bank Schwaitz sich heute bewähren muss.»

«Blasen und Krisen. Eine nicht anhaltende Reihe Krisen auf der ganzen Welt, das ist die Folge dieser Entwicklung. Mexiko, 1994, Thailand, 1997, als aus spekulativen Gründen massive Geldbeträge aus diesen Ländern verschwanden. Von Thailand weitete sich die Krise wie eine Epidemie auf ganz Südostasien aus. Brasilien, die Türkei und Argentinien folgten. Wichtig dabei ist, dass die Zusammenbrüche nichts mit den realen wirtschaftlichen Bedingungen, mit den industriellen Entwicklungen dieser Länder zu tun hatten. Ganz und gar nicht. Es ging nur um kurzfristige Spekulationen anhand von Derivaten im Zusammenhang mit diesen Währungen. Auf die sogenannte Internetblase folgte die Krise der Subprimes im Jahre 2008, die zur sogenannten Rettung verschiedener Banken führte und dadurch die Verschuldung der meisten Staaten massiv vergrösserte.»

«Derivate?», fragte Santoro, eines der Worte aufnehmend, das er nicht verstanden hatte.

«Wettscheine, das sind diese Finanzprodukte letztlich. Entweder sie wetten darauf, dass die Leute ihre Schulden zurückzahlen, oder sie wetten, dass alles den Bach runtergeht. In beiden Fällen können sie Milliarden gewinnen. Und das ist nur eine Möglichkeit. Sie können auf alles Mögliche wetten.»

«Und wer hat diesen Unsinn losgetreten?», fragte Zina.

«Das waren hauptsächlich Thatcher und Reagan, also die Regierungen der USA und Grossbritanniens. Sie kamen zum Schluss, dass mit der Produktion von Waren in ihren Ländern kein grosser Gewinn mehr zu machen war, da andere Länder mit niedrigeren Löhnen, mit günstigeren Arbeitsbedingungen – das heisst konkret katastrophalen Arbeitsbedingungen – mehr Profit generierten. Also entschieden sie, dass ihre Länder auf Finanzprodukte setzen sollten.»

«Geld mit Geld generieren?», fragte Lina Stern nach.

«So könnte man es auch ausdrücken, ja, meine Liebe. Die Folge war erstens, dass in vielen Ländern eine Deindustrialisierung stattfand, also viele Betriebe schliessen mussten, Arbeitsplätze verschwanden, die Arbeitslosigkeit und damit die Armut exponentiell zunahm. Zusätzlich entstand ein enormer Druck auf die Betriebe, ihre Löhne niedrig zu halten. Sie sehen also, dass die Entwicklung nicht im Interesse der Industrie stattgefunden hat, denn Finanzprodukte bringen schnelles Geld und versprechen zudem hohe Profite. Die Industrie ist gezwungen mitzuhalten, was eine langfristige Planung und Investition erschwert. Und auch die Staaten kamen unter Druck, sie mussten ihre Ausgaben verringern.»

«Das mit den Staaten verstehe ich nicht», wandte Santoro ein.

«Seit die Nationalbanken unabhängige Institutionen sind, müssen die Staaten, um sich finanzieren zu können, Obligationen auf den Markt werfen. Die grossen Banken bestimmen die Zinshöhe dieser Obligationen, und diese ist natürlich mit Bedingungen verbunden.»

«Bedingungen?»

«Ja, Herr Santoro, Bedingungen. Die Banken wollen Sicherheiten und die Wahrung der Interessen ihrer Kaste gleich dazu. Meist heisst das: mehr Steuern für den Mittelstand, weniger Abgaben für die Reichen und multinationale Unternehmen, Abbau des Schuldenbergs – der entstanden ist, weil die Staaten die Banken retten mussten –, also weniger sozialer Ausgleich, weniger Sozialstaat, das heisst, weniger Geld für Schulen, Spitäler, Polizei. Dafür längere Arbeitszeiten und längeres Arbeitsleben, das Ganze verbunden mit unsicheren Anstellungsbedingungen.»

«Konkurrenzfähigkeit und Flexibilität, Schlankheitskur für die Staaten. So heisst das dann im Jargon dieser Liberalisierungsapostel», ergänzte Lina Stern grimmig.

«Aber davon haben wir doch nichts! Wer sollte denn so etwas befürworten? Wer profitiert von einem solchen System?», warf Zina ein.

«Die Kaste, Zinchen, die davon profitiert, schickt ihre Kinder in Privatschulen, ihre Kranken in Privatkliniken, verfügt über eigene Sicherheitskräfte und ist nicht an ein Land gebunden. Diese Leute sind nicht auf den Staat angewiesen.»

«Mein Vater», begann Santoro, «behauptet, dass zweiundsechzig Personen so viel besitzen wie die ärmsten drei Komma sechs Milliarden Menschen. Aber er ist ja auch ein alter Genosse», ergänzte er entschuldigend.

«Ihr Vater ist nicht ganz auf der Höhe der Zeit, Herr Santoro. Mittlerweile hat sich die Lage verschärft. Acht. Es sind nur acht Menschen, die so viel besitzen wie die ärmere Hälfte der Menschheit.»

Na, wenn heute sogar die düsteren Vorstellungen alter und linker Kämpen von der Realität überholt wurden, konnte es ja heiter werden, dachte Santoro.

Er fühlte, wie eine unbändige und, wie er sich eingestehen musste, auch hilflose Wut in ihm aufstieg, die seine Eingeweide erfasste, seine Glieder erstarren liess und drohte, seinen Kopf mit einem roten Nebel zu überschwemmen. Was sollte er tun, fragte er sich beklommen.

Coraio, scapum! Das war die Losung der lombardischen Soldaten Mussolinis, wie sein Grossvater immer wieder erzählt hatte. Nur Mut, auf zur Flucht!

Er hob den Kopf und blickte in die Runde. Seine Assistentin schaute erstarrt und verloren ins Nichts, Herr Meyer verschränkte seine Hände und hielt die Daumen vor den Mund, als wolle er sich daran hindern, weiterzusprechen. Nur Lina Stern sah entschlossen von einem zum andern, ihr Blick aus lagunenblauen Augen war direkt und klar. In dieser Lagune tummeln sich gerade ein paar Haie, dachte er. Als Einzige war sie eindeutig nicht bereit, sich von diesem Thema unterbuttern zu lassen.

In diesem Augenblick nahm Santoro den Blick der alten Dame wahr, der auf ihn gerichtet war, und fühlte sich ertappt.

«In einer Demokratie ist niemand hilflos, Herr Kommissar. Sie haben nicht das Recht, kampflos aufzugeben, einfach die Waffen zu strecken und sich in ihrer selbstgerechten Verzweiflung zu suhlen.»

Zina streckte ihren Rücken durch, und sie schaute Lina Stern an. Herr Meyer hielt weiterhin die Daumen vor seinen Mund, auf dem sich ein wissendes Lächeln abzeichnete. Er hörte diese Rede nicht zum ersten Mal, dachte Santoro. Santoro auch nicht. Nur wurde sie im Normalfall von einem alten Herrn gehalten, der ihn mit zermürbender Regelmässigkeit daran erinnerte, dass er an einem Mangel an Klassenbewusstsein litt und dadurch in seiner kleinbürgerlichen Existenz zu versauern pflegte. Er überlegte, wie er Lina Stern Paroli bieten konnte, als unter dem Tisch hervor «miau» ertönte.

Von einer Katze gerettet, seufzte er auf, fühlte sich dadurch jedoch nicht wirklich besser.

Und schon landete ein graues Pelzbündel auf dem Tisch, begann gemächlich und mit erhobenem Schwanz eine kleine Runde, um vor Herrn Meyer stehen zu bleiben. Dort angekommen setzte es sich und stupste mit seiner Nase die verschränkten Hände an.

«Miau!»

«Guten Abend, Zörbeli, meine Hübsche», begrüsste sie Herr Meyer lächelnd und begann sie zu streicheln.

«Blödes Vieh», murmelte Lina Stern. «Ich brauche jetzt dringend etwas Süsses. Kommen Sie, Herr Kommissar, wir holen das Dessert.»

Während sie ihre Glacén gelöffelt hatten, waren sie von Herrn Meyer mit Informationen überhäuft worden, auf dessen Schoss Zerberus genüsslich vor sich hin schnurrte. Die Katze war wohl die Einzige, die sich von den Ausführungen des alten Herrn beruhigen liess, dachte Zina. Was sie erfahren hatten, glich einem modernen Schauermärchen.

Schon in den neunziger Jahren, hatte Herr Meyer seine Erzählung eingeleitet, hatte der Präsident der Deutschen Bundesbank die Teilnehmer des WEF in Davos gewarnt: «Von nun an stehen Sie unter der Kontrolle der Finanzmärkte.» Und die Vertreter der Staaten, Staatschefs, Minister, Vertreter von Parteien aller Schattierungen hatten mit einem lang anhaltenden Applaus auf die unmissverständliche Drohung geantwortet. Ab jetzt sollte die spekulative Logik des globalisierten Finanzkapitals das Steuer übernehmen.

«Wie machen die das? Ich meine, wie spekulieren die?», fragte Zina.

«Frau Goldberg, Sie haben ganz recht. *Die* machen das. Für die allermeisten unter uns kommt diese Möglichkeit gar nicht in Frage. Um in diesem wirbelnden Karussell mitmachen zu können, brauchen Sie Geld. Und zwar viel Geld. Ein gutes Beispiel dafür ist das Hochfrequenz-Trading, das in den allermeisten Fällen einzig und allein der Spekulation dient. Schon vor fünf Jahren wurden in nur einer Sekunde um die vier Millionen Dollar auf diese Weise ausgetauscht. Um heute einen Befehl von Tokyo nach London zu schicken, braucht es zweihundertdreissig

Millisekunden, weniger als ein Augenzwinkern. Kleine Mathematik- und Informatikgenies haben Algorithmen, Programme ausgearbeitet, die Informationen aus der ganzen Welt sammeln, über die Situation der Märkte, der Industrie, der Währungen, der politischen Situation, der Konflikte, der voraussichtlichen Höhe der Ernten. Und dann versuchen sie aus all diesen Daten, ein Muster zu entwickeln.»

«Wissen ist Macht, das können wir uns vorstellen, mein Lieber, aber werden Sie doch konkret, damit auch wir Laien Ihnen folgen können», sagte Lina Stern.

«Im Jahre 1815 verfügte ein berühmter englischer Bankier über Brieftauben, sodass er vor allen andern in Erfahrung bringen konnte, dass bei der Schlacht von Waterloo Napoleon verloren hatte. Er liess das Gerücht verbreiten, die Engländer hätten verloren. Darauf sanken die englischen Staatsanleihen drastisch. Der gerissene Herr kaufte. Als die Nachricht vom englischen Sieg bekannt wurde, stieg der Wert seiner gekauften Anleihen wieder rasant. Er verkaufte.»

«Und der gerissene Herr scheffelte ein Vermögen», schloss Zina, stolz, an diesem Abend wenigstens einmal wirklich mitgekommen zu sein.

«Jetzt stellen Sie sich vor, Sie besitzen nicht nur ein paar Brieftauben, sondern Millionen Informationen. Dieses gesammelte Wissen und die hohe Zahl der Transaktionen erlauben, im richtigen Moment zu kaufen oder zu verkaufen, mit Profit, mit grossem Profit.»

«Mein Lieber, erklären Sie uns das Ganze doch mit einem Beispiel, das wir auch verstehen können», forderte Lina Stern Herrn Meyer mit einem Lächeln auf.

«Stellen Sie sich vor, Sie stehen in einem Supermarkt», begann Herr Meyer, während er die Katze auf seinem Schoss hinter den Ohren kitzelte, was das Schnurren verstärkte.

«Wir sind ganz Ohr», sagte Lina Stern trocken.

«Sie langen nach einem Glas Orangenkonfitüre, das zwei Franken kostet.»

«Wohl eher fünf.»

«Wie Sie wollen, meine Liebe. Also, Sie strecken Ihren Arm aus und wollen das Glas in die Hände bekommen. Doch bevor Sie es fassen können, schnappt Ihnen jemand das Glas vor der Nase weg und bietet es Ihnen nicht für fünf Franken, sondern für fünf Franken und einen Rappen an.»

«Peanuts», warf Santoro ein.

«Sicher. Nur stellen Sie sich vor, Sie wiederholen Ihre Handlung eine Million Mal pro Minute, was eine konservative Einschätzung darstellt. Wie viel haben Sie dann eingenommen?»

«Eine Million Rappen, zehntausend Franken», antwortete Santoro, der sich wie ein fleissiger Schüler vorkam.

«Pro Minute», war Lina Sterns Beitrag.

«Aber warum sollte die Orangenmarmelade teurer werden?», warf Zina ein.

«Weil die Orangenplantagen in Spanien von einem Parasiten befallen sind, Tunesien zwar unter einer Flut von Orangen zu versinken droht, dieses Land jedoch nicht in der Lage ist, auf die Schnelle ein Netz aufzubauen, um seine Überproduktion auszuführen.»

«Die Preise werden also steigen?», fragte Zina leicht unsicher.

«Und stell dir vor, Zina, du weisst das vor allen andern», half Lina Stern nach.

«Die Brieftauben», murmelte Santoro vor sich hin.

«Durch die richtigen Informationen im richtigen Moment lässt sich kein schlechter Gewinn erreichen, finden Sie nicht? Auch wenn jede Transaktion für sich gesehen nur Kleingeld einbringt», warf Herr Meyer seine Überlegung in die Runde.

«Auch Kleinvieh macht Mist.»

«Ja, meine Liebe. Aber viel wichtiger ist dabei, dass diese Art des Tradings keiner Reglementierung unterworfen ist, weil es ganz einfach nicht möglich ist. Es bräuchte mehrere Monate, um nur eine Minute dieser Transaktionen untersuchen zu können. Also wer, wie, womit, mit welchem Insiderwissen, mit welchen

Manipulationsintentionen handelt, weiss schlicht und ergreifend …»

«Kein Schwein», schloss Lina Stern.

Eine zweite Runde Dessert war nach Meinung von Lina Stern notwendig geworden, Santoro war ein weiteres Mal als Küchenhilfe eingesetzt, alle waren mit einer weiteren Portion Koffein versorgt worden, und auf dem Tisch stand auch ein Teller mit Konfekt – ein kleines Mitbringsel, wie sich Herr Meyer ausgedrückt hatte. Ein schweineteures Mitbringsel, hatte sich Zina gesagt, die den Namen der exklusivsten Konditorei der Stadt auf dem Geschenkpapier entdeckt hatte. Herr Meyer liess sich nicht lumpen, hatte sie sich noch gedacht.

Während Santoro in groben Zügen ihren Fall darlegte, fragte sie sich, wie ein, nach den Kriterien seiner Kaste, sichtlich so erfolgreicher, zumindest offensichtlich aus finanzieller Sicht erfolgreicher Mann dazu kam, die herrschenden Verhältnisse in Frage zu stellen. Schliesslich gehörte er eindeutig nicht zu den Verlierern des Systems. Sie fragte sich, wie sie es bewerkstelligen konnte, ihm, ohne plump und hoffnungslos taktlos zu wirken, diese Information zu entlocken. Wie zog man einem so gediegenen Herrn die Würmer aus der Nase, ohne dass er sie angewidert rümpfte?

Solche Küchen gab es heute gar nicht mehr, sagte sie sich, als sie ihren Blick schweifen liess. Gross, geräumig, gemütlich, das Herz des Hauses, mit einem grossen Tisch in der Mitte, an dem auch eine grosse Gruppe Menschen sich versammeln konnte. Die Türe führte zum Garten hinaus, von dem an diesem Abend aber nicht viel zu sehen war. Nebel hing vor den Fenstern, in dem sich das warme Licht brach, das aus der Küche hinausstrahlte. Der kleine Teich mit der Ulme, die Blumenrabatten, der Gartentisch, alles war hinter einer Nebelwand versteckt. Und sie fragte sich, welcher Nebel die Menschen daran hinderte, die wirklichen Zustände des wirren und zerstörerischen Wirkens des Finanzsystems zu erkennen.

Während Herr Meyer zuhörte, wie Santoro das Verschwinden des vollen Aktenkoffers und dessen schmerzliches und eindeutig leeres Wiederauftauchen erläuterte, streichelte er ganz nebenbei die Katze. Zerberus wird ja noch ein normales und ganz braves Kätzchen, sie wirkt ja regelrecht friedlich.

«Was haben die Banken zu verheimlichen? Was könnte sich in diesem Laptop befinden, das nicht bekannt werden darf? Haben Sie eine Idee, Herr Meyer?»

Santoros mit gesetzter Ruhe und stiller Ernsthaftigkeit geäusserte Fragen führten zu einem Heiterkeitsausbruch bei seinem Gegenüber. Herr Meyer lachte, was bei diesem so gesetzt wirkenden Mann den verschmitzten Jungen, der er einmal gewesen war, wieder wachzurufen schien.

«Sie meinen ausser den verschiedenen vergangenen und kommenden Vorladungen vor der Justiz verschiedenster Länder, den Verurteilungen oder den ungesetzlichen Abkommen und Vereinbarungen, den Zahlungen in Milliardenhöhe, die noch auf sie zukommen?» Herr Meyer seufzte, wurde wieder der ernsthafte, gesetzte Herr, der er seit Anfang des Gesprächs gewesen war.

«Lassen Sie mich überlegen. Da wären zum Beispiel die Dark Pools.»

«Dunkle Schwimmbäder?»

«Ja, das ist gar kein schlechtes Bild, Herr Kommissar. Das sind eigentlich nicht reglementierte Börsen, die von Banken für ausgesuchte Kunden organisiert werden, wo Aktionen, Obligationen, Derivate ausgetauscht werden. Diese kleinen Versammlungen unterstehen keiner Reglementierung, keiner Kontrolle, gewähren den Teilnehmern absolute Anonymität.»

«Mafia, Waffenhändler, gekrönte Häupter und Diktatoren, die sich aus der Kasse bedienen, Terroristen», zählte Lina Stern auf.

«Und alle, die ihr Vermögen durch Spekulation vergrössern lassen wollen. Jetzt stellen Sie sich mal vor, auf diesem verschwundenen Rechner finden Sie eine Liste von Namen, die an einer solchen Versammlung teilgenommen haben, und die Öffentlichkeit müsste erfahren, dass die Bank Schwaitz diesen lichtscheuen Gestalten die Möglichkeit bietet, an einem solch diskret organisierten und doch so grossen Reibach teilzunehmen.»

«Die Bank Schwaitz, Freund und Helfer der Tyrannen, Drogendealer, Spezialisten für Menschenhandel und Sklaverei? Nicht gut für das saubere Image einer biederen Bank, oder?», fragte Lina Stern.

«Nein, meine Liebe. Wer möchte schon einer solchen Institution sein Geld anvertrauen?», entgegnete Herr Meyer kopfschüttelnd, um nach kurzem Zögern weiterzufahren. «Aber das gefundene Zugsbillet lässt mich an eine andere und meiner Meinung nach wahrscheinlichere Möglichkeit denken. Luxemburg, Paradies für Steueroptimierung und -hinterziehung, die heilige Kuh der Europäischen Union.»

«Ein sicherer Hafen, wenn Sie Ihr Geld dort verstecken wollen», half Lina Stern nach.

«Im Gegensatz zur Schweiz, die bisher ein Lieblingsziel der Geldtouristen war, nun aber mit Gegenwind rechnen muss und ziemlich alleine dasteht.»

«Aufhebung des Bankgeheimnisses», sagte Zina.

«Automatischer Informationsaustausch», ergänzte Santoro.

«Und eine ganze Reihe von dazugehörigen Angriffen der amerikanischen Justiz», fügte Lina Stern hinzu.

«Was bedeutet, dass sich auch die Bank Schwaitz neu orientieren und positionieren muss», erklärte Herr Meyer.

«Aber sie waren doch damit einverstanden. Haben sich die Schweizer Banken nicht recht schnell mit der Aufhebung des Bankgeheimnisses einverstanden erklärt?»

«Zu schnell», wandte Lina Stern ein. «Wurden Sie, Herr Santoro, nicht misstrauisch?»

Nein, dachte Santoro, er hatte sich ganz allgemein nicht viel dabei gedacht, ihn hatte die ganze Geschichte nicht wirklich interessiert. Wer tat das schon? Doch jetzt war er dazu gezwungen worden. Was hatte sich der feiste Stutz nur dabei gedacht, ausgerechnet in seine Stadt zu kommen, um sich umbringen zu lassen?

«Wenn böse Buben bei der ersten Ermahnung beteuern, dass sie sich ganz brav und anständig verhalten werden, das ist doch der Augenblick, in dem Sie besonders aufmerksam werden müssen, oder nicht?»

Santoro sah Max und Moritz vor seinem inneren Auge entstehen und fragte sich, ob ihm nicht etwas entgangen war, als Herr Meyer das Wort wieder übernahm.

«Das private Offshore-Vermögen beläuft sich laut einer amerikanischen Studie auf etwa 7'800 Milliarden Dollar, davon waren vor einigen Jahren noch 2'100 Milliarden in der Schweiz, dem ältesten und bewährtesten Steuerparadies, domiziliert. Achtundzwanzig Prozent der versteckten privaten Gelder, die nirgends versteuert werden, liegen in den Schweizer Banken. Und dabei handelt es sich nur um die privaten Vermögen. Nehmen wir alle Vermögenswerte zusammen, kommen wir auf 21'000 bis 32'000 Milliarden Dollar, die irgendwo versteckt werden. Glauben Sie wirklich, dass sich unsere Banken werden lumpen lassen? Nein, sie werden ihren Anteil mit Zähnen und Klauen verteidigen, wenn nicht gar erweitern wollen, Aufhebung des Bankgeheimnisses hin oder her.»

«Und wie machen sie das, Herr Meyer?», fragte Zina einmal mehr.

Herr Meyer kam erst gar nicht zu Wort, denn Lina Stern sprang gleich in die Bresche.

«Erstens, Zinchen», begann sie erregt, «gibt es das Bankgeheimnis oder die ausgeklügelten Versteckspiele, die entwickelt werden müssen, wenn es aufgehoben wird, nicht für Normalsterbliche. Nur wer auf einem beachtlichen Vermögen sitzt, kann davon profitieren. Die Mehrheit der Menschen sind Arbeiter, Angestellte, Lohnabhängige mit einem Lohnausweis, und den geben sie der Steuerbehörde ab, die Arbeitgeber tun das ebenfalls, da gibt es nichts, gar nichts zu verstecken. Bankgeheimnis und Steuerflucht gibt es nur für reiche Privatpersonen und grosse Unternehmen. So ist das!»

«Ganz recht, meine Liebe. Die Hälfte der versteckten Gelder gehört 91'000 Personen, das sind 0,001 Prozent der Menschen auf dieser Welt, die andere Hälfte befindet sich in den Händen von weiteren 0,14 Prozent. Dieses Geld fehlt den Staaten. Für die Europäische Union bedeutet dies Steuerausfälle um die tausend Milliarden pro Jahr. Und denken Sie ja nicht, dass dieses Geld in die reale Wirtschaft, das heisst in unsere Industrie, investiert wird. Nein, das ganze Vermögen fliesst in die Spekulation, in das Hochfrequenz-Trading, in Derivate, in Dark Pools. Das Geld ist autorentabel geworden», beendete Herr Meyer seine Ausführungen, worauf er abgelenkt zuerst die Augen senkte, dann die Mundwinkel nach unten und am Schluss seine Krawatte nach oben zog.

So viel zur normalen Katze, dachte Zina.

Was Herr Meyer aus Zerberus' Schlund zog, gefiel ihm eindeutig nicht. Leicht ungläubig und mit deutlich angewiderter Miene betrachtete er das Ende seiner ursprünglich dezenten, nun leicht angefressenen und gänzlich vollgeschleimten Seidenkrawatte.

Zerberus hatte sich in den Schlaf genuckelt, dachte Zina, und dabei hatte sie nicht nur sich selbst eingelullt.

«Nur weil wir etwas nicht sehen, nicht hinschauen wollen, heisst das nicht, dass es nicht geschieht», dekretierte Lina Stern.

«Das tröstet mich nicht wirklich», antwortete Herr Meyer.

Zerberus, ihres Nuggis beraubt, hatte gespürt, dass die Beziehung zu ihrem Gastgeber abgekühlt war. Sie sprang auf den Boden und spazierte betont langsam Richtung Türe, stupste die Katzenklappe an, die in den Garten führte, und entschwand in den Nebelschwaden.

«Verständnis, Nachsicht und Vertrauen können auch verschwendet werden», doppelte Lina Stern nach.

Herr Meyer rümpfte die Nase, seufzte ergeben und zog seine Krawatte aus.

«Also, schauen wir genau hin», nahm er seine Ausführungen wieder auf. «Frau Goldberg, Sie wollten wissen, wie es ganz konkret funktioniert, dieses Versteckspiel. Nun, stellen Sie sich vor, Sie haben ein Vermögen geerbt, das Sie nicht gerne versteuern möchten. Die günstigste Variante geht über das Internet. Dort finden Sie Angebote, wo Sie mit nur einem Klick und für tausendfünfhundert Franken eine Holding in einem Steuerparadies erschaffen können. Aber das empfehle ich Ihnen nicht. Nur eine Holding in nur einem Steuerparadies, das ist zu unsicher und zu einfach zu entdecken. Ein Dutzend, noch besser mehrere Dutzend Holdings in verschiedenen Paradiesen, das erschwert den schnüffelnden Behörden die Suche. Die eine Holding ist Besitzerin der nächsten und so weiter. Wer am Anfang der Kette steht, das ist kaum nachzuvollziehen, die zahlreichen notwendigen Anträge der Behörden in den verschiedenen Ländern, um Licht in die Angelegenheit zu bringen, benötigen Berge von Formularen und Zeit. Ganz interessant sind für Ihr Vorhaben, keine Steuern zu bezahlen, auch Trusts. Da müssen Sie nicht mal angeben, wer der eigentliche Besitzer ist, ein Verwalter genügt, ein Strohmann.»

«Das tönt aber anstrengend.»

«Da Sie über Geld, über viel Geld verfügen, Frau Goldberg, kümmern Sie sich natürlich nicht selbst darum. Sie übergeben die ganze mühsame Chose einem Experten, einer Expertengruppe. Es gibt dafür spezialisierte Unternehmen oder eben grosse Banken, die diese heikle Angelegenheit für Sie übernehmen. Und das ist natürlich nicht billig.»

Zina stellte sich vor, was sie als reiche Dame mit ihrem vielen Geld anstellen konnte. Ein Haus kaufen? Eine Villa am Meer? Aber im Winter zog es sie eher in die Berge. Also musste auch ein Chalet in den Bergen her. Und warum nicht eines in einer grossen Stadt? Schon hatte sie drei Häuser und sah sich hin und her hetzen, um auch sicher von ihrem Reichtum profitieren zu können. Und fühlte sie sich wirklich zu Hause in ihren vielen Zimmern, die meistens leer standen? Und wer kümmerte sich um ihre Häuser, wenn sie nicht da war? Musste sie Bedienstete anstellen? Und was machte sie aus ihrem Leben, ausser von einem Luftschloss zum andern zu rasen?

Santoros Frage holte sie aus ihren Tagträumen.

Alpträumen.

«Aber sind denn die Steuerbehörden nicht daran interessiert, dem nachzugehen, diesen versteckten Vermögen nachzuspüren oder Gesetze zu erlassen, die diese Steuerhinterziehung verunmöglichen?», mischte sich Santoro in die Diskussion ein.

«Natürlich. Nur sind erstens diese Behörden chronisch unterbesetzt, verglichen mit der Aufgabe, die ihnen gestellt wird. Zweitens geht es hier um ein Katz- und Mausspiel. Je mehr Gesetze erlassen werden, desto ausgeklügelter werden die Strategien. Für jedes neue Gesetz wird eine neue Form von Gesellschaft erfunden, werden neue Labyrinthe durch zahlreichere Länder und Oasen organisiert. Nehmen Sie zum Beispiel die hybriden Produkte, die sich je nach Land verwandeln. In einem Land sind sie Obligationen, wenn diese dort nicht besteuert werden, um sich in Aktien zu verwandeln, in einem anderen Land, wenn sich dort die Versteuerung günstig für diese Art Finanzprodukt erweist.»

«Mir wird schwindlig», bemerkte Zina.

«Das ist der Sinn der Sache», antwortete Lina Stern prompt.

«Porca miseria», murmelte Santoro.

«Und das ist noch lange nicht alles», sagte Herr Meyer darauf, was dazu führte, dass seine gesamte Zuhörerschaft ergeben aufseufzte.

«Ich hol den Schnaps», sagte Lina Stern entschieden.

«Ich brauche eher einen Beruhigungstee», meinte Zina.

Die Stille, die sich daraufhin ausbreitete, wurde bald und jäh unterbrochen. Im Garten war eine Raserei ausgebrochen. Wildes Gebell vermischt mit Fauchen und Miauen war zu hören. Ob das Erstere als Ausdruck unbändiger Freude oder panischer Angst gewertet werden konnte, darüber herrschte Uneinigkeit.

«Da leidet ein armes Geschöpf», meinte Herr Meyer mit einem Schmunzeln auf den Lippen.

«Sie spielen nur Katz und Maus», entgegnete Lina Stern wegwerfend.

«Wer spielt die Katze?», fragte Santoro.

«Wohl eher ‹Katze bestellt heute Sushi›», sagte Zina, die sich an den Namen des Nachbarhundes erinnerte.

«Der Chihuahua heisst Sushi», half Santoro an Herrn Meyer gerichtet nach. Dessen Miene, die im Laufe der Erklärungen einen immer verwirrteren Ausdruck gezeigt hatte, hellte sich nun wieder auf.

«Klein, aber sehr laut. Ganz im Gegensatz zu unseren Pappenheimern.»

«Riesig, mächtig, aber sehr diskret», ergänzte Lina Stern.

Ach, wie gut, dass niemand weiss, dass ich Rumpelstilzchen heiss, dachte Zina. So funktionierte das in diesem furchterregenden Märchen. Ein kleines Männchen, versteckt im Wald, gibt die Regeln vor, beherrscht das Geschehen.

«Luxemburg, das Zugsbillet», nahm Lina Stern den Faden wieder auf.

«Ja, meine Liebe. Luxemburg ist eine gute Destination, wenn Sie ein richtig grosses Unternehmen haben und in Ihrem Stammland so wenig Steuern wie nur irgendwie möglich bezahlen wollen. Denn in diesem Ländchen herrscht ein interessantes System, das *tax ruling* heisst.»

«Nochmals. Wie mache ich das ganz konkret, wenn ich ein multinationales Unternehmen leite?», fragte Zina, die versuchte, sich in ihre Rolle als steinreiche, ziemlich einflussreiche und umworbene Dame hineinzuversetzen.

«Sie selbst, Frau Goldberg, müssen gar nichts unternehmen, dafür haben Sie Ihre hoch qualifizierten Handlanger. Diese legen sich dann ins Zeug, vereinbaren ein Treffen mit der Steuerbehörde des gastfreundlichen Ländchens und handeln mit ihr aus, welchen Betrag Sie als Steuern zu bezahlen bereit sind.»

«Und wie viel muss ich hinlegen?»

«Das kommt darauf an. Aber rechnen Sie mit drei Prozent, wenn es hochkommt. Die tiefste Rate, die mir bekannt ist, beträgt 0,0156 Prozent.»

«Gebongt», meinte Zina wegwerfend.

«Aber wie kann meine Kollegin ihre Steuern in Luxemburg entrichten, wenn ihr Unternehmen dort gar nicht anwesend ist?»

«Ihre Kollegin, Herr Santoro, wird Ihnen darauf gar nicht antworten müssen, denn dafür hat sie einen Experten angestellt», antwortete Zina mit einem Grinsen.

«Ganz richtig, Frau Goldberg, und der bin heute ich. Warten Sie nur auf meine Rechnung für meine Dienste.»

«Dann wird dir dann wirklich schwindlig», meinte Lina Stern trocken.

«Sie können natürlich ein paar Leute anstellen, die so tun, als seien sie der Leiter Ihrer Filiale vor Ort, aber eine Briefkastenfirma tut es auch.»

«Es gibt in der Hauptstadt des Fürstentums eine Adresse, wo tausendsechshundert Unternehmen untergekommen sind», half Lina Stern nach.

«Aber», rief Santoro aus, «wie kann eine Briefkastenfirma Milliarden einnehmen?»

«Sie müssen natürlich die Gewinne von den wirklichen Wirkungsstätten ihres Unternehmens nach Luxemburg transferieren, und das funktioniert über eine Art finanzielles Röhrensystem, in dem Ihre Profite herumgereicht werden und am Schluss dort landen, wo sie am wenigsten besteuert werden.»

«Und alle anderen Länder und ihre Steuerbehörden gucken in die Röhre, gehen leer aus», dekretierte Lina Stern.

«Und stöhnen, dass ihre Kassen leer sind», ergänzte Herr Meyer.

«Und richten Sparprogramme ein», schloss Santoro den Kreis.

«Was immer gefährlicher wird. Denn immer mehr Menschen fallen aus dem System, finden nur noch unterbezahlte oder gar keine Arbeit mehr, müssen vom Existenzminimum leben, können ihr Leben nicht mehr selbst gestalten, versauern und werden zur leichten Beute für moderne Rattenfänger», erklärte Lina Stern.

«Und wenn alles so weiterläuft, sieht die Zukunft nicht rosiger aus, denn die Frage ist nicht, ob es eine nächste Finanzkrise geben wird, sondern nur, wann sie eintreten wird.»

Das Bankenwesen galt in der Schweiz als heilige Kuh. Doch, dachte Zina, das Vieh ist vom Rinderwahn befallen. Und statt nach einer drastischen Lösung zu suchen, um der Epidemie Herr zu werden, wird behauptet, dass die Kuh gar nicht krank ist, sondern im Gegenteil über ganz besondere Fähigkeiten verfügt. Sie kann stepptanzen, wirbelt gekonnt übers Parkett. Bis sie irgendwann zusammenbricht und uns alle zusammen mitreisst?

Zina fragte sich, wer dieser irren Kuh Einhalt gebieten könnte.

«Muss ich mir als superreiche Frau Sorgen machen, dass dieses System auffliegt?»

«Whistleblower», antwortete Lina Stern prompt.

«Das ist tatsächlich die grösste Gefahr, meine Liebe. Und das ist im Falle von Luxemburg geschehen. Ein scheuer, freundlicher junger Mann mit einem Gewissen, der bei einem der bekanntesten Finanzberater angestellt war, hat aus dem Nähkästchen geplaudert und hat das ganze System öffentlich gemacht, was zu einem Gerichtsverfahren geführt hat.»

«Sind die Multis vor den Kadi gezerrt worden?», fragte Santoro hoffnungsvoll, mit einem Grinsen an Zinas Adresse.

«Nein, der Mitarbeiter ist vor Gericht gestellt worden. Schliesslich hat er ein Firmengeheimnis preisgegeben», sagte Herr Meyer.

Zina sah zu, wie das Grinsen auf Santoros Gesicht langsam erlosch, wie sich seine Stirn umwölkte, sein Blick sich verschärfte. Dann hob sich seine linke Augenbraue, und er fragte in die Runde: «Der Koffer. Glauben Sie, dass … Nein, das ist nicht sehr wahrscheinlich, oder? Was meinen Sie, Goldberg?»

«Stutz in der Rolle des Whistleblowers?»

«Halten Sie das für möglich, Goldberg? Dass Stutz vorhatte, wichtige Informationen, die sich im Koffer befanden, öffentlich zu machen?»

«Gutes Vorhaben, falsche Besetzung», war ihre lakonische Antwort.

«Sie haben natürlich recht, Goldberg. Obwohl. Der Kerl schien mir, nach allem, was wir über ihn gehört haben, leicht von der Rolle.»

«Aus dem Gleichgewicht, ja, vielleicht sogar ausser Kontrolle geraten. Das ist eine der Konsequenzen eines regelmässigen Kokainkonsums», führte Zina seine Überlegungen weiter.

«Und trotzdem hatte er die Aufgabe, einen Koffer mit brisanten Informationen irgendwohin zu bringen? Schliesslich wird ein Laptop nicht für Kinkerlitzchen wie ein Schweizer Banktresor gesichert. Und das in den Händen eines überdrehten Mannes? Riskant.»

«Ja, Chef, vielleicht sogar zu riskant.»

«Und deshalb musste er gleich ausgeschaltet werden? Eine gewagte Hypothese, finden Sie nicht, Goldberg? Eine international renommierte Bank? Denken Sie wirklich, dass sie zu solch extremen Mitteln greifen könnte?»

«Das Problem ist doch vor allem, dass der Inhalt des Koffers gar nichts mit dem Mord zu tun haben muss. Es sind doch Max und Moritz, die den Koffer entwendet haben, indem sie das allgemeine Durcheinander ausgenutzt haben.»

«Und wo bleibt dann dieser Dingsbums-Schlüssel, dieses elektronische Sesam-öffne-dich? Und wer hat ihn entwendet? Und glauben Sie wirklich, dass diese Geschehnisse nichts miteinander zu tun haben?»

Zina kam nicht mehr dazu, ihre Einschätzung preiszugeben, denn durch die Katzenklappe stürmte mit Getöse, begleitet von erbärmlich tönendem Fiepen, Zerberus, mit ihrer Beute in der Schnauze, rannte damit um den Tisch herum, immer wieder ein tiefes Knurren von sich gebend.

Knurren Katzen, fragte sich Zina, während sie versuchte, dem wilden Tanz der herumwirbelnden Katze nachzuschauen. Und was hatte sie da nur für ein armes Geschöpf erbeutet? Ein Eichhörnchen? Ein Meerschweinchen? Eine langhaarige Ratte? Gab es Angoraratten?

«Ist ja schön, wenn Zerberus wieder Kontakt zu ihren natürlichen Instinkten herstellen kann», sagte Zina. «Aber muss das gleich vor unseren Augen geschehen?»

«Das gibt wieder Grenzstreitigkeiten mit den Nachbarstaaten», sagte Lina Stern.

Unterdessen hatte Zerberus ihren Tanz beendet und war, ihre Beute immer noch fest zwischen ihren Beissern haltend, in ihr überdimensioniertes Körbchen gesprungen.

«Wir werden doch nicht zuschauen, wie sie das arme Tier vor unseren Augen zerbeisst, zerreisst, zerstückelt, verschlingt?»

Zina wollte aufspringen, um sich als Lebensretterin des armen Opfers zu profilieren, doch sie wurde durch einen zwar zerbrechlich wirkenden, doch sehr bestimmt eingesetzten Arm zurückgehalten.

«Keine Bange, Zinchen», sagte Lina Stern. «Das wird kein Massaker, das wird eine Karikatur, wie immer.»

Und tatsächlich, die Beute wurde aus den Klauen befreit, hüpfte freudig auf seiner Fängerin herum, legte sich auf den Rücken und liess sich, sichtlich entzückt, den Bauch ablecken, um gleich darauf um die eindeutig glückselig grinsende Katze herumzurennen.

«Ihre Störung, sich alles einverleiben zu wollen, dehnt sich nicht auf Sushi aus», dekretierte Lina Stern.

FÜNFZEHN

Zina stand unten am Berg, fühlte sich schon vor dem Aufstieg erschöpft. Vage streifte sie die Frage, ob sie vor etwas davonlief oder irgendwohin eilen wollte. Sie machte sich auf den Weg und nahm den Aufstieg in Angriff.

Rechts und links, das nahm sie wahr, ohne wirklich hinzuschauen, standen Häuser. Alte, niedrige Häuser mit kleinen Fenstern, schweren Türen.

Eine Stadt aus einer anderen Zeit. Oder eine Filmkulisse?

Die Strasse führte sie, immer steiler werdend, immer weiter bergauf.

Kein Mensch war zu sehen.

Sie fragte sich, ob hier nicht vor langer Zeit sich schon andere Menschen hinaufgemüht hatten. Mit einem Kreuz auf den Schultern, beschimpft und bespuckt, ihrem unausweichlichen Ende entgegengehend?

Oder trugen sie Koffer? Gingen sie zu einem Sammelplatz?

Wohin eilte sie? Oder jagte sie gar jemanden?

Oder floh sie? Vor wem?

War sie Opfer, Täter oder gar Retter?

Matteo Santoro lag, die Hände unter dem Kopf verschränkt, im Bett und starrte an die Decke – die er kaum erkennen konnte, denn er lag im Dunkeln. Eigentlich hatte er sich schlafen gelegt, überzeugt, gleich einschlafen zu können.

Diese Hoffnung hatte er jedoch bald aufgegeben.

Er fühlte sich zwar ausgelaugt und zerschlagen, sehnte sich nach Ruhe und Schlaf, doch sein Kopf war dazu nicht bereit. Hier wirbelten Erinnerungen und Gedanken wild durcheinander, kaum hoffte er, einen roten Faden erkennen, einen Gedanken festhalten zu können, flüchtete dieser wieder. Zahlen wirbelten in seinem Kopf herum, Beträge, die jeglicher vorstellbaren Realität entbehrten. Sie wirbelten um die Welt, so schnell, dass er nur noch grelle, elektrische Ströme wahrnahm.

Er schloss die Augen.

Er wollte sich nicht mit dieser Überfülle an Informationen beschäftigen, mit denen sie an diesem Abend überschüttet worden waren und die nun in seinem Kopf feststeckten.

Und dieses Bett war zu schmal, nur auszuhalten, solange er sich nicht bewegte. Wie war er nur in diesem beengten Ding gelandet? Hatte er sich dafür entschieden, oder hatte er die Entwicklung, die hier in diese Enge geführt hatte, einfach geschehen lassen?

Zina beschloss, nicht weiterzueilen, und drehte um. Doch vor ihr lag keine gerade Strasse mehr. Jetzt erblickte sie nur ein Netz von verwinkelten Gassen.

Ein Labyrinth.

Und keine Gasse führte sie geradeaus nach unten. Sollte sie rechts abbiegen? Oder diesen schmalen, tunnelartigen Durchgang wählen?

Sie fand sich in einem kleinen Hof wieder, ohne zu wissen, wie sie hierhergelangt war. Doch hier führte kein Weg weiter.

Sie war in einer Sackgasse gelandet.

Also musste sie zurückgehen, drehte um. Aber das ging nicht mehr, denn auch der Durchgang war verschwunden. Hier gab es nur noch Türen, die in das Innere der Häuser führten.

Zuerst waren es hundertsechzig Zentimeter für zwei gewesen. Sie hatten sich ein breites Bett gekauft, ganz am Anfang ihrer Ehe – ihrer überstürzten Ehe. Alles musste schnell gehen. Eine Wohnung suchen, ein Bett kaufen, heiraten, Babykleider kaufen, den Wagen für das Kind nicht vergessen, die Familien besuchen und ihnen die frohe Botschaft überbringen.

Die nicht immer als solche aufgenommen wurde.

Matteo Santoro konnte immer noch den Blick seines Vaters sehen. Nicht feindlich, nicht enttäuscht. Nein, Santoro hatte in den Augen seines Vaters nur etwas erblickt, das gerade erlosch. Und das hatte ihn mehr als jede Wut, jeden Vorwurf geschmerzt.

War es eine Hoffnung gewesen? Worauf?

Dann ging es darum, die spöttischen Kommentare der Kollegen wegzustecken, bald gefolgt von der Diskussion über Vornamen, die ihn den letzten Nerv gekostet hatte. Das hatte er zumindest angenommen, bis er sich mit den Vorschlägen der Tanten hatte herumschlagen müssen. Da hatte er feststellen müssen, dass er doch noch ein paar Nerven hatte, von denen er keine Ahnung gehabt hatte, denn jetzt lagen auch diese blank.

Dann war seine Tochter geboren worden. Laura war in sein Leben eingetreten, und alles fühlte sich plötzlich richtig an, sein Leben bekam einen Sinn. Eine grenzenlose Kraft hatte er in sich gespürt, als er sie zum ersten Mal gesehen hatte.

Kaum hatte sie entschieden, durch welche Tür sie gehen wollte, stiess sie diese auf und fand sich in einem dunklen Schlund wieder, erblickte eine Treppe, die nach unten führte.
Da musste sie durch.

Dann, irgendwann, war es ein grösseres Bett geworden, mit zwei Matratzen, mit zwei Bettdecken. War das beim zweiten Kind gewesen, bei der Geburt seines Sohnes, Marco? Denn ein zweites Kind musste her, das gehörte zu einer richtigen Familie.

Hatte er sich dafür entschieden, für dieses zweite Kind, für das grössere Bett? Er konnte sich nicht erinnern, sich je darüber Gedanken gemacht, eine Entscheidung getroffen zu haben. Er hatte viel gearbeitet, war oft erst spät nach Hause gekommen. War das der Grund für das grössere Bett, für die grössere Distanz? Oder waren es seine Kinder, die des Nachts immer wieder im grossen Bett landeten? Sich zwischen ihre Eltern kuschelten, von einem Alptraum, vor der Angst vor einem Krokodil unter dem Bett getröstet werden mussten?

Er konnte sich nicht erinnern, je eine Entscheidung getroffen zu haben.

Er hatte die Entwicklung hingenommen, sich keine Fragen gestellt, sich einfach nur eingewöhnt.

Die Treppe war eng, die Stiegen voller Staub, die Wände schmutzig und nicht verputzt. Sie kam nur langsam voran, denn es wurde immer finsterer, sie konnte immer weniger ihre Umgebung wahrnehmen. Da unten konnte sich nur ein Keller befinden. Und was versteckte sich da unten?

Ein Mörder?

Dinge, die nicht ans Tageslicht durften?

Wurden nicht Leichen im Keller versteckt? Hatte sie eine Leiche versteckt? Oder sollte sie hier vergraben werden?

Später, wann war das nur gewesen, wurden zwei Betten angeschafft, zwei Einzelbetten, die nebeneinanderstanden. Wer hatte das entschieden? Hatte er jemals darüber mit Antonella, seiner Frau, gesprochen? Hatte er seine Meinung vertreten? Hatte er überhaupt eine Meinung gehabt? Er konnte sich an keine Auseinandersetzung erinnern, an keinen Streit. Wann hatte er je mit seiner Frau gestritten? Alles war doch glatt verlaufen.

Zu glatt, sagte er sich nun.

Zina war unten angekommen. Und hier gab es keinen Ausgang. Nur Wände, nur einen Boden aus festgestampfter Erde. Sie würde doch wohl nicht graben müssen, um hier rauskommen zu können, fragte sie sich und kämpfte gegen die aufkommende Verzweiflung an.

Dann sah sie die Röhren.

Viele Röhren, die miteinander verbunden waren, die scheinbar willkürlich an den Wänden rauf und runter, nach links und nach rechts führten. Sie versuchte, dem Muster zu folgen, und erkannte kein System, stellte jedoch fest, dass sie an verschiedenen Stellen durch die Wand führten. Sie konnte doch nicht – ja was denn nun werden – sich in eine Röhre zwängen, um rauszuschwimmen? Und nun konnte sie ins Innere der Röhren sehen. Da floss eine helle Flüssigkeit, da bildeten sich kleine Blasen, die fröhlich tanzten, herumwirbelten, vorwärtstrieben, zum Licht wollten.

Röhren voller Champagner. Aber es ging eben nicht um Champagner. Es handelte sich um Prosecco, der von einer Röhre zur anderen floss, und sie wusste schon nicht mehr, warum diese Erkenntnis so wichtig war.

Und was wäre der nächste Schritt gewesen, fragte sich Santoro. Zwei Betten in zwei Zimmern? Vielleicht nicht gleich. Aber sobald eines ihrer Kinder auszog, wurde ein Zimmer frei. Und wie hätten sie den entstandenen Platz genutzt? Hätte er sich eines Tages in seinem Zimmer, in seinem Bett wiedergefunden, dem Lauf der Dinge folgend, ohne je eine eindeutige Entscheidung zu fällen, ohne sich je zu fragen, ob er wirklich so leben wollte? Er fragte sich, ob dies der Lauf aller Ehen, aller Beziehungen war. Lebten sich alle Paare langsam, auf unspektakuläre Weise auseinander, ohne grosse Auseinandersetzung, ohne je einen klaren Entscheid zu fällen, ohne sich zu fragen, wohin sie die Entwicklung führte? Aber so weit war es ja nicht gekommen. Ein Schnitt war gemacht worden: Seine Frau hatte ihn verlassen.

Und er hatte sich treiben lassen.

Zina suchte den Ausgang. Sie war doch nicht so weit gekommen, um hier in diesem dunklen Keller hängen zu bleiben, ohne Licht und ganz alleine.

Die Gedanken stiegen in ihr auf und mit ihnen die Erkenntnis, dass sie aufgewacht war. Sie atmete erleichtert auf, freute sich einmal mehr über ihr grosses Bett, in dem sie nun quer lag, kuschelte sich unter ihre warme und viel zu grosse Decke und linste hinaus. Durch die Vorhänge drang ein trübes und zaghaftes Licht. Bald war Zeit aufzustehen, zur Arbeit zu gehen, in ihre Kleider und ihr Leben zu steigen. Doch noch hatte sie

Zeit, noch hielt sie etwas zurück – sie hatte den Ausgang nicht gefunden, sie sass immer noch in ihrer Traumwelt, in diesem leeren Keller fest.

Und das war kein gutes Gefühl.

Vielleicht war es das, was er in den Augen seines Vaters gesehen hatte. Sein Sohn liess sich treiben, im Gegensatz zu ihm, der immer ein Kämpfer gewesen war. Sein Vater, erkannte Santoro, gehörte zu der Generation, die der Überzeugung unterlag, dass sie ins Weltgeschehen eingreifen konnte – musste. Dass sie die Welt verändern konnte.

Doch soweit sich Santoro erinnern konnte, hatte sein Vater nur Rückzugsgefechte geliefert, hatte stets versucht, das Schlimmste zu verhindern. Die nochmalige Erhöhung des Rentenalters, die um sich greifende Privatisierung der öffentlichen Dienste, die Verkürzung der Arbeitslosenunterstützung.

Dann waren da natürlich noch die Empörungsbekundungen gegen Kriege in Europa, den aufkommenden und immer weiter überhandnehmenden Fremdenhass.

Warum nannten sie das Biest nicht mehr beim Namen? Rassismus, darum ging es doch in Wirklichkeit.

Er konnte sich an Veranstaltungen, Demonstrationen und politische Feste erinnern, an denen die Kinder und später die Jugendlichen mitgeschleppt wurden – also auch er.

Im Gegensatz zu seinem Vater hatte ihn nie die Überzeugung vorangetrieben, seinen Einfluss geltend machen zu können. Rückzugsgefechte konnten nun mal keine grosse Begeisterung auslösen.

Und die ersehnte Morgenröte? Die, hatte sich bald herausgestellt, war mit Blut getränkt. Die Staaten, die die Interessen der arbeitenden Bevölkerung vertreten sollten, die Demokratie und Wohlstand für alle versprochen hatten, entpuppten sich in diesen Jahren immer deutlicher als Diktaturen in den Händen einer kleinen Kaste, der Nomenklatur. Noch so schwungvolles Fahnenschwingen, einstudiertes Skandieren von Parolen, noch so frenetisches Hymnenabsingen hatte ihre Entlarvung nicht aufhalten können. Das Kartenhaus war zusammengefallen.

Wer hatte schon Lust zu kämpfen, wenn die Hoffnung auf eine andere, bessere Welt sich als Illusion entpuppte.

Ohne Hoffnung liessen sich die Menschen nun mal nicht für eine Revolution begeistern.

Trotzdem verwandelten seine Eltern – seine Mutter stand seinem Vater in nichts nach – die Familie in eine kämpferische Zelle.

Das hatte er für sich und seine Familie nicht gewollt.

Er hatte sich eine Familie gewünscht, in der Ruhe und Geborgenheit herrschten, in der über die Entwicklung der Kinder gesprochen wurde, Eigenarten der Verwandten liebevoll durchgehechelt wurden, nichts Dramatischeres als Wohnungspläne oder Ferienziele in Angriff genommen wurden.

Und das hatte er erhalten.

Und am Ende der Geschichte lag er in diesem viel zu engen Bett und konnte sich nicht mehr bewegen.

Und wenigstens das konnte er ändern.

Ein grosses Bett musste her!

Zina versuchte sich in ihren Traum zurückzuversetzen, um ihn beenden zu können. Sie stellte sich vor, wie sie eine Tür, ein Fenster oder wenigstens eine versteckte Spalte fand, durch die sie sich in die Freiheit zwängen konnte. Doch sooft sie den Film ihrer Befreiung vor ihren Augen ablaufen liess, so oft wurde ihr klar, dass es so nicht funktionieren konnte. Die Auflösung fand nicht statt, das Gefühl der Erlösung stellte sich nicht ein.

Und schon stand sie wieder im leeren Keller, schaute um sich, sah nur Wände und Röhren.

Esel am Berg guckt in die Röhre. Ich habe wirklich ein blödes Karma erwischt, dachte sie und musste doch grinsen.

Im leeren Keller.

Sie hatte befürchtet, dort Schreckliches zu finden, zumindest einige Leichen. Doch da war nichts.

Vielleicht hatte sie den ganzen Weg zurückgelegt, um genau dies zu entdecken – dass in ihrem Keller kein Grauen zu finden war.

Aber auch kein Mörder.

Sie schloss die Augen und nahm verschwommen wahr, wie die Frage in ihr auftauchte, was sie mit so viel Leichtigkeit anfangen konnte, sah den Champagner perlen, sah sich selbst, wie sie mit den aufsteigenden Bläschen tanzte, sich wie ein Fisch im Wasser fühlte – der ein bisschen beschwipst ist, fügte sie belustigt an. Kein Wunder in diesem Champagnerbad, erinnerte sich, dass es Prosecco war und dass das seine Wichtigkeit hatte.

Dann konnte sie sich noch sagen, dass sie wohl träumte, als sie auf einem Parkett herumwirbelte und Tango tanzte. Sie fühlte sich befreit, ohne sich damit zu beschäftigen, welche Last von ihren Schultern gefallen war. Nur ein Gedanke schlich sich ein und störte ihre unbeschwerten Kreise. Oder war es Vorfreude, die sich anschlich?

Es braucht zwei für einen Tango.

***

Der Morgen hatte sich dahingeschleppt.

Zuerst hatten sie versucht, die Informationen, die sie am vorhergehenden Abend erhalten hatten, zu reflektieren.

Wiederzukäuen wohl eher, dachte Zina.

Der Bank Schwaitz ging es schlecht. Nicht nur hatte sie Milliarden in den Sand gesetzt und musste mit weiteren Verlusten vor verschiedensten Gerichten rechnen, was zur Folge hatte, dass die Kurse in die Binsen gingen und Entlassungen vor der Tür standen. Doch nicht genug mit diesem Schlamassel, nein, sie musste sich auch an die neuen Regeln anpassen – fertig mit dem bequemen Bankgeheimnis, vorwärts mit dem Verschwindenlassen der grossen Beträge in nahe und ferne Paradiese und Oasen, ohne dass jemand den Weg dorthin finden konnte. Die Bank war unter Zugzwang, unter grossem zeitlichen Druck.

Und das waren auch die fünf Pappenheimer am Bankertisch.

Hatte einer dieser Banker den Druck nicht mehr ausgehalten und entschieden, ihren koksenden und wohl immer unzuverlässigeren Chef auszuschalten, weil er die Effizienz der Gruppe gefährdete?

Hiess ihre Gruppe nicht irgendwas mit *Research*? Also hatten die Kerle den Auftrag, etwas zu suchen. Neue zahlungsfreudige Kunden mit vielleicht nicht ganz weisser Weste, die sich in neuen trüben Gewässern, den Dark Pools, tummeln wollten? Oder sollten neue Schlupflöcher zu noch unentdeckten Gefilden gefunden werden?

Und welche Rolle spielte der Aktenkoffer in dieser Geschichte?

Hatte Stutz, beflügelt durch zu viel Schnee in der Nase, Lunte gerochen und versucht ihn zu verkaufen? Und hatten die anderen entschieden, dies zu verhindern? Zum Schluss waren doch wieder die dunklen und gänzlich unerkannten Gestalten ins Spiel gekommen, die Stutz um die Ecke gebracht hatten, um ebendiesen Koffer zu stehlen.

Genau an diesem Punkt angelangt, hatte Santoro beschlossen, die Hypothesen fallen zu lassen – ehrlicherweise hatte er sie Phantastereien genannt –, dem ganzen Geschwafel ein Ende zu setzen. Er hatte, wie er es ausdrückte, die Nase voll von koksenden Bankern. Und die würgenden Tangotänzerinnen hingen ihm zum Hals heraus.

«Fehlende Fakten sammeln, Berichte lesen, Goldberg, das steht an. Dann haben wir alle Informationen beisammen. Und wir werden die entscheidenden Hinweise darin finden.»

Sie hatte versucht, das Unausweichliche hinauszuzögern, indem sie Santoro die Ähnlichkeit des Märchens Rumpelstilzchen mit ihrem Mord an einem Banker dargelegt hatte. Doch auch mit diesem Ablenkungsmanöver hatte sie keinen Erfolg gehabt.

«Wir suchen jetzt also, nachdem wir bereits einem Gorilla und einer Pechmarie nachjagen, auch noch einen bösartigen Kobold?», hatte er mit einem schiefen Lächeln gefragt.

Was zur Folge hatte, dass sie abwechselnd herumtelefonierten und Berichte lasen.

Je länger sie die Informationen, die sie bisher gesammelt hatte, in Worte zu fassen versuchte, desto wirrer erschienen sie ihr.

Warum nur liess sie das Gefühl nicht los, dem Ziel ganz nahe zu sein, fragte sich Zina. Sie hatten zwar etliche Puzzleteile gesammelt, doch sie ergaben bisher kein stimmiges Bild. Fehlte vielleicht das letzte und entscheidende Teilchen? Oder hatten sie es nur nicht als solches erkannt?

Und das galt sowohl für den Mord am elenden Stutz wie auch für die Variante mit Oberhänsli als eigentlichem Opfer. Die Anschläge der Giftnudel blieben ebenfalls weiterhin ein Rätsel.

Vielleicht versuchten sie, das falsche Bild zusammenzusetzen. Sie hatten sich ja nur mit einem Bruchteil der Tänzer unterhalten, die an der Tangoveranstaltung teilgenommen hatten. Die meisten Anwesenden waren mit der Angabe ihrer Personalien und der Frage, ob sie etwas Ungewöhnliches beobachtet hätten, davongekommen. Andere waren verschwunden, bevor sie überhaupt jemand befragen konnte. Also sind die dunklen Gestalten nicht vom Tisch, dachte Zina. Schliesslich herrschte nach dem Anfall des Bankers und dem Zusammenbruch des kleinen Oberhänsli ein heilloses Durcheinander.

Der General hatte sie kurz unterbrochen, um ihnen zu berichten, dass er die Information über das gefundene Briefchen in der Kaffeemaschine den Zürchern weitergegeben hatte. Er hatte die Relevanz des Fundes so weit wie möglich heruntergeschraubt, hatte betont, dass die Untersuchung der Haare des kleinen Bleibtreu ergeben hatte, dass er seit über einem Monat kein Kokain mehr konsumierte. Er hatte die Kollegen darauf hingewiesen, dass das Tütchen wohl von jemand anderem in die Wohnung geschmuggelt worden war.

Er hatte den Köder so gut wie möglich kleingeredet.

Die Zürcher hatten trotzdem angebissen.

Danach schlich der Morgen wieder in Zeitlupe vor sich hin.

Wie eine Schnecke, die zu viel Leim geschnüffelt hat, dachte Zina.

Dann hatte sie entschieden, ihre Ergebnisse auf zwei Flipcharts zusammenzufassen.

«So», schloss Zina ihren Vortrag. «Das ist das, was wir bisher gesammelt haben.»

Sie stand vor den beiden Flipcharts, die sie in Santoros Zimmer geschleppt hatten. Auf dem ersten standen alle Informationen über den Mord an Stutz versus Oberhänsli, auf dem zweiten alles über die Giftattacken.

Trotz des Kopfschüttelns ihres Vorgesetzten lautete die Überschrift für den ersten Fall «Rumpelstilzchen» und «Frau Holle» für den zweiten.

«Kümmern wir uns zuerst um Frau Holle. Schliesslich müssen wir uns für den heutigen Abend rüsten. Wir können ja nicht die Einzigen sein, die mit leeren Händen kommen. Meine Freundin, Violetta, hat nämlich ihre Truppen auf Zack gebracht.»

Santoro seufzte.

«Ich weiss, Chef, aber wenn sie mal in Gang gekommen ist, kann sie eh niemand mehr aufhalten, eher halten Sie eine Herde Gnus auf, die einen Wassertümpel gewittert hat.»

«Oder einen Abgrund, um sich alle runterzustürzen.»

«Sehen Sie es positiv. Im schlimmsten Fall benehmen sich unsere Helferinnen so auffällig, dass die Giftnudel sich zurücknimmt und der Abend ohne Kloparty endet.»

«Keine Helfer?»

«Doch. Und gerade deshalb hat Violetta beschlossen, Tandems zu bilden, die als Paare getarnt sind.»

«Und mit wem bilde ich ein getarntes Paar?»

«Sie hat überlegt, Sie mit Frau Kalbermatten, der energischen und einflussreichen Ex-Ex-Frau, zu verkuppeln, aber da hat Herr Kraft sein Veto eingelegt. Er will unbedingt mit dieser gestrengen Dame aufs Parkett.»

«Diesen Kelch lasse ich gerne an mir vorübergehen.»

«Unsere jungen rot-grünen Idealisten, Carmen und Florian,

sind ebenfalls einberufen worden und bilden ein weiteres Tandem. Dann bleibt noch das Ehepaar Bänziger. Das ist der Kerl mit der Kochtopffrisur, der seine Frau nicht alleine im Klo zurückgelassen hat.»

«Der Herr der Esel.»

Der Ausdruck in den Augen seiner Assistentin – Sturmwarnung, konnte er gerade noch denken – liess ihn erahnen, dass er zu schnell geredet und zu langsam gedacht hatte. Also beeilte er sich zu erklären, wie seine Aussage zu verstehen sei: Nein, der Mann war nicht der oberste Esel, weil er seine Ehefrau in einer schweren Zeit in tiefe und übel riechende Gefilde begleitete. Und ja, er war der Herr zweier reizender grauer Langohren, Marlon und Marylin. Dann erklärte er langatmig und leicht ausser Atem, wie er selbst ebenfalls gelernt hatte, die Eselin mit den schönen Augen, die für ihre eigenwillige Sturheit bekannt war, zu führen, zu leiten, und beendete seinen Vortrag mit den Worten: «Einer Eselin müssen Sie einfach zeigen, dass Sie der Chef sind.»

«Sie sind der Chef einer sturen Eselin?»

Blitze, dachte Santoro.

Er atmete ein und wollte zu einer erneuten Verteidigungsrede ansetzen, als er sah, wie es um Zinas Mundwinkel zuckte.

«Ich hülle mich lieber in Schweigen, Goldberg.»

«Ein weiser Entscheid, Chef. Im Gegenzug erkläre ich Ihnen nicht, welchen Titel Sie erworben haben. Verlassen wir lieber die Esel und ihre Herren und konzentrieren uns auf unsere Schäfchen und ihren Plan für heute Abend. Also, Violetta hat auch den kleinen Oberhänsli rekrutiert, der sich von seiner Frau wegmogeln wird – Kolloquium auf höchster Staatsebene, lautet die Ausrede. Dass die Ehefrau nicht dabei ist, finde ich eigentlich schade, schliesslich ist sie meine Lieblingsverdächtige. Aber da biss auch Violetta auf Granit. Herr Oberhänsli blieb fest. Mutti bleibt zu Hause. Monika Matter, die energische und üppige Sekundarlehrerin, hatte da mehr Glück. Sie bestand darauf, sich ihn zu angeln, und sie hat ihren Fang eingeholt.»

«Und wer angelt mich?»

«Sie werden über meinen Kopf hinweg den Überblick behalten und das Ganze leiten, während ich Ihnen über die Schulter schaue.»

Und ihre Haare werden meine Nase kitzeln, und ich werde mich fragen, woraus ihr Parfüm zusammengestellt ist, dachte er. Für den Augenblick war er schon in genügend Gruben gefallen, die er selbst ausgehoben hatte.

Stattdessen konzentrierte er sich auf den Plan, so absurd er auch sein mochte und im Bewusstsein, dass andere die Strippen zogen.

«Was machen die Frauen, die keinen Tanzpartner haben? Die Männer sind uns doch ausgegangen, wenn ich nicht irre?»

«Sie bilden die Späh- und Quatschtruppe, so hat es Violetta bestimmt. Sie sitzen oder spazieren herum, verwickeln andere, mit hoher Wahrscheinlichkeit unfreiwillige und umso frustrierte Nichtaufgeforderte, also zwangsläufig auch Nichttänzerinnen, die ein Mauerblumen-Dasein fristen müssen, in lockere Gespräche über ihren aufgezwungenen Zustand, versuchen ihren Gemütszustand zu eruieren, und ganz nebenbei beobachten sie alles und alle.»

«Und über wie viele Augen verfügt dieses wundersame Wesen?»

«Um die zehn. Zusammen, meine ich, nicht jede Einzelne. Kristina Stojic hat zwei junge Kolleginnen rekrutiert. Dann bleibt Caroline Dupuis, die auch zur Klofraktion gehörte.»

«Das sind dann erst acht Augen, wenn ich richtig mitgezählt habe.»

«Die Letzte wird nicht lange herumstehen, denn es handelt sich um die Blonde mit den langen Beinen. Das ist natürlich ein Problem, denn sie ist im Fall Rumpelstilzchen eine Verdächtige.»

Selina Winkler, dachte Santoro, beschloss, einmal mehr, den Mund zu halten. Eine grelle Warnlampe blinkte in den hintersten Gefilden seines Bewusstseins auf. Stattdessen wollte er bei den Fakten bleiben, auch wenn die im Augenblick noch fehlten.

«Wo bleiben die Resultate der Proben?»

«Verspäten sich. Alle sind überfordert. Und wenn wir schon beim Thema sind, Rüdisühli ist nicht einberufen worden. Wenigstens eine Verdächtige, die nicht abwesend oder beim Suchtrupp dabei ist. Leider ist sie über die groben Züge des Plans informiert, aber da ist nichts mehr zu machen. Violetta, die natürlich auch ihren Mann anschleppen wird, ist voller Optimismus und Tatendrang. Sie hat sogar der Operation einen Codenamen verpasst.»

«Ausflug der Elefantenherde in den Porzellanladen?»

«Pechregen!»

«Weil sie damit rechnet, dass sie Pech haben wird mit ihrem tanzenden Kommando? Wenigstens hat sie ihr Realitätssinn nicht ganz verlassen.»

«Weil sie damit rechnet, dass wir die Giftnudel erwischen und sie erhält, was ihr gebührt: Pechregen.»

Zina sah ihrem Chef an, dass er dazu einiges zu berichten hätte, holte deshalb in weitem Bogen aus und zeigte dann energisch auf die Rumpelstilzchen-Seite. «Die Fakten zu Rumpelstilzchen: Wenn Stutz das eigentliche Ziel darstellte, dann müssen wir uns mit dem Inhalt des Aktenkoffers befassen. Oder auch nicht. Denn möglicherweise ist Stutz ermordet worden, weil er ein Möchtegernvergewaltiger oder ein erfolgreicher homophober Mobber ist. Oder seine Kollegen haben ihn um die Ecke gebracht, weil er sich immer durchgeknallter gebärdet hat. Oder –»

«Oder all diese pädagogischen, ach so freundlichen Menschen, die vor Mitgefühl und Verständnis überquellen, sind gar nicht so freundlich, wie sie den Anschein machen. Ich meine, die sind bis aufs Blut gereizt worden von diesem Stutz. Und die sollen sich alle ruhig verhalten haben?»

«Das sind alles sozial kompetente Leute. Also können sie ihre Fähigkeit auch nutzen, um uns zu täuschen, meinen Sie das, Chef?»

«Genau, Goldberg, das meine ich. Ich kann mir vorstellen,

dass mindestens einer oder eine unter ihnen sich hinter seiner netten Fassade versteckt hält. Können Sie sich vorstellen, dass alle wirklich so duldsam sind, wie sie sich geben? Aber jetzt werden Sie mir erklären, dass Lehrer kein Kokain konsumieren.»

Genau das wollte Zina tun, doch sie hielt inne. Fakten. Sie sollten sich an Fakten halten. Und was sie sagen wollte, beruhte auf … ja, worauf denn? Ahnungen? Vorurteilen? Sie hob den Zeigefinger und fing an, auf ihrer Tastatur herumzutippen. Hatte sie nicht vor Kurzem einen Artikel über Drogen in der Schweiz gelesen? Nein, nicht gelesen, nur erblickt.

Nach kurzer Zeit hob sie den Kopf. «Schauen Sie sich das an, Chef.»

«Nirgends wird so viel Kokain konsumiert wie hierzulande. In Zürich sind es eins Komma sieben Kilo pro Tag. Mehrere Tonnen pro Tag in der ganzen Schweiz. Das können wohl nicht alles Banker sein.»

«Nein, nicht mal Banker können so gierig sein. Aber da steht noch etwas viel Interessanteres: Kokain ist reiner und billiger geworden, es ist einfach erhältlich, und vor allem – es wird von vielen Schichten konsumiert. Und lesen Sie mal das. Passt doch wunderbar zu unseren Pädagogen, finden Sie nicht?»

«Kokain passt in unsere Zeit», las Santoro vor. «Man fühlt sich klüger, hält länger durch, redet länger. Goldberg, Sie haben recht, das erklärt, warum uns diese Lehrerbande mit ihrem Geschwafel überschüttet hat.»

«Und ich dachte, die trinken nur Rotwein zur Beruhigung», sagte Zina, um gleich anzufügen: «Wir können davon ausgehen, dass *irgendjemand* Kokain dabeihatte und damit den Banker umgebracht hat. Das gilt natürlich auch …»

«Wenn Oberhänsli das eigentliche Ziel war», half Santoro nach. «Denn der kleine Kerl hat sie schliesslich auch mit seinen ewigen Reformen zermürbt.»

«Aber das haben sie ihm nie persönlich angelastet. Nein, Chef, da setze ich immer noch auf die Ehefrau. Die ihn vielleicht gar nicht um die Ecke bringen wollte, aber sich mit der Dosis ein bisschen vertan hat.»

«Woher hatte diese Frau denn das Zeug, Goldberg?»

«Da kann ich nachhelfen. Die Schulleitung war entgegenkommend. Die verbissene Sabine Oberhänsli hat es mit notorischen Schulabbrechern zu tun, manche hatten Erfahrung mit Drogen. Als ihre Lehrerin kam sie schon ab und zu dazu, Drogen zu konfiszieren. Es ist sehr wohl möglich, dass sie ein paar Briefchen zurückbehalten hat. Das gilt übrigens auch für Selina Winkler, die in ihrer Funktion als Schulpsychologin ebenfalls mit gefährdeten Jugendlichen zu tun hat.»

«Da habe ich noch ein paar Informationen. Die toxikologische Untersuchung hat nichts ergeben, Frau Winkler ist sauber, ihre Kleider und ihre Wohnung auch.»

«Was leider nichts zu bedeuten hat. Wenn sie ein Briefchen zurückgehalten hat, dann sicher nicht, um den Inhalt selbst zu konsumieren.»

«Hingegen hat Frau Winkler in einem anderen Fall, wie versprochen, ihre Spuren hinterlassen. Schauen Sie mal, was Stump mir geschickt hat», sagte Santoro und drehte seinen Laptop so, dass auch Zina freie Sicht hatte. Ein breites Grinsen zeichnete sich auf ihrem Gesicht ab.

«Das wird den Kerlen aber gar nicht gefallen. Und die ganze Bank Schwaitz steht einmal mehr mit abgesägten Hosen, nackter Fratze und ziemlich schmutzigen Fingern da.»

«Ja, Goldberg. Der Bericht, den Frau Winkler über den sexuellen Übergriff und die Konsequenzen hier abliefert, ist detailliert, überzeugend und absolut vernichtend.»

«Können Sie sich vorstellen, dass eine Frau zuerst einen Kerl ermordet, um ihn dann in den sozialen Medien an den Pranger zu stellen?»

«Falsche Reihenfolge, nicht wahr? Zuerst die sozialen Medien und dann, wenn das gar nichts bringt und die Frustration darüber ins Unermessliche steigt, zu einer drastischeren Tat übergehen, das wäre nachvollziehbarer. Aber vergessen wir nicht, dass die Frau nicht nur hübsch ist, sondern auch ziemlich intelligent. Und Psychologin. Und dieser speziellen Spezies ist gar nicht zu trauen.»

War es möglich, fragte sich Zina, dass Selina Winkler ihre Überlegungen über die Reihenfolge antizipiert hatte? Damit gerechnet hatte, dadurch aus dem Rennen der Verdächtigen geworfen zu werden? Dann war sie aber ganz schön abgebrüht.

Santoro unterbrach ihre Überlegungen. «Dann habe ich noch einen Bericht von Stump erhalten, der ist heute richtig fleissig. Es wurden noch keine Spuren der Holunderrinde gefunden. Keiner unserer Verdächtigen scheint eine besondere Beziehung zu diesem Gift zu haben. Stump und Co. haben die verschiedenen sozialen Medien durchforstet und nichts Verdächtiges entdeckt.»

«Glauben Sie wirklich, Chef, dass jemand auf Facebook ein Rezept für dieses Hexenkraut posten könnte?»

«Das wäre ziemlich blöd, aber die Menschen scheinen oft völlig auszublenden, dass sie ihre intimsten Geheimnisse der Öffentlichkeit preisgeben», sagte Santoro kopfschüttelnd.

Zina wollte entgegnen, dass die Giftnudel eine organisierte, kontrollierte und vorausplanende Persönlichkeit sein musste, doch sie kam nicht dazu, denn ein Handy klingelte.

Während Santoro aufstand und im Zimmer hin und her lief, nur ab und zu ein seufzendes Nein oder ein grollendes Ja von sich gab, begann sich in ihrem Kopf ein Gedankenkarussell zu drehen.

Gerechtigkeit, das war das Thema des Reigens in ihrem Kopf. Faule Pechmariechen, die nicht auf ihre innere Stimme hörten und egozentrisch und vollkommen unüberlegt durchs Leben wanderten, wurden zum guten Schluss mit Pech überschüttet, während Goldmariechen, die sich anstrengten, sich um andere kümmerten und auch ihre eigene Entwicklung nicht ausser Acht liessen, belohnt wurden.

Im Märchen hat alles seine Richtigkeit.

Und in der Realität?

Nein, in der Realität bekamen die Goldmariechen nicht ihren gerechten Lohn, dachte Zina.

Ganz im Gegenteil.

Die Aufgaben, die ihnen gestellt wurden, nahmen immer nur zu, wurden immer nur komplexer und unlösbarer, die Belohnung immer geringer, die Aussicht, endlich zur Ruhe kommen zu können, entschwand in immer weiterer Ferne.

Im Gegenzug mussten sie von ihren Bekannten hören und in den Zeitungen lesen, dass sie nichts anderes als Freizeit- und Ferienmanager seien, gar nicht wüssten, was richtiges Arbeiten bedeutete, sie schamlos privilegiert seien und das Geld der Steuerzahler verplemperten.

Und sowieso wusste jeder besser, wie ihre Arbeit zu bewältigen sei.

Sich um Kinder kümmern? Ein Kinderspiel!

Was machte diese tagtägliche Abwertung, diese schleichende und tröpfchenweise verabreichte Verachtung mit diesen Frauen?

Selbsthass? Selbstverachtung? Abscheu vor sich selbst?

Hatte eine dieser verhinderten Goldmariechen diese unerträglichen Gefühle auf ihre Mitleidenden projiziert und beschlossen, sie leiden zu lassen? Sie für ihre Langmut zu bestrafen?

Suchten sie ein durchgedrehtes Goldmariechen?

«Die Verhaftung steht kurz bevor», sagte in diesem Augenblick Santoro.

«Goldmariechens?»

«Goldjungens.»

Zina fragte sich kurz, welchem Märchen diese Figur entstammte, als ihr mit Schrecken klar wurde, um wen es sich handelte. Stefan Bleibtreu sollte im Laufe des Tages verhaftet werden. Waren diese Zürcher von allen guten Geistern verlassen? Oder war das nur die einfachste Lösung? Eine, die erlaubte, den Mord auf eine rein persönliche Ebene herunterzubrechen?

Ein labiler junger Mann, der durch seinen Kokainkonsum in seiner Einschätzung der Realität und seinen zwischenmenschlichen Beziehungen schwer beeinträchtigt war, hatte den heute notwendigen Anforderungen nicht genügen können, hatte sein persönliches Scheitern seinem Vorgesetzten angelastet. Und ihn aus dem Weg geräumt?

So in etwa hatte Santoro die Informationen aus Zürich zusammengefasst.

«Wir haben einen Fehler gemacht, Goldberg!»

«Wir? Wir wollen doch nicht dieses miese Spiel unterstützen, oder? Den Kollegen geht es doch nur darum, von dem Inhalt des Laptops abzulenken. Stellen Sie sich vor, der Inhalt dieses informatischen Safes käme an die Öffentlichkeit. Was auch immer dort drinnen zu finden ist, brisant ist es allemal. Da ist es einfacher und vor allem sicherer, den ganzen Mord einem kokainsüchtigen Jüngling anzulasten, der einen Groll gegen den armen Stutz entwickelt hatte. Und damit ist die Bank aus der Schusslinie.»

«Atmen Sie mal wieder, Goldberg, Sie japsen ja wie ein Fisch auf dem Trockenen. Und wie sollen Sie in diesem Zustand angeln gehen?»

«Wonach?», konnte sie gerade noch fragen, bevor sie nach Luft schnappte.

«Wir brauchen den Stick oder wie auch immer dieses Ding heisst, das uns Zugang zum Inhalt des Laptops liefert. Oder wir hätten Bleibtreu damit konfrontieren müssen, als wir ihn in seiner verwüsteten Wohnung antrafen. Er weiss mit Sicherheit, was in dem Ding versteckt ist. Das ist unser Fehler.»

Sie versuchten Bleibtreu zu erreichen. Zuerst telefonisch. Niemand nahm ab.

Sie schickten eine Streife zur Wohnung. Die Tür blieb verschlossen.

Aber das hatte vielleicht gar keine Bedeutung, beteuerte Santoro.

Schliesslich hatte niemand vom kleinen Banker verlangt, in seiner Wohnung sitzen zu bleiben, um besser verhaftet werden zu können, ergänzte Zina.

Mittlerweile war später Nachmittag, vor der Wohnung war

ein uniformierter Kollege postiert. Auch Miguel Vales hatten sie zu erreichen versucht. Ohne Erfolg.

Der sei am Arbeiten, meinte Santoro, und Zina nickte.

Der Nachmittag näherte sich dem Abend, und Bleibtreu war immer noch nicht aufgetaucht. Miguel Vales war nach Hause gekommen, doch er konnte ihnen nicht weiterhelfen.

«Das hat nichts zu bedeuten», sagte Santoro.

«Nein, natürlich nicht. Vielleicht ist er im Fitness-Studio und rennt auf einem Laufband herum. Da kann er ja nicht weit kommen», sagte Zina.

«Oder er sitzt schon in der Sauna und dampft vor sich hin.»

«Oder er füttert die Enten und schaut auf den Rhein.»

«Bei diesem Wetter?», fragte Santoro.

«Das tun traurige Menschen. Es bestärkt sie in ihrem Elend.»

Wir versuchen uns gegenseitig zu beruhigen, erkannte Zina, wir wollen uns einreden, dass nichts Schlimmes passiert ist, dass Bleibtreu bald zu Hause auftauchen wird und wir ihn in aller Ruhe abholen können.

Stefan Bleibtreu war nicht traurig, dachte Santoro. Er sah vor seinem inneren Auge den kleinen Informatiker in der verwüsteten Wohnung sitzen. Nein, was er in seinen Augen gesehen hatte, das war nicht Trauer. Der Kerl hatte dagesessen, hatte sich abgekapselt, war in Angst und Schrecken erstarrt. Um die aufsteigende Panik in Schranken zu halten?

«Er wird doch wohl nicht abgehauen sein?», fragte Zina.

«Das ist nicht das, was mir im Augenblick die grössten Sorgen bereitet, Goldberg.»

Sie schauten sich an und erkannten in den Augen des Gegenübers das Gefühl, das sich in den letzten Stunden langsam in ihr Bewusstsein geschlichen hatte und sich in einer Frage konkretisierte: War der kleine Bleibtreu in Gefahr?

***

Risotto mit Steinpilzen.

Sein Sohn schaute ihn mit grossen Augen an und wartete erwartungsvoll und auch leicht beunruhigt auf sein Urteil. Noch genüsslich kauend, nickte er anerkennend, lächelte so breit wie nur möglich, ohne den Mund öffnen zu müssen, hob die Papierserviette an die Lippen – die Stoffservietten gehörten der Vergangenheit an, Plätten kam für beide nicht in Frage – und gab das erwartete Urteil ab.

«Das ist mit Sicherheit der beste Risotto, den ich je gegessen habe, Marco. Bravo, mein Sohn!»

«Ich habe *mamma* angerufen, sie hat mich gecoacht.»

Wie sehr musste Marco seine Mutter vermissen, wenn er sie für ein Rezeptcoaching anrief? Wie sehr wollte er ihre Anwesenheit mit allen Mitteln wieder im Hause fühlen, wenn er eines ihrer Lieblingsrezepte auf den Tisch zauberte?

Oder ging es darum, ihn, den verlassenen Vater, zu trösten?

Er sollte sich wirklich um seinen Sohn kümmern, sagte sich Santoro und merkte, wie ihm das schlechte Gewissen die Kehle zuschnürte. Er sollte wirklich mit Marco reden, da war anscheinend einiges zu klären. Zum Beispiel, dass es nicht die Aufgabe des Sohnes war, für das Wohlbefinden des Vaters zu sorgen.

Nein, er als Vater wollte sich Zeit nehmen, für seinen Sohn da sein, sich mit ihm über seine Erfolge freuen, sich aber auch seine Sorgen und Ängste anhören.

Nur jetzt nicht.

Denn er war nur schnell nach Hause gekommen, weil sein Sohn ihn mit erregter Stimme darum gebeten hatte. Und weil sie in der Sache Stefan Bleibtreu eh nichts unternehmen konnten.

Ausser zu warten.

Und das konnte er genauso gut vor einem vollen Teller tun, hatte er befunden.

Zina sass im «Unternehmen Mitte», ein Stück Pizza vor sich, ihrer Freundin Violetta gegenübersitzend.

Diese war daran, ihre Strategie darzulegen. Ihre Augen blitzten, sie fuchtelte mit ihren Händen vor ihrem Gesicht herum, redete wie ein Wasserfall.

Violetta im Quadrat, dachte Zina.

Währenddessen wartete ihr Mann, Peter Bloch, auf heissen Kohlen sitzend, auf eine Atempause, um seinerseits etwas mitteilen zu können.

Er wagt es nicht, dazwischenzufunken, dachte Zina. Wer traut sich schon, eine Dampfwalze auf dem Kriegspfad aufzuhalten?

Nun holte Violetta ihr Handy hervor, um eine Anrufgruppe für die Teilnehmerinnen der Operation Pechregen einzurichten. Sobald ein Mitglied der Gruppe etwas Ungewöhnliches oder gar Verdächtiges bemerkte, sollten alle anderen Mitverschwörer informiert werden können – vor allem die Leitung der tanzenden Kampftruppe.

Als Violetta die Augen auf das Handy richtete, legte Peter Bloch los: «Diese Bankergruppe. Ich hatte euch doch erklärt, dass sie eindeutig dysfunktional sei. Nun, diese Frage hat mich einfach nicht losgelassen. Bis ich zum Schluss gekommen bin, dass ich die falsche Frage gestellt habe. Nicht wie die Gruppe funktioniert, sondern, was habe ich eigentlich vor mir, lautet die Frage. Das Interessante ist nämlich, dass es gar keine Gruppe ist.»

Santoro hatte sein Velo aus der Garage geholt. Heute regnete es mal nicht. Und zudem hatte er das Gefühl, heute mobil sein zu müssen. Warum auch immer. Vielleicht lag es daran, dass er vor seinem Aufbruch noch eine Nachricht vom Kollegen bekommen hatte, der die Wohnung von Bleibtreu bewachte. Mittlerweile sass er in der Wohnung und hielt Miguel Vales die Hand, wie er sich ausgedrückt hatte. Der gesuchte und verzweifelt erwartete Bleibtreu war noch nicht wieder aufgetaucht.

Und sein Partner machte sich Sorgen. Grosse Sorgen.

Das sei überhaupt nicht seine Art, nicht nach Hause zu kommen, keine Nachricht zu hinterlassen, nicht erreichbar zu sein.

Santoro raste den Neubadrain hinunter Richtung Stadt, genoss den Wind in seinen Haaren, versuchte die aufkommende innere Unruhe kleinzudenken.

«Das ist überhaupt keine richtige Gruppe. Im Zentrum sitzt zwar ein Alphamännchen, ein richtiger Graurücken, aber die anderen wollen alle nicht wirklich dazugehören. Der ältere Herr, Vogt heisst er, glaube ich, zeigte mit seiner Mimik und seiner Körperhaltung seine Distanziertheit. Er wollte eindeutig nicht mit den anderen Mitgliedern in Kontakt kommen, wollte gar nicht als zur Gruppe gehörend betrachtet werden. Ich behaupte, dass er als Anhängsel mitgenommen wurde, gegen seinen Willen. Dann dieser Sicherheitsmann, Mitte dreissig, raspelkurze Haare, antrainierte Muskeln, grimmiger Blick …»

«Rizzo», half Zina nach.

«Was sollte der Kerl eigentlich sichern? Er hatte den Chef im Auge, aber nicht so, als warte er auf Anweisungen oder so. Nein, eher als beäuge er mit Skepsis einen Dampfkochtopf, der bald pfeifen sollte. Oder eine Handgranate, die von alleine losgehen könnte. Vor allem aber beobachtete er diesen kleinen, schlanken Informatiker.»

«Und der Letzte im Bunde?», wollte Zina wissen.

«Der Schwabbelige, der sich grinsend zurücklehnte und am Rande der Gruppe das Ganze wie von aussen betrachtete?»

«Alois Rentsch.»

«Ich habe mich gefragt, ob er nicht Stutz' Jünger ist. Ob er nicht sein designierter Nachfolger ist.»

Wollte Rentsch einfach nicht warten, bis er an die Reihe kam, fragte sich Zina.

Santoro hatte die Innenstadt erreicht. Ein Wort tanzte in seinem Kopf herum: Mutters Rezept. Sein Sohn hatte, um seinem Vater eine Freude bereiten zu können, das Rezept der Mutter angefordert.

Aber was ihn nicht zur Ruhe kommen liess, war nicht der Risotto.

Ein ganz anderes Rezept hatte ihnen in diesem Fall Kopfzerbrechen bereitet.

Santoro beschloss, dass der junge Stump an diesem Abend auf die Matten gehen musste.

Und nach dem Rezept der Mutter suchen sollte.

«Jetzt geht es aber nicht um diese Bande», unterbrach Violetta Zinas Überlegungen.

Sie war sichtlich nicht bereit, ihren Aktionsplan durch Diskussionen über Gruppendynamik stören zu lassen, schon gar nicht, wenn die Gruppe gar keine war. Und das drückte sie unmissverständlich aus.

«Wir verplempern nur unsere Zeit. Fokus! Bündelung der Kräfte! Disziplin und Konzentration, meine ...»

Peter Bloch salutierte grinsend.

SECHZEHN

Zwischen den Säulen wurde getanzt.

Zina liess sich treiben, drehen, herumwirbeln, liess ihren Blick über die Schulter ihres Chefs schweifen und ihre Gedanken herumtrödeln.

Das «Unternehmen Mitte» war in einem Gebäude untergebracht, in dem früher einmal eine Bank beheimatet war. Und das war noch deutlich sichtbar, dachte Zina. Die hohe Decke mit einer Kuppel in der Mitte, die Weite des Saals, die Säulen aus geschliffenem Granit, der Steinboden, der ganze Bau vermittelte das Gefühl, in einem modernen Tempel gelandet zu sein. Einem Tempel, in dem die Gottheit nicht sichtbar war. Die wurde ursprünglich eher in tieferen Gefilden gebunkert.

Der offene Kamin hinten links mit den Bänken ringsum passte hingegen gar nicht zum Ambiente einer Bank.

Tangoklänge ertönten aus den Lautsprechern, Paare zeichneten auf der Tanzfläche ihre Figuren, ringsum standen Tische, an der grossen Theke wurden keine Geldbeträge, sondern Getränke abgeholt.

Während der letzten Stunde hatte sich der Saal langsam gefüllt, die Mitglieder der Operation Pechregen waren alle auf ihren Plätzen, die üblichen Verdächtigen waren auch zur Stelle. Nur Frau Oberhänsli war nicht da, denn ihr Ehemann hielt die muntere Monika Matter in den Armen und wirbelte sie im Kreis herum. Die beiden scheinen sich ja prächtig zu amüsieren, dachte Zina. So auch Hans Kraft und die sonst so gestrenge Frau Kalbermatten. Dieses Paar vollführte, eng umschlungen, kleinere und langsamere Kreise und schien in einer eigenen Welt versunken.

Na, auf deren Beobachtungsfähigkeit sollten wir heute Abend nicht allzu sehr zählen, dachte Zina.

Herr Bänziger hatte auch heute sein hellblaues Hemd mit

den weissen Blümchen angezogen. Scheint sein bestes Stück zu sein.

Seine bessere Hälfte – was für ein depperter Ausdruck – hielt er in den Armen, drehte mit ihr gemächliche Runden. Beide blickten in diesem Augenblick ruhig und ernst zu ihr herüber. Frau Bänziger lächelte, ihr Ehemann nickte. Wenigstens auf diese beiden können wir uns stützen.

Wenn überhaupt etwas geschieht.

Santoro versuchte den Augenblick zu geniessen und nicht an Bleibtreu zu denken. Dieser war noch immer nicht aufgetaucht, blieb weiterhin verschwunden, die Besorgnis seines Partners stieg mit jeder Minute. Er hatte in den letzten Stunden mehrmals angerufen, um sich zu beschweren, dass die Polizei nichts unternehme. Er hatte schon alle Freunde und Bekannten alarmiert, die nun in der Stadt herumwuselten, um Bleibtreu zu suchen. Vielleicht sass er ja in einer Bar und ertränkte sein Elend in einem alkoholischen Getränk, hatte Santoro zu bedenken gegeben. Das sei aber nicht seine Art, hatte Vales beteuert. Sind ja auch besondere Umstände, hatte Santoro geantwortet, glaubte mittlerweile jedoch selbst nicht mehr an seine Worte.

«Die Frauen sind vorsichtig geworden», unterbrach Zina seine Gedanken. «Es sind auffällig viele mit geschlossenen Flaschen unterwegs. Schauen Sie mal, die Frau dort. Sie trinkt direkt aus der Flasche und verschliesst sie gleich wieder.»

«Das wird immerhin die Arbeit der Giftmischerin erschweren.»

«Zumindest wird es ihren Wirkungskreis einschränken. Ihr stehen leider immer noch viele Möglichkeiten offen. Schauen Sie, wie viele Gläser auf den Tischen herumstehen, während ihre Besitzerinnen auf der Tanzfläche herumwirbeln. Wir werden sie niemals alle im Auge behalten können, Violettas Himmelfahrtskommando hin oder her.»

«Apropos Himmelfahrtskommando, dort hinten am Fenster sitzt Max, heute ohne Moritz, und scheint seine Hausaufgaben zu erledigen, ganz brav. Was schon an sich verdächtig ist. Wissen Sie was, ich geh mal schnell rüber und unterhalte mich einen Augenblick mit ihm. Ich möchte noch eine offene Frage klären.»

«Unterdessen werde ich eine kleine Runde drehen, Gesprächsfetzen auffangen und nach auffälligen Verhaltensweisen spähen. Hoffnungslos, aber etwas Besseres fällt mir im Augenblick nicht ein.»

Santoro blickte über Liridons Schulter, der offensichtlich verzweifelt versuchte, Fragen zu beantworten. Er fragte sich, um welche Sprache es hier ging. *Schö mach un move*, hatte der Knabe gerade aufs Papier gebracht.

«Ich muss schreiben, was ich mit Rollbrett mache. *C'est difficult!*», erklärte Liridon mit hoch konzentriertem Blick. «In Französisch ich bin nicht gut.»

Aha.

«Und seit wann hast du schon Französischunterricht?»

«Drei Jahre.»

Santoro musste sich zurückhalten. Obwohl er ansonsten nicht dazu tendierte, sich ins Getümmel zu werfen, um heillos verlorene Schüler zu retten, verspürte er das drängende Bedürfnis, dieser armen Seele, die irgendwelchen pädagogischen Raubtieren zum Frass vorgelegt worden war, zu Hilfe zu eilen.

Doch er hielt sich zurück. Manche Schlachten waren von vorneherein verloren, wenn die Soldaten mit Rohrkrepierern ausgerüstet wurden.

«Ich kann schreibe, wie ich höre, und wenn ich Wort nicht weiss, ich darf schreibe Deutsch. Lehrerin ist nett, sie korrigiert nicht.»

Nettigkeit wird überbewertet, sagte sich Santoro.

Zina studierte Gesichter.

Was konnte hinter der Fassade aus Nettigkeit, Freundlichkeit, Munterkeit und immerwährendem Verständnis für die

Schwächen anderer lauern? Sie suchte nach Anzeichen von Bitterkeit, Verzweiflung und daraus folgendem Rachedurst. Sie war auf der Suche nach einer durchgedrehten Goldmarie, die ein Leben lang auf den Goldregen gewartet hatte, um immer nur noch schwerere Aufgaben aufgehalst zu bekommen. Das traf wohl auf die meisten weiblichen Teilnehmerinnen dieser Milonga zu. Sie erkannte viel Müdigkeit, verlebte und abgehärmte Gesichter, doch in vielen Blicken war heute ein Funkeln zu erkennen, das ganz neu war. Die Frauen, die Violetta zusammengetrommelt hatte, waren von ihrem Auftrag begeistert.

So belämmert er ihr selbst erscheinen mochte.

Diese Frauen hatten die Gelegenheit erhalten, endlich gemeinsam und aktiv für sich selbst einzustehen, dieser Giftnudel Einhalt zu gebieten. Und das machte sie munterer, wacher und eindeutig kämpferischer.

Die Frauen gehen auf die Matten, sagte sich Zina.

«Ich heute arbeite. Meine Sohn keine Dummheite. Er auch schaffe. Keine Problem.»

Santoro versuchte den Vater, der eilends herbeigeeilt war, sobald er ihn in der Nähe des Sohnes entdeckt hatte, mit gesetzten Worten zu besänftigen. Nein, er war nicht hier, um mit Liridon zu schimpfen. Und nein, er war auch nicht hier, um einen Vater, der abends arbeiten musste, in die Schranken zu weisen.

«Ich sage Liridon, du ganz brave Junge sein, du ganz nett. Keine Blödsinn! Du mir nicht mache Schande. Sonst Frau Hüdihühi wieder schimpfe mit mir.»

«Ich keine Blödsinn», sagte Liridon.

Nach diesen mit Nachdruck und engelsgleichem Lächeln geäusserten Worten streichelte der Vater über den Kopf seines Sohnes und entschwand wieder in die Küche.

«Ich warte, bis Frau nach Hause und geht in Bett», erklärte Liridon und zwinkerte Santoro zu.

«Ich wollte nur sicher sein, dass der kleine Kerl nicht doch dieses kleine Ding, also den eigentlichen Schlüssel zum Laptop, zu Hause versteckt hat. Hat er aber nicht.»

«Wie können Sie sich so sicher sein. Seit wann trauen Sie den Beteuerungen von Max. Oder haben wir es hier eher mit Moritz zu tun?», fragte Zina.

Bevor er antwortete, führte Santoro Zina in einer langsamen Schlangenbewegung um sich herum. Er liebte diese Figur, die Partnerin war zuerst ganz nah, dann musste er sie fast auf Armeslänge von sich fernhalten, drehen – sie zeigt beide Profile – und mit Schwung wieder an seine Brust ziehen. Im Augenblick hatte er gar nichts gegen Kommandoeinsätze auf dem Tanzparkett einzuwenden.

«‹Ich mache Ding rein und spiele, wenn ich habe›, hat Liridon auf meine Frage geantwortet. Er hatte sich ja auch geärgert, dass der Laptop nicht anging, als ich ihn abholte. Nein, Goldberg, das Ding ist irgendwo, aber nicht bei Wilhelm Busch zu suchen.»

Seine Aufmerksamkeit wurde auf eine Frau hinten an der Theke gelenkt. Er hätte nicht sagen können, was genau seinen Blick auf sie gelenkt hatte. Ihre Haltung? Die Stimmung, die sie ausstrahlte?

Dort stand auch dieser blondlockige, ordnungsliebende und von sich eingenommene Schulleiter, der von Weitem tatsächlich wie ein Ritter von der Tafelrunde aussah. Und an ihm vorbei huschte eine zierliche Frau mit einem hübschen Gesicht.

Etwas an ihrer Haltung liess ihn innehalten.

Tatsächlich, nun hielt sie eine Hand vor den Mund und verschwand im Gang links der Theke.

Auch Zina schaute der Frau nach. Dort befindet sich das WC, dachte sie und seufzte.

Das geht doch nicht schon wieder von vorne los! Ich habe ja nicht mal Röhrchen mitgenommen.

Als Zina die Toilette betrat, erkannte sie, dass ihre Befürchtungen vergebens waren. Keine Würgegeräusche waren zu hören, die Frau war nicht in einer Kabine verschwunden, vielmehr stand sie vor der Spiegelwand, hatte die Arme um ihren Körper geschlungen und blickte sowohl verzweifelt als auch entschlossen auf ihr Spiegelbild.

Eine ausgezehrte Elfe, dachte Zina.

Ihre schlimmsten Befürchtungen hatten sich doch nicht in Luft aufgelöst.

Santoro näherte sich dem blonden Möchtegernritter, überlegte, wie er ein Gespräch anbahnen könnte, als sein Gegenüber ihn herausfordernd angrinste, kurz nickte und davonlief.

Der Kerl hat keine Lust auf einen Schwatz unter Männern. Sein Grinsen gefällt mir gar nicht, sagte er sich nachdenklich. Was drückt es aus? Überheblichkeit? Sicher. Aber da hatte noch etwas anderes durchgeblitzt – in seinen Augen. Aber Santoro kam nicht darauf. Auf jeden Fall hinterliess das, was er gerade empfunden hatte, ein ungutes Gefühl. Er folgte dem Mann mit den Augen, sah, wie er sich mit betonter Lässigkeit der jungen Rüdisühli näherte, sie zum Tanzen aufforderte, was diese mit strahlendem Lächeln annahm. Auf dem Weg zur Tanzfläche schaute Hützli kurz auf, und ihre Blicke trafen sich wieder.

Was war das nun? Ich kann jede haben?

Nein, da lag noch etwas anderes in diesem Blick, dachte Santoro, während er zuschaute, wie das Paar besonders eng umschlungen seine Kreise drehte. Der Mann hatte seiner Partnerin wohl etwas besonders Lustiges ins Ohr geflüstert, denn diese warf den Kopf nach hinten und liess ein glockenhelles Lachen hören.

Das hat sie eingeübt, sagte sich Santoro.

Armes Huhn!

Isabelle Schmied, so hiess die Frau, lehnte gegen das Lavabo und schaute ihre Schuhe an. Sie war, nach anfänglichem Zögern und einigen Erklärungen vonseiten Zina Goldbergs, gerne bereit, ihre Geschichte zu erzählen.

Kenne ich diese Frau nicht, fragte sich Zina. Etwas kam ihr vertraut vor. War es die Stimme, die Figur? Oder beides? Doch jetzt musste sie sich auf die Geschichte konzentrieren, die sie zu hören bekam.

Scheidung. Das war das Thema, das der Frau zusetzte. Noch schlimmer hingegen war ihre Ehe gewesen.

Also hatte sie sich zur Flucht entschieden, nachdem sie jahrelang ergeben und duldsam gelitten hatte, erzählte die zierliche und bleiche Frau.

Wie jung sie noch ist, dachte Zina, als Schmied erklärte, dass sie deutlich jünger sei als ihr Mann. Ein Mann, der von seiner Frau verlangte, in allen Bereichen perfekt zu sein. Perfekte Mutter mit immer munteren und braven Töchtern, perfekte Ehefrau, immer adrett und liebevoll zu ihrem geliebten Ehemann aufschauend, perfekte Hausfrau.

Nicht nur die Wohnung musste perfekt sein, das wurde durch die Schilderung der Frau klar, in deren Augen sich eine unendliche Müdigkeit spiegelte, wenn sie den Blick hob und Zina anschaute. Aber auch etwas anderes war in den grossen blauen Augen zu erkennen: verzweifelte Entschlossenheit, unerschütterlicher Durchhaltewillen.

Sie hatte sich jahrelang bemüht, hatte die Kontrollgänge des Ehemannes durch die Wohnung angstvoll erduldet, seine Blicke unter die Betten, seinen Finger über die Oberflächen der Möbel, auf den Steckdosen, unter den Steckdosen mit angehaltenem Atem verfolgt und auf die Sanktion gewartet. Sie hatte den Test nie bestanden. Sie hatte die ewigen Zurechtweisungen und Demütigungen hingenommen, hatte akzeptiert, dass die ganze Schuld bei ihr lag, sich selbst für ihre Schlampigkeit gehasst, ihre Unzulänglichkeit anerkannt. Und war daran fast zerbrochen, fast verschwunden. Doch irgendwann hatte sie die gleiche Verzweiflung, die Angst, in den Augen ihrer Töchter erkannt.

Die sich doch so bemühten, immer anständig, intelligent, brav und immerfort fröhlich zu sein, den Erwartungen ihres Vaters gerecht zu werden.

Mit letzter Kraft hatte sie Hilfe geholt.
Und die hatte sie erhalten.

Santoro liess von seinem Beobachtungsposten an der Theke aus seinen Blick über den Saal schweifen. Die blöden Säulen, schimpfte er in sich hinein, die lassen ziemlich viele tote Winkel entstehen. Immerhin hatte Kristina Stojic mit ihren zwei mobilisierten Kolleginnen einen intelligenten Posten ausgesucht, stellte er beruhigt fest. Sie sassen über Eck an der gegenüberliegenden Wand und konnten so einen grossen Teil des Saales überblicken, ohne selbst aufzufallen.

Benahm sich jemand auffällig, spazierte herum, ging von Tisch zu Tisch? Nicht jemand. Dieses Verhalten traf auf ziemlich viele zu. Denn mittlerweile füllte sich der Saal, auf der Tanzfläche wurde es immer enger, immer mehr Tische waren besetzt, manche Besucher lehnten an den Säulen, andere spazierten herum, begrüssten Bekannte und Freunde, wechselten einige Worte, gingen weiter und hielten wieder an, um weitere zu begrüssen. Eine Giftnudel, die auf ihrem Spaziergang zwischen den Tischen ein bisschen Gift versprühte, fiel dabei nun mal nicht auf, sie verhielt sich wie ein Dutzend anderer Teilnehmer, verschmolz mit der Umgebung.

Ist sie wirklich so unverfroren?

Carmen Alvarez und Florian Tschudi betraten den Saal, schauten in die Runde, hoben kurz die Hand, um ihn zu grüssen, suchten den Saal weiter mit den Augen ab und gingen zielstrebig in Richtung Violetta Bloch, die mit ihrem Mann in der Nähe der Tanzfläche sass.

Wer hier das Kommando führt, scheint niemand in Frage zu stellen, sagte sich Santoro mit einem ergebenen Seufzer.

Er erblickte Selina Winkler, die in einem sehr kurzen Rock, mit sehr hohen Schuhen und hocherhobenen Hauptes durch den Saal marschierte.

Santoro freute sich, dass die Frau sich durch ihr Erlebnis mit Stutz nicht beirren liess. Sie zog sich an, wie sie wollte, schritt mit Grazie und Elan durch den Saal. Dass sie als Verdächtige galt, schien sie auch nicht aus dem Gleichgewicht bringen zu können. Konnte er sie wirklich noch als Verdächtige betrachten? War es möglich, dass diese schöne Frau sich nach einem begangenen Mord so unbeschwert und frei im Raum bewegte, ohne Anzeichen von Reue, Nervosität oder Gewissensbissen?

Mit einem breiten Lächeln auf den Lippen steuerte sie zielstrebig auf ihn zu.

Wenigstens eine, die eine wirkliche Führungspersönlichkeit zu erkennen vermag!

«Es geht um meine Töchter. Sie wurden immer stiller. Die Lehrerin hat mir empfohlen, die Schulpsychologin zu kontaktieren, und das war dann auch für mich eine grosse Hilfe», erklärte Isabelle Schmied. «Er will das alleinige Sorgerecht, sagt, ich sei nicht fähig, mich adäquat um sie zu kümmern. Erzählt überall, dass ich ein psychisches Wrack sei, gesundheitlich so angeschlagen, dass ich in ein Sanatorium gehöre. Und je länger dieser Kampf andauert, desto mehr stimmt auch, was er sagt.»

Zina wusste nicht, was sie darauf antworten sollte. Sie hätte gerne ihren Arm um die Schultern der Frau gelegt, sie getröstet, sie aufgemuntert. Aber das war nicht ihre Aufgabe, denn sie war ja nicht hier, um erniedrigte, gedemütigte Ehefrauen zu unterstützen. Eigentlich sollte sie dort draussen sein und eine Giftnudel auf frischer Tat erwischen und verhaften.

«Dreckskerl!»

Wie habe ich denn das verdient, fragte sich Santoro, erkannte dann aber, dass nicht er gemeint war. Die Augen der Frau, die sich zu ihm gesellt hatte, waren auf Robin Hützli gerichtet.

«Macht diese dumme Gans an. Die sollte es doch besser wissen und einen Bogen um diesen blondlockigen Narzissten machen. Wenn die wüsste, was er mit seiner Frau angestellt hat!»

Während er sich wunderte, mit welcher Offenherzigkeit Selina Winkler mit ihm sprach, richtete auch er den Blick auf das

Paar, das zusammen an einem Tisch sass, die Köpfe zusammensteckte, tiefe Blicke wechselte, tuschelte, um dann zeitgleich zu lächeln.

In diesem Augenblick hob Hützli den Kopf, und ihre Blicke trafen sich.

Da ist dieses Lächeln wieder, dachte Santoro. Das gefällt mir gar nicht. Eher ein hämisches Grinsen.

«Wo ist eigentlich Frau Goldberg?»

«Im WC verschwunden, einer jungen, zierlichen Frau nach, der es gar nicht gut ging.»

Ohne ein weiteres Wort zu äussern, marschierte Selina Winkler auch Richtung WC davon.

Und Santoro revidierte seine Einschätzung bezüglich ihrer Verdächtigen. Erstens hatte sie nicht, wie er immer angenommen hatte, blaue, sondern graue Augen, und in den letzten Sekunden waren diese stahlhart geworden.

War es möglich, dass Selina Winkler keine Reue zeigte, weil sie davon überzeugt war, das Notwendige, das Unausweichliche, das einzig Richtige getan zu haben, indem sie einen Mann eliminiert hatte, der eine Gefahr für Frauen darstellte?

«Kommen Sie hier sofort raus», befahl Selina Winkler, sobald sie die Toilette betreten hatte. «Lassen Sie sich nicht vertreiben, lassen Sie sich nicht in die Ecke treiben. Schon gar nicht, wenn die Ecke so unwirtlich ist», fügte sie mit einem schiefen Lächeln an.

Weit davon entfernt, sich von einer solchen Rede einschüchtern zu lassen, war Isabelle Schmied vielmehr aufgerüttelt worden. Sie richtete sich auf, leichte Röte breitete sich auf ihren bleichen Wangen aus, und ein Lächeln zeichnete sich auf ihren Lippen ab.

«Kommen Sie, meine Liebe, wir marschieren jetzt da raus. Das ist nicht sein Revier, das ist öffentlicher Raum. Und da gehören Sie hin.»

Sie nahm Isabelle Schmied bei den Schultern und dirigierte sie zielstrebig zur Tür.

Selina Winkler ist also die Schulpsychologin, die zu Hilfe geeilt ist, dachte Zina, fühlte sich erleichtert, und gleichzeitig befiel sie das vage Gefühl, gerade etwas Wichtiges verpasst zu haben.

Sie hörte ein Pling.

Violetta hatte ein Rundschreiben verschickt.

Pechregen! Alarm!

Santoro lehnte weiterhin an der Theke, fragte sich, ob er nicht eine Fahndung einleiten sollte, denn gerade hatte er einmal mehr hören müssen, dass Bleibtreu immer noch nicht aufgetaucht war. Und wo blieb seine Assistentin? Es war doch hoffentlich keine Kotzparty im Gang im Klo? Zudem waren sie doch hier, um zu tanzen! Denn dass etwas anderes aus dieser ganzen Aktion resultieren könnte als das seltene Vergnügen, seine Assistentin nach Belieben führen und dabei in den Armen halten zu dürfen, das bezweifelte er.

Wer auch immer die Tangoveranstaltungen zum Verbreiten seines Giftes benutzt hatte, musste gewarnt sein.

Ausser sie hatten es mit einer Giftnudel zu tun, die sich nicht beirren liess, die über Nerven wie Drahtseile verfügte. Noch eine Möglichkeit kam ihm in den Sinn: Und wenn die Giftmischerin sich herausgefordert fühlte, den Kitzel der Gefahr genoss? Oder gar sich durch ihr wochenlanges und unentdecktes Wirken als unbesiegbar, ja allmächtig empfand?

War es wirklich möglich, dass jemand alle Warnsignale ignorierte?

Schliesslich war wohl keinem Menschen entgangen, dass er Polizist war, nun dastand und seinen Blick herumschweifen liess, und was das versammelte Himmelfahrtskommando betraf, so liess dessen Diskretion doch zu wünschen übrig.

Violetta Bloch sass da wie die sprichwörtliche Katze vor dem Mauseloch. Ihr Mann hatte seinen Arm über ihre Schulter gelegt und versuchte Entspannung und Gemütlichkeit zu verströmen – was ihm nicht wirklich gut gelang.

Die beiden Studenten sowie das Ehepaar Bänziger tanzten fleissig im Kreis herum, ihre Blicke passten jedoch nicht zum Ambiente, das sie zu verströmen suchten. Sie spähten herum. Gar nicht auffällig, dachte Santoro und wusste nicht, ob er sich ärgern oder lachen sollte.

Das ältliche Pärchen, Kraft und Kalbermatten, sass nun an einem Tisch gleich neben der Tanzfläche. Die halten tatsächlich Händchen, erkannte Santoro. Auf deren Beobachtungsgabe konnten sie heute nicht zählen.

Nur die drei jungen Lehrerinnen dort hinten an der Wand verhielten sich völlig unauffällig. Sie sassen da, schwatzten, lachten, begrüssten ab und zu einen Bekannten mit einem kurzen Winken. Die drei sind ja richtig begabt, sagte sich Santoro.

Oder sie haben völlig vergessen, warum sie hier sind.

Auch Oberhänsli und die Sekundarlehrerin Monika Matter schienen nicht auf ihren Auftrag konzentriert zu sein. Der kleine Mann mit der Fliege forderte mit einem breiten Lächeln einmal mehr die füllige Dame auf, ihn auf die Tanzfläche zu begleiten, nahm ihre Hand, was diese mit einer übertriebenen Reverenz beantwortete. Oberhänsli liess seine Partnerin zuerst einmal um sich selbst drehen, bevor er sie in die Arme nahm und mit Schwung die ersten Schritte in Angriff nahm.

Die amüsieren sich ja prächtig, sagte sich Santoro, um gleich zu erkennen, dass die Freude sich einem jähen Ende näherte.

Durch den Eingang stürmte eine zwar schmächtige und ziemlich müde wirkende, dennoch sehr entschlossene Furie.

Und *sie* wollte auch etwas schwingen – aber sicher nicht das Tanzbein.

Jetzt sind wir auch noch in eine Boulevard-Komödie geschlittert, sagte sich Zina, als sie in den Tanzsaal trat. Ehefrau erwischt ungetreuen Ehemann bei ungebührlichem Tun, lässt ihrer Empörung lauthals freien Lauf, während dieser die Augen beschämt senkt, Rechtfertigungen brabbelt und den unausweichlichen Satz …

«Ich kann dir alles erklären, meine Liebe.»

Er hat es tatsächlich gesagt, dachte Zina, während sie zu Santoro schlenderte, der weiterhin an der Theke stand und wie alle anderen der dargebotenen Tragikomödie folgte.

Mittlerweile tanzte niemand mehr. Die Paare bildeten einen Kreis um das streitende Duo. Eigentlich stritt nur sie, der ertappte Ehemann schaute zerknirscht, hielt seine Hände ausgestreckt in einer beschwichtigenden Geste vor sich und schüttelte ab und zu den Kopf. Die Ehefrau war inzwischen zu einem anklagenden Jammern übergegangen und versuchte ihren Gatten von der Tanzfläche zu lotsen. Monika Matter stand hinter ihrem Tanzpartner und hatte die Arme vor ihrer umfangreichen Brust verschränkt.

«Was soll dieses Affentheater?», fragte Monika Matter.

Frau Oberhänsli-Schlipf liess sich nicht beirren. Sie funkelte Monika Matter nur kurz an, wandte sich dann gleich wieder ihrem Ehemann zu. Sie war hergekommen, um ihn nach Hause zu holen, und da liess sie sich auch nicht von einer energischen Rivalin aufhalten.

«Das ist wirklich unvernünftig, Ruedi, wir haben doch abgemacht, dass du dich schonen musst. Wir wollen doch nicht, dass du wieder zusammenbrichst. Denk an dein Herz!»

Diese Worte, die mit weinerlicher Stimme ausgesprochen wurden, liessen bei Oberhänsli eindeutig kein wirkliches Wir-Gefühl aufkommen, dachte Zina. Der kleine Herr mit der Fliege drehte sich sichtlich zerknirscht, um Entschuldigung heischend, zu seiner vernachlässigten Tanzpartnerin, seufzte und nahm seine Ehefrau bei den Schultern, um sie von der Tanzfläche zu führen.

Monika Matter verwarf entnervt die Arme und stapfte davon.

Zina schaute um sich. Alle Blicke waren weiterhin auf das Paar gerichtet, das sich Richtung Sofaecke bewegte.

Während die Tanzpaare langsam wieder zusammenfanden, um eines nach dem anderen ihre Kreise auf das Parkett zu zeichnen, schaute sie zu Santoro hoch. Ihre Blicke trafen sich.

«Verdammt!», sagte Santoro.

«Genau.»

Beide blickten hektisch um sich, um doch noch festzuhalten, was sie mit Sicherheit verpasst hatten.

Wie alle anderen hatten sie sich ablenken lassen, wie alle anderen waren ihre Augen auf die Szene auf der Tanzfläche gerichtet. Ein idealer Augenblick für die Giftnudel, eine kleine Runde zu drehen, ein bisschen Gift zu versprühen, dachte Zina.

Und nicht nur wir haben uns einwickeln lassen!

Sie liess ihren Blick über den Saal schweifen, sah Violetta und ihren Mann, die die Köpfe zusammensteckten und halb amüsiert, halb bestürzt etwas besprachen. Die drei jungen Frauen an der hinteren Wand waren eher empört, was sie mit viel Kopfschütteln und Händeverwerfen ausdrückten. In der Sofaecke sass Isabelle Schmied, flankiert von Selina Winkler und Caroline Dupuis. Die drei Frauen schielten immer wieder verstohlen zum Ehepaar Oberhänsli hinüber, das sich in ihrer Nähe niedergelassen hatte. Robin Hützli sass alleine an einem Tisch und grinste vor sich hin. Herr Kraft und seine neue Eroberung tanzten.

In diesem Augenblick spürte Zina den Druck auf ihrem Arm. Sie blickte hoch, folgte dem Blick ihres Chefs und erblickte Herrn Bänziger und seine Frau, die beide in die gleiche Richtung zeigten. Zum hinteren Bereich.

Und da sah sie es. Zwischen den Tischen schlenderte eine Frau, die kaum wahrnehmbar innehielt, eine Hand über ein Glas hielt, um gleich zu einem weiteren Tisch zu wandern.

Habe ich es gewusst, dachte Zina und wurde im gleichen Augenblick fortgezogen.

In nur wenigen Schritten hatten sie die Frau eingeholt, die ihnen den Rücken zukehrte.

«Frau Rüdisühli», flüsterte Santoro. «Sie kommen bitte kurz mit.»

Er fasste sie am Arm und führte sie Richtung Küche.

Die Frau reagiert merkwürdig, sagte sich Zina.

Sie ist weder erschrocken noch beschämt noch ängstlich.

Was bedeutet dieses abschätzige Grinsen?

Sie sassen im hinteren Bereich der Küche, wo auf der einen Seite des Tisches nun Frau Rüdisühli sass, während Zina und Santoro ihr gegenübersassen und nicht die Angeklagte, sondern sich anblickten.

Was soll das?

Diese Frage konnten sie beide in den Augen des anderen lesen. Santoro hob eine Augenbraue und gab Zina mit dem Blick das Zeichen, die Vernehmung zu übernehmen – denn was er bisher bewirkt hatte, war nur ein ironisches Lächeln und anhaltendes Schweigen.

Er machte ein paar Schritte, holte sein Handy aus seiner Jackentasche und rief die Spurensicherung an. Da war einerseits die noch halb volle Pipette, die sie Frau Rüdisühli abgenommen hatten, andererseits hatten sie auch eine Menge Gläser eingesammelt.

Liridons Vater hatte mitgeholfen, alle Gläser im Saal einzusammeln. Sie wollten nicht riskieren, dass sich noch jemand vergiftete, jetzt, da die Giftnudel unschädlich gemacht worden war.

«Ihnen scheint nicht klar zu sein, was Sie angestellt haben, Frau Rüdisühli. Haben Sie überlegt, welche Konsequenzen Ihr Handeln haben wird?», begann Zina.

«Und Ihnen scheint nicht klar zu sein, wie lächerlich Sie sich machen.»

«Sie werden einer Anklage wegen schwerer Körperverletzung nicht entgehen können, Frau Rüdisühli. Was glauben Sie, welchen Einfluss wird das auf Ihre Karriere haben?»

«Was glauben Sie, wird es für Ihre Karriere bedeuten, wenn alle erkennen, dass Sie zusammen mit Ihrem zahmen Chef die reinste Lachnummer darstellen?», konterte Frau Rüdisühli.

Immerhin redet sie, dachte Zina. Anscheinend kann sie meinen Fragen nicht widerstehen. Also sollte ich damit weitermachen.

«Was wollten Sie mit Ihrer Aktion bewirken? War es reine Boshaftigkeit, oder wollten Sie damit etwas Konkretes erreichen?», fragte Zina.

«War Ihnen das Gekotze dieser arroganten Weiber nicht konkret genug?», fragte Frau Rüdisühli zurück.

«Und Sie? Waren Sie nicht auch dabei? Mussten Sie nicht auch in die Schüssel spucken?», fragte Zina weiter.

Zum ersten Mal seit ihrer Festnahme verschwand das aufsässige Grinsen vom Gesicht der jungen Frau. Sie senkte den Blick, verschränkte die Arme vor der Brust und versank wieder in stures Schweigen.

Zina stellte Fragen, versuchte die Frau zu provozieren, sie aus ihrem Schweigen zu holen. Doch alle ihre Mühen blieben vergeblich.

Frau Rüdisühli schwieg sich aus, schaute nicht mal mehr auf.

Zina übergab Santoro, stand auf und stellte sich an die Wand, um die Szene und vor allem die junge Frau aus einiger Distanz beobachten zu können.

Santoro versuchte es mit der sanften Tour. Er wollte wissen, wie eine so junge, vielversprechende und kompetente Frau sich hatte hinreissen lassen, eine so grosse Dummheit zu begehen.

Das Einzige, was er damit bewirkte, war das Wiederauftauchen des überheblichen Grinsens.

Zina liess ihre Gedanken in die Vergangenheit schweifen. Sie sah wieder, wie Rüdisühli durch den Saal gewandelt war, während die Aufmerksamkeit aller auf die dargebotene Schmierenkomödie in der Mitte des Saals gerichtet war. Hatte sie wirklich damit gerechnet, ungeschoren davonkommen zu können? Und was bedeutete dieses arrogante, herausfordernde Grinsen, das sie bei ihrer Entlarvung gezeigt hatte und das sie auch jetzt immer wieder aufblitzen liess? Hatte sie damit gerechnet, erwischt zu werden? Ihre Verhaftung gar herausgefordert? Sich diebisch darauf gefreut?

Das macht keinen Sinn, befand Zina.

Wir haben alle Puzzlestücke.

Aber nicht das richtige Bild.

Während ein gehetzter Sepp Stump in die Küche stürmte, um gleich mit der Pipette und einigen Gläsern im Gepäck wieder zu entschwinden, und Santoro sich an der weiterhin beharrlich schweigenden Rüdisühli die Zähne ausbiss, wirbelte in Zinas Kopf die Frage auf: Was hatte Rüdisühli bewogen, ihre giftige Eskapade zu starten?

Sie kehrte gedanklich zurück in dieses Klassenzimmer, wo die Frauen im Kreis sassen, sah das meist mürrische Gesicht von Rüdisühli, erinnerte sich an das Gefühl, das sie beschlichen hatte. Die Frauen hatten sich darüber gefreut, gemeinsam über das Geschehene diskutieren zu können, hatten verschiedene Tänzer durchgehechelt, hatten Pläne geschmiedet. Alle, nur nicht Rüdisühli. Ja, das war es. Rüdisühli schien nicht dazuzugehören, schien es auch gar nicht zu wollen. Sie fühlte sich in der Rolle der ungeliebten Besserwisserin ganz wohl. Einen Augenblick lang hatte sich jedoch der mürrische Ausdruck verflüchtigt. Worüber hatten sie sich unterhalten? Oder über wen? Wann wurde sie richtig wütend? Da war doch diese Geschichte, die diese drei Junglehrerinnen erzählt hatten.

Sie liess ihre Gedanken weiter zurückwandern. Hörte die Stimme von Lina Stern, die sie daran erinnerte, dass es nur eine Welt gibt.

Was hat jetzt diese Plattitüde in meinen Überlegungen zu suchen?

Sie sah sich und ihre Freundin Violetta vor dem Laptop sitzen, wie sie zusammen versuchten, die Informationen, die sie lasen, zu verdauen: über den Holunderbaum, die Wirkung der Rinde, den Zusammenhang mit dem Märchen. Wie sie eintauchten in die Welt der Frau Holle. Eine Welt, in der die fleissigen Frauen, die sich mit ihrer Situation auseinandersetzten, sich um ihre innere Welt kümmerten, reich belohnt wurden. Die Faulen hingegen bestraft – mit Pech überschüttet wurden.

Und plötzlich erkannte sie ihren Fehler.

Die Puzzlestücke wirbelten durcheinander, das Bild, das sie sich von ihrem Fall gemacht hatte, löste sich auf.

Und sie erkannte das neu entstandene Bild.

Nein, in unserer Welt herrscht nicht Frau Holle. Die Göttin ist aus dem Himmel vertrieben worden. Die Frauen sind ihres

Einflusses, ihrer Macht beraubt, das Matriarchat zerschmettert worden.

Frau Holles Gesetze gelten nicht mehr.

Und wer hält heute die Welt in seinen gierigen Händen?

Rumpelstilzchen!

Während Santoro beobachtete, wie Zina nach einem kurzen Zeichen in seine Richtung die Küche verliess und Richtung Tanzsaal entschwand, überlegte er, wie er diese harte Nuss, die weiterhin beharrlich schwieg, zum Reden bringen konnte. Sollte er es schlicht mit den erwiesenen Tatsachen versuchen?

«Sie sind von mehreren Personen beobachtet worden, wie Sie eine Flüssigkeit in mehrere Gläser geträufelt haben, Frau Rüdisühli. Als wir Sie aufhielten, hatten Sie die Pipette noch in der Hand. Die Spurensicherung arbeitet auf Hochtouren. In wenigen Minuten werden wir erfahren, was sich darin befand. Dann werden Sie verhaftet und angeklagt.»

Und da war er wieder, dieser Ausdruck in ihren Augen, als sie kurz aufblickte.

«Wenn Sie jetzt reden, kann sich das zu Ihren Gunsten auswirken. Sind Sie an einer Strafmilderung interessiert, Frau Rüdisühli?»

Diesen Ausdruck hatte er schon mal gesehen, und das dazugehörige beklemmende Gefühl überkam ihn wieder.

Der Blick war der gleiche, das Gefühl auch.

Das Gesicht war ein anderes.

Zinas erste Station war die Dreiergruppe an der hinteren Wand. Nach wenigen Fragen und den erhaltenen Antworten wusste sie, dass sie auf dem richtigen Weg war.

Der richtige Name war gefallen.

Nun brauchte sie nur noch ein paar weitere Bestätigungen einzuholen, um ganz sicherzugehen. Sie vertröstete die drei jungen Lehrerinnen auf spätere Erklärungen und lief zielstrebig zu Violetta.

Das ungute Gefühl beschlich sie, dass sie sich beeilen musste, denn die Mitglieder des Kampfkommandos waren eindeutig nicht mehr auf Zack. Die meisten tanzten nun ausgelassen zwischen den anderen Paaren oder schwatzten entspannt miteinander.

Violetta gehörte zur zweiten Kategorie, liess sich aber mühelos von der Gruppe, mit der sie sich unterhielt, loseisen. Sie musste auch nicht lange nachdenken, konnte gleich berichten, welcher Zusammenhang das verträumte Lächeln auf Rüdisühlis Gesicht gezaubert hatte. Violetta liess sich nicht so einfach abwiegeln wie die jungen Frauen, also versprach ihr Zina, gleich wieder vorbeizukommen und ihr einen Namen zu liefern.

Nun brauchte sie nur noch eine Frau anzupeilen, um ganz sicher zu sein. Sie entdeckte die zierliche, elfenhafte Frau auf der Tanzfläche, wo sie mit diesem hübschen Studenten tanzte. Florian Tschudi, ja, so hiess er. Das Lächeln veränderte das Gesicht der sonst so abgehärmt wirkenden Frau. Zina zögerte kurz, die Frau aus ihrer sichtbar angenehmen Traumwelt zu reissen. Doch schliesslich ging es um ihre Sicherheit.

Einige erstaunte Blicke und wenige Sätze weiter hatten sich Zinas Vermutungen in Gewissheiten verwandelt. Unter den scheinbar so unsinnigen Handlungen hatte sich langsam, aber sicher eine versteckte logische Kette von Ereignissen abgezeichnet. Mittlerweile wunderte sie sich, dass sie das Muster nicht schon früher entdeckt hatte, alles hatte sich vor ihrer Nase abgespielt, sie hatte alle notwendigen Informationen richtiggehend nachgeschmissen bekommen.

Nur hatte sie selbst durch das falsche Fernrohr geschaut.

Jetzt ging es darum, ihre Erkenntnisse einer Realitätsprüfung zu unterwerfen. Wer war dafür besser geeignet als ihre Freundin und deren Ehemann? Eben.

Kaum hatte sie begonnen, ihnen flüsternd ihre Überlegungen, Beobachtungen und neuen Informationen mitzuteilen, als sie feststellen musste, dass Violetta ihr gar nicht zuhörte. Sie schien in Trance versetzt worden zu sein oder sich in einen verzückten

Fisch auf dem Trockenen verwandelt zu haben. Auch andere Frauen schienen unter der gleichen merkwürdigen Verzauberung zu leiden. Köpfe, die sich Richtung Eingang drehten, aufgerissene Augen und offene Münder, so weit das Auge reicht, dachte Zina, als sie um sich schaute.

«Schönheit wird überbewertet», sagte gerade Peter Bloch.

«Und für die Frauenwelt verloren, Violetta», ergänzte Zina.

«Verboten schön», meinte Violetta.

Die Ursache des um sich greifenden Phänomens stand am Eingang des Saals und schaute suchend um sich.

«Frau Goldberg hat mir gesagt, dass ich Sie hier finde», erklärte Miguel Vales ausser Atem, kaum hatte er die Küche betreten.

Der hat mir gerade noch gefehlt, war die spontane Reaktion Santoros. Er war nicht in der Stimmung, einem verzweifelten und sichtlich auf Kohlen sitzenden Liebenden das Händchen zu halten. Trotzdem stand er auf, liess die sich weiterhin ausschweigende Rüdisühli sitzen und dirigierte seine Schritte zu Vales, der in der Tür stehen geblieben war.

«Und wo bleibt Goldberg so lange», schimpfte er vor sich hin. Sie könnte auch ihre Hauptverdächtige befragen oder wenigstens diese dumme Gans eine Zeit lang hüten. Armes Huhn war wohl passender, aber die werden ja nicht gehütet. Die flattern nur kopflos herum. Darum geht es, erkannte Santoro in diesem Augenblick. Die Frau, die sie erwischt hatten, folgte nicht einem von langer Hand ausgetüftelten Plan. Ganz im Gegenteil. Sie war nur kopflos in der Gegend herumgerannt, hatte die Aufmerksamkeit auf sich gelenkt, sich erwischen lassen.

Das war das Ziel der ganzen Aktion.

Nur hatte er jetzt keine Zeit, weiter darüber nachzudenken.

Er stellte sich so hin, dass er Frau Rüdisühli, die wenigstens den Kopf gehoben hatte, im Auge behalten konnte. So wie sie guckt, wird sie erst recht kein Wort mehr hervorbringen. Ein Barsch auf seinem Gemüsebett sieht gesprächiger aus. Und plötzlich erhellte ein verzücktes Lächeln ihre Züge.

Und das alles nur, weil Vales ihr zunickte und sie anlächelte. Ihr Lächeln spiegelte das seine. Vor seinem inneren Auge blitzte das Bild einer grauen Katze auf, die zu allem bereit war, um die Aufmerksamkeit ihrer Herrin auf sich zu lenken, gleich gefolgt vom Lächeln seiner Frau. Antonella war doch genau die Frau, die ich mir gewünscht habe. Aber anscheinend entsprach ich nicht ihren Wünschen. Nicht mehr. Wozu sind Menschen bereit, um geliebt zu werden, fragte er sich, bevor er aus seinen Überlegungen herausgerissen wurde.

«Wir haben überall gesucht. Freunde, Bekannte, Familienangehörige und Nachbarn sind in der Stadt unterwegs, gehen von Kneipe zu Kneipe, gehen in jede Bar, rufen Spitäler an, fahren mit den Rädern am Rheinufer auf und ab. Wir finden ihn nicht. Herr Kommissar, Sie müssen uns helfen. Steff würde niemals einfach so verschwinden, er ist in Gefahr.»

«Herr Vales, Ihr Freund und Sie selbst verschweigen uns einiges. Wenn Sie wollen, dass ich Ihnen helfe, müssen Sie reden. Und zwar jetzt.»

Vales lehnte sich sichtlich erschöpft gegen den Türrahmen, fuhr sich mit beiden Händen über das Gesicht und murmelte Unverständliches vor sich hin. Als er wieder aufsah, konnte Santoro erkennen, dass der Mann vor ihm mit sich rang, wartete schweigend auf die Entscheidung, die mit Sicherheit bald fallen sollte. Der Mann war am Ende seiner Kräfte angekommen.

Er wird reden, dachte Santoro, als Miguel Vales, zuerst stockend, die ersten Worte aussprach: «Ich weiss nicht, was los ist, wirklich. Steff geht es schon lange nicht gut in dieser elenden Bank. Aber er wollte nicht mit mir darüber reden. Natürlich wusste ich, dass dieser schreckliche Stutz ihm zusetzte. Aber das Elend sollte ja bald ein Ende haben. Schliesslich hatte er schon gekündigt, also ging es doch nur noch darum, die letzten Wochen durchzuhalten.»

«Er wollte die Bank Schwaitz verlassen?»

«Das hat er Ihnen doch gesagt!»

Richtig. Das hatte Bleibtreu erzählt. Die Information, die bisher nicht bis zur Oberfläche durchgesickert war, verstärkte nun ein Gefühl, das bisher nur in den Tiefen seines Unterbewusstseins gelauert hatte und sich nun zu einer Einsicht kristallisierte: Bleibtreu ist in Gefahr.

«Etwas hat er noch erzählt», hob Vales an. «Über diesen Abend, jetzt fällt es mir wieder ein. Es ist aber vielleicht gar nicht wichtig.»

«Legen Sie los, Mann!»

«Stutz wollte unbedingt zu dieser Tangoveranstaltung. Meinte, das sei eine Herausforderung, sich in eine Ansammlung von netten Linken und Sozialheinis zu wagen, die sich gegenseitig Gift geben. Er hat alle gedrängt, ihm zu folgen, nach dem Motto, wer nicht mitkommt, ist ein Weichei. Er hatte eine Glosse gelesen, die sich über die Zustände an diesen Tanzabenden lustig machte.»

Santoro versuchte das Gehörte zu verdauen, um dessen Konsequenzen einschätzen zu können, als hinter ihm eine vertraute Stimme dekretierte: «Sie ist verliebt wie ein Märzhase!»

«Sind die nicht eher verrückt?», erwiderte er automatisch.

«Sag ich doch», sagte Zina und stellte sich vor die beiden Männer.

Santoro sah in Vales' Augen die stumme Frage aufblitzen, ob hier nicht noch andere verrückt geworden waren. Doch davon liess sich Zina nicht beirren.

«Entweder ist sie so verliebt, dass sie verrückt geworden ist, oder so verrückt, sich in diesen sadistischen Dreckskerl zu verlieben. Egal. Sie hat sich wie ein Kaninchen aus dem Hut zaubern lassen, damit wir nur noch auf sie starren. Und jetzt hockt sie im Kochtopf und köchelt dort hinten in der Küche grinsend vor sich hin.»

Während Zina nach Luft schnappte, Miguel Vales ungläubig und sichtlich verwirrt seinen Blick hin- und herwandern liess, versuchte Santoro, die verrückten Hasen und die hervorgezauberten Kaninchen zu sortieren, einen Sinn in diesem Zaubertrick zu erkennen. Und tatsächlich gelang ihm das auch. Er sah das

Grinsen, das dazugehörende Gesicht, und da erkannte er, wer der Zauberer war, der auf diesem Jahrmarkt der Eitelkeiten seine Kunststücke darbot.

«Wir müssen zurück, Goldberg.»

«Ich habe den Namen durchgegeben. Alle Augen des Pechregen-Kommandos sind auf ihn gerichtet. Der kann nichts anstellen, ohne dass ein Dutzend aufgebrachte und daher entschiedene Leutchen ihn bei der ersten verräterischen Aktion erwischen.»

«Sie müssen ihn finden», schrie Miguel Vales in diesem Augenblick sichtlich ausser sich vor Sorge dazwischen. «Er ist sicher geflüchtet, hat sich versteckt, ist irgendwo untergetaucht.»

Zina erkannte in den Augen ihres Chefs, dass auch bei ihm der Groschen gefallen war.

Sie wussten, wer den flüchtigen Bleibtreu aufgenommen hatte.

Miguel Vales hatten sie unter die Fittiche Violettas gegeben, Peter Bloch sass daneben und sorgte dafür, dass er sich nicht an Violettas allzu grosszügigem Busen ausweinte. Ihre Gewissheit hatten sie nicht mit dem verzweifelten Vales geteilt, ihn jedoch so gut wie möglich beruhigt, indem sie ihm versicherten, sein Liebster sei in erfahrenen Händen und gut aufgehoben. Sie wollten verhindern, dass er wie ein kopfloser Held zu seinem Liebsten stürmte und die ganze Chose auffliegen liess. Schliesslich hatten sie den Auftrag gefasst, Bleibtreu zu verhaften. Und damit wollten sie sich Zeit lassen.

«Alles zu seiner Zeit und ein Fall nach dem anderen», sagte Santoro und zog Zina in den hinteren Teil des Saals, wo sie in Ruhe alles Weitere besprechen konnten.

Das dumme Häschen konnten sie ruhig weiter in der Küche vor sich hin schmoren lassen, hatten sie entschieden.

Dort am Fenster sass nur Liridon, der seine Hausaufgaben erledigte – oder aufgegeben hatte. Nun starrte er konzentriert auf einen Gameboy. Da hat er mehr Chancen, ein höheres Level zu erreichen, dachte Santoro. Aber nicht darum musste er sich kümmern, vielmehr mussten sie überlegen, wie sie einem weit grösseren und gefährlicheren bösen Buben das Handwerk legen konnten.

Sie setzten sich an einen Tisch vor der Fensterfront. Hier konnten sie ungestört und ungehört reden, konnten auch unauffällig den Überblick über den Saal behalten.

«Wir haben keine Beweise, nur eine Hypothese», erklärte Zina und sprach damit aus, was auch ihm Sorge bereitete.

Pling!

Zina Goldberg wartete ungeduldig, während Santoro sein Handy aus der Innentasche seiner Jacke fischte und es ans Ohr hielt. Sie lauschte erwartungsvoll dem Gespräch, das sich entwickelte. Anscheinend redete vor allem die Person am anderen Ende, denn was sie zu hören bekam, bestand nur aus einzelnen Wörtern, ergab für sie nicht viel Sinn.

«Wasser? ... Die Gläser? ... Sicher? ... Der andere Auftrag? ... Nicht die ganze Familiengeschichte, Stump! ... Ein Buch? ... Eine Referenz? ... Egal! ... Das Wissen der weisen Frauen? ... Rezept? ... Wir nehmen sie hops! ... Nein, nicht die Mutter, Stump! ... Ja, sofort! ... Nein, nicht Sie, die Streife, Mann!»

Das Handy verschwand wieder in der Jacke.

Zina wartete gebannt auf den Klartext, doch was sie zu hören bekam, vergrösserte ihre Verwirrung nur noch mehr.

«Wir lassen sie abholen, in Handschellen.»

«Aber ...»

«Es war die Mutter!»

«Wessen ...»

«Sie hat nicht den gleichen Namen, deshalb hat Stump sie nicht gleich gefunden. Sie ist die Expertin in Sachen Heilkräuter, Hexenzauber und sonstigen wirkungsvollen Mittelchen. Sie hat ein Buch geschrieben, das als Referenz gilt. Ich habe doch gewusst, dass es das Rezept einer Mutter ist», schloss er mit einem zufriedenen Lächeln.

«Rüdisühlis Mutter?»

«Nein, Goldberg. Sie hatten recht. Rüdisühli ist nur der

Märzhase, den wir jetzt auch aus dem Hut zaubern, um die wirkliche Giftnudel in die Irre führen und damit in falscher Sicherheit wiegen zu können. Wir lassen sie abführen, mit Handschellen, durch den ganzen Saal hindurch. Geschieht ihr recht, übrigens. Schliesslich können wir sie wegen Behinderung einer laufenden Untersuchung anklagen – und wegen Verulkung von Staatsbeamten.»

«Wasser?»

«In der Pipette. Und in den Gläsern konnte auch keine Spur von irgendwelchem Gift gefunden werden. *Nada.*»

Zwei Uniformierte traten in den Saal, hielten kurz an, schauten suchend um sich und marschierten strammen Schrittes unter den Augen der versammelten Tänzerinnen und Tänzer in ihre Richtung.

«Die Show beginnt, Goldberg. Wischen Sie Ihr bezauberndes Lächeln von Ihren Lippen und schauen Sie bitte schön grimmig in die Runde, damit wir der wahren Giftnudel Sand in die Augen streuen können.»

Nach einem Spiessrutenlauf durch ernst blickende bis eindeutig wütende Tangotänzerinnen und -tänzer war Rüdisühli durch die Tür entschwunden. Eine schmächtige, müde wirkende Frau hatte sich ihr sogar in den Weg gestellt, hatte ihr vorgehalten, ihren Ehemann dem sicheren Tod ausgeliefert zu haben. Dieser hatte sein Gesicht hinter seinen Händen versteckt, was niemanden daran gehindert hatte, zu erkennen, dass es dunkelrot angelaufen war. Die Flucht ist oft die beste Strategie, hatte sich Zina in diesem Augenblick gesagt, sich überlegt, ob sie dem kleinen Mann mit der Fliege nicht empfehlen sollte, jetzt genau das zu machen. Die Fliege. Doch sie liess davon ab. Schliesslich hatte er sich diese Möchtegern-Furie in Miniformat ausgesucht – sollte er die Konsequenzen selbst auslöffeln. Trotzdem musste Oberhänsli-Schlipf beruhigt und einmal mehr von den Umstehenden darüber informiert werden, dass es zwei verschiedene Geschichten, zwei verschiedene Gifte und zwei verschiedene Täter gab.

«Du bellst den falschen Baum an, Sabine», hatte ihr Violetta Bloch zum Schluss zugebrüllt, als alle Erklärungen an der verzweifelten Frau Oberhänsli abgeprallt waren. Immerhin hatte diese Aussage bewirkt, dass sie von der scheinbar verhafteten jungen Frau abgelassen hatte, um sich ihrem neuen Feindbild zuzuwenden, dem sie nun keifend vorhielt, sich einer Sprache zu bedienen, die aus der Gosse stammte, einen Ton anzuschlagen, den sie sich bitte strikte verbat. Das Publikum reagierte begeistert auf die dargebotene Gratisvorstellung und schwankte zwischen Gelächter und ungläubigem Kopfschütteln. Herr Oberhänsli hatte sich weiter bemüht, im Boden zu versinken, während die uniformierten Beamten die günstige Gelegenheit beim Schopf gepackt hatten, um mit ihrer Beute davonzueilen.

Mittlerweile waren die Wogen geglättet, hatten sich die Gesichter entspannt, tanzten die Paare auf ruhiger See entspannt vor sich hin. Mehrere Paare, sogar ganze Gruppen hatten nun Sektgläser in den Händen – sie wollten wohl das Ende der Klopartys feiern, dachte Zina, die wieder ihren Platz im hinteren Teil des Saals eingenommen hatte und so unauffällig wie möglich das Geschehen im Auge behielt.

RAS. Rien à signaler. Im Westen nichts Neues. Flaute. Gemächliche Ruhe breitete sich im Saal aus. Sogar Oberhänsli-Schlipf hatte sich beruhigt und tanzte in Oberhänslis Armen im Kreis herum.

Die Mitglieder des Kommandos hielten sich gut, das musste Zina ihnen zugestehen. Violetta zeigte ihrem neuen Schützling die elementaren Tangoschritte, ihr Mann unterhielt sich derweil mit der jungen Carmen Alvarez und dem Ehepaar Bänziger, während das neu konstituierte Pärchen Kraft-Kalbermatten eng umschlungen über die Tanzfläche schlich. Florian Tschudi stand neben der deutlich munterer wirkenden Frau Schmied an der Theke. Die verbleibenden Mitglieder verhielten sich ebenfalls unauffällig und ruhig.

Die Giftnudel konnte sich in Sicherheit wähnen.

Doch die Ruhe war trügerisch, war nur die Ruhe vor dem Sturm.

Zumindest hoffte sie das.

«Und wenn er heute nichts mehr wagt?», sprach Zina ihre Befürchtung aus.

«Dann erwirken wir eine Hausdurchsuchung. Schliesslich kann man Saft aus Holunderrinde nicht in der Apotheke kaufen, wir werden also Spuren der Produktion finden. Ein kleines Labor vielleicht», sagte Santoro.

«Dann müssen wir auch die Schule in Betracht ziehen. Chemielabor. Kein Mensch kontrolliert, was Lehrkräfte dort in ihrer Freizeit zusammenbrauen.»

Darauf schwiegen sie wieder und liessen ihre Blicke durch den Raum schweifen.

«Wie sind Sie eigentlich zu Ihrer Erkenntnis gelangt, Goldberg?»

«Rumpelstilzchen.»

«Aha.»

«Die Opfer waren alles selbstbewusste und selbstbestimmte Frauen, die sich in einer belastenden Arbeitssituation befanden, sich jedoch zu wehren wussten, einfach nicht unterzukriegen waren. Solche Frauen können schon nerven, wenn Sie ein Mann sind, der alles kontrollieren, alles bestimmen will, für den eine Frau nur als willfährige narzisstische Erweiterung ihre Existenzberechtigung erhält.»

«Also kein Kampf um seltene Partner unter Tangotänzerinnen?»

«Nein», sagte Zina. «Die Tanzfläche war zwar die Bühne des Geschehens, der Ursprung war jedoch in der Schule zu finden. Aber eigentlich ging es ja nur um eine Frau.»

«Um seine.»

«Die es nicht mehr sein will.»

Und da sahen sie es.

Florian Tschudi nahm Isabelle Schmied bei der Hand, lotste sie von der Theke weg, führte sie zur Tanzfläche, nahm sie in die Arme. Doch Zinas und Santoros Augen blieben an der Theke haften, der sich nun jemand mit einer Sprudelflasche in der Hand näherte, an den stehen gelassenen Getränken vorbeischlenderte, sich, ohne innezuhalten, weiterbewegte, sich Selina Winkler näherte, die am Rande der Tanzfläche stand, sie zum Tanz aufforderte, was diese mit einem charmanten Lächeln annahm.

Nichts Auffälliges also.

Nur dass unterwegs zwei Flaschen ausgetauscht worden waren.

Nun stand seine auf der Theke.

Der Austausch war schnell, kaum wahrnehmbar, in einer einzigen flüssigen Bewegung vor sich gegangen, zudem enthielten die Flaschen beide die gleiche Menge des gleichen biologisch zertifizierten Sprudels. Also war auch beim Resultat kein Unterschied zu erkennen.

Nur dass eine davon einen Zusatz enthielt – auch biologisch, aber der Gesundheit nicht förderlich, da war sich Zina sicher.

«Wir haben ihn!», flüsterte in diesem Augenblick Santoro.

Er stand auf und marschierte Richtung Tanzfläche los.

«Sichern Sie die Flasche, Goldberg, ich pflücke mir Ihren Kobold.»

Dieser stand alleine mitten auf der Tanzfläche, denn seine Partnerin hatte gerade ihr Lächeln verloren und ihn stehen gelassen. Er schaute erstaunt in die Runde, denn um ihn herum bildete sich nun ein Kreis aus Frauen und Männern, die ihn alle ernst anschauten. Selina Winkler reihte sich ein.

Da hatten noch andere ihre Augen offen gehalten, dachte Zina, Operation Pechmarie hatte gerade ein erfolgreiches Ende gefunden. Sie zog im Gehen die Handschuhe an und eilte zur Theke.

SIEBZEHN

«Sie können ruhig weiter alles leugnen, verhindern werden Sie damit jedoch gar nichts, schon gar nicht werden Sie damit einer Anklage wegen schwerer Körperverletzung entgehen können.»

Santoro wartete, blickte aufmerksam auf sein Gegenüber, hoffte auf eine unbedachte, damit verräterische Reaktion. Dieser schwieg jedoch weiter beharrlich vor sich hin, schob nur mit Bedacht eine blonde Locke aus seiner Stirn, hob den Kopf und blickte herausfordernd zurück.

Da war es wieder, dieses Grinsen, dieser Glanz in den Augen. Und Santoro erkannte, was darin zu lesen war. Der Kerl ist überheblich, nein, grössenwahnsinnig, er glaubt, dass er unantastbar ist, dass er sich alles erlauben kann, nie entdeckt werden kann. Da täuschst du dich, du kleines Miststück, dachte Santoro.

«Mittlerweile ist die Flasche, die Sie für Ihre Frau hingestellt haben, schon im Labor. Nicht lange und wir haben Ihre Fingerabdrücke.»

Das Grinsen wurde breiter.

Santoro fragte sich, ob der Mann vollkommen den Bezug zur Realität verloren hatte, ob er wirklich überzeugt war, davonkommen zu können. Doch dann sah er wieder das Bild vor sich, wie er zur Theke geschlendert war – wie er die Flasche in den Händen hielt.

Mist, dachte Santoro. Was er da sah, gefiel ihm gar nicht. Er hielt nicht die Flasche, sondern den Schraubverschluss zwischen Daumen und Zeigefinger. Und der Verschluss war gerillt.

Also keine verwertbaren Abdrücke.

«Was, glauben Sie, werden wir in der Flasche finden, die Sie auf der Theke haben stehen lassen?»

«Keine Ahnung, Herr Kommissar. Ich habe keine Flasche hingestellt», gab Robin Hützli gelassen zurück.

«Wir haben Sie beobachtet.»

«Da müssen Sie sich getäuscht haben.»

Eiskalter Wicht, befand Santoro, lehnte sich zurück und überlegte, wie er diesen Schönling, der bei näherer Betrachtung immer mieser und fieser ausschaute, aus der Reserve locken konnte.

Zina sass mittlerweile im vorderen Bereich des Tanzsaals und versuchte mehr Informationen von der vollends entkräfteten und unter Schock stehenden Frau zu erhalten, die zurückgelehnt und an die Decke starrend neben ihr auf einem Sofa sass.

«Sind Ihnen nie Zweifel gekommen, Frau Schmied?»

Frau Schmied, die eigentlich Schmied Hützli hiess, seit einiger Zeit jedoch den zweiten Namen hatte fallen lassen, da sie auch den dazugehörenden Mann nicht weiter ertragen wollte, lehnte sich nach vorne und verbarg ihr Gesicht hinter ihren Händen und schüttelte den Kopf.

«Nein. Es waren doch so viele Tänzerinnen betroffen. Ich dachte, da wolle eine Frau ihren Ärger über diejenigen ausdrücken, die öfter als sie zum Tanzen aufgefordert werden.»

Da war sie nicht die Einzige, seufzte Zina. Wie hatte sie nur auf diese Idee kommen können? Nun, immerhin war es demütigend, herumzusitzen oder dazustehen, zu warten, zu hoffen und doch nie zum Tanz aufgefordert zu werden. Sie selbst hatte diese demütigende Situation oft genug erlebt, seitdem ihr Partner sie für eine blond lockige dumme Kuh auf hohen Hacken hatte sitzen lassen. Dieser herumscharwenzelnden Barbiepuppe hätte sie selbst, alleweil und mit Vergnügen, Gift geben können.

Daher kam wohl das ganze Elend: falsche Aussichtsplattform, verzerrter Blickpunkt, abwegige Analyse, ungeeignete Verdächtige.

Sie war von einem Idioten verlassen worden, und das hatte sie so verletzt, dass sie darob verblödet war, gestand sie sich ein.

Aber was regte sie sich auf, sie wollte den ungetreuen Blödmann gar nicht mehr zurück. Und da wurde ihr bewusst, was sie gerade gedacht – erkannt hatte. Nein, den will ich nicht geschenkt, wiederholte sie sich und atmete erleichtert auf. Doch für persönliche Erkenntnisse hatte sie nun wirklich keine Zeit.

«Waren Sie an der Milonga im ‹Gare du Nord› dabei?», fragte Zina.

«Ja, aber ich bin nach Hause gegangen, bevor diese Männer zusammengebrochen sind. Ich fühlte mich nicht wohl.»

Zina konnte sich erinnern, wie eine zierliche Frau an ihnen vorbeigerauscht war, als sie draussen standen.

Beim grossen Kotzen im «Gare du Nord» war das eigentliche Ziel seiner Giftkampagne gar nicht anwesend, weshalb sie sich hatten täuschen lassen. Sie hatten nur bei den Anwesenden nach einem Motiv gesucht, nur unter denjenigen, die sie unter ihren Augen hatten, nach Zusammenhängen gesucht.

Doch was wirklich zählt, ist nicht unbedingt gleich unter der eigenen Nase zu finden, sagte sie sich.

Und vor ihrem inneren Auge entstand das Bild eines breitnackigen Gorillas.

Richtig. Den mussten sie auch noch finden, nur wo sie suchen sollten, das blieb ein Rätsel.

Aber einen anderen konnten sie alleweil finden.

Wo Bleibtreu Unterschlupf gefunden hatte, das wussten sie mit Sicherheit.

Es war an der Zeit, Lina Stern wieder einmal einen Besuch abzustatten.

Aber vorher hatte sie noch eine Kleinigkeit zu erledigen.

«Und alle anderen Frauen? Haben Sie so viele Frauen zur reinen Ablenkung vergiftet, oder ging es auch hier um eine Strafaktion? Weil sie sich nicht genügend unterwürfig zeigten? Sie ertragen es nicht, wenn Frauen sich Ihnen widersetzen», fragte Santoro, nach vorne gelehnt, die Hände auf den Tisch gestützt. «Und dafür haben Sie Mamis Rezept hervorgeholt? Armes Würstchen!»

Robin Hützli verschränkte die Arme, lehnte sich zurück, grinste nun doch ziemlich verbissen und schwieg weiter vor sich hin.

Diese Küche war eindeutig nicht als Verhörraum geeignet, zudem werkelte Liridons Vater weiterhin lautstark im Hintergrund herum, was sein Konzentrationsvermögen nicht gerade steigerte. Santoro fragte sich, wie er diesen Eiszapfen trotz widriger Umstände zum Schmelzen bringen konnte, als neben ihm Zina auftauchte.

«Na, Herr Hützli, wie fühlt es sich an, von der Patrouille erwischt zu werden?», hob Zina an. «Die Frauen feiern ausgelassen Ihre Festnahme, während wir Ihnen hier auf die Finger klopfen. Das hat Ihnen gar nicht gefallen, als die Frauen aus Ihrem Schulhaus Ihre Anweisungen einfach nicht befolgt haben, nicht wahr?»

Nun verwandelte sich das Grinsen in ein Raubtierlächeln. Hützli, dieses Frettchen, zeigt die Zähne, dachte Zina. Er war der Schulleiter, der verhindern wollte, dass Lehrerinnen ihre Schüler und Schülerinnen nach ihrem System in die Pause gehen liessen. Die Lehrerinnen hatten Regeln aufgestellt, damit die Kinder lernen konnten, wie sie geordnet zum Pausenplatz gelangen konnten, um ihre Pause in Frieden geniessen zu können. Das hatte Hützli zu verhindern versucht. Sie seien nicht in Nordkorea, hatte er angefügt, die Kinder müssten sich frei entfalten können. Doch die Frauen hatten sich gewehrt, hatten seine Befehle ignoriert.

«Sie ertragen es nicht, wenn Frauen sich Ihnen widersetzen, weil Sie selbst so schwach sind. Und dann die Frauen, die nicht gerne mit Ihnen tanzen wollten. Und auch noch die Frechheit hatten, das offen zu zeigen. Die haben Ihren Narzissmus nicht gewürdigt, nicht wahr. Auch diese Frauen mussten bestraft werden.»

Jetzt ist der Blondlockige gar nicht mehr hübsch, dachte Zina, sein hübsches Lärvchen fällt in sich zusammen, und sein wahres Gesicht kommt zum Vorschein. Aber er schwieg immer noch. Also musste sie ihm weiter zusetzen. Ihre wirkungsvollste Waffe hatte sie noch gar nicht eingesetzt.

«Sie werden sich alle erholen, auch Ihre Frau», hob sie wieder an. «War das der Auslöser? Ja, ich sehe es Ihnen an. Wie weit wollten Sie eigentlich in *ihrem* Fall gehen? Wollten Sie sie töten? Eher nicht, denn dann wäre sie Ihnen entglitten. Sie wollten sie wohl nur noch weiter schwächen, zermürben, ihren Willen brechen, um weiterhin Ihre Macht über sie ausüben zu können. Oder ging es Ihnen nur um Rache? Weil sie sich Ihnen widersetzt hat, sich Ihrer Kontrolle entziehen wollte. Was für eine Frechheit! Im Augenblick blüht sie übrigens auf, in den Armen eines jungen Mannes, der sie auf der Tanzfläche herumwirbelt.»

Was nicht ganz stimmt, sagte sich Zina, aber egal. Er beisst schon mal auf die Zähne.

«Sie hielten sich wohl für allmächtig? Was stellten Sie sich eigentlich vor? Dass Sie unbesiegbar sind? Dass Sie sich alles erlauben können? Ihr Plan ist ganz schön danebengegangen, nicht wahr? Nun sind Sie definitiv entlarvt. Alle haben erkennen können, wer sich hinter der hübschen, selbstbewussten Fassade mit den blonden Löckchen versteckt – nichts anderes als ein lächerlicher, aufgeblasener, mieser, kleiner, mickriger Wicht, der Angst vor Frauen hat, weil er es nicht geschafft hat, erwachsen zu werden – ein Mann zu werden eben! Die Luft ist raus, Hützli, und zurück bleibt nur ein mickriges, schrumpeliges, alterndes Rumpelstilzchen.»

«Verdammtes, vertrocknetes Drecksweib!», brüllte Hützli, während er von seinem Stuhl aufsprang. «Du alte, hässliche Hexe. Halt deine dreckige Schnauze, Schlampe, oder ich –»

Weiter kam er nicht, denn schon hing er halb in der Luft, was ihn nicht daran hinderte, verzweifelt danach zu ringen. Santoro hatte ihn mit beiden Händen am Kragen gepackt, hochgehoben, nun trieb er ihn Richtung Küchenschränke.

Zina sagte sich, dass ihre Taktik aufgegangen war. Sie hatte sein überhebliches Grinsen weggewischt und ihn aus der Reserve gelockt und fragte sich gleich darauf, ob nicht zu viel des Guten dabei herausgekommen war. Denn Hützli klebte wie eine zerquetschte Schabe an der Wand, versuchte verzweifelt, mit den Zehenspitzen den Boden zu erreichen, während er durch seine zugedrückte Luftröhre zu atmen versuchte, was ihm nicht wirklich gelang, stellte sie nun leicht beunruhigt fest. Vor ihren Augen verwandelte sich Hützlis Gesicht von einer Himbeere in eine überreife Brombeere, aus seinem Mund kam nur noch ein schwaches Piepsen, während seine Augen langsam drohten aus ihren Höhlen zu plumpsen.

«Sie. Reden. Anständig. Mit. Frau. Goldberg», zischte Santoro dem nur noch fiependen Hützli ins Gesicht, jedes Wort einzeln und überdeutlich aussprechend.

Zina fand die Szene zwar herzerwärmend, entschied jedoch, dass es an der Zeit war, dem Vergnügen ein Ende zu bereiten und Santoro vor einer verfahrenstechnischen Dummheit zu retten.

Sie rannte los, stellte sich hinter ihn hin, fasste ihn fest an den Schultern und zog ihn zu sich. «Machen Sie ihm nicht diese Freude, Chef.»

Santoro liess von Hützli ab, drehte sich weg, machte einige Schritte Richtung Ausgang, um gleich wieder umzukehren. Er fuhr sich mit beiden Händen durch die Haare, während er sich vor Hützli aufstellte, der sich an der Schrankwand hatte hinuntergleiten lassen, verzweifelt nach Luft schnappte und nun die Arme schützend vor seinen Kopf hielt, als wolle er kommende Schläge abwehren. Als er erkannte, dass keine Gefahr mehr für ihn bestand, liess er sie langsam sinken, und bald zeichnete sich das hämische Grinsen, das für ihn so typisch war, wieder auf seinem Gesicht ab.

«Nur schade, dass ich dich ausgelassen habe. Aber du bist ja eh nur eine giftige schwarze Natter!»

«Die gar nicht giftig ist, Sie trotzdem an der richtigen Stelle erwischt hat. Und war das nicht eben ein Geständnis?», antwortete Zina, während sie Santoro mit der rechten Hand zurückhielt, der schon wieder zum Angriff übergehen wollte.

«Diese Mann hat keine Anstand in seine Kopf, das ist Problem», sagte Liridons Vater, der zu ihnen gestossen war.

Guter Mann, dachte Zina.

«Fraue haben gerne schöne Worte, viele Lächeln. Er müsse besser Komplimente mache, Blume schenke. Sie müssen ihm sage.»

Hoffnungsloser Optimist, dachte Santoro.

***

Zina radelte Richtung Paulusquartier. Sie hatte es nicht eilig, genoss die kurze Pause, die frische Luft und die Gelegenheit, ihre Gedanken wieder ordnen zu können.

In den letzten zwei Stunden war einiges geschehen, hatte ein Ereignis das andere gejagt, hatte eine Überraschung die nächste Wende eingeleitet, war sie dauernd von Menschen umgeben gewesen, die ihr Neuigkeiten, Informationen mitgeteilt hatten, die sie hatte verdauen müssen.

Ihr Kopf brauchte dringend eine Pause – musste entrümpelt werden.

Bevor sie aufgebrochen war, hatten sie noch erfahren, dass die junge Rüdisühli ausgepackt hatte. Sie konnte ihre erbärmliche Geschichte nicht schnell genug an den Mann bringen und hatte schon im Wagen losgesprudelt. Es sollte anfänglich alles nur ein Gaudi sein, die läppischen Ermittlungen sollten ins Lächerliche, die Ermittler ein bisschen durch den Kakao gezogen werden. Mehr nicht.

Robin Hützli, den sie zu diesem Zeitpunkt noch so gerne und so uneingeschränkt anhimmelte, hatte sie mit seinem sonnigen Lächeln schnell überzeugt, eine kleine Runde durch den Saal zu drehen und vermeintliches Gift in wahllos ausgesuchte Gläser zu tröpfeln. Es hatte sich spassig angehört, hatte sie den Beamten gegenüber beteuert. Mittlerweile hatte sich ihre Sichtweise und ihre Einschätzung drastisch verändert. Sie war schlichtweg zusammengebrochen, hatte Gewissensbisse geäussert, hatte geweint, hatte Besserung gelobt.

Robin Hützli konnte sie nichts mehr abgewinnen.

Der blonde Engel mit seinem himmlischen Lächeln war für

sie definitiv abgestürzt und konnte von ihr aus in der Hölle schmoren, hatte sie zum Abschluss beteuert.

Aber die Leiden der jungen Rüdisühli konnten Zina im Augenblick gestohlen bleiben.

Die irrwitzigen, bösartigen und deshalb gefährlichen Überzeugungen des erbärmlichen Hützli gehörten ebenfalls in den Müll. Damit wollte sie sich nicht mehr beschäftigen müssen. Schon gar nicht jetzt.

Lieber wollte sie nach vorne schauen, denn sie musste sich auf die Befragung vorbereiten, die vor ihr lag.

Das Radeln verlangte ihr im Augenblick weder grosse Anstrengungen noch besondere Konzentration ab. Sie war an der Heuwaage vorbeigefahren und bog Richtung Zoo ab. Sie bewegte sich hier auf einer ebenen und kaum befahrenen Strasse, also konnte sie ihre Kräfte sparen und nachdenken.

Stefan Bleibtreu konnte sich nicht länger in den Rockschössen von Lina Stern verstecken.

Wenn nötig, würde sie ihn hervorzerren und ihn zur Rede stellen. Er wusste sehr viel mehr, als er bisher ausgesagt hatte. Zum Beispiel wollte sie wissen, was sich hinter all den Sicherheitsschlössern dieses Laptops verbarg.

Weder Lina Stern noch Zerberus, wollten sie sich noch so sehr als Wachhunde aufspielen, würden sie aufhalten können.

Santoro wartete.

Die Streife sollte bald kommen und ihm diesen elenden Wicht endlich abnehmen. Er wollte ihn nicht mehr vor Augen haben, nicht mehr ansehen müssen, wie er weiterhin arrogant in die Welt schaute, wollte sich nicht länger zurückhalten müssen, ihm sein blödes Grinsen aus dem Gesicht zu wischen – zu schlagen.

Er hatte sich von ihm entfernt, stand an die Anrichte gelehnt und versuchte, Hützli nicht direkt anzuschauen.

Während er ihn im äussersten Augenwinkel behielt, liess er das Geschehen des heutigen Abends Revue passieren. Denn etwas hatte er verpasst, sagte er sich. Er hatte etwas scheinbar Nebensächliches wahrgenommen, davon war er überzeugt, konnte es aber nicht zu fassen kriegen. Und diese Kleinigkeit steigerte seine Unruhe, die er schon den ganzen Tag verspürt hatte.

Er hatte es nicht gehört, davon war er überzeugt. Nein, er hatte etwas gesehen. Doch er hatte es gleich wieder in seinen Hinterkopf verschwinden lassen, denn es gehörte nicht zum Fall, den er lösen musste. Er dachte an Bleibtreu, der zu Lina Stern geflüchtet war, zu der Zina unterwegs war.

Seine Unruhe wurde von Sekunde zu Sekunde grösser und verwandelte sich zusehends in Angst.

Er hätte sie nicht alleine dorthin radeln lassen sollen, davon war er nun überzeugt.

Auch Miguel Vales hatte ihm eine wichtige Information übermittelt, versteckt in seinen eigenen Befürchtungen und den vielen Beteuerungen war da auch eine merkwürdige Geschichte gewesen.

Richtig!

Stutz wusste über die Giftattacken während der letzten Milongas Bescheid, hatte sich darüber lustig gemacht, wollte unbedingt die ganze Gruppe zur Tangoveranstaltung schleppen. Merkwürdig.

Warum nur? Mit welchem Ziel? Wusste er, dass er in Gefahr schwebte?

Wollte er seinen Mörder herausfordern?

Quatsch, befand Santoro. Das ergibt alles keinen Sinn.

Das ist verkehrt.

Zina trat wieder kräftiger in die Pedale, sie näherte sich ihrem Ziel. Sie strampelte die Birsigstrasse hoch, bald ging es wieder auf ebener Strecke weiter, tröstete sie sich. Ihr Atem bildete kleine Wölkchen, sie hörte ihren Herzschlag in den Ohren pochen. Sie fühlte sich lebendig, spürte, wie das Blut durch ihre Adern pulsierte. Sprudelte. Der Champagner, dachte sie.

Nein, eben nicht. Prosecco.

Und diese Erkenntnis war wichtig. Das hatte sie doch schon

einmal gedacht. Die Bilder ihres Traumes stiegen wieder auf. Die Röhren im Keller, die nach draussen führten, zum Ausgang, zur Lösung. Prosecco war in der Flasche, die Stutz geholt hatte, war in die Gläser geflossen.

Stutz hatte eingeschenkt, hatte die Gläser verteilt.

Er war es, der die beste Möglichkeit hatte, das Gift in das richtige Glas zu geben.

So weit, so gut. Nur ergab das Ganze überhaupt keinen Sinn.

Warum hatte *er* dann das Gift abbekommen?

Bilder und Gedanken wirbelten wild in ihrem Kopf durcheinander, drehten sich wie ein verrückt gewordenes Karussell im Kreis herum. In ihrem Traum wusste sie nie, ob sie floh oder jemandem hinterherjagte. Opfer oder Täter? Diese Frage begleitete sie durch den Traum hindurch.

Sie konnte gerade noch absteigen, denn vor lauter Denken, Zweifeln und Staunen hatte sie vergessen, in die Pedale zu treten.

Sie stand da, atmete hektisch ein und aus. Und das nicht nur, weil sie zu schnell den Berg hochgestrampelt war.

Nein, sie hatte den Gorilla gefunden.

Er hatte sich nicht im Hintergrund versteckt. Er hatte die ganze Zeit genau vor ihren Augen gehockt, geprahlt, provoziert, sich auffällig aufgeführt.

Nur hatte sie ihn nicht als solchen erkannt.

Sie hatte nur immer wieder auf seinen feisten Nacken gestarrt.

Ich muss sie aufhalten, dachte Santoro, sie radelt direkt in ihr Verderben.

Woher seine Überzeugung kam, konnte er nicht erkennen, felsenfest war sie jedoch.

Goldberg war unterwegs in die Höhle des Löwen, da war er sich sicher.

Er holte sein Handy hervor, drückte auf das grüne Telefonsymbol, hörte nur das Tuten, fing an, hin und her zu tigern.

Nimm ab, Frau, beschwor er sie innerlich.

Er entschied, eine SMS zu schicken: «Goldberg, auf mich warten! Befehl!»

Er hatte das untrügliche Gefühl, dass es schon zu spät war.

Und er wurde hier festgehalten, musste den unsäglichen Hützli hüten, musste auf die Kollegen warten.

Wo blieben denn diese lahmen Enten?

Sicher nicht, dachte Zina, während sie die Nachricht las. Sie stand nun vor dem imposanten Haus und schaute zu den Fenstern. Na, da sind ja noch einige erhellt. Also ist jemand zu Hause. Sie sind noch wach. Warten ist jetzt nicht angesagt. Im Gegenteil, entschied sie und versorgte das Handy.

Lina Stern, mit dem kleinen Bleibtreu unter ihren Fittichen, musste dringend befragt und vielleicht auch gewarnt und beschützt werden.

Und darüber mit einem Chef zu diskutieren, der zaudert, dafür habe ich nun wirklich keine Zeit, befand sie, stieg die Treppen zur Tür hinauf und betätigte entschlossen die Glocke.

Gleich darauf ging das Licht in der Eingangshalle aus.

Das bringt jetzt auch nichts mehr. Ich weiss, dass du zu Hause bist, Lina Stern.

Auf heissen Kohlen herumrennen bringt jetzt nichts, entschied Santoro und hielt abrupt inne.

Nachdenken. Sich an die Fakten halten. Herausfinden, was die Basis dieser aufkommenden Panik ist.

Was hatte er heute Abend gesehen?

Er schaute zum einzigen Menschen hinüber, der sich noch in der Küche befand. Er hatte Hützli gesehen und für einen Sekundenbruchteil auch die Lösung erblickt. Spass, hatte Rüdisühli behauptet, es sollte nur ein Spass sein.

Aber er hatte noch etwas anderes gesehen. Er hatte Hützli gesehen, wie er blitzschnell und kaum wahrnehmbar die beiden Flaschen ausgetauscht hatte. Und genau in diesem Augenblick war noch etwas, wenn auch nur am Rande seines Bewusstseins, kurz aufgeblitzt. Um gleich wieder in der Versenkung abzutauchen. Aber jetzt kam die Erinnerung zurück an die Oberfläche.

Die beiden Knaben, Liridon und Konsorte, Max und Moritz, hatten sich einen Streich erlaubt. Sie hatten den Aktenkoffer mitgehen lassen. Aber das war nicht ihr erster Streich. Alle hatten gesehen, wie sie um den Tisch der Banker herumwuselten, Grimassen schnitten, weiter herumhüpften. Sie hatten gar nicht nachgefragt. Das musste er nun nachholen, denn Santoro glaubte jetzt zu wissen, worin das Spiel bestanden hatte.

Er musste Max und Moritz fragen.

Einer war ja heute anwesend.

Die Türe öffnete sich. In der Halle erblickte sie den Tisch, die Vase, den grossen Blumenstrauss. Da sind die Astern, dachte sie. Ansonsten war niemand zu sehen.

«Lina! Lina Stern, mach keinen Schabernack. Ich weiss, dass du zu Hause bist. Was soll das?»

Ein leises Miauen war die einzige Antwort, die sie auf ihre Frage erhielt. Wohl aus der Küche, überlegte sie, machte einen Schritt nach vorne und wollte die Türe hinter sich schliessen.

Und dann hörte sie gar nichts mehr, sah noch einen hellen Blitz.

Der ist nur in meinem Kopf, konnte sie noch denken, bis nur noch ein Himmel voller Sterne zu sehen war.

Und dann gar nichts mehr.

Wo hat sich der Bengel nur verkrochen, fragte sich Santoro verzweifelt, der in der Türöffnung stand, zwischen Küche und Saal hin und her schaute. Schliesslich war da noch Hützli, und den durfte er nicht aus den Augen verlieren.

Dieser Liridon, immer dort, wo er nicht sein sollte, aber braucht man ihn einmal, löst er sich in Luft auf, schimpfte er in sich hinein. Immerhin ist sein Vater hier und hält weiterhin die Stellung an der Geschirrspülmaschine.

«Wo ist Ihr Sohn?», rief Santoro.

«Meine Sohn? Was meine Sohn wieder mache? Immer Probleme!»

Es brauchte einige Erklärungen und beruhigende Worte, bis Liridons Vater so weit besänftigt werden konnte, dass er bereit war, seinen Sohn aufzuspüren.

Zina öffnete vorsichtig das rechte Auge.

Warum tut das so weh, fragte sie sich verwirrt, und warum sehe ich nichts? Sie versuchte es mit dem zweiten Auge, war damit ebenso erfolglos, ausser dass Staub hereinrieselte. Sie schloss es gleich wieder. Sie konnte eh nur sehen, wie sich undurchdringliche Dunkelheit vor ihr ausbreitete. Sie versuchte den Kopf zu drehen.

Benommen nahm sie wahr, dass ihr Kopf zu explodieren drohte. Bewegen ist keine Option, stellte sie fest, zumindest nicht für diesen Teil ihres Körpers.

Sie versuchte es mit einer Hand, wollte sie zur Quelle ihrer Schmerzen führen, musste sich jedoch schnell eingestehen, dass es nicht funktionierte. Ihre Hände waren hinter ihrem Rücken – festgebunden.

Immerhin konnte sie noch atmen, sagte sie sich. Nur brachte die Luft, die ihr durch die Nase drang, keine wirkliche Erleichterung.

Wonach riecht es hier? Staub, Moder, Feuchtigkeit.

Scheissmode, die Leute in Keller zu verfrachten. Sie schloss das rechte Auge wieder, sah, roch und hörte nichts mehr. Ich träume wohl, dachte sie, bis sie ganz entschwand.

«Nur Spass», erklärte Liridon und zuckte mit den Schultern.

Der Vater hatte ihn schnell aufgespürt, selig schlafend, auf einem der Sofas im hinteren Bereich des Tanzsaals, dort, wo ein Cheminéefeuer vor sich hin loderte.

Nun stand er da, ziemlich verschlafen, mit verstrubbelten Haaren, die ihn sehr kindlich wirken liessen.

Das ist er ja auch, dachte Santoro. Ein Kind, das sich mit seinem besten Freund einen Streich ausgedacht hatte. Harmlos, eigentlich.

Aber ein Streich, der schwerwiegende Konsequenzen gezeitigt hatte.

«Lehrerin sagt, Lehrer immer schauen auf Blödsinn, erwarten von Kind noch mehr Dummheiten. Also ich gut zuhöre, ich denke, ich mache Plan», erklärte Liridon nicht ohne Stolz. «Meine Freund macht Blödsinn, viele Grimasse, viele Bewegung, um Tisch herumtanze. Alle schauen. Ich ganz still, mache ganz kleine Bewegung, ganz schnell. Niemand schaut. Gute Plan», schloss er, während sein Vater sich die Haare raufte und geräuschvoll aufstöhnte.

Eigentlich konnte er stolz sein auf seinen Sohn, dachte Santoro.

Immerhin hatten Max und Moritz den ersten Mordversuch vereitelt. Na, zumindest verschoben, korrigierte er sich.

Nun lag es an ihm, den zweiten zu verhindern.

«Die Memme ist gleich beim ersten Schlag in Ohnmacht gefallen.»

Ich höre, dachte Zina, nur der Inhalt gefällt mir leider nicht. Sie öffnete wieder ihr rechtes Auge, und diesmal zeigte ihr Versuch die ersehnte Wirkung: Helligkeit. Zwar ein schwaches Licht, aber immerhin. Sie erblickte zwei Schatten, die sich gegenüberstanden.

Warum sehe ich nur Streifen von den beiden, fragte sie sich, um gleich darauf zu erkennen, dass sie sie durch Holzlatten erblickte. Wer im Verschlag ist, das bin ich. Liegt, beschreibt meine Lage besser. Und ihre Füsse? Denen ging es nicht besser, die waren auch gefesselt, merkte sie, als sie versuchte aufzustehen.

«Suchen wir weiter», ertönte eine zweite Stimme. «Aus der alten Frau bekommen wir auch nichts mehr raus. Die haben das Ding hier irgendwo versteckt, also los.»

Ganz schön nervös, die beiden, dachte Zina, um gleich darauf erschrocken aufzustöhnen.

Was haben sie Lina Stern angetan?

Endlich, dachte Santoro, als die beiden Kollegen in Uniform durch die Türe traten und auf ihn zukamen.

«Nehmen Sie ihn mit und geben Sie mir den Schlüssel!»

«Zu Ihrem Fall?»

«Den habe ich. Zum Wagen!»

Den Schlüssel in der Hand, rannte er raus, stieg in den Wagen und fuhr los, Blaulicht an, Sirene heulend, fuhr er Richtung Barfüsserplatz. Das Meer teilt sich brav vor mir, dachte er, als er sah, wie Fussgänger auseinanderstoben, Autos anhielten und Velofahrer abstiegen.

Er bog nach links ab, sah die verblüfften Gesichter der Konzertbesucher, die aus dem Stadtcasino herausströmten. Es gehörte nicht zum Alltag, dass ein einzelner Streifenwagen durch die Innerstadt raste und Rodeo spielte. Schon musste er wieder abbiegen, fuhr am Theater vorbei und fragte sich kurz, ob er hier nicht selbst ein Theater veranstaltete.

Mit grosser Wahrscheinlichkeit machte er sich mit viel Lärm und Getöse einfach nur lächerlich. Er würde unter Sirenengeheul bei Lina Stern ankommen, alle dort um den Küchentisch versammelt antreffen, wie sie einen Beruhigungstee tranken oder, noch besser, Glacé schlürften, gemütlich miteinander schwatzten, während er, völlig unnötig aufgeregt und unter panischer Angst leidend, hereinstürmte.

Aber sein Gefühl sagte ihm etwas anderes. Denn das Opfer sollte nicht Stutz sein, dieser arrogante Banker, sondern Bleibtreu. Nur dank der beiden Lausbuben war der Plan vereitelt worden, hatte sich das Blatt gewendet. Und der Täter war zum Opfer gewandelt worden, hatte sein eigenes Gift getrunken.

Was für eine Idee auch, um den Tisch zu wuseln und die Gläser im Kreis herumtanzen zu lassen! Das hätten wir schon lange begreifen müssen, schliesslich waren die Hinweise, die

Informationen im Laufe der Ermittlungen eine nach der anderen gefallen. Die jungen Studenten, die sich wunderten, dass Stutz' Glas immer voll war, obwohl er doch dauernd becherte. Herr Bänziger, der sich gefragt hatte, warum dieser Stutz eine Runde schmiss. Oberhänsli, der auch zusammenbrach, nachdem er nur einen Schluck getrunken hatte. Da hatte das Glas seine nächste Station erreicht.

Wie mussten sich die beiden Schlingel gelangweilt haben, um sich einen solchen Streich auszudenken. Einen harmlosen Streich eigentlich, überlegte Santoro, hätte an diesem Abend nicht ein durchgeknallter Banker mit Schnee in der Nase entschieden, die Gunst der Stunde auszunutzen, um einen kleinen Informatiker auszuschalten, der zu viel wusste und abspringen wollte.

Oder gab es noch einen weiteren Grund, diesen so harmlos wirkenden jungen Kerl auszuschalten?

Wie auch immer. Bleibtreu war immer noch am Leben. Blieb damit auch das Motiv bestehen, ihn aus dem Weg zu schaffen? Ihn zu töten?

Nein, ich werde mich nicht von Bildern einer versammelten Gruppe Menschen in einer gemütlichen Küche einlullen lassen, sagte er sich.

Er drückte aufs Gas und raste die Birsigstrasse hinauf.

Noch wenige hundert Meter und ich bin angekommen, versuchte er sich zu beruhigen, schaltete, ohne nachzudenken, die Sirene und das Blaulicht aus.

Der Fall, in dem wir im Dunkeln tappen und ab und zu einen Schlag auf den Kopf bekommen, dachte Zina. Jetzt kann ich nicht mal mehr herumtappen, jetzt liege ich da wie ein Poulet, das darauf wartet, auf den Grill geworfen zu werden – im Dunkeln.

Das stimmte nicht ganz, musste sie sich eingestehen. Die beiden Männer hatten die Türe nicht geschlossen, sodass ein schwacher Lichtschimmer bis zu ihr drang. Sie versuchte den

Kopf zu drehen, zu erkennen, wo sie lag. In einem Keller, das hatte ihre Nase richtig erkannt – in einem Weinkeller.

«Wonach suchen die Kerle?», fragte sie halblaut.

«Nach dem Laptop», ertönte eine leise Stimme hinter ihr.

Den Wagen hatte er hundert Meter vor Lina Sterns Haus abgestellt. Santoro näherte sich dem Haus, die Augen auf die erleuchteten Fenster im zweiten Stock gerichtet.

Merkwürdig, dachte er. Dort wohnt doch im Augenblick niemand.

Hingegen lag das Parterre im Dunkeln. Wo waren dann Lina Stern und seine Assistentin? Und Bleibtreu, der sollte doch auch hier sein!

Vor der Haustür angekommen, entschied er sich, nicht durch den Haupteingang zu gehen. Nein, er sollte es eher durch die Hintertür versuchen, die direkt in die Küche führte.

Vielleicht sassen die drei um den Tisch versammelt, versuchte er sich noch einmal zu beruhigen.

«Ich weiss ja nicht mal, wo sich dieser Laptop befindet. Aber das glauben sie mir nicht. Sie sind felsenfest davon überzeugt, dass ich ihn gestohlen und irgendwo im Haus versteckt habe. Glauben *Sie* mir wenigstens? Wie hätte ich das Gerät entwenden können? Ich habe wirklich keine Ahnung, was an diesem schrecklichen Abend geschehen ist», beteuerte Stefan Bleibtreu mit zittriger Stimme.

«Ich glaube Ihnen, aber jetzt haben wir keine Zeit zum Jammern, wir müssen hier raus», entgegnete Zina. «Ich werde versuchen so nah wie möglich an Sie heranzukommen, Sie drehen sich währenddessen so, dass wir Rücken an Rücken liegen, dann kann ich versuchen, Ihre Fesseln zu lösen.»

Während Zina sich wand und vor Anstrengung keuchte, zeichneten sich die Umrisse des Kellers um sie herum immer deutlicher ab. Sie haben uns nicht mal eingesperrt, auch nicht geknebelt, dachte sie und fühlte sich leicht beleidigt. Die nehmen uns wirklich nicht ernst.

«Bitte glauben Sie mir, Frau Goldberg. Ich habe Herrn Stutz nicht umgebracht. Ich habe ihn gehasst, das gebe ich zu, aber ich bringe doch niemanden um.»

«Haben Sie eine Ahnung, warum jemand *Sie* umbringen will?»

«Mich?»

«Ja, Sie.» Sie kleines Schaf. «Und hören Sie auf herumzuzappeln. Ich werde versuchen, dieses Klebeband mit meinen Nägeln aufzureissen.»

Ich sollte aufhören, meine Nägel so radikal zu feilen, dachte sie.

Santoro war im Garten angekommen, schlich geduckt die Treppe hinauf, richtete sich nur gerade so weit auf, dass er durch die verglaste Türe linsen konnte.

Ja, in der Küche war Licht.

Aber nein, sie sassen nicht gemütlich um den Tisch. Sie tranken auch nicht einen Beruhigungstee.

Seine innere Unruhe war gerechtfertigt, musste er sich eingestehen. Seine Angst um seine Assistentin, Bleibtreu und Lina Stern steigerte sich beim Anblick, der sich ihm bot.

Lina Stern sass in der Küche, aber gemütlich hatte sie es mit Bestimmtheit nicht.

Sie war gefesselt, über ihrem Mund hatte jemand ein Klebeband befestigt, ihr Kopf war gesenkt, ihr Kinn lag auf ihrer Brust.

Kein Lebenszeichen war zu erkennen.

Und auf ihrem Schoss sass Zerberus, aufrecht und aufmerksam darauf bedacht, zu kontrollieren, ob sie noch atmete, denn nun näherte sie ihre Schnauze wieder der Nase der alten Dame.

Braves Vieh, dachte Santoro.

«Was ist in diesem elenden Laptop versteckt?», keuchte Zina.

«Das darf ich Ihnen nicht sagen. Ich habe eine Klausel unterschrieben.»

«Jetzt wachen Sie mal auf, Bleibtreu! Und hören Sie auf herumzublöken. Die Männer, die Sie hier wie ein Opferlamm zusammengezurrt haben, wollen Sie nicht scheren, sie wollen Sie abschlachten!»

«No Fisk – No Risk. Das ist aber nur der Arbeitstitel.»

«Schauen Sie im Katzenkorb nach», waren die ersten Worte, die Lina Stern hervorkrächzte, sobald Santoro das Klebeband entfernt hatte.

Porca miseria, die arme Frau ist vollkommen verwirrt.

«Wasser», fügte sie noch hinzu, als ihre Fesseln gelöst waren.

«Das tönt ja schon vernünftiger», stöhnte Santoro auf und holte ihr ein Glas Wasser, das er ihr hinhielt. Lina Stern trank es gierig aus und umarmte ihre Katze, die immer noch auf ihrem Schoss sass, und drückte sie an sich.

«Mein liebes blödes Vieh», flüsterte sie, die Nase im Fell der Katze verborgen, um gleich darauf im Befehlston weiterzufahren. «Was stehen Sie da wie ein Ölgötze, der ein unverhofftes Wunder erblickt? Worauf warten Sie, Herr Kommissar? Los, zum Katzenkorb! Nehmen Sie endlich das Kissen weg.»

Santoro tat wie geheissen, entdeckte jedoch nur einen Holzboden.

«Nehmen Sie den Boden raus und schauen Sie mal, was darunterliegt. Wir müssen den Keller stürmen. Glauben Sie denn, dass die beiden sich von alleine befreien können?»

Woran Santoro nicht glauben konnte, waren die Dinge, die er unter dem Holzboden entdeckte.

Sie hatten richtiggelegen mit ihrer Hypothese, dachte Zina, als sie den anfänglich stockenden Ausführungen Bleibtreus lauschte. Im Laptop befand sich tatsächlich eine Strategie. Ein Package, wie sich Bleibtreu ausdrückte, um reiche, sehr reiche Bankkunden an sich zu binden, dank dem sie ihre ganzen Sorgen der Bank Schwaitz überlassen konnten. Die Profite der Unternehmen wurden steuerlich optimiert, das Privatvermögen verschwand in den Mäandern unzähliger anonymer Gesellschaften, in Steuerparadiesen, die über die ganze Welt verteilt waren, heikle Geschäfte konnten in den Dark Pools in aller Diskretion abgewickelt werden, steuergünstige Wohnsitze wurden angeboten, administrative Hürden von den Angestellten übersprungen. Alle Möglichkeiten, die das herrschende System bot, wurden ausgereizt, kommende und leider einschränkende Gesetze antizipiert, um neue Schlupflöcher zu finden. Für die Kunden bedeutete das Angebot der Bank eine umfassende Betreuung, die irgendwelche Finanzhinterziehungsinstitute oder Anwälte obsolet werden liess. Die Bank übernahm die allumfassende und sichere Betreuung der Kunden und hoffte, damit die lästigen Konsequenzen eines Verlusts des Bankgeheimnisses umgehen zu können. Die bisherigen Kunden sollten erhalten bleiben, neue sollten dazugewonnen werden, der Platz der Bank in der Finanzwelt sollte gestärkt werden.

«Luxemburg?», unterbrach Zina den Redefluss.

«Stutz sollte einen besonders günstigen und invariablen Steuersatz für die Bankkunden herausschlagen. Zudem wollte er den Entwurf einem Kollegen zeigen, der anscheinend ein Experte auf diesem Gebiet ist.»

Kein Wunder, wollen die Kerle nicht, dass der Inhalt des Laptops durch die Gegend wandert, dachte Zina, während sie weiter am Klebeband herumsäbelte.

Liberator, dachte Santoro, als er ungläubig zuschaute, wie Lina Stern, entspannt am Tisch sitzend, die Blechpistole mit fliessenden und geübten Bewegungen zusammenfügte. Die Einschusspistole, daran konnte er sich aus früheren Erzählungen Lina Sterns erinnern, wurde von der Vorgängerin der CIA während des Zweiten Weltkriegs entwickelt, um sie an Widerstandsbewegungen zu verteilen. Klein, leicht, billig, einfach in Einzelteile zu zerlegen und schnell wieder zusammenzustellen.

Ein Schuss genügt, hatte Lina Stern damals versichert. Das wusste sie aus Erfahrung.

Sie hat sie also aufbewahrt und versteckt, dachte er.
Im Katzenkorb.
Nun wurde endlich enthüllt, wessen Wächterin Zerberus war.
Die Katze lag mittlerweile auf dem Küchentisch, schnurrte vor sich hin, verfolgte ganz entspannt, wie ihre Herrin nun die Liberator zur Seite legte und grössere Metallteile vor sich hinlegte.
Was ist denn das nun, fragte sich Santoro und fühlte, wie sein anfängliches Unbehagen angesichts der heimlichen Waffenkammer wuchs.
«Sten», flüsterte Lina Stern, beantwortete damit seine unausgesprochene Frage. «Sten Gun, 1941 in England entwickelt, neun Millimeter, zweiunddreissig Patronen, in Widerstandsgruppen begehrt und beliebt. Leicht, handlich, in Einzelteile zerlegbar, praktisch. Hat einen Feuerwahlknopf, Einzel- oder Dauerfeuer. Wie soll ich die Sten einstellen, Herr Kommissar?»
Santoro schaute Lina Stern entgeistert an. In welcher Farce bin ich hier gelandet, fragte er sich beklommen.
«Schauen Sie mich nicht an, als seien Sie am Verblöden, junger Mann. Sie nehmen die Sten und gehen voran. Ich bilde die Nachhut mit der Liberator.»
Und welche Rolle bekomme ich, schien Zerberus zu fragen, als sie sich aufsetzte und erwartungsvoll zu ihrer Herrin aufblickte.

«Aber damit hatte ich ja nichts zu tun», erklärte Stefan Bleibtreu. «Ich habe mich nur um die Sicherheit im Bereich der Informatik gekümmert. Das Problem ist ja, dass Hacker sich ins System schmuggeln, Daten stehlen und sie an die Öffentlichkeit zerren – was für die Bank peinlich werden könnte.»
Zina hielt kurz inne, denn mittlerweile rann eine warme und leicht zähe Flüssigkeit über ihre Finger. Sie dachte über die Informationen nach, die unbedingt eingesperrt bleiben mussten. Wurden sie befreit, kam das ganze Finanzsystem ins Wanken, und die Banker bekamen das grosse Zittern. Schliesslich waren

Menschen sehr wohl dazu bereit, für Deppen gehalten zu werden, solange sie im Dunkeln gelassen wurden. Wurden ihnen die Zusammenhänge hingegen unter die Nase gerieben, konnte ihnen der Senf in die Nase steigen. Ein französischer Ausdruck, um eine aufsteigende Wut zu illustrieren, die sich endlich Luft machen wollte.

Wer jetzt hingegen dringend freikommen musste, waren zwei festgezurrte Naivlinge, sagte sie sich und begann von Neuem ihre Nägel einzusetzen.

Santoro horchte, hinter ihm tat Lina Stern das Gleiche, denn er spürte ihre Anspannung. Sie standen hinter der Küchentür, die in die Eingangshalle führte. Er öffnete sie vorsichtig, bis er durch den entstandenen Spalt linsen konnte. Niemand in Sicht. Er konnte nur den Tisch mit einem riesigen Blumenstrauss darauf erkennen. Astern. Und die Vase ist sicher ein Vermögen wert, dachte er zusammenhanglos.

Von oben drangen, gedämpft und undeutlich, Geräusche an sein Ohr. Er konnte sie nicht einordnen. Waren Stimmen von zwei Männern zu hören? Oder handelte es sich nur um eine einzelne Person, die vor sich hin brummelte. Das war hier die entscheidende Frage, denn das bedeutete, dass der zweite Mann sich im Keller befinden könnte – bei Goldberg und Bleibtreu.

Er spürte, wie ihn eine panische Angst zu überfluten drohte.

Dio mio, mach, dass sie noch leben, betete er.

Wenn mein Vater das herausbekommt, dass ich bete, durchfuhr es ihn kurz. Doch gleich darauf packte ihn eine solch unbändige Wut, dass er schon vorpreschen wollte, um nach oben zu stürmen, um den beiden durchgedrehten Bankern den Garaus zu machen – sie abzuknallen.

Er spürte, wie eine Hand seinen Arm umklammerte, ihn zurückhielt.

«Geduld, Herr Kommissar. Wir wissen nicht, ob beide dort oben sind und herumwüten. Ich werde wohl den Rest meines Lebens mit Aufräumen verplempern müssen.»

Genau, dachte Santoro, als er Schritte auf der Treppe hörte. Wir räumen jetzt auf.

«Kein Computer ist sicher», erläuterte Stefan Bleibtreu.

Lass ihn reden, dachte Zina, das lenkt ihn ab, dann schiebt er mir wenigstens keine Panikattacke und hält schön still.

Mittlerweile schwitzte sie, als sei sie nicht in einem Wein-, sondern in einem Fitnesskeller.

Wie konnten so kleine Bewegungen so grosse Auswirkungen zeitigen?

Und sie musste an die Trader denken, die mit wenigen Klicks ganze Länder ins Verderben schicken konnten.

«Das habe ich diesen Herren immer wieder versucht zu erklären. Die Hürden vermehren und erhöhen, das ist möglich. Letztlich ist das aber nur eine neue Herausforderung an die Hacker, wirkungsvollere Strategien auszutüfteln. Das System so selten wie nur möglich zu nutzen und es für so wenige User wie nur möglich zugänglich zu machen, das ist ein wirkungsvollerer Schutz. Deshalb habe ich ein soziales Netzwerk kreiert, in dem sich nur ausgesuchte Bankangestellte bewegen dürfen, auf Computern, die nur für diese Transaktionen genutzt werden können. Eine bessere Strategie, finde ich. Und dann sind da noch die Behörden, die das Ganze überwachen sollten. Ihnen sollte unbedingt ein Knochen hingeworfen werden. Also habe ich vorgeschlagen, dass unsere reichen und superreichen Kunden ein offizielles, mageres Konto bei uns eröffnen sollten. Das magere sollten sie dann auch ganz brav deklarieren. Darunter sollte jedoch das eigentliche, richtig fette Konto versteckt sein. Ich war auch noch stolz auf meine Idee. Sie können sich gar nicht vorstellen, was sie alles richtig und spannend finden, wenn sie Schnee in der Nase haben. Trotzdem denke ich, dass auch diese Strategie erfolgversprechend ist, denn wenn etwas gefunden wird, sucht man nicht mehr weiter.»

Genau das war ihnen auch passiert, dachte Zina. Sie hatten einen Streich der beiden Knaben entdeckt und nicht mehr weitergesucht. «Meine Strategie ist leider nicht wirkungsvoll», seufzte sie laut. Hätte sie sich doch nur entschieden, sich lange Krallen wachsen zu lassen und sie mit rotem Lack anzumalen, dann wäre sie längst durch.

Na ja, rot waren ihre Nägel immerhin, blutrot.

«Sie haben mindestens eine Waffe», flüsterte Lina Stern. «Eine SIG 220. Die Waffe der Schweizergarde. Aber hier handelt es sich eher um eine Offizierswaffe der Schweizer Armee.»

Davon sind viel zu viele im Umlauf in diesem Land – und immer in den falschen Händen, dachte Santoro.

Die Schritte hielten inne.

«Doch, das habe ich bemerkt», erklärte Stefan Bleibtreu. «Seit meiner Kündigung vor zwei Wochen war mir wirklich nicht mehr wohl. Stutz liess mich sozusagen nicht mehr aus den Augen. Ich hatte das Gefühl, als verfolge mich sein abschätziger, ja misstrauischer Blick überallhin. Ich habe mich auch gefragt, warum die Bank mich nicht sofort freigestellt hat. Wenn sie mir schon nicht mehr vertrauten. Und warum sollte ich unbedingt zu diesem Kongress und dann auch noch bis nach Luxemburg mitgehen?»

Um eine gute Gelegenheit abpassen zu können, du Schäfchen, um dich im richtigen Augenblick ins Jenseits befördern zu können, dachte Zina. Dieser harmlose Naivling sollte schön ruhig bleiben.

Kokainkonsum kann zu paranoiden Vorstellungen führen, dachte Zina. Stutz war anscheinend zur krankhaften Überzeugung gelangt, dass seine ausgetüftelte Hinterziehungsstrategie Gefahr lief, an die Öffentlichkeit gezerrt zu werden, was ein allzu grelles und eindeutig unerwünschtes Licht auf die heimlichen Machenschaften der so properen Bank Schwaitz lenken konnte. Und das von diesem harmlosen kleinen Schäfchen. Der Mann hatte wirklich jeglichen Bezug zur Realität verloren!

Klack, ertönte es in diesem Augenblick hinter ihrem Rücken.

«Jetzt kommen Sie mal in die Gänge, Bleibtreu!», zischte sie. So schnell ändern sich die Prioritäten.

Von oben waren wieder Schritte zu hören. Diesmal genau über ihren Köpfen. Santoro konnte immer noch nicht erkennen, ob eine oder zwei Personen unterwegs waren. Er tippte auf zwei.

«Wir warten besser, bis sie runterkommen», flüsterte Lina Stern in seinem Rücken.

«Einverstanden. Dann können wir auf das Überraschungsmoment zählen. Werden wir brauchen», antwortete er leise, ohne den Blick von der Eingangshalle abzuwenden.

«Fehlbesetzungen sind immer besonders gefährlich.»

«Amateure!»

Zina stand ungelenk auf, rieb sich die Handgelenke, versuchte dann, das Blut von ihren Händen abzuwischen, indem sie sie an ihren Hosen rieb. Schliesslich wollte sie nicht, dass ihr die Waffe im entscheidenden Augenblick aus den Händen flutschte.

«Was tun wir jetzt?», fragte Stefan Bleibtreu mit zittriger Stimme. «Sie sind bewaffnet.»

«Das sind wir auch», antwortete Zina und griff nach einer Weinflasche.

«Guter Jahrgang», wisperte Bleibtreu und bediente sich ebenfalls.

«Zwei», flüsterte Lina Stern.

Ja, nun war sich auch Santoro sicher. Da kamen die beiden Kerle zusammen die Treppe herunter.

«Wir warten, bis sie an uns vorbeikommen, Richtung Kellertür gehen und uns den Rücken zukehren. Dann schlagen wir zu.»

«*Ich* schlage, Frau Stern, *Sie* bleiben hinter mir, in Sicherheit, und tun gar nichts.»

«Miau», war die einzige Antwort, die er erhielt.

Wenigstens eine, die meine Befehle ernst nimmt, dachte Santoro.

«Sie sagen nichts, bleiben im Hintergrund und denken nicht mal daran, etwas zu unternehmen. Haben Sie das verstanden, Bleibtreu?», flüsterte Zina, während sie, sich an der Wand abstützend, im Dunkeln die Treppe hochstieg.

«Sie können auf mich zählen», antwortete Bleibtreu.

Warum beruhigt mich das nicht, fragte sich Zina.

«Wir knöpfen ihn uns nochmals vor», sagte der Erste.

Nun waren keine Schritte mehr zu hören. Anscheinend hielten die beiden Männer kurz inne.

«Und diesmal lassen wir ihn nicht in eine Ohnmacht entschlüpfen», fügte der Zweite an. «Dann nehmen wir das verdammte Gerät an uns und verschwinden. Die kleine Schwuchtel wird die Klappe halten, der macht sich schon in die Hose, wenn ihn einer nur schräg anschaut.»

Die Schritte kamen wieder näher. Kommt schon, dachte Santoro, dass wir diesem ganzen Mist ein Ende setzen können.

«Und die Frauen?»

«Die wissen nicht, wer wir sind. Zwei vermummte Männer, mehr werden sie nicht aussagen können.»

Durch den Spalt erblickte Santoro zwei Männer, die damit beschäftigt waren, ihre Skimützen über das Gesicht zu ziehen. Seine Sicht war durch die Vase mit den Astern beeinträchtigt, doch er konnte erkennen, dass einer eine Waffe in der Hand hielt, tatsächlich, eine SIG 220. Jetzt waren sie am Fuss der Treppe angekommen und kamen um die Ecke direkt auf die Küche zu.

Quasselt schön weiter, betete Santoro und hielt den Atem an, als die beiden Männer an ihm vorbeigingen.

«Der alten Hexe traue ich nicht. Die hat einen Blick, als könne sie durch Wände hindurch direkt in mein Gehirn sehen. Erst recht durch ein bisschen Textil», sagte der Mann ohne Waffe.

Dich kenne ich doch, dachte Santoro und schaute gebannt auf die Schnürstiefel.

Der Kerl aus der Besenkammer! Und nun konnte er ihm auch einen Namen zuordnen, denn diese Stimme hatte er schon gehört.

«Die alte Schachtel ist nicht unser Problem, Rizzo. Ich nehme mir jetzt Bleibtreu vor, und Sie halten sich verdammt noch mal zurück mit Ihren Rambo-Methoden.»

Die beiden Männer waren auf Höhe der Vase angekommen und bogen wie auf Kommando zur Kellertür ab.

Jetzt, entschied Santoro, in dem Augenblick, als die beiden Männer ihm den Rücken zukehrten.

Zeit, zum Angriff zu blasen!

Er stiess die Tür auf, fasste die Sten mit beiden Händen und trat lautlos vor.

«Schönen guten Abend, die Herren.»

Wie zu Salzsäuren erstarrt blieben die zwei Männer stehen.

«Hände hinter den Kopf. Und ganz langsam umdrehen!»

Santoro spürte mehr, als dass er sah, dass Lina Stern sich neben ihn gestellt hatte.

Und dass etwas um sein Hosenbein strich.

Aus den Schlitzen der Skimützen schauten ihm vor Unglauben weit aufgerissene Augen entgegen. Kein Wunder, können die Kerle nicht glauben, was sie zu sehen kriegen, dachte Santoro. Ich glaube es ja selbst nicht.

Während er den bewaffneten Mann anwies, seine Waffe vorsichtig auf den Boden zu legen, nahm er wahr, dass im Rücken der vermummten Gestalten die Kellertür sich langsam und lautlos öffnete. Eine blutige schlanke Hand kam zum Vorschein, die eine Weinflasche umfasste, bald gefolgt von einem verstrubbelten und verstaubten schwarzen Haarschopf.

Santoro atmete erleichtert auf.

Goldberg!

Und Bleibtreu, konnte er gerade noch denken, als dieser sich kurz darauf aus der Dunkelheit herausschälte, bevor er eine andere Bewegung wahrnahm.

Mindestens eine Waffe, hatte Lina Stern gesagt, konnte Santoro denken, als die Vase mit den Astern ihm entgegenflog.

Er duckte sich weg, und die Vase zerschellte krachend an der Wand hinter ihm.

Und dann ging alles ganz schnell.

Der Mann ohne Waffe hatte plötzlich doch eine Waffe in der Hand, die er hinter seinem Rücken hervorgezaubert hatte, aber sie erreichte die Horizontale nicht.

Mit einem lauten Plong landete eine Weinflasche auf seinem Schädel.

Bleibtreu schaute selig lächelnd zu, wie der Mann, den er erschlagen hatte, langsam zu Boden glitt.

Rizzo, der dem Blumenstrauss den kleinen Tisch hinterherwerfen wollte, erging es nicht besser.

Ein graues Fellbündel flog in Richtung seines Gesichts durch die Luft – ein furchterregendes Gekreische ausstossend. Der Tisch verpasste den Abflug.

Als das Fellbündel mit herausgefahrenen Krallen auf seinem Gesicht landete, war es Rizzo, der kreischte. Die Angreiferin glitt abwärts und nahm die Mütze mit.

Eine Katze als Hilfssheriff, davon habe ich nie geträumt, dachte Santoro, als er feststellen musste, dass das Elend des Entlarvten noch kein Ende gefunden hatte, denn nun schielte er auf eine kleine Blechpistole, die an seiner Nasenspitze zu kleben schien.

Am Boden versuchte eine Katze mit Inbrunst, eine schwarze Skimütze zu verspeisen.

«Wir haben unseren grossen Auftritt verpasst, Chef», sagte in diesem Augenblick Zina.

***

«Sie werden weiterhin die Klappe halten», sagte Zina.

«Und die Bank wird sich distanzieren», ergänzte Lina Stern. «Und damit durchkommen.» Sie schüttelte bedauernd den Kopf und blickte Stefan Bleibtreu an.

«Und wir werden nie erfahren, wer für diese ganzen Hinterziehungsstrategien verantwortlich zeichnet, geschweige denn wer den Auftrag erteilt hat, Bleibtreu zu eliminieren. Wobei das Letzte auf die Eigeninitiative des koksenden Stutz' zurückzuführen ist. Und wer hat entschieden, den Laptop wiederzufinden, als alles in die Binsen ging?», schimpfte Zina und verwarf die Hände.

«Halt mal schön still, Zinchen. Kopflos herumfuchteln bringt in solchen Situationen gar nichts.»

Sie sassen alle fünf am Küchentisch. Fünf, denn Miguel Vales war herbeigeeilt, sobald er über das Wiederauftauchen seines Liebsten informiert worden war. Die Sechste im Bund lag in ihrem Korb und nuckelte sichtlich entzückt an einer schwarzen Skimütze.

Wir dürfen nicht vergessen, das Ding zurückzuerobern, sobald sie eingeschlafen ist, ermahnte sich Santoro. Was die Spurensicherung von diesem Beweisstück voller Sabber halten mochte, darüber wollte er lieber nicht nachdenken. Schon gar nicht wollte er sich vorstellen, was der General zu den beiden antiken Waffen, die auf dem kleinen Tisch in der Eingangshalle lagen, sagen mochte. Als was sollten die durchgehen? Sentimentale Jugenderinnerungen einer alten Dame?

Der Banker mit Entführungsambitionen und sein Gehilfe waren abgeholt worden. Eine erste Befragung hatte nichts erbracht, weitere waren ebenfalls für die Katz, hatte Santoro entschieden. Also konnten die beiden geradeso gut den Rest der Nacht in einer Zelle vor sich hin schmoren. Jetzt mussten sie nur noch auf die Spurensicherung warten – die wirklich auf sich warten lässt, schimpfte er in sich hinein.

«Der Mordversuch geht wohl auf Stutz' Kappe», sagte Zina.

«Das alles auslösende Moment war meine Kündigung», fügte Bleibtreu an. «Und ich war völlig ahnungslos.»

«Er hat sicherlich entschieden, dass Sie von diesem Augenblick an ein ernst zu nehmendes Sicherheitsrisiko darstellten. Dass seine ausgeklügelte Strategie zur organisierten Steuerhinterziehung auffliegen konnte», ergänzte Zina. «Was hat er wohl konkret befürchtet? Dass Sie mit dem Inhalt des Laptops an die Öffentlichkeit gehen? Oder zur Bankenaufsicht rennen?»

«Der Mann war doch krank», wandte Lina Stern schnell ein. «Seine Kokainsucht hat ihn wohl dazu veranlasst, solch irrwitzige Vorstellungen zu entwickeln.»

Zina blickte zu Lina Stern, die ihrerseits Bleibtreu intensiv anschaute. Dieser schenkte ihr ein harmloses Lächeln.

Habe ich etwas verpasst, fragte sie sich. Was auch immer sie wahrgenommen hatte, es war verflogen. Bleibtreu schenkte sein jungenhaftes Lächeln wieder seinem Liebsten, und Lina Stern kümmerte sich wieder um ihre Hände.

Santoro schaute wie gebannt auf Zinas blutige Hände, die von Lina Stern verarztet wurden, und musste sich zurückhalten. Er hätte sie gerne in seinen Händen gehalten. Da gehören sie hin, dachte er. Falscher Zeitpunkt, entschied er gleich darauf.

Sein Blick richtete sich nun, nicht ohne Neid, auf den schönen Miguel Vales, der die Hände von Bleibtreu in den seinen hielt und sie immer wieder zu seinem Mund führte, um sie zu küssen. Er konnte die Augen nicht von seinem wiedergefundenen Schatz lösen, der die Fürsorglichkeit seines Freundes mit einem sanften Lächeln entgegennahm.

Harmloses Jüngelchen, befand Santoro, was ihn zu einer weiteren Aussage führte: «Vogt habe ich nicht erwartet.»

«Ernst Vogt, der versteckte Chef des Unternehmens. Wer hätte das gedacht?», fragte Zina. «Wobei. Wenn ich die Ausführungen über die Gruppendynamik, die Peter Bloch geliefert hat, ernst genommen hätte …»

«Im Nachhinein erscheint es aber logisch, dass gerade dieser ältere und loyale Mitarbeiter seine Bank vor einem weiteren Skandal schützen wollte», sagte Lina Stern.

«Herr Vogt hat schon für die Bank Schwaitz gearbeitet, als sie solide und ehrbar war. Damals konnte er noch stolz sein auf seine Arbeitgeberin, darüber hat er sich immer wieder ausgelassen. Er hat darunter gelitten, dass sie sich zu einer Art Spielcasino entwickelt hat», fügte Bleibtreu an.

«Also hat er Verantwortung übernommen.»

«Um zu verhindern, dass seine Bank wieder schlecht dasteht, schon wieder in einen Skandal verwickelt wird. Er wollte verhindern, dass die dubiosen Machenschaften ans Licht kamen. Ja, Zinchen, davon können wir ausgehen. Und nun wird diese treue Seele von seiner Bank wie eine heisse Kartoffel fallen gelassen werden und ganz alleine für seine Treue bezahlen müssen», sagte Lina Stern.

«Du solltest den beiden Jungen, die dich gerettet haben, ein Geschenk machen, Steff», sagte Miguel Vales, der seinen eigenen Gedankengängen gefolgt war.

«Ich werde beiden einen Computer schenken», sagte Bleibtreu mit einem Lächeln. «Und einen Einführungskurs dazu.»

Max und Moritz mit Informatikkompetenzen aufgemotzt, dachte Santoro. Ob das wirklich die zündende Idee des Jahres ist?

«Die Öffentlichkeit wird über diese ganzen ausgeklügelten Strategien zur sicheren Steuerhinterziehung für diese superreichen Egomanen gar nie etwas erfahren. Oder?», warf Zina die Frage in die Runde, während sie auf ihre Hände schaute, die nun voller Pflaster waren.

«Tja», sagte Lina Stern.

Etwas im Ton, in dem dieses Tja ausgesprochen wurde, liess Zina aufhorchen. Als sie den Blick hob, erhaschte sie einen ausgetauschten Blick – zwischen Lina Stern und Bleibtreu.

Für einen kaum wahrnehmbaren Augenblick war der gewohnt harmlose Ausdruck aus dem Gesicht des jungen Mannes gewichen und hatte etwas anderem Platz gemacht. Was war das nur gewesen? Auf jeden Fall war es wieder verschwunden, und vor ihr sass wieder der naive, harmlose junge Mann, der in die Welt blickte, als könne er nicht mal einer Fliege zu Leibe rücken.

Lina Stern ihrerseits konzentrierte sich wieder ganz darauf, Desinfektionsmittel und Pflaster zu versorgen. Ihr Gesicht zeigte keinerlei Regung.

Zina schaute weiter in die Runde und traf den Blick ihres

Chefs. Und erkannte, dass auch er den flüchtigen Wechsel aufgeschnappt hatte. Seine Augen verengten sich, dann hob er die linke Augenbraue.

Entschlossenheit, unerbittliche Zielstrebigkeit.

Das war es gewesen, was sie für einen flüchtigen Moment im Blick des jungen Mannes gesehen hatte. Und sie fragte sich, ob Stutz wirklich unter paranoiden Vorstellungen gelitten hatte und ob der Bank Schwaitz nicht doch bald ein weiterer Skandal ins Haus schneien könnte.

Santoro sah das Bild vor sich, wie Stefan Bleibtreu zu seinem verhassten Chef eilte, als dieser zu Boden fiel. Nein, da war es nicht um selbstloses Mitgefühl gegangen.

«Sie haben den Token an sich gebracht», sagte er.

Bleibtreu zuckte mit den Schultern und schenkte ihm ein Lächeln, das seine Harmlosigkeit betonen sollte.

«Wo ist dieser Token abgeblieben?», fragte Santoro.

«Katzenklo», antwortete die alte Dame.